莫泊桑

(1850 — 1893)

Guy de Maupassant

莫泊桑
世态小说选

假面具

Le Masque
Contes de mœurs

〔法〕莫泊桑 —— 著
张英伦 —— 译

人民文学出版社
PEOPLE'S LITERATURE PUBLISHING HOUSE

Guy de Maupassant
Contes de mœurs

图书在版编目(CIP)数据

假面具:莫泊桑世态小说选/(法)莫泊桑著;张英伦译.—北京:人民文学出版社,2022
ISBN 978-7-02-016702-9

Ⅰ.①假… Ⅱ.①莫…②张… Ⅲ.①中篇小说—小说集—法国—近代②短篇小说—小说集—法国—近代 Ⅳ.①I565.44

中国版本图书馆 CIP 数据核字(2020)第 211836 号

责任编辑	黄凌霞
装帧设计	刘　远
责任校对	罗翠华
责任印制	王重艺

出版发行	人民文学出版社
社　　址	北京市朝内大街 166 号
邮政编码	100705

| 印　　刷 | 三河市鑫金马印装有限公司 |
| 经　　销 | 全国新华书店等 |

字　　数	262 千字
开　　本	850 毫米×1168 毫米　1/32
印　　张	13.25　插页 2
印　　数	1—6000
版　　次	2022 年 1 月北京第 1 版
印　　次	2022 年 1 月第 1 次印刷

| 书　　号 | 978-7-02-016702-9 |
| 定　　价 | 43.00 元 |

如有印装质量问题,请与本社图书销售中心调换。电话:010-65233595

目　录

译者前言	*1*
供圣水的人	*1*
家事	*8*
泰利埃公馆	*42*
蛋糕	*80*
瞎子	*86*
在旅途中	*91*
一个杀害父母的人	*98*
在乡下	*108*
一百万	*118*
小步舞	*126*
骗局	*133*
伊芙莉娜·萨莫里斯	*142*
在海上	*149*
珠宝	*158*
奥尔坦丝王后	*168*

我的叔叔于勒	178
孩子	190
一个妓女的历险记	198
不足为奇的悲剧	207
细绳	216
伙计,来一杯啤酒!	227
老人	236
伞	247
田园诗	259
项链	267
乞丐	281
小酒桶	288
散步	296
陪嫁	305
遗赠	314
衣橱	323
蒙吉莱大叔	334
隐士	343
人间的苦难	353
一家人	361
流浪汉	369
父亲	386
港口	393
假面具	406

译者前言

这套莫泊桑中短篇小说五卷本,包括《假面具——莫泊桑世态小说选》《归来——莫泊桑情爱小说选》《米隆老爹——莫泊桑战争小说选》《健康旅行——莫泊桑诙谐小说选》和《火星人——莫泊桑奇异小说选》。它是笔者在长年研究和翻译这位杰出的法国作家作品的基础上,对其全部三百余篇中短篇小说进行鉴赏和遴选的果实,也可以说是一套莫泊桑中短篇小说的集锦。

莫泊桑首先是一位社会风俗画家。他的世态小说恪守写实的根本原则,主要写他最熟悉的两个阶层:他度过青少年时代的诺曼底的农民和他成年后工作的巴黎的小职员。在他的笔下,小人物占据了文学的中心;他们的生活,他们的困苦和绝望,袒露无余。尤其难能可贵的是,作家对最下层苦难者的深挚的同情。

情爱小说也是世态小说,但莫泊桑以情爱为题材的中短篇小说数量之大,为它赢得独特的一席。情爱是永恒的主题,莫泊桑的情爱小说写了堪称齐全的典型,有喜乐,但更多的是泪与血,还留有一些法兰西骑士传统的余音。

莫泊桑的战争小说数量有限，却出了不少脍炙人口的名篇。他只做过短暂的后勤兵，从未真正参战，也许因此他的战争小说少有战场的硝烟；但他擅长写战争时期各个阶层人们的心态和动态，深刻揭示了面临战争的人性。反映一八七〇年普法战争的文学作品不乏鸿篇巨制，莫泊桑精悍的战争故事却能深入人心，为人们长久地记忆。

法国文学艺术具有鲜明的喜剧性特色，从中世纪的帕特兰笑剧，经过拉伯雷的《巨人传》和博马舍的喜剧，直到今日的单口相声，喜剧性传统长盛不衰。而在小说创作中，笔者以为，当推莫泊桑的诙谐小说，诙谐而不猥亵，嘲弄而又鲜少恶意，让人莞尔一笑而又耐人寻味，把这一优良传统发挥得淋漓尽致。

注重写实的莫泊桑，在法国奇幻小说史上也有浓重的一笔。他的某些奇异小说诡谲神秘，令人叫绝；但他更多的奇异小说，虽然情节诡异，却旨在阐明超自然的虚妄，揭示现实生活的真相，也独树一帜，别具一格。

有人说莫泊桑的作品渗透着悲观主义。是的，他写照的主要是社会的丑恶，袒露的主要是人性的缺点，而且他避免直言光明在何处，指点哪里是迷津的出路。但是在他的嬉笑、嘲讽、针砭和挞伐里，聪慧的读者细加琢磨，总能获得正面的启迪。

莫泊桑善于在短篇小说的珍贵有限的篇幅里尽情施展卓越的艺术才华。他的短篇小说经常以聚会讲古的形式开场，引入的却是现实的大千世界，变幻多多。不仅内容丰富，故事的结构、人物的勾勒、景物的描绘,也笔墨凝练,精彩纷呈,兴味盎然的内涵和匠心独运的艺术表现相得益彰。

所以法国文学家法朗士誉之为"短篇小说之王"!所以美国小说家毛姆坦承"我再也找不到更好的老师了"!所以他的小说频现于各国的文学教科书中!所以他的作品在世界范围内为广大的读者喜闻乐见!

这套选集以分类形式全面介绍莫泊桑的中短篇小说,是一个没有先例的尝试。希望它能在彰显天才作家莫泊桑在这一领域的成就丰富多姿的同时,开辟一个新的视角,有助于读者获得更多新发现和新感受。

张 英 伦
二〇二〇年六月二日于巴黎

供圣水的人[*]

他从前住在一个村庄的入口,大路边的一所小房子里。娶了本地一个农庄主的女儿以后,他自立门户成了大车匠。两口子辛勤劳动,积攒下一笔小小的钱财。不过他们没有孩子,这让他们非常苦恼。他们终于盼来了一个儿子,给他起名叫让。他们争着抚弄他,对他疼爱备至,简直到了一个钟头不见就受不了的地步。

让五岁那年,一帮跑江湖搞杂耍的人路过此地,在村政府前的广场上搭棚卖艺。

让看到这帮人,就溜出家门;父亲找了好久,才在几只会识字的山羊和会耍把戏的狗中间,看见他坐在一个上了年纪的小丑腿上,正放声大笑哩。

---

[*] 本篇首次发表于一八七七年十一月十日的《马赛克》周刊,作者署名"吉·德·瓦尔蒙";一九〇八年收入路易·科纳尔出版社出版的莫泊桑全集《羊脂球》卷;一九一二年收入保尔·奥朗道尔夫出版社出版的插图版莫泊桑全集《米斯蒂》卷。

三天以后,吃晚饭的时候,该上桌了,大车匠和他的妻子发现儿子不在屋里。他们在园子里找,没找到,于是父亲就到大路边,使出全身的力气叫喊:"让!"——夜晚来临,天边布满褐色的雾霭,景物都退入阴暗可怕的远方。离他很近的三棵大枞树,仿佛在哭泣。没有人回答他;但空气中似乎传来隐隐约约的呻吟声。父亲听了好久,总像是听见了什么,有时在左边,有时在右边;他已经头脑发昏,一面不停地叫喊着:"是让吗?是让吗?"一面向黑夜深处奔去。

他就这样一直跑到天亮,夜色中回响着他的喊声,游荡的野兽也被他吓跑了。他焦虑至极,有时甚至觉得自己疯了。他妻子坐在家门口的石阶上,一直哭到早晨。

他们没找到儿子。

在无法抚平的悲伤中,他们迅速衰老。

最后,他们卖掉房子,动身去亲自寻找。

他们向山坡上的牧羊人、过路的商人、乡村的农民和市镇当局打听。但他们的儿子已经失踪很久,没有人知道一点线索;儿子本人大概也已经忘记自己的名字和家乡的名字了。他们只有痛哭,再也不抱希望。

很快,钱花光了,他们就去农庄和客栈打短工,干最低贱的活儿,吃人家的残羹剩饭,睡在地上,忍受着严寒。更惨的是由于过度劳累,他们的身体已经变得很虚弱,再也没有人找他们干活了,他们不得不在大路边乞讨。他们带着凄苦的表情,用恳求的语调,上前和过路人搭话;在田野里,他们向午间在树下吃饭的收割庄稼的人乞讨一块面包,然后坐在沟边一声不吭地吃。

一天,他们向一位客栈老板倾诉自己的不幸,这客栈老板对他们说:

"我也认识一个丢失女儿的人,他后来在巴黎找到了。"

他们马上动身去巴黎。

他们走进这座大城市,见它那么大,来来往往的人那么多,简直惊呆了。然而他们相信儿子一定就在这人海中,不过他们不知道怎样去找。再说,他们还担心认不出他来,因为他们已经十五年没见过他了。

他们走遍所有的广场、所有的街道,在所有人群聚集的地方流连,希望天意能够安排一次巧遇,碰上什么奇迹般的好运,或者命运发一次善心。

他们经常盲目地往前走,互相搀扶着,样子那么悲惨,那么可怜,即使他们并没有乞讨,也会有人向他们施舍。

他们每个星期日都整天守候在教堂门口,观察进进出出的人群,在一张张脸上寻找一星半点和遥远记忆中的儿子相像的地方。有好几次他们以为认出了他,可是每次都认错了。

在他们最经常去的那座教堂的门口,有个供圣水的老人,成了他们的朋友。这老人也是历经劫难,他们很同情他,就这样,彼此间产生了深厚的友谊。后来他们三人索性一起住进一座大房子顶层的一间陋室,那住处偏远,已经靠近田野。有时,老人病了,大车匠就代替这位新朋友去教堂供圣水。冬天来了,这年冬天特别寒冷。捧圣水盆的孤苦老人死了,教区的本堂神父得知大车匠的种种不幸,就指定他来接替。

从此,他每天一清早就来,坐在同一个地方,同一张椅子上,脊背频繁地磨蹭着他依靠的那根古老的石柱,把石头都磨出痕迹来了。他目不转睛地打量每一个进来的男人。他像一个初中生一样焦急地盼望着星期日,因为那一天教堂里总是川流不息地挤满了人。

他变得很苍老,教堂穹顶下的潮气损坏着他的身体,他的希望也在一天天磨灭。

他已经认识所有来礼拜的人,知道他们的钟点、他们的习惯,能分辨出他们走在石板地上的脚步声。

他的存在变得那么狭隘,一个陌生人走进教堂对他来说都成了一桩大事。有一天来了两个妇人,一个年老的,一个年轻的,大概是母女俩,她们身后跟着一个男子。出去时,他向他们行礼,递过圣水以后,他又去搀扶那个老妇人。

"那男子想必是姑娘的未婚夫吧。"大车匠想。

他一直到晚上都在苦苦寻思:从前可能在哪儿见过一个人长得像这个男子。不过他回忆起的那个人如今也该是老人了,因为自己好像是在家乡那边认识他的,那时自己还年轻。

这男子从此经常陪两个妇人来教堂。那隐隐约约的相像,既遥远又熟悉,可就是记不清了,这让供圣水的老人伤透了脑筋。他把妻子叫来,帮记忆力衰退的他一起回忆。

一天傍晚,快天黑的时候,那三个外地人又一起进来。等他们走过去,丈夫问:

"喂！你认出是他吗？"

妻子心情紧张,也在努力回忆。突然,她小声地说:

"是……是……只不过他头发比较黑,个子比较高,身子比较壮,而且穿得像个绅士。但是,他爸,你看见了吗,他的相貌跟你年轻的时候一样。"

老人兴奋得跳了起来。

真的,这年轻人像他,而且也像他死去的弟弟,像他小时候见过的父亲。他们激动得说不出话来。那三个人从大堂下来,要出去。就在那年轻人把手伸进圣水盆的时候,老人的手剧烈地颤抖起来,圣水像雨点般洒了一地。他喊了一声:"是让吗?"

那男子停下来,看着他。

老人又低声喊了一声:

"是让吗?"

两个女人大惑不解地打量着他。

于是他第三次呜咽着说:

"是让吗?"

年轻人低低地俯下身子,端详他的面孔,一道童年记忆的闪光照亮他的心头,他回答:

"皮埃尔爸爸,雅娜妈妈!"

他什么都忘了,忘了父亲姓什么,忘了家乡叫什么;但他还记得这两个重复过无数次的称呼:皮埃尔爸爸,雅娜妈妈!

他跪下来,依偎着父亲的腿。他哭着,轮番拥吻着父亲和母亲。二老也喜极而泣。

那两个妇女也在哭泣,她们明白发生了一件大喜事。

于是他们全体前往年轻男子的住处。他对他们讲了自己的遭遇。

那帮流浪艺人把他拐走。在头三年里,他跟随他们辗转了很多地方。后来班子散伙了,有一天,在一座古堡里,一位老妇人觉得他很可爱,便出钱把他留下。他很聪明,她送他上了小学,又上了中学。老妇人没有孩子,把家产传给了他。他也寻找过自己的父母,但他只记得两个名字:"皮埃尔爸爸,雅娜妈妈",所以始终没能找到。现在,他就要成婚了。他把未婚妻介绍给自己的父母,那姑娘又美丽又善良。

两位老人也讲述了他们的痛苦和磨难,然后又再一次拥吻他。那天晚上他们很晚还不敢睡,生怕失去了那么久的幸福在他们睡梦中又离开他们。

但是顽固的厄运再也没有力量和他们纠缠,他们一直到死都活得很幸福。

家　事*

开往纳伊①的小火车刚驶过玛约门,正沿着通往塞纳河岸的宽阔的林荫道行驶。小车头拖着它那节车厢,鸣着汽笛赶开路上碍事的行人车辆,像一个气喘吁吁的长跑者,喷吐着蒸汽;活塞像是匆匆运动着的铁腿,发出嗑嗵嗑嗵的响声。夏日傍晚的闷热笼罩着路面;虽然一丝风也没有,还是扬起阵阵白色的尘土,像石灰似的,浓密,呛人,而且热烘烘的。这尘土沾在人们湿漉漉的皮肤上,眯住人们的眼睛,甚至钻进人们的肺里。

大道两旁,不少人走到户外来透透气。

车窗的玻璃都放了下来;车子开得很快,所有的窗帘都在

---

* 本篇首次发表于一八八一年二月十五日出版的《新杂志》第八卷;同年收入维克多·阿瓦尔出版社出版的莫泊桑小说集《泰利埃公馆》;一九〇二年收入保尔·奥朗道尔夫出版社出版的插图版莫泊桑全集《泰利埃公馆》卷。

① 纳伊:巴黎西边的一个市镇,当时有小火车从市内的星形广场通往库尔波瓦的圆形广场。

飘舞。只有寥寥几个人坐在车厢里（在这样的大热天，人们更喜欢待在车的顶层或者平台上）。其中有几个装束格调不怎么雅致的胖太太，这些郊区的中产阶级妇女，缺乏高贵的风采，却傲慢得不合时宜。还有几个在办公室辛劳了一天、已经疲惫不堪的男士，脸色蜡黄，弓腰驼背，因为长年伏案工作，看上去一个肩膀有点高。从他们焦虑不安、愁眉不展的面孔，就知道他们家庭生活中烦恼重重，经常手头拮据，昔日的希望已经注定成为泡影。他们全都属于那支落魄潦倒的穷鬼的大军，在巴黎周边近乎垃圾场的田野上，在石灰刷白的单薄的房子里过着枯燥乏味的日子；门外的一小块花圃就算是他们的花园了。

　　紧挨着车门，有一个矮胖的男子，面颊有些浮肿，肚子垂在叉开的两腿中间，穿一身黑色衣服，挂着勋章绶带，正在跟一位先生聊天。对方身材瘦长，不修边幅，穿着肮脏的白色亚麻布衣服，戴一顶陈旧的巴拿马草帽。前一位是海军部的主任科员卡拉旺先生，说起话来慢慢腾腾、吞吞吐吐，有时候简直就像个结巴。后一位曾经在一条商船上当过卫生员，最后在库尔波瓦①圆形广场附近安顿下来，用他一生走南闯北仅剩的似是而非的医学知识，在当地贫苦居民中间行医；他姓舍奈，要人家称呼他"医生"。关于他的品行，很有些流言蜚语。

　　卡拉旺先生一向过着标准的公务员的生活。三十年来，他每天早上守常不变地去上班，走的是同样的路，在同样的时

---

① 库尔波瓦：巴黎西北郊的一个市镇。

刻,同样的地点,看见赶去办公的同样的脸;每天晚上他循着同样的路线回家,又遇见他亲眼看着变老的同样的脸。

他每天在圣奥诺雷城厢街的拐角花一个苏①买一份报纸,又去买两个小面包,然后就走进部里,那神情活像个投案自首的犯人。他马不停蹄赶到办公室。他总是惴惴不安,时刻都在担心自己有什么疏忽,会遭到申斥。

从来也没有发生过什么事能改变他单调的生活规律;因为除了科里的事,除了升级和奖金,他对什么都不关心。不论在部里还是在家里(他已经不计较什么嫁妆,娶了一个同事的女儿),他从来不谈公务以外的事。他那被枯燥的日常工作弄得萎缩了的脑子里,除了和部里有关的以外,再也没有别的思想、希望和梦想。不过这个科员想起一件事总是愤愤不平:那些海军军需官,因为有银线饰带而被人称作"白铁匠"的,一调进部里就能当上副科长或者科长。每天晚上他都要在饭桌上,当着与他同仇敌忾的妻子,有根有据地论证:把巴黎的官职给那些本应该去漂洋航海的人,无论从哪一方面都极不公平。

他现在已经老了。可是他竟没有感觉到自己这一生是怎么过去的,因为他出了中学大门就直接跨进了办公室,只不过从前望而生畏的学监,如今换成了他怕得要命的上司。一看见这些衙门暴君的门槛,他就浑身上下直打哆嗦。他在人前总显得窘迫不安,和人说话总是低声下气,甚至紧张得口吃,

----

① 苏:法国旧时辅币,五生丁等于一个苏,二十苏等于一法郎。

就是这种持续不断的恐惧心理所致。

他对巴黎的了解,并不比一个每天牵着狗到同一家门口讨饭的瞎子更多。即使在他那一个苏一份的报纸上读到什么大事或者丑闻,他也认为都是凭空杜撰的故事,编出来供小职员们消遣的。他是秩序的拥护者,保守派,虽无一定的政见但敌视一切"新鲜事物"的保守派。凡是政治新闻他都略过不看,何况他那份报纸拿了某一方的钱,总是为满足该方的需要而对新闻加以歪曲。每天晚上,他沿着香榭丽舍林荫道回家,望着熙熙攘攘的行人和川流不息的车辆,就像是人地生疏的旅游者彷徨在遥远的异乡。

就在今年,他完成了按规定所必需的三十年的服务。一月一日那天,他获得了荣誉勋位团①十字勋章。在这些军事化的机关里,就是用它来奖励那些被钉在绿色卷宗上的犯人,奖励他们漫长而又悲惨的苦役的,或者美其名曰"忠诚服务"。这个意外的荣誉使他对自己的才干有了新的、更高的认识,彻底改变了他的生活态度。出于对自己所属的"勋位团"理所当然的礼貌和尊重,从那以后,他就取缔了杂色的长裤和式样花哨的上衣,只穿黑裤子和更适合佩戴他那宽宽的"勋章绶带"的长礼服。他每天早上都要刮脸,仔细清洁护理手指甲,并且每两天就换一件衬衫。总之,转眼之间,他就变成了另一个卡拉旺,整洁,庄重,而且待人接物还颇有些屈尊

---

① 荣誉勋位团:由拿破仑创立于一八〇二年的法国国家授勋制度,包括五个类别:骑士、军官、指挥官、司令官、大十字,沿用至今。

俯就的意味。

在家里，他说什么都要扯上"我的十字勋章"。他甚至骄傲到如此程度，对别人在扣眼上挂的任何一种勋章都无法容忍。他见了外国勋章尤其怒不可遏，——"这种勋章，根本就不应该允许在法国挂出来"。他特别看不惯舍奈"医生"，因为每天晚上在小火车上遇见他，他总是挂着一个不伦不类的奖章，有白的，有蓝的，有橙黄的，有绿的。

从凯旋门到纳伊的这段路上，他们两个人的对话仍是老生常谈。这一天和往常一样，他们先涉及的是地方上的种种弊端；他们对这些弊端都很反感，可是纳伊市的市长却偏偏不闻不问。接着，正像和医生做伴必然会发生的那样，卡拉旺把话题转到疾病上，指望通过闲谈的方式捞到些许免费的指点，甚至是一次诊断呢。只要做得巧妙，别让他看出破绽。再说，近来他母亲的情况让他十分担心。她常常昏厥，好久才能醒过来。虽然九十高龄了，可她就是不愿意去看病。

卡拉旺一提到母亲的高寿就心情激动。他反复地对舍奈"医生"说："活这么大岁数的人，您常见吗？"说罢，他深感幸运地搓搓手，倒不是他希望看见老太太在世上没完没了地活下去，而是因为母亲寿命长也是他本人长寿的预兆。

他接着说："嘿嘿！我家的人都长寿；因此，我可以肯定，除非遇到意外事故，我一定能活到很老才死。"卫生员怜悯地看了他一眼，在转瞬间端详了一下对方通红的脸、肥肥的脖子、坠在两条松软的粗腿之间的大肚子，以及这虚胖的老职员容易中风的浑圆的身胚；然后，他一只手掀了掀扣在对方头上的那顶灰白色巴拿马草帽,冷冷一笑,回答:"未必吧,老兄,令堂瘦得皮包骨,而阁下呢,胖得像个汤桶。"卡拉旺被他说得心慌意乱,哑口无言。

好在这时候小火车到站了。两个伙伴下了车。舍奈先生提议请他到对面他俩经常光顾的环球咖啡馆喝杯苦艾酒。老板和他们是朋友,向他们伸出两个手指头,隔着柜台上的酒瓶握了一下。然后他们就去找从中午起就坐在那张桌子上打多米诺骨牌的三个牌迷。他们互相热情地打了招呼,并且问了那句少不了的"有什么新闻呀",然后打牌的人继续打牌。他俩告辞的时候,人们向他们道了晚安。他俩出来以后,头也不抬,只是伸出手来互相握了一下,便各自回家吃饭。

卡拉旺住在库尔波瓦广场附近的一座三层小楼里。底层是一家理发店。

这套住房有两个卧室、一个饭厅和一个厨房,几把修过的、根据需要从这间屋子搬到那间屋子的椅子。卡拉旺太太把时间都花在打扫卫生上,而她的十二岁的女儿玛丽-路易丝和九岁的儿子菲利普-奥古斯特,常常和邻里的孩子们在林荫道的阳沟①里戏水。

卡拉旺把母亲安置在楼上。老太太的吝啬在这一带是出了名的,而她又长得瘦骨嶙峋,所以人们说:"天主"把他精打细算的原则都用在她身上了。她总是心情恶劣,没有一天能不跟人吵架、不发脾气。她经常隔着窗户,冲着站在门口的邻

---

① 阳沟:指马路中间或两边,稍稍低洼用于排水的渠道。

居、卖菜小贩、清道夫和儿童破口大骂。为了报复她,她出门的时候,孩子们就远远地跟在后面大叫:"老—妖—精!"

一个诺曼底来的小女佣给他们做家务,粗心得令人难以置信。为了防止老人发生意外,她就在三楼,睡在老太太的旁边。

卡拉旺回到家的时候,染上洁癖的妻子正在用一块法兰绒布擦那几把分散在几个空荡荡的房间里的桃花心木的椅子。她老是戴着线手套,头上扣着一顶便帽,那便帽缀有五颜六色的缎带,还老往一边耳朵上滑。每逢有人撞见她在上蜡、刷、擦、洗的时候,她便这么说:"我不是有钱人,家里一切都很简单;不过我也有我奢侈的地方,那就是清洁,它跟别的奢侈同样有价值。"

她生来就讲究实际,而且固执己见;在一切事情上她都是丈夫的向导。每天晚上,在饭桌上,然后在床上,他们总是喋喋不休地谈论着办公室里的事。虽然她比他小二十岁,他却像对神父似的,对她无所不谈,并且不论什么事都遵从她的意见。

她压根儿就没有漂亮过,现在更丑,矮小又干瘦。她那不多的女性特征,本来还是可以巧妙地显露一二,但她偏偏对着装一窍不通,自然就被永远地埋没了。她的裙子好像总往一边歪。无论什么场合,哪怕在大庭广众之下,她也经常在自己身上抓抓搔搔,几乎成了一种怪癖。她容许自己采用的唯一装饰,就是在家里常戴的自鸣得意的便帽上扎上许多杂七杂八的丝带。

她一见丈夫回来,就直起腰,吻着他的颊髯,问:"我的朋友,你想着去波丹①了吗?"(这话指的是他答应替她办的一件事。)他听了马上垂头丧气地倒在椅子上;这已经是他第四次把这事儿忘了。他说:"真是邪了门儿啦,我一整天都在想着这件事,可没用,到了傍晚还是忘了。"见他很难过,她就安慰道:"你明天记住不就完了。部里没有什么新闻吗?"

"有,还是一件大新闻呢:又有一个'白铁匠'被任命为副科长。"

她的脸立刻严肃起来,问:

"哪个科?"

"对外采购科。"

她气呼呼地说:

"这么说,是拉蒙那个位子了,正好是我希望你得到的那个位子。拉蒙呢?他退休了?"

他喃喃地说:"退休了。"她立刻暴跳如雷,便帽一直滑到肩膀上:

"完了!你看,这个破地方,现在什么指望也没有了。你说的那个军需官姓什么?"

"波纳索。"

她拿起总放在手边的海军年鉴查找,念道:"波纳索。——土伦。——一八五一年出生。——一八七一年任见习军需官——一八七五年任助理军需官。"

---

① 波丹:法国著名的食品杂货店。

"他出过海吗?"

听到这句问话,卡拉旺心里雨过天晴。他乐得肚子直抖。"跟巴兰,他的科长巴兰,正好是一路货色。"接着,他就开怀地笑着,讲起他那个部里的人全都觉得精彩的老笑话:"千万别派他们从水路去视察黎明军港,他们乘观光小火轮也会晕船呢。"

不过,她就跟没听见似的,仍然板着脸。过了一会儿,她慢慢搔着下巴,咕哝说:"要是我们能有一个有交情的议员就好了!只要议会知道部里发生的这一切,部长立马就会垮台……"

这时候,楼梯上传来的吵嚷声打断了她的话。玛丽-路易丝和菲利普-奥古斯特从阳沟那儿玩耍回来了,他们一个阶梯一个阶梯地步步为营,你打我一个耳光,我踢你一脚。他们的母亲横眉怒目地冲了出去,一手抓住一个孩子的胳膊,使劲地摇晃着他们,把他们推进屋里。

他们一看见父亲,就连忙向他扑过去。他慈祥地吻他们,吻了很久,然后坐下来,让他们坐在自己的大腿上,跟他们说说话儿。

菲利普-奥古斯特是个小淘气,头发乱糟糟的,从头到脚没有一处干净,脸上一副白痴相。玛丽-路易丝长得像她母亲,说话也像她,张口就像在重复她的话,甚至连手势也跟她一模一样。她也说:"部里有什么新闻呀?"他开心地回答:"宝贝女儿,你那位每个月都要来咱家吃饭的朋友拉蒙就要离开我们了。有个新来的副科长接了他的位子。"她抬起头望着父亲,用早熟的孩子才有的那种体恤的口吻说:"这么说,又有一个人从你背上蹿上去了。"

他敛起笑容,没有回答;然后就岔开话题,问正在擦窗户的妻子:"妈妈在楼上好吗?"

卡拉旺太太停下手里的活儿,转过身来,把已经完全滑到背上的便帽重新戴好,嘴唇颤抖着说:

"哈!对啦!咱们就来谈谈你妈吧!她跟我唱了一出好戏!你想想看,理发师的妻子勒博丹太太上楼找我借一包淀粉,正好我出去了;你妈就像对待乞丐似的,把人家撵了出去。所以我回来也把老太太呲了一顿。可她跟往常一样,人家指出她的不是,她总是假装听不见。其实,她并不比我聋,是不是?这根本就是在装。她一声不吭,立刻就上楼去了,就是证明。"

卡拉旺十分尴尬,沉默不语。正好,小女佣急匆匆地进来说晚饭已经准备好了。于是他拿起总是藏在墙角的那根扫帚把,往天花板上捅了三下,通知他母亲下来吃饭。然后他们便到饭厅去。小卡拉旺太太分好汤,等着老卡拉旺太太下来。总不见老太太下来,汤也凉了,他们只好先慢慢地吃起来。每人盘子里的汤都喝光了,他们又继续等。卡拉旺太太恼火了,就拿丈夫撒气:"你明知道她这是成心捣乱,可你还是老护着她。"他夹在中间,左右为难,只好打发玛丽-路易丝去叫奶奶,而他低着头,一动不动。他妻子气愤地用刀尖敲打着酒杯的脚。

门忽然开了,只有孩子一个人回来,她气喘吁吁,脸色煞白,慌慌张张地说:"奶奶倒在地上了。"

卡拉旺猛地站起来,把餐巾往桌子上一扔,就冲了出去。楼梯上响起他沉重而又急促的脚步声。他妻子认为婆婆又在耍什么花招,不以为然地耸耸肩,慢吞吞地跟上楼去。

老太太脸朝下直挺挺地倒在屋子中间。儿子把她翻过来,只见她纹丝不动,毫无表情,皮肤蜡黄、皱巴巴的,像鞣过的皮革一样,两眼紧闭,牙关紧咬,整个干瘦的身躯已经发硬。

卡拉旺跪在她身边,一边呜咽一边喊:"我可怜的妈妈,我可怜的妈妈呀!"不过卡拉旺太太端详了一会儿,肯定地说:"得啦,她又晕过去了,没什么大事。放心吧,不过是耽误咱们一顿饭罢了。"

他们把老太太抬到床上,脱光了衣裳。卡拉旺,他妻子,还有女佣,三个人一齐动手给她揉搓身子。可是,尽管他们费了很大的劲儿,她还是没有恢复知觉。于是他们打发罗萨丽去请舍奈"医生"。他住在离苏莱纳①不远的河边,路很远。等了很久,他终于到了。他给老太太做了检查,量了脉搏,听了心脏,然后宣布:"完了。"

卡拉旺扑在母亲身上,随着急促的抽噎,他的身子也在抖动。他拼命吻着母亲那张僵硬的脸,哭得那么伤心,大颗的眼泪像水滴似的洒在死者的脸上。

卡拉旺太太也适可而止地哭号了几声,然后就站在丈夫背后,微微地呜咽着,一个劲地揉着眼睛。

----

① 苏莱纳:巴黎西北郊一个市镇,毗邻库尔波瓦。

卡拉旺的脸都哭肿了，稀稀落落的头发也乱了，真心的悲痛让他变得很丑。他忽然站起来，说："不过……您能肯定吗？医生，您确实能肯定吗？……"卫生员连忙走过来，以老练利索的手法摆弄着尸体，像商人夸耀自己的货物似的，说："瞧，朋友，您瞧这眼睛。"他翻开老妇人的眼皮，眼珠在他手指下露了出来，没有任何变化，也许瞳孔有点儿放大。卡拉旺的心就像让人扎了一刀似的，惊吓得一阵毛骨悚然。舍奈先生又抓起老太太僵硬的胳膊，使劲扳开她的手指头，好像面对一个辩论对手，怒气冲冲地说："您看看这只手。放心吧，我绝不会弄错。"

卡拉旺又扑到床上，一边打滚，一边几乎像牛一样哞哞地哭号。他妻子则一直虚应故事地哭着，一边料理着必要的事。她把床头柜搬过来，铺上一块毛巾，摆上四根蜡烛，点着了。又从壁炉台上取下挂在镜子背后的一根黄杨树枝，搁在蜡烛之间的一个盘子里。没有圣水，就往盘子里倒满清水。可是她灵机一动，抓了一撮食盐扔在水里，大概她想象这就算完成了祝圣的仪式。

布置完死神降临时应有的场景，她就一动不动地站着。刚才帮着她布置的卫生员，这时低声对她说："最好把卡拉旺领出去。"她点头赞同，便走到仍然跪在那里不住啼哭的丈夫身边，和舍奈先生一人架一条胳膊，把他扶了起来。

他们先让他坐在一把椅子上。他妻子连连吻着他的额头，开导了他一番。卫生员也在一旁帮腔，劝他要坚强，要拿出勇气，要安于天命。其实这一切都是一个人遇到这种天降横祸时根本办不到的。接着,他们俩就搀着他,把他领了出去。

他像个胖娃娃似的哭哭啼啼,痉挛了似的抽噎着,有气无力,胳膊耷拉着,两腿发软。他都不知道自己怎么下的楼,只是两只脚在机械地移动。

他们把他安置在平常吃饭坐的那把扶手椅上,面前是快要空了的汤盘,他的汤勺还浸在没喝完的汤里。他就这样坐在那里,一动不动,对着酒杯发愣;他如痴如呆,已经什么也不想了。

卡拉旺太太在一个角落里和"医生"谈话,打听该办的手续,请教各种各样的具体事宜。舍奈先生好像还在等着什么似的,最后他拿起帽子,说他还没有吃晚饭,行了个礼,就要走。她这才惊呼道:

"怎么,您还没有吃晚饭吗?那就留下在这儿吃吧,医生,留下在这儿吃吧!我们有现成的,这就给您端上来。您知道,我们也吃不了多少。"

他婉言推辞;可是她坚持挽留:

"这算得了什么呀,您就留下吧。遇到这种时候,能有个朋友在身边,真是件难得的事。再说,您也许能够劝我丈夫吃点东西提提神;他非常需要打起精神来呀。"

"医生"鞠了个躬,把帽子放在一件家具上,说:"既然如此,我只好从命啦,太太。"

她对昏了头的罗萨丽吩咐了几句,自己也坐下吃起来,照她的说法,不过是"装装样子吃点儿,陪陪医生"。

凉了的汤又端上来。舍奈先生喝完一盘,又要求添了一次。接着上的是一盘里昂式牛肚,散发出一股洋葱的香味,卡拉旺太太也决定尝一点。"味道好极了。""医生"说。她笑了笑:"是吧?"然后转过脸来对丈夫说:"你也吃点吧,可怜的阿尔弗莱德,哪怕垫垫肚子也好,想想看,你还要熬夜呢!"

他顺从地递过盘子去,好像即使人家命令他马上上床睡觉,他也会照办不误。实际上他现在已经任人摆布,既不会反抗,也不会思考了。然后,他就吃起来。

"医生"自己动手,一连从菜盘里取了三次。卡拉旺太太呢,隔不大会儿就用叉子叉一大块牛肚,装作漫不经心似的吞下去。

满满一盆通心粉端了上来,"医生"咕哝说:"嘿!这可是好东西。"这一次,卡拉旺太太给每人分了一份,甚至连孩子们的小碟子都盛满了。没人顾得上管他们了,两个孩子连扒带扢地吃着碟子里的食物,喝着不掺水的葡萄酒,已经在桌子底下用脚开起战来。

舍奈先生想起罗西尼①对这道意大利美食的喜爱,冷不丁地说:"瞧!还押韵呢;很可以作一首诗,用这样的诗句来开头:

大作曲家罗西尼
吃通心粉成了癖……"

不过并没有人听他说话。卡拉旺太太忽然变得若有所

---

① 罗西尼(1792—1868):意大利歌剧作曲家。

思:她在考虑这个变故可能带来的各种后果。她丈夫呢,把面包搓成一个个小球儿,放在桌布上,像白痴一样目不转睛地盯着这些面球。他好像嗓子眼儿干渴难熬,葡萄酒喝了一杯又一杯;他那被打击和悲伤搅乱了的头脑,已经变得轻飘飘的,仿佛在刚开始的艰难消化过程突然造成的晕眩中乱舞。

"医生"呢,喝起酒来像个无底洞,显然已经半醉了。而卡拉旺太太呢,精神受到这场震动以后也心绪慌乱,焦躁不安;尽管她喝的是白水,头脑也有点晕乎了。

舍奈先生开始讲起几个遇到丧事的人家发生的事来,在他看来这些事真是荒唐透顶。因为在巴黎的这个郊区,住满了外省①来的居民,常可以看到乡下人对死者,不管是亲爹还是亲娘,表现出的那种冷漠,那种缺乏敬意,那种连自己都意识不到的残酷无情。这些事在乡下司空见惯,在巴黎却十分罕见。他说:"瞧,就在上个星期,皮托街有一家来请我。我连忙跑了去。到了那里,病人已经死了,家属却围在床边若无其事地喝着茴香酒。这瓶酒原是头天晚上买来,让垂危的病人过过瘾的。"

不过卡拉旺太太并没有听他说话,而是一心在想着遗产;卡拉旺则是头脑空空,根本听不懂他在说什么。

咖啡倒好了。为了提神,煮得很浓。每一杯咖啡里都兑了白兰地,他们的双颊顿时现出一层红晕,并且把他们已经神志恍惚的头脑里仅剩的一点思想搅得更乱。

---

① 外省:法国称巴黎以外的地方为外省。

随后,"医生"又突然抓起烧酒瓶,替每人斟上一杯"涮杯酒"。食物消化产生的温热让他们懒洋洋的,餐后烈酒产生的肉体的恬适让他们不由自主地沉醉。他们就这样一言不发,慢慢啜饮在杯底形成淡黄色糖浆的甜白兰地。

孩子们已经睡着了,罗萨丽把他们送上床。

人遇到不幸的事,大都喜欢以酒浇愁。在这种需要的驱使下,卡拉旺又无意识地一连喝了好几杯烧酒;他那呆滞的眼睛里闪耀着光芒。

"医生"终于站起来,准备走了;他抓住朋友的胳膊说:

"喂!跟我一块儿去走走。透透新鲜空气对您有好处。一个人烦恼的时候,不应该老待着不动。"

对方听从他的劝告,戴上帽子,拿起手杖,走了出去。两人臂挽着臂,在星光下向塞纳河走去。

一阵阵芳香在热烘烘的黑夜里飘拂,因为周围所有的花园在这个季节里都鲜花盛开。花的香气好像在白天沉睡,天一黑就苏醒过来似的,夹杂在黑暗中吹过的微风里四处洋溢。

宽阔的大街上静悄悄的,空无一人,两行煤气街灯一直伸向凯旋门。然而,在凯旋门那一边,巴黎在一片红雾笼罩下仍然热热闹闹,那是一片持续不断的喧嚣。远处的平原上,偶尔有一列火车开足马力奔来,或者穿过外省朝大西洋驶去,火车鸣着汽笛,仿佛在和那片喧嚣遥相呼应。

户外的空气吹拂着他们的脸,一开始颇让他们感到意外,以致"医生"差点儿失去平衡;卡拉旺吃了晚饭就感到头晕,这一下晕得更厉害了。他好像在梦里走路,昏昏沉沉,疲软无力。因为陷入精神麻木状态，他不再感到强烈的悲伤，甚至感到轻松些了。弥漫在黑夜里的温馨的花香，更增加了他的轻松之感。

他们到了桥头，就顺着河向右走。塞纳河向他们迎面送来一阵凉风。在一排高耸的白杨树构成的帷幔前，河水忧郁而默默地流着；星星被河水荡漾着，仿佛在水中游泳。飘浮在对岸的淡白色的薄雾，向人们的肺里注入一股潮湿的气息。卡拉旺突然站住了，因为这河水的气息在他心里勾起一件件久远往事的回忆。

他突然又看见昔日的母亲，在他童年时，在遥远的庇卡底①，弯着腰，跪在自家门前那流过他家园子的小溪边，洗她身边的一堆衣裳。他又听见她在寂静的田野上的捣衣声和她的喊声："阿尔弗莱德，给我拿块肥皂来。"他又感觉到那流水的气息，那流水淙淙的土地上腾起的薄雾，和那一直留在他心头难以忘怀的沼泽地上蒸起的水汽的味道，而这一切偏偏又出现在母亲刚死的这个晚上。

他停下来，僵立不动，悲情哀思又袭上心头，就仿佛一道闪电，一下子把他的不幸暴露无遗。遇上这飘忽的微风，他又陷入无法挽救的痛苦的深渊。他感到自己的心被这次永无尽期的离别撕碎了。他的一生从此被一切两段；他的年轻时代随着母亲的去世而被死神整个儿吞没了，消失得无影无踪。整个的"过去"结束了，青少年时期的回忆全都化为乌有；再

----

① 庇卡底：法国北部的一个大区。

也没有人能和他谈谈往事,谈谈他从前熟悉的人,他的家乡,他自己以及他过去生活中那些私密的事。他生命中的那一部分已经不复存在,现在轮到另一部分等待着死亡了。

往事开始一件接一件在他的脑海里掠过。他又看见年轻的"妈妈",她身上穿着已经磨旧了的连衣裙,那些连衣裙穿了那么久,在他的印象里好像和她本人已经分不开了。他在原已忘记的千百个场景里,又找到了母亲模糊的面容,她的手势、语调、习惯、怪癖、易动的肝火、脸上的皱纹、瘦手指的动作,所有那些熟悉而又不会再有的姿态。

他紧紧扒着"医生"的肩膀,不住声地呜咽着。他两条绵软无力的腿颤抖着,整个肥胖的身躯随着哭声哆嗦着,嘴里咕哝着:"妈妈,我可怜的妈妈,我可怜的妈妈呀!……"

但是,他那个仍然醉醺醺的同伴,此刻正想着到经常偷偷光顾的那个地方去结束这个夜晚。他被卡拉旺这阵猛然发作的哀伤弄得很不耐烦,扶着他在河边的草地上坐下以后,几乎立刻就借口去看一个病人,撇下他走了。

卡拉旺哭了很久。后来,眼泪哭干了,痛苦可以说也跟着流光了,他又感到一种轻松,一种安宁,心情也突然平静了下来。

月亮升起了。大地沐浴在柔和的月光里。高大的白杨树泛着银光,平原上的雾就像浮动的雪。河面上不再有星星游泳,而是仿佛铺满了珍珠;河水依旧流淌,激起闪烁的涟漪。空气温和,微风含着花香。沉睡中的大地透露出几分柔韧,卡拉旺尽情领味着这黑夜的甜美。他深深地呼吸着;一股清新、宁静的感觉,一种不可思议的快慰,似乎也随之渗透他的全身。

不过,为了抗拒这来得不合时宜的舒适感,他一遍遍地重复着:"妈妈呀,我可怜的妈妈呀。"出于正直人的良知,他想哭;可是他又哭不出来。甚至连刚才还让他号啕大哭的那些回忆,也引不起他的半点悲情了。

于是他站起来,循着原路慢步往回走。他沉浸在对一切都无动于衷的大自然的寂静里,自己的心也非他所愿地平静了下来。

他走到桥头,只见末班小火车打着即将出发的信号灯;小火车的背后,环球咖啡馆的窗内灯火通明。

他觉得需要找个人倾诉一下自己的不幸遭遇,引起人们的同情和关切。于是他哭丧着脸,推开咖啡馆的门,径直走向柜台。老板依然在那里坐镇。他本希望会有这样一种效果:所有的人都站起身,走过来,一边主动和他握手,一边问:"咦,您这是怎么啦?"可是偏偏没有一个人注意到他脸上的忧伤。他于是俯在柜台上,两手捧着头,咕咕哝哝地说:"主啊!主啊!"

老板打量了他一眼,问:"卡拉旺先生,您是不是病了?"他回答:"我没病,可怜的朋友,是我母亲刚刚去世了。"对方心不在焉地"啊"了一声;恰好这时候店堂尽头有个客人叫:"来一杯啤酒!"他立刻扯着嗓门吓人地应道:"是咧!……这就来!"撇下愕然的卡拉旺,赶去侍候客人。

三个牌迷仍然在晚饭前的那张桌子上,全神贯注、雷打不动地打多米诺骨牌。卡拉旺走过去,寻求他们的同情。他们当中好像谁也没注意到他来了,于是他决定自己开口。"就这么一会儿工夫,"他对他们说,"我遭了一场大祸。"

那三个人同时微微抬了抬头,不过眼睛仍然盯着手上的牌。"怎么了?""我母亲刚刚过世了。"他们中的一个咕哝道:"啊!不幸呀!"同时做出一个明明无动于衷却假装难过的表情。另一个人找不出什么话说,摇了摇头,吹了一个表示伤心的口哨。第三个人又打起牌来,好像心里在想:"原来是这么回事!"

卡拉旺本来期望的是一句所谓"发自肺腑"的话。现在一看自己受到这样的冷遇,就走开了。这些人对朋友的痛苦居然如此无动于衷,这让他感到气愤,尽管他的痛苦此刻已经大大缓和下来,连他自己也不怎么感觉得到了。

于是他离开了咖啡馆。

他妻子身穿睡衣,正坐在开着的窗户旁边的一把小椅子上等他。原来她心里一直惦记着遗产的事。

"快脱衣裳,"她说,"咱们上了床再说。"

他抬起头,眼睛望着天花板,说:"可是……楼上……一个人也没有。""放心吧,罗萨丽守在她身边呢。你先睡一会儿,凌晨三点钟去替她。"

为了防备万一发生什么事情,他仍然穿着衬裤;头上包了一条围巾,就跟在妻子后面钻进被窝。

他们先并排坐了一会儿。她在想心事。

即使在这个时候,她的睡帽上也缀着一个粉红色的蝴蝶结,略微向一边的耳朵上歪着,仿佛她戴便帽养成的这个习惯无论何时也改不了似的。

她突然转过脸来,对他说:"你知道你妈立过遗嘱吗?"他迟迟疑疑地说:"我……我看没有……大概没有,她没有立过。"卡拉旺太太盯着丈夫的脸,压低了声音,愤愤不平地说:"你瞧,真不像话,是不是?十年来我们辛辛苦苦服侍她,我们供她住,供她吃!换了你妹妹,她绝对不会干。就是我,要是早知道落得这样的结果,我也不会干!是的,将来人们想起她来,这可是件丢脸的事!你也许会对我说,她付给我们膳宿费呀。不错,但是子女们的照料,可不是花点钱就能买得到的,应该在死后用遗嘱来表示感激才对。正直体面的人都是这么做的。看来,我是白辛苦、白忙活了!这倒干净!这倒干净!"

卡拉旺被弄得心烦意乱,连声说:"亲爱的,亲爱的,我求你啦,我求你啦。"

她数落了半天,渐渐地平静了下来,又用平常的声调说:"明天上午应该通知你妹妹了。"

他一下子蹦了起来,说:"真的,我居然没有想到这件事;天一亮我就去发电报。"可是她该想的都想到了,她拦住他说:"不,十点至十一点之间再发;在你妹妹到来以前,咱们得有时间考虑怎么把要做的事情安排好。从沙朗东①到这儿,她最多两个钟头就到了。我们可以推说你昏了头。再说,就

---

① 沙朗东:巴黎东郊的一个市镇。

是上午通知,也不算晚呀!"

卡拉旺突然拍了一下脑门,就像平时谈到那位他一想到就要发抖的科长时那样,用战战兢兢的语调说:"还应该通知部里一声。"她问:"为什么要通知?遇到这样的事情,就是忘了,也情有可原。相信我好了:不通知。你那位科长什么也不能说,你要狠狠给他一个难堪。""啊!这样嘛,好吧,"他说,"他见我没去上班,一定还会火冒三丈。嗯,你说得对。这是个好主意。等到我告诉他我妈死了,他也只好闷声不吭了。"

这位科员对这种作弄甚感得意,一边搓着手,一边想象着科长的表情。这时候,老太太的尸体仍然躺在楼上,已经睡着的女用人就守在旁边。

卡拉旺太太忽然又变得烦恼起来,好像有一件说不出口的事在困扰着她。最后她还是下了决心,说:"你妈已经把她的座钟给你了,对不对,就是那个女孩玩毕尔包凯球①的?"他想了一会儿,说:"是的,是的,她对我说过;不过那是很久以前她刚到这儿来的时候说的。她当时确实对我说过:'如果你待我好,这个座钟将来就归你了。'"

卡拉旺太太吃了定心丸,愁眉顿时舒展了,说:"你看呀,既然说过,就应该去拿过来;等你妹妹来了,她就不让我们拿了。"他有些迟疑,说:"你真的这样想吗?……"她生气了:"我当然这样想。只要神不知鬼不觉搬到这儿来,那就是我们的了。她屋里的那个大理石面的五斗柜也一样。有一天她

---

① 毕尔包凯球:一种用长绳系住抛接球的游戏。

脾气好的时候答应过给我。咱们也一起搬下来吧。"

卡拉旺似乎不大相信。"不过,亲爱的,这可是责任重大呀!"她转过脸来,直眉竖眼地说:"唉!真是的!你就永远改不了吗?你呀!你情愿自己的孩子饿死,也不愿意动一下手。那个五斗柜,从她答应给我的时候起,就是咱们的了,对不对?如果你妹妹不同意,让她来跟我说好了!我才不在乎你妹妹呢。好啦,起来,咱们这就去把你妈给咱们的东西搬下来。"

他就这样被制服了,哆哆嗦嗦地从床上下来;刚要穿长裤,她又拦住他,说:"不用穿外衣了,走吧,有衬裤就够了。你看,我就这么去。"

他俩穿着睡衣,悄悄爬上楼,小心翼翼地推开门,来到屋里。老太太在那里直挺挺地躺着,守着她的仿佛只有放着黄杨圣枝的盘子周围那四根燃着的蜡烛;因为罗萨丽躺在扶手椅上,早就睡着了。她伸着两条腿,两手交叉着放在裙子上,歪着头,一动不动,张着嘴打着小鼾。

卡拉旺捧起座钟。像帝国时代大量生产出的艺术作品一样,这是一件滑稽可笑的摆设。一个镏金的年轻姑娘的铜像,头上装饰着各种花卉,手上拿着一个毕尔包凯球当作钟摆。"给我,"他的妻子说,"你搬五斗柜的大理石面。"

他遵照她的吩咐,气喘吁吁,费了好大的劲才把大理石面扛到肩上。

两口子开始起步了。卡拉旺伛着腰,走出房门,开始哆哆嗦嗦地下楼梯;他妻子倒退着走,一只手拿着蜡烛给他照亮,一只手抱着座钟。

到了自己的屋里,她松了一大口气。"最难的办完了,"她说,"再去搬剩下的。"

可是五斗柜的抽屉里装满了老太太的衣物,得放在什么地方才成。

卡拉旺太太灵机一动,说:"快去把门厅里的那个松木箱子搬来;那箱子连四十个苏也不值,就摆在这儿吧。"木箱搬来以后,他们就开始倒腾。

他们把袖口、绉领、衬衣、便帽、躺在他们背后的那位老太太的所有寒酸的旧衣裳,都一件一件取出来,整整齐齐地放进木箱,好瞒哄第二天就到的死者的另一个孩子布罗太太。

倒腾完了,他们先把抽屉都搬下去,接着又一人抬一头把柜体搬下去。他们花了很长时间琢磨摆在什么地方最合适,最后才决定把它放在卧室里,床对面的两扇窗户之间。

五斗柜刚摆好,卡拉旺太太就把她自己的衣物放了进去。座钟放在饭厅的壁炉台上。然后两口子又仔细检查了一下布置的效果。他们感到满意极了。"很不错哟。"她说。他回答:"的确,很不错。"接着他们就上床睡觉。她吹灭了蜡烛。不久,这座三层小楼里,所有的人都进入了梦乡。

卡拉旺睁开眼时,天已经大亮了。他刚睡醒,头还昏昏沉沉的,过了几分钟,才记起了刚发生的大事。他好像当胸狠狠挨了一拳,一骨碌跳下床,心里又是一阵难过,几乎哭出声来。

他急忙跑上楼。罗萨丽还在那间屋子里酣睡,仍然保持着头天晚上的那个姿势;其实她这一夜就没有醒过。他打发她去干活,自己动手换掉已经燃尽的蜡烛,然后就端详起母亲来。与此同时,他的脑海里滚动着那些貌似深奥的思想,那些芸芸众生在死人面前无法摆脱的宗教和哲学的俗见。

这时,他听见妻子叫他,便又走下楼。她已经把上午该办的事拉了一张单子。他接过满是术语的清单一看,吓了一跳。

单子上写着:

　　1. 去市政府登记;

　　2. 请医生验尸;

　　3. 订寿材;

　　4. 去教堂;

　　5. 去殡仪馆;

　　6. 去印刷所印讣闻;

　　7. 找公证人;

　　8. 打电报通知亲属。

此外还有一大堆要办的零七八碎的事。他拿起帽子,立刻出门。

这时,消息已经传开了,女邻居们开始上门来要求看看死者。

在楼下的理发店里,老板娘和正在替顾客刮脸的老板,甚至还为这件事发生了一场争论。

女的一边织着袜子,一边咕哝道:"又少了一个,少了一个小气鬼;这个小气鬼,可是世上少见。说真的,我从来就不喜欢她;不过还是应该去看看她。"

男的一边往顾客的下巴上抹肥皂,一边低声抱怨:"您听呀,尽是些怪念头!只有女人们才想得出。她们活着的时候打扰您还不够,死了也不让您安生。"但是他妻子并不觉得有什么不好,接着说:"我也没什么办法呀,只是觉得应该去一下。这一上午我都在惦记着这件事。我要是不去看看她,就好像这一辈子都放不下似的。但是,仔细看看她,记住她的模样,我就心满意足了。"

手里拿着剃刀的丈夫耸耸肩膀,跟正在刮脸的那位先生说起悄悄话来:"我倒要问问您,您对这些可恶的娘们儿是怎么想的?反正我不会觉得看死人有什么乐趣!"这话让他妻子听见了,她不动声色地回答:"就是有趣嘛,就是有趣嘛。"说完,她把手里的毛线活儿往柜台上一撂,就上楼去了。

已经有两个女邻居捷足先登,正在和卡拉旺太太谈论这件不幸的事。卡拉旺太太绘声绘色地讲述着事情的经过。

她们朝停着尸体的房间走去。四个女人蹑手蹑脚地进去,先后蘸了点盐水洒在被窝上;接着跪下来,一边喃喃祈祷,一边画十字;然后就站起来,瞪大了眼睛,张大了嘴,久久地打量着尸体。这当儿,死者的儿媳用一块手绢捂住脸,强作伤心地抽噎着。

她转身要出去的时候,发现玛丽-路易丝和菲利普-奥古斯特全都穿着内衣站在门口,好奇地望着。她忘掉了做作出来的悲痛,扬起手,跑过去,气咻咻地大嚷:"快给我走开,淘气鬼!"

十分钟以后,她陪着另一拨女邻居上楼来。她又在婆婆身上挥了挥黄杨树枝,做了祈祷,流了几滴眼泪,尽了她所有的义务。这时,她发现两个孩子又出现在身后,便狠狠地打了他们两巴掌。但是到了第三次,她也就不再理会他们了。以后每次有客人来,两个孩子都跟着,跪在角落里,一遍遍照葫芦画瓢地模仿他们母亲的每一个动作。

一到下午,被好奇心驱使来的女人就减少了。没有多久,就不再有人上门了。卡拉旺太太便回到自己的屋里,忙着准备出殡的大大小小的事。死人就孤零零地停在楼上。

窗户开着。滚滚热浪夹着阵阵尘土扑进屋来;四根蜡烛的火苗在一动不动的尸体旁边跳动着;几个小苍蝇在被子上、两眼紧闭的脸上、伸出的两只手上爬来爬去,飞去又飞回,不停地兜着圈子;它们来拜访这位老太太,也等候着它们自己即将到来的死亡时刻。

玛丽-路易丝和菲利普-奥古斯特又到大街上去玩耍了。没多久,他们就被小朋友们包围起来,特别是那些女孩子,她们更机警,能够更快地嗅出生活中的一切秘密。她们像大人似的打听:"你奶奶死了,是吗?""死了,昨天晚上死的。""死人是什么样子?"玛丽-路易丝就解说起来:蜡烛啦,黄杨树枝啦,死人的脸是什么样子啦。这番介绍激起孩子们强烈的好奇心;他们也要求上楼去看看死者。

玛丽-路易丝立刻组织了第一个旅行团:五个女孩和两个男孩,都是年龄最大,胆子也最大的。为了不让人发现,她强迫他们脱掉鞋子。这队人马潜入楼内以后,就像一支小老鼠的大军一样噜噜地蹿上楼。

到了屋里,小姑娘立刻模仿她母亲,有样学样地举行起仪式来。她郑重其事地领着小朋友们下跪、画十字、嚅动嘴唇，再站起来，往床上洒水。然后，孩子们就挤作一团，怀着恐惧、好奇而又兴奋的心情走到床边，观看死人的脸和手。这时，玛丽-路易丝突然用小手绢捂住眼睛，假装哭起来。不过，她猛地想到在外面等着她的那些孩子，马上忘了悲伤，急匆匆地带走这一批，紧接着又带来另一批，继而又是第三批；因为所有当地满街跑的孩子，甚至连那些衣衫褴褛的小乞丐，都闻讯赶来参加这新奇的娱乐。而且她每一次都把母亲那些装腔作势的动作重复得惟妙惟肖。

时间长了，她也累了，孩子们也被另外的游戏吸引到别处去了。老祖母又孤零零地躺在那里，被所有的人完全忘记了。

屋里布满了阴影；摇曳的烛光在她干瘪而又皱纹累累的脸上跳着光与影的舞蹈。

八点钟光景，卡拉旺上楼来，关好窗子，又更换了蜡烛。他现在进来，态度已经很平静了，因为他已经看惯了那具尸体，就像它已经在那儿摆了好几个月似的。他甚至还能够注意到它没有一点腐烂的迹象。坐下来吃晚饭的时候，他把这个发现告诉了妻子。她回答："可不，她就跟木头做的一样，至少能保存一年。"

他们一言不发地吃着浓汤。孩子们一整天没人管，已经人困马乏，倒在椅子里打起盹来。其他人也都保持着沉默。

灯光忽然暗下来。

卡拉旺太太捻了捻灯芯；可是油灯空洞地响了一下，长长地咕噜了一会儿，就熄灭了。他们偏偏又忘了买灯油！如果现在去杂货店,肯定要耽误吃饭。他们就找起蜡烛来。可是,除了楼上床头柜上点的那几根以外,再也没有了。

卡拉旺太太做事总能当机立断;她马上打发玛丽-路易丝上楼去拿两根下来,其余的人就在黑暗中等着。

人们可以清晰地听到小姑娘上楼的脚步声。接着是几秒钟的寂静。突然,这孩子急急忙忙地跑下楼。她推开门,满脸惊恐,比前一天报告不幸的消息时还要紧张。她上气不接下气地说:"哎呀!爸爸,奶奶在穿衣裳!"

卡拉旺一下子蹦了起来,被他带倒的椅子一直滚到了墙边。他结结巴巴地说:"你说……你说什么呢?……"

紧张得语不成声的玛丽-路易丝重复道:"奶……奶……奶奶在穿衣裳……她就要下楼来了。"

卡拉旺先生发了疯似的奔向楼梯,大惊失色的妻子紧随其后。但是到了三楼的门口,他站住了,因为他吓坏了,不敢进去。他会看到什么场面呢?还是卡拉旺太太比丈夫胆大,她转动了一下门把手,走了进去。

屋里好像变得昏暗了许多。屋子中间,一个又高又瘦的人影在动。是老太太,她已经起来了。她从昏睡中醒过来,神志还没有完全恢复,就侧转身子,用一只胳膊撑着,把点在灵床边的蜡烛吹熄了三根。等体力稍稍恢复,她就下床来找衣裳。见五斗柜不翼而飞,她起初的确有些迷惑;不过慢慢地在木箱最底下找到了,她就不慌不忙地穿起来。接着,她又把那一盘水倒掉,把黄杨树枝仍旧挂到镜子后面,把椅子都放回到原处。儿子和儿媳进来的时候,她正准备下楼。

卡拉旺冲过去,抓住她的手,拥吻她,热泪盈眶;他妻子在他背后虚情假意地连声说着:"真是太好啦,真是太好啦!"

但是,老太太却并不感动,甚至就像根本不明白他们在做什么。她的脸绷得像一座雕像,目光冷冷的,问了句:"晚饭快好了吗?"他已经昏了头,结结巴巴地说:"早好了,妈妈,我们正等你吃饭呢。"他表现出不寻常的殷勤,挽住她的胳膊。卡拉旺太太端起蜡烛,就像半夜里替扛大理石柜面的丈夫照路一样,一级一级地倒退着在前面引路。

到了二楼,她差点跟正在上楼的人撞个满怀。原来是住在沙朗东的亲戚到了,布罗太太走在前面,后面跟着她的丈夫。

女的又高又胖,患水肿病的大肚子,把上身撑得向后仰着。她见此情景,吓得目瞪口呆,打算掉头逃跑。她丈夫是个信仰社会主义的皮匠,矮矮的个儿,满脸满鼻的须毛,一眼望去活像个猴子。他却没有大惊小怪,只是低声说:"咦,怎么回事?她活过来啦!"

卡拉旺太太一认出他们,就连做了几个十分遗憾的手势,然后大声说:"嘿!怎么!……是你们呀!真是天大的喜事!"

但是布罗太太已经被弄得晕头转向,不明白这句话的意思,所以低声回答:"是你们打电报催我们来的,我们还以为已经完了呢。"

她丈夫在背后捏了她一把,叫她住口。然后他在大胡子下面做了个奸笑,补救道:"难得你们邀请我们。我们立刻就来了。"话里影射着两家人长期以来充满的敌意。这时,老太太已经到了楼梯最下面几级,他连忙迎上去,用盖住脸的胡子蹭了蹭她的双颊;怕她耳背,又对准她的耳朵大喊:"您好吗,妈妈?还是那么硬朗,嗯?"

布罗太太看见本以为死了的人现在活得好好的,还心有余悸,甚至不敢上前去拥吻。她的庞大的肚子把整个楼梯口都塞满了,挡住了其他人的路。

老太太觉得有些蹊跷,已经起了疑心,不过一直不开口,只是望着周围的人。她的灰色的小眼睛四处打探着,犀利而又严峻,一会儿盯住这个人瞧瞧,一会儿盯住那个人望望,眼神里显而易见充满了想法,弄得她的孩子们很不自在。

卡拉旺希望打个圆场,说:"老太太刚才有点不舒服;不过现在好了,完全好了。是不是,妈妈?"

老太太一边继续往前走,一边回答:"一下子昏过去了。不过你们说的做的我全都听见了。"她说话的声音那么微弱,就像是从遥远的地方传来似的。

接着是一阵尴尬的沉默。众人走进饭厅,便在餐桌前坐下;面前是用几分钟时间临时凑起的一顿晚饭。

只有布罗先生一个人还能沉得住气。他那张大猩猩般的凶相逼人的脸怪相百出;他信口说些含沙射影的话,弄得所有的人都很难堪。

这还不算,门厅那边还频频传来门铃声,忙得晕头转向的罗萨丽一次次跑进来找卡拉旺;他总是连忙撂下餐巾走出去。他妹夫甚至问他:今天是不是他会客的日子?他支支吾吾地说:"不不,都是些小事,没什么。"

后来,有人送来一包东西,卡拉旺冒冒失失地拆开一看,原来是印着黑框的讣闻。他的脸唰地红到耳根,赶紧又包起来,塞进坎肩里。

他母亲并没有看见;她在目不转睛地望着摆在壁炉台上的她的座钟,镀金的毕尔包凯球还在不停地摆动。在冷冰冰的沉默中,尴尬的局面越来越令人难堪。

老太太把她那巫婆似的皱纹密布的脸转过来,眼里闪着一丝狡黠的意味,对女儿说:"星期一,把你的小丫头带来,我想看看她。"布罗太太顿时喜形于色,大声说:"是啰,妈妈。"卡拉旺太太却脸色变得煞白,几乎气昏过去。

这当儿,两位男士正谈得越来越起劲;为了一点鸡毛蒜皮的小事,他们居然展开了一场政治辩论。布罗拥护各种革命的共产主义学说,他激动得手舞足蹈,两只眼睛在毛茸茸的脸上炯炯发光,叫嚷着:"财产,先生,是对劳动者的掠夺;——土地应该属于大众;——继承权是一种堕落,一种耻辱!……"但是他说到这里突然打住了,好像刚才说了什么蠢话似的,有些发窘。过了一会儿,他才用比较温和的口吻说:"不过现在不是争论这些事的时候。"

门开了,舍奈"医生"走了进来。一开始他大吃一惊,不过转眼间就显得若无其事了。他走到老太太跟前,说:"哈哈!老太太!今天气色很好嘛!啊!我早就料到了,果然如此。刚上楼的时候,我还对自己说:我敢打赌,老太君,她又起来了。"他轻轻拍了拍她的背,接着说:"她结实得就像新桥①!你们等着瞧吧,咱们全得靠她老人家来挖坟地呢。"

他坐下来,接过递给他的咖啡,很快就加入两位男士的争论。他赞成布罗的意见,因为他自己也在公社②的事情上受到过牵连。

老太太感到累了,要回楼上去。卡拉旺连忙走过来。可是她眼睛瞪着他,说:"你马上把我的五斗柜和座钟搬上去。"不等他结结巴巴地说完"是的,妈妈",她已经挽着女儿的胳膊,走了出去。

卡拉旺两口子呆若木鸡,哑口无言,沮丧得像遭到一场飞来横祸似的。布罗却一边得意地搓着手,一边抿着咖啡。

卡拉旺太太气疯了,猛地朝他冲过去,嚷着:"你这个贼,无赖,流氓……我真想啐你一脸唾沫,我……我……"她找不出话来了,上气不接下气。而他呢,一直笑眯眯地啜着咖啡。

正在这时,布罗太太回来了,于是卡拉旺太太又朝她小姑子冲过去。这两个人,一个巨肥,挺着让人望而生畏的大肚子;另一个干瘦,动作狂乱得像是在发羊痫风,手哆嗦着,声调也变了。她们唇枪舌剑地互相辱骂。

舍奈和布罗过来拉架。布罗抓住他妻子的两个肩膀,把她推出门去,一边呵斥着:"滚,你这头蠢驴,别嚷了!"

----

① 新桥:巴黎塞纳河上的一座桥。
② 公社:指一八七一年的巴黎公社革命。革命失败后,参加者遭到严厉镇压。

人们可以听到他们在街上一边走远,一边还吵个不休。

接着,舍奈先生也告辞了。

只剩下卡拉旺两口子面面相觑。

男的一屁股倒在一把椅子上,两鬓沁出冷汗,咕哝着:"我怎么去对科长说呢?"

泰利埃公馆*

1

每天晚上十一点钟左右,他们都到那里去,就跟上咖啡馆一样,已经成为自然而然的事。

在那里碰头的有七八个人,总是他们这七八个人。他们都不是生活放荡之徒,而是正派可敬的人,商人,或者城里的年轻人。他们一边喝着沙尔特勒甜酒①,一边跟姑娘们逗乐,或者跟大家都很敬重的"太太"正正经经地聊聊天。

半夜十二点以前他们就回家睡觉。年轻人有时就留下。

公馆是家庭式的,房子很小,漆成黄色,坐落在圣艾蒂安

---

* 本篇首次发表于一八八一年五月维克多·阿瓦尔出版社出版的莫泊桑小说集《泰利埃公馆》;一九〇二年收入保尔·奥朗道尔夫出版社出版的插图版莫泊桑小说全集《泰利埃公馆》卷。

① 沙尔特勒甜酒:沙尔特勒修会修道士酿制的一种甜烧酒。

教堂背后那条街的拐角。从窗口可以眺见泊满正在卸货的船只的锚地，还有人们称作"蓄水池"的大盐滩；后面是圣母坡和山坡上通体灰色的古老的小教堂。

"太太"出身于厄尔省①的一个殷实的农民家庭；她从事这个行业，对她来说，完全就像开帽子店或者内衣店一样。认为卖淫可耻的那种偏见在城市里是那么强烈，那么根深蒂固，但是在诺曼底②的农村里并不存在。农民们说："这是个好行当。"他们让自己的女儿去开妓院，就跟送她去主持一家女子寄宿学校一样。

再说，这个公馆是从一位年迈的舅舅手里继承下来的。"先生"和"太太"原来在依弗托③附近开客店；他们断定费康④的生意更有利可图，便立刻把客店盘了出去。就这样，一天早上，他们来到费康，接管了这家因为老板分心而濒于倒闭的企业。

他们诚实善良，很快就赢得了全班人马和邻居们的喜爱。

两年后"先生"中风去世。他自从干上这新的职业，终日悠闲，很少活动，养得大腹便便，正是这种健康状况毁了他。

"太太"守寡以后，经常到公馆来的那些客人都对她垂涎三尺，不过枉费心机。人们都称道她绝对地谨慎，就连那些姑

---

① 厄尔省：法国诺曼底大区的一个省。
② 诺曼底：法国西北部旧时的一个省，地域大致相当于现在法国的下诺曼底和上诺曼底两个行政区，前者包括卡尔瓦多斯、芒什和奥恩三省，后者包括塞纳滨海省和厄尔省。
③ 依弗托：法国诺曼底大区塞纳滨海省的一个城市。
④ 费康：法国诺曼底大区塞纳滨海省的一个港口小城。

娘们也没有发现过什么。

她个子高高的,身材丰腴,很讨人喜欢。由于常年待在总是关着的晦暗的房子里,她的脸色变得苍白,像敷上一层清漆似的闪着亮光。一排细软鬈曲的假发做成的薄薄的刘海,把她的面容衬托得很年轻,但是和她那成熟的体形却又很不相称。她总是乐呵呵的,喜笑颜开;爱开心打趣,但适可而止,她的新行当并没有让她失去分寸。粗鲁的话总是让她感到有点刺耳;如果哪个小伙子不知好歹,对她经营的这个生意直呼其名,她就会板起脸来发脾气。总之,她有一颗高雅的心灵;尽管她待那些姑娘像朋友一样,她还是常常喜欢说,她和她们"可不是一码事"。

在星期日以外的日子里,她有时会叫一辆出租马车,带着一部分属下,到瓦尔蒙森林深处一条小河边的草地上去玩。她们就像一群逃出寄宿学校的女生,发了疯似的奔跑,玩各种孩子的游戏,一派闭门索居者在大自然中被新鲜空气陶醉的欢乐景象。她们在草地上喝苹果酒,吃腌猪肉,直到快天黑的时候才带着尽兴的疲倦和甜美的心情回家。在马车里她们吻着"太太",就像吻一位心地善良、宽厚而又善解人意的母亲。

这所房子有两个入口。街角上是一个下等咖啡馆,只有晚上营业,进去的都是些平民百姓和水手。两个姑娘专门照应这项买卖,满足这一部分顾客的需要。那里还有个伙计,叫弗雷德里克,个儿矮小,头发金黄,没有胡子,强壮得像头牛。他是她们的帮手。在他的帮助下,半升杯的葡萄酒和小瓶装的啤酒被陆续端到摇摇晃晃的大理石面的桌子上,然后她们胳膊钩住酒客的脖子,横坐在他们的两腿上,劝他们喝酒。

另外三个姑娘(她们一共只有五个姑娘)构成一个贵族阶层,她们专门陪伴二楼的客人,除非楼下需要她们帮忙,而楼上又没有客人。

朱庇特①客厅是当地的中产阶级经常光顾的地方,墙上贴着蓝色壁纸,挂着一幅很大的画,画的是勒达②躺在一只天鹅的身子下面。到这儿来需要走一条旋转楼梯,楼梯下面是一扇外表简陋的临街窄门,窄门顶上有一个装了栅栏的壁洞,彻夜点着一盏小灯,就是有些城市嵌在墙里的圣母像脚下至今还点着的那种小灯。

这座房子又潮湿又陈旧,微微发着霉味。有时道里飘过一股科隆香水的香味,有时从楼下半开半掩的门里传来坐在底层喝酒的男人们粗俗的叫嚷声;那叫嚷声像响雷似的,震撼整幢楼房,二楼的先生们脸上不免流露出担心和厌恶。

"太太"对顾客朋友们很亲切。她从不离开客厅,而且对客人们给她带来的本城的飞短流长很感兴趣。她严肃的谈吐也是对那三个姑娘的胡诌八扯的一种调剂,让脑满肠肥的客人们在猥亵的插科打诨之间获得短暂的休息。这些人每晚只是无伤大雅、有所节制地放纵一下,由妓女陪着喝一杯利口酒③而已。

------

① 朱庇特:罗马神话中的主神,即希腊神话中的宙斯。
② 勒达:希腊神话中的人物。主神宙斯曾化为天鹅和她亲近,她因此怀孕,生下美人海伦。
③ 利口酒:用香料、酒、糖和植物根、皮、果等不经发酵制作的甜烧酒。

楼上的三个姑娘是费尔南德、拉斐埃尔和"泼妇"萝萨。

因为人员有限，所以要尽可能让她们每一个人都成为一个样本，一类妇女的典型，使每个消费者都可以在这里找到他们理想的对象，即便不是十全十美，至少也差强人意。

费尔南德代表的是"金发美女"型，个儿高挑，略微肥胖，有气无力；农家女脸上的雀斑顽固地不肯消失；淡金黄色的头发剪得短短的，颜色很浅，近乎无色，像梳理过的大麻，稀稀拉拉，连脑壳也遮不严。

拉斐埃尔，马赛人，在许多港口都混过的婊子，充当了"犹太美女"这个不可或缺的角色。她精瘦，高高的颧骨上敷着一层厚厚的脂粉。她的黑头发用牛骨髓上了光，在鬓角处弯成钩形。她的眼睛若不是右眼长了一块白翳，还算得上好看。她的鹰钩鼻几乎垂到突出的下巴上。上面两颗门牙是新装的，下面的牙随着人渐渐变老而颜色变深，深得像旧木头一样，形成强烈的反差。

"泼妇"萝萨肚子大得像个肉球，两条腿肌肉发达。她从早到晚用嘶哑的嗓子不停地唱着轻佻的小曲或伤感的情歌，讲些没完没了而又空洞无物的故事，只有吃东西的时候才住口，不吃东西马上又叨唠起来。她时刻都在动，像松鼠一样，虽然体胖腿短，却十分灵活。她的笑声像一连串刺耳的尖叫，不停地，时而在这儿，时而在那儿，在卧房，在顶楼，在咖啡馆，随时随地都可以发作，而且笑得莫名其妙。

底层的两个姑娘是：路易丝，绰号"老母鸡"；弗洛拉，人称"跷跷板"。前者总是围着一条三色的宽腰带，打扮成"自由女神";后者打扮成想象出来的西班牙女人,走路一瘸一拐,铜质的色坎①随着她不平衡的脚步在她的胡萝卜色的头发里一蹦一跳。她们的装束就像过狂欢节的厨娘。和一般下层妇女一样,她们不算丑,也不算美,不折不扣的小旅店女侍的模样,港口的人给她们起了个绰号叫"一对唧筒"。

这五个女人之间表面上相安无事,实际上彼此嫉妒;多亏"太太"善于从中调解,而她的脾气又总是那么好,这种和平气氛才很少受到破坏。

这家生意是这小座城里仅有的一家,总是顾客盈门。"太太"把它打理得那么中规中矩;她本人对任何人都那么和蔼可亲、殷勤体贴;她心肠好又是那么广有口碑,因此她总是深受周围的人的敬重。常客们心甘情愿为她破费,只要她对他们稍稍表示一点格外的友好,他们就乐不可支了;他们白天为了生意上的事情会面,临了总会说:"今晚,还是那个老地方。"就像人们说:"吃过晚饭,咖啡馆见,是吧?"

总之,泰利埃公馆成为一种指望,很少有人错过每日例行的约会。

话说五月末的一天晚上,头一个到的是前市长、木材商普兰先生。他发现公馆的门关着,栅栏后面的那盏小灯也没有亮;楼里悄无声息,一片沉寂。他敲门,起初轻轻地敲,后来敲得比较用力,都没有人回答。于是他缓步沿街往回走;走到集市广场,遇到去同一个地方的船主迪韦尔先生。他们又一同

---

① 色坎:一种饰物,将一些边缘凿孔的金属圆片缝在布料上制成。

去敲门，也同样徒劳无功。这时，离他们不远处突然传来响亮的喧闹声，他们绕着房子走过去，只见一群英国水手和法国水手在用拳头敲咖啡馆关着的门板。

两个中产阶级人士连忙逃走，免得受到牵连。但是忽听见有人轻轻"嘘"了一声，他们停步一看，原来是腌制咸鱼的商人图尔纳沃先生。后者认出了他们，跟他们打招呼。于是他们把情况告诉他；他更是恼火，因为他是个结了婚的人，有儿有女，家里看得严，只有星期六才上这儿来。"Securitatiscause①"，他常常这么说，这是暗指卫生保安部门的一项措施。他的朋友博尔德医生在该部门工作，会把定期检查的消息透露给他。这天正好是他得闲的日子；不巧遇上了关门，他必须再等一个星期了。

三个人绕了个钩形的大圈子，一直走到码头，半路遇见银行家的儿子，年轻的菲利普先生，也是泰利埃公馆的一位常客；以及税务官潘佩斯先生。于是大家又一起从犹太人街走回来，做最后一次尝试。不过这时气急败坏的水手们正在围攻这座房子，一边扔石头，一边狂喊怒吼；五个二楼的常客连忙掉头就走，在街上漫无目标地游荡。

他们又遇到保险代理人迪皮伊先生，然后是商事法庭法官瓦斯先生；于是开始了长距离的散步，首先来到防波堤。他们一字排开坐在花岗石的堤岸护墙上，望着波浪滚滚的海水。波峰上的浪花在黑暗中闪着白光，时隐时现。大海拍击岩石的单调的响声在黑夜里沿着峭壁向远方传去。这群闷闷不乐

---

① 拉丁文，意为"为了保险"。

的散步者这样待了一会儿,后来,图尔纳沃先生说:"这么待着不好玩。"潘佩斯先生说:"的确如此。"他们又信步走起来。

他们先沿着山坡下那条叫"林荫街"的街道走,然后从"蓄水池"上的木板桥折回,沿着铁路边走,又回到集市广场。这时,税务官潘佩斯先生和咸鱼腌制商图尔纳沃先生之间,为了一种食用蘑菇,突然发生了争执,他们中间的一位一口咬定在附近采到过这种蘑菇。

由于心里烦躁,他们的肝火都很旺盛,如果不是其他几位从中劝解,也许他们就动起拳头来了。潘佩斯先生一气之下先走了。紧接着,前市长普兰先生和保险代理人迪皮伊先生之间,又爆发了一场关于收税官的高薪及其能创造多大效益问题的激烈争吵。骂人的话像连珠炮,双方互不相让。忽然传来一片狂风骤雨般的可怕的叫喊声。原来是那群水手在关闭的店家门前白等了半天,不耐烦了,也来到广场上,两人一排,挽着胳膊,排成一条长龙,一边走一边发了疯似的大喊大叫。这伙中产阶级连忙躲到一个门洞下面。那群乌合之众喊叫着消失在修道院方向,过了很久还可以听到他们逐渐减弱的喧哗声,像一阵逐渐远去的暴风雨。寂静又恢复了。

普兰先生和迪皮伊先生都还在气头上,他们甚至没道声再见,就各走各的路。

其余四个人继续往前走,本能地向泰利埃公馆走去。门依然关着,鸦雀无声,不知道葫芦里卖的什么药。一个醉汉,不吵不闹,只一个劲地轻轻敲着咖啡馆的门;后来他停住不敲了,却又小声叫着侍者弗雷德里克。他见没有人搭理他,就拿定主意在门口的台阶上坐下来,看究竟会发生什么事。

那几个中产阶级正打算离开,忽然港口上那帮吵吵嚷嚷的人又出现在街口。法国水手唱着《马赛曲》,英国水手唱着"Rule Britannia"①。他们先围着房子向墙壁冲击,然后这帮粗野的家伙又像浪潮一样向码头涌去。到了码头,两国水手打起来。在搏斗中一个英国人的胳膊被打断,一个法国人的鼻子被打破。

这时,待在门口的那个醉汉哭了起来,就像受了怠慢的酒鬼或者受了委屈的孩子一样。

这几个中产阶级终于散去。

嘈杂的城市渐渐又归于平静。这里那里偶尔响起人声,但随即就在远处消逝。

只有一个人还在街上徘徊,那就是咸鱼腌制商图尔纳沃先生。他因为要等到下星期六,十分恼火,一心希望有什么意外的事发生。他弄不懂,也感到气愤,何以警察局竟然允许一个在它监督和保护下的公益机构随便关门。

他又回到那里,贴近墙仔细察看,想找出原因;他在一扇窗户的挡雨板上发现贴着一张布告。他连忙点着一根蜡绳,只见上面歪歪斜斜写着几个大字:"因初领圣体②,暂停营业。"

他明白今晚是完了,这才走开。

----

① 英文,意为"统治吧,大不列颠"。一首英国爱国歌曲。
② 初领圣体:天主教将圣餐称为"圣体圣事",信仰天主教家庭的儿童首次领圣体的礼仪称为"初领圣体"。

那醉汉这时候已经睡着了,直挺挺地躺着,横在闭门谢客的店门前。

第二天,所有的老主顾都一个接一个地想着法儿在这条街上经过;为了显得若无其事,他们胳膊底下夹着文件,每个人都偷眼读一遍那张神秘的通知:"因初领圣体,暂停营业。"

2

"太太"有个弟弟在家乡厄尔省的维维尔村当木匠。"太太"还在依弗托市开客店的时候,曾作为教母抱着弟弟的女儿在洗礼盆前受洗,并且给孩子起了个名字叫康斯坦丝,全名康斯坦丝·里维,因为"太太"的娘家姓里维。木匠知道她姐姐的景况很好,所以尽管他们都忙于各自的生计,而且住的地方又相隔很远,不能常常见面,但他一直跟她保持着联系。小姑娘快满十二岁了,这一年要初领圣体,他就抓住这个拉近关系的好机会,写了封信给姐姐,说他指望她来参加领圣体的仪式。他们的父母都已经过世,她不能拒绝自己的教女,便接受了邀请。她弟弟叫约瑟夫,他希望对姐姐多献献殷勤,也许可以让她将来立下一份对女儿有利的遗嘱,因为姐姐自己没有子女。

姐姐的职业丝毫也不让他感到尴尬,再说,当地也没有人知道。他们谈到她的时候,仅仅说"泰利埃太太住在费康城里"。说这话言下之意就是她可以靠年金生活。从费康到维维尔至少有二十法里①。走二十法里的陆路,对一些乡下人来说,比一个文明人穿越大西洋还要困难。维维尔的人从来没有到过比鲁昂②更远的地方;当然也不可能有什么东西能把住在费康的人吸引到一个五百户人家的小村子来。这个小村子孤零零地坐落在大平原上,而且又属于另外一个省份。总之,别人什么也不知道。

但是,领圣体的日子一天天临近了,倒让"太太"为难起来。她没有帮手。把自己的生意撂下不管,哪怕是只有一天,她也绝对放心不下。楼上和楼下的姑娘们之间的积怨肯定会爆发。还有,弗雷德里克很可能喝得烂醉如泥,而他一喝醉酒,就会因为一言不合而把人打昏。最后她决定把所有人都带去,除了那个男侍者;她可以给他放假,一直放到后天。

她征求弟弟的意见,他毫无异议,而且许诺安排她的全部随员住一夜。就这样,星期六早上,八点钟的快车把"太太"和她的旅伴们载走了。她们坐的是一节二等车厢。

在到伯兹维尔站以前,车厢里一直只有她们几个人,她们就像喜鹊似的叽叽喳喳说笑个不停。但是在伯兹维尔站上来一对夫妻。那男的是个上了年纪的农民,穿一件蓝夹克衫,领子已经起皱,肥大的袖子上装饰着一个白色的绣花小图案,在腕部束紧;头上戴一顶老式的高礼帽,红棕色的绒毛像刺猬毛似的竖立着。他一手拿着一把大绿伞,一手拎着一个硕大的

---

① 法里:法国古里,一法里约合四公里。
② 鲁昂:法国西北部重镇,诺曼底大区首府,塞纳滨海省省会。

篮子,里面伸出三只鸭子的神情惶恐的脑袋。那女的腰板挺直,也是乡下人打扮,长着一张母鸡脸,鼻子尖得像鸡喙。她在丈夫的对面坐下,发现自己周围是一群那么美丽的女士,吃了一惊,动都不敢动一下。

车厢里也确实是色彩斑斓,令人眼花缭乱。"太太"从头到脚一身蓝,都是蓝色丝绸做的;披着一条仿法兰西开司米的披肩,是红颜色的,红得耀眼,而且闪闪发光。呼哧呼哧喘大气的费尔南德,穿着一件苏格兰格子花呢的连衣裙,同伴们使尽力气替她把连衣裙的上身束得紧紧的,下坠的胸脯被高高托起,像两个圆球,不停地晃荡,就像用布兜住的两包水。

拉斐埃尔戴一顶插着羽毛的帽子,看上去像个挤满鸟的鸟窝;她身穿一套淡紫色衣裳,装饰着金色的闪光片,颇有点东方情调,跟她的犹太人长相很相称。"泼妇"萝萨穿一条宽下摆的粉红色裙子,模样像个过分肥胖的孩子或者生了肥胖病的侏儒。"一对唧筒"的奇装异服似乎是用旧窗帘缝制的,那花枝图案的窗帘至少也是复辟[①]时期的东西了。

车厢里有了外人,姑娘们的举止立刻变得严肃起来;为了博得别人的好印象,她们开始谈论一些高雅的话题。但是在博尔贝克上来一位蓄金黄颊髯、戴好几枚戒指和一条金表链的先生。他把几个漆布包裹放在头顶上面的行李架上。看来这是个爱开玩笑、脾气随和的人。他行过礼,面带微笑,潇洒地问了一句:"太太们调换防地吧?"这句话把她们问得好不

---

① 复辟:指法国波旁王朝于一八一四年至一八三〇年间的复辟王朝。

尴尬。最后还是"太太"先恢复了镇定;为了替她的部队的荣誉报仇,她生硬地回答:"请您讲一点礼貌!"他道歉说:"请原谅,我本来是想说:调换修道院。"也不知是想不出话来回答,还是对这个更正感到满意,只见"太太"抿着嘴,尊严地点了点头。

这位先生在"泼妇"萝萨和老农之间刚刚坐下,便朝三只脑袋露在大篮子外面的鸭子眨起眼来。等他认为已经把观众吸引住以后,他就开始把手伸到这些动物嘴底下去胳肢,为了让大伙儿开心,还对它们讲些滑稽逗乐的话:"咱们离开了小水……塘!呱!呱!呱!……为的是和烤肉……扦子交朋友!……呱!呱!呱!"不幸的家禽扭动着脖子,躲着他的抚摸,而且拼命地挣扎,想逃出那柳条编的牢笼。后来,三只鸭子突然同时发出凄惨的绝望的哀鸣:"呱!呱!呱!呱!"女士们被逗得哄然大笑。她们俯下身子,你推我挤,想看得清楚些;她们对鸭子的兴趣简直到了发狂的程度。那位先生也更起劲地施展魅力,卖弄机智,眉目传情。

萝萨也掺和进来。她俯在这个邻座男人的大腿上,去亲那三只鸭子的鼻子。立刻,每个姑娘都想亲一下;那位先生让她们坐在他的腿上,并且颠她们,拧她们。转眼间,他就用"你"来称呼她们了。①

两个乡下人比他们的鸭子还要惊慌,眼睛像魔鬼附体似

---

① 法国人说话,通常以第二人称单数 tu(你)显示随便和亲热,以第二人称复数 vous(您)显示尊重或生疏。

* 54

的骨碌碌直转,但是身子却不敢动一动。他们布满皱纹的苍老的脸上没有一丝笑容,甚至没有颤动一下。

那位先生是旅行推销员,他开玩笑地问她们要不要买背带。说着他取下一个包裹,打开来。说背带是个幌子,原来包裹里装的是袜带。

这些丝袜带有蓝的,粉红的,大红的,深紫的,淡紫的,朱红的;金属带扣是两个拥抱在一起的镀金小爱神。姑娘们高兴得尖叫起来;不过她们马上恢复了任何女人在研究服饰用品时都自然而然流露出的严肃表情,审视起样品来。她们不时用眼色或者低声的话语互相询问,又用同样的方式彼此回答。"太太"摸弄着一副橙黄色的袜带爱不释手,这副袜带比别的袜带宽,也比别的袜带庄重,正是一副老板娘用的袜带。

那位先生等着,脑子里生出一个主意。他说:"来吧,我的小猫们,你们应该试一试。"他的话引起一阵暴风雨般的惊呼。她们用两条腿把裙子紧紧夹住,像是怕遭到强暴似的。他呢,不慌不忙,等待着时机。他宣布:"你们不愿意,我就包起来了。"接着又狡黠地说,"谁愿意试,我就送给她一副,任她选。"她们仍旧不愿意试,而且摆出一脸尊贵的神气,身体也重又挺直。不过"一对唧筒"的样子却是可怜巴巴的,于是他又把刚才的建议向她们提了一遍。特别是"跷跷板"弗洛拉,饱受欲望的折磨,已经流露出犹豫不决的神色。他便催促她:"来吧,姑娘,勇敢一点;瞧,淡紫色的这一副跟你的衣裳最相配。"她于是下了决心,撩起裙子,露出一条穿着松垮垮的粗袜子的放牛妇的大粗腿。那位先生弯下腰,把袜带先在膝盖下面钩住,然后再钩上面的;他轻轻地胳肢了一下姑娘,把她胳肢得连声低叫,直打哆嗦。试完以后,他把这副淡紫色的袜带送给了她,又问:"谁来?"其他的姑娘不约而同地嚷道:"我来!我来!"他从"泼妇"萝萨开始。她露出一个丑陋的东西,圆滚滚的,看不见踝骨,正像拉斐埃尔说的,一段真正的"大腿灌肠"。费尔南德大受旅行推销员的恭维;她那双强劲的圆柱,令他如痴如狂。"犹太美女"的那两根瘦胫骨就不那么成功。"老母鸡"路易丝开玩笑,把裙子撩在那位先生的头上;弄得"太太"不得不出来干涉,制止这个有失体统的恶作剧。最后"太太"也伸出她的腿,好一条诺曼底人的赏心悦目的腿,脂肪丰满而又肌肉发达。推销员又惊又喜,像一位真正的法兰西骑士,礼貌多情地脱下帽子,向这出类拔萃的腿肚子鞠躬致敬。

　　两个乡下人惊呆了,只用一只眼睛斜视着;他们的模样活像两只小鸡。这个蓄着金黄色颊髯的先生站起身来,对着他们的鼻子学鸡叫:"咕!咕!咕!"又引起一阵哄堂大笑。

　　两个老人带着他们的篮子、鸭子和伞在莫特维尔下了车。只听那女的一边走一边对丈夫说:"这群烂货,又是去巴黎那个鬼地方的。"

　　爱逗乐的推销员也在鲁昂下了车。由于他的表现过于粗俗,"太太"不得不严词教训了他一番,叫他学得规矩些。她还引以为戒,补充说:"这件事教会我们,怎样跟随便碰到的人说话。"

　　她们在瓦塞尔换车,又坐了一站,一下车就看到约瑟夫·

里维先生。他赶了一辆大车来接她们。车子很宽大，上面摆满了椅子，套的是一匹白马。

木匠很有礼貌地跟这些太太一一拥吻，然后扶着她们登上马车。三个人坐在后面的三把椅子上；拉斐埃尔、"太太"和她弟弟坐在前面的三把椅子上；萝萨没有座位，将就着坐在高大的费尔南德的腿上。安排停当，一行人就上路了。但是不久，随着小马一颠一颠的小跑，车子摇晃得越来越厉害，椅子都开始跳起舞来，把女士们向上、向左、向右地乱抛；她们也随之做出木偶似的动作，露出惊骇万状的表情，发出恐惧的叫声，不过这叫声立刻被又一次猛烈的摇晃打断。她们紧紧抓住车帮；帽子甩到背上、鼻子上，或者滑到肩膀上。那匹白马只顾朝前跑，伸着脑袋，直直的尾巴，一条没有毛的老鼠似的小尾巴，不时地拍打着屁股。约瑟夫·里维一只脚伸出去搁在车辕上，一条腿屈在身子底下，胳膊肘抬得老高，手握着缰绳；他的嗓子里不停地发出一种咯咯声，马听了便竖起耳朵，加快了步伐。

绿油油的田野在大路两旁伸展开来。盛开的油菜花像披散在田野上的一块块大幅金色桌布，把阵阵强烈而又宜人的气息，一种柔和而又沁人肺腑的气息，随风送向很远很远的地方。在已经长得很高的黑麦中间，矢车菊露出天蓝色的小脑袋。姑娘们想去采摘，但是里维先生不肯停车。有时，眼前又是一片犹如鲜血淹没了的耕地，原来那块地饱受丽春花的侵袭。在野花点缀得五彩缤纷的原野上，这辆车仿佛载着一个色彩更加鲜艳的花束，让一路小跑的白马拉着驶过；它一会儿消失在一座农庄的高大的树木后面,继而在树丛的另一头出现,一会儿重又拉着一车在阳光下光彩夺目的女人,在点缀着红花或蓝花的黄色和绿色的庄稼中间继续奔驰。

车到木匠家门口时,一点钟的钟声正好敲响。

她们累得浑身像散了架,饿得脸色煞白,因为她们从动身起一口东西也没有吃。女主人里维太太跑过来,扶着她们一个一个下了车。她们两脚刚沾地,她就忙不迭地拥吻她们。她不厌其烦地吻着她的大姑子,简直要把她独占了。午饭是在作坊里吃的;为了第二天晚上摆宴席,作坊里的工作台都已搬走。

先是一道美味的煎蛋卷,接下来是一道烤昂杜依香肠①,一边吃一边喝带点儿辣味的上好的苹果酒,个个都兴高采烈。里维举着一杯酒和客人们碰杯;他妻子伺候用餐、烧菜、上菜、撤下空盘,在每个女人耳边低声问:"还添一点吗?"靠墙放着的一摞摞木板,扫到墙角的一堆堆刨花,散发出新刨的木头的香味,细木作坊常有的气味,那种往人肺里钻的树脂的气味。

她们嚷着要看看那个小姑娘,但是她在教堂里,到晚上才回来。

于是大伙出去在附近兜一圈。

这是个很小的村子,一条大路从中间穿过。十来座房子沿这条村里仅有的街道排开,卖肉的,卖食品杂货的,做细木工的,开咖啡馆的,修鞋的和卖面包的,本地的商家都集中在

---

① 昂杜依香肠:一种把加香料的动物下水灌入猪肠内做成的香肠。

这里了。教堂在这条街的一头,被一圈狭窄的墓园包围着;大门前有四棵硕大无朋的椴树,把整个教堂笼罩在浓荫下。教堂是用切割成材的方燧石砌的,顶上有一个石板瓦搭的钟楼,谈不上什么建筑风格。教堂另一边,又是田野,田野上散落着一些树丛,树丛里隐蔽着农庄。

里维虽然穿着工作服,但还是有模有样地让姐姐挽着他的胳膊,庄而重之地陪着她散步。他妻子被拉斐埃尔的那件金线网格花边的连衣裙迷住了,走在她和费尔南德的中间。矮胖的萝萨在后面紧赶慢赶,跟她在一起的有"老母鸡"路易丝和一瘸一拐、精疲力竭的"跷跷板"弗洛拉。

村民们都走到门口来,孩子们都停止了游戏;在一幅撩起的窗帘后面,露出一个戴印花棉布软帽的头;一个挂着拐杖的老妇人,眼睛都快瞎了,用手画着十字,好像在她前面走过的是一支举行宗教仪式的队伍。每个人都久久地目送着这些美丽的城里太太,她们从那么远的地方赶来,专程参加约瑟夫·里维女儿的初领圣体仪式。大家因此也对这个木匠增添了无限的敬意。

经过教堂前面时,她们听见儿童的歌声。小歌手们用他们尖尖的嗓音唱着一首对上天的感恩歌。但是"太太"不让大家进去,以免打搅这些小天使。

她们在乡间转了一圈,一路上约瑟夫·里维列数了当地的主要业主,土地有多少收入,牲畜有多少出产。然后他就把女宾们领回家,安排她们住宿。

地方很有限,她们被安排两个人住一间。

里维临时睡在作坊的刨花堆上;他妻子和姐姐合睡一张床;隔壁房间给费尔南德和拉斐埃尔合用;路易丝和弗洛拉被安排在厨房里,就地铺一个床垫;萝萨单独一人住在楼梯上面的一个没有窗户的小房间里,紧挨着一间狭窄的阁楼的门;要领圣体的小姑娘这天夜里就睡在这阁楼里。

小姑娘回来了,迎接她的是雨点般的亲吻,每个女人都想跟她亲热一番;这是她们发泄爱情的需要,抑或是一种假装亲热的职业习惯,在火车上让她们一个个都去吻那些鸭子的,也正是这种习惯。她们轮番把小女孩抱在自己的腿上,抚弄她的纤细的金发,在一阵自发而又强烈的感情冲动下,情不自禁地把她紧紧搂在怀里。孩子很乖,信教非常虔诚,就像参加了赦罪仪式以后对一切都无动于衷了似的,耐心地、沉静地任由她们摆弄。

一天下来大家都很累,吃过晚饭很快就去睡了。乡间近乎肃穆的无边寂静笼罩着小村子。这寂静安详渗透一切,宽广得远及星辰。姑娘们已经过惯了妓院里喧闹的夜生活,沉睡的乡间这种无声的休息让她们感动。她们的肌肤一阵阵战栗,不是冷得战栗,而是惶乱不安的心寂寞得战栗。

她们两人睡一张床,一上床就紧紧抱在一起,像是为了抵御大地的宁静而深沉的睡眠的侵袭。可是"泼妇"萝萨一个人睡在小黑屋里,怀里空空,很不习惯,感到说不清地难受。她辗转反侧,无法入睡,忽然听见墙板的另一边,靠近她的头,有轻微的呜咽声,好像是个孩子在哭泣。她大吃一惊,轻轻叫了两声,一个孩子断断续续的声音回答她。原来是那个小姑娘,她平时都睡在母亲的房间,现在独自一人睡在狭窄的阁楼里很害怕。

萝萨高兴极了,忙从床上爬起来,为了不惊动别人,蹑手蹑脚地走过去找那个孩子。她把她带到自己暖乎乎的床上,紧紧地搂着她,吻她,哄她,以种种夸张的方式对她百般抚爱。最后,她自己的心情也平静下来,睡着了。那个初领圣体的小姑娘,头枕在这妓女的裸露的胸口上,一觉睡到天明。

清晨五点钟,到了早祷的时候,教堂的那口小钟使劲地敲响,把女宾们从睡梦中唤醒。平常她们整个上午都睡觉,那是在一夜劳累之后得到的唯一休息。村里的老乡们早就起来了。妇女们走门串户地忙碌着,兴致勃勃地拉着家常,手上小心翼翼地捧着浆得跟纸板一样硬的平纹细纱连衣裙,或者端着老长的蜡烛,蜡烛半腰扎着带金穗的绸结,还用齿状凹痕标明了手握的地方。太阳已经高高升起,光芒四射;天空一碧万顷。只有天际还呈现淡淡的红晕,像是朝霞的遗迹。一窝窝的鸡在自家门前走来走去。时而有一只脖子闪亮的黑公鸡昂起戴着紫红冠子的头,扑打着翅膀,向空中发出铜号般响亮的鸣声;其他的公鸡也跟着打起鸣来。

一辆辆马车从附近的村庄赶来,停在一些人家的门口;车上下来一些身材高大的诺曼底妇女,都穿着深色的连衣裙,方围巾交叉在胸前,用一个古老的银扣针扣住。男人都把蓝罩衫穿在崭新的礼服或者旧的绿呢燕尾服外面,罩衫下露出两条燕尾。

马匹都进了厩,沿着大路摆着两排乡村车辆,有货车、篷车、轻便车、长凳客车，各种样式各种年代的车都有，有的鼻子冲地，有的屁股杵地、车辕朝天。

木匠家像蜂箱一样热闹。几个女宾身穿短上衣和短裙，头发披散在肩上，又稀又短，看上去就像是使用久了，已经褪色、脱落了。她们正忙着给那个女孩穿戴。

小姑娘站在一张桌子上，一动不动。泰利埃太太指挥着她的机动部队的各项行动。她们给她洗脸，梳头，戴上帽子，穿好衣服；她们使用了无数别针，理好连衣裙的褶子，收紧过肥的腰身，想方设法把她打扮得漂漂亮亮。打扮好以后，她们叫这个有耐性的小姑娘坐下，嘱咐她不要动。然后，这支乱哄哄的娘子军又连忙跑去各自修饰一番。

小教堂又开始鸣钟了。但那口可怜的小钟的鸣声十分单薄，像一个非常虚弱的人的声音一样，升空之后很快就湮没在蓝色的无垠之中。

领圣体的孩子们从各自家里出来，朝村头那座公共建筑物走去，那建筑物里有两所学校和村政府；"天主之家"①在村子的另一头。

家长们都穿着节日的服装，带着不自然的表情，跟在自家孩子身后。由于常年弯腰干活，他们身体的动作显得有些笨拙。女孩子们的身体掩盖在掼奶油一般雪白的薄纱里。至于那些男孩子，个个都像是咖啡馆侍者的雏形，头上抹了厚厚的一层发蜡，走起路来两腿裂开，生怕弄脏他们的黑裤子。

---

① "天主之家"：指天主教教堂。

远道而来的众多亲友簇拥着孩子,这对于一个家庭来说是一件光荣的事,因此木匠颇为得意。泰利埃军团在老板娘率领下,跟在康斯坦丝后面。孩子的父亲让姐姐挽着胳膊,母亲和拉斐埃尔并肩而行,费尔南德和萝萨一排,"一对唧筒"又一排,队伍隆重地拉开阵式,就像一帮身着军礼服的司令部要员。

这在村子里产生了令人震撼的印象。

来到学校,女孩子们在修女的大白帽子底下站齐。男孩子们在一个颇有风度的英俊男教师的礼帽底下排好;然后就唱着感恩歌出发了。

男孩子在前,排成两列纵队,走在两行卸掉了牲口的车辆中间;女孩子排着同样的队形随后。为了表示尊敬,本村居民让城里来的太太们先走。她们紧跟在女孩子后面,三个在左,三个在右,打扮得像礼花一样光彩夺目,把这宗教仪式的两列纵队延得更长了。

她们的到来让教堂里的群众陷入一片狂热。为了一睹为快,他们都转过身来,你拥我挤,乱作一团。有些女信徒甚至提高了嗓门说话,因为看到这些穿得比唱经班的祭披还花哨的太太,她们已经惊愕得失去常态。村长把自己平常坐的长凳,就是右边靠圣坛的第一张长凳,让了出来;泰利埃太太和她的弟媳,还有费尔南德和拉斐埃尔,在这张长凳上坐下。"泼妇"萝萨和"一对唧筒"由木匠陪着,坐在后面的第二张长凳上。

教堂的圣坛里跪满了孩子,男孩子在一边,女孩子在另一边,他们手中举着的长蜡烛就像东倒西歪的长矛。

三个男子站在经台前,正用饱满的嗓音唱着。他们把响亮的拉丁文的音节拖得老长,唱到"阿门"①的时候,更是"阿—阿"地唱个没完没了;同时蛇形号这种大口铜管乐器也像牛哞似的发出单调的音符为之助长声势。一个男孩子用尖细的声音答唱。坐在祷告席上的一个戴方形教士帽的神父不时地站起来,念念有词地叨叨一阵,又重新坐下;那三个唱经者又继续唱下去,眼睛盯着面前的一大本打开的素歌②。歌本由一个木雕老鹰展开的翅膀托着;那老鹰雄踞在一根长长的立柱上。

后来,大堂突然静下来。在场的人都不约而同地跪下,主祭神父出场了。他年事已高,皓首苍颜,神态令人肃然起敬;身子微微俯向他左手端着的圣餐杯。他前面走着两个穿红袍的助祭,后面跟着一大群穿着大皮鞋的唱经班小童,一行人排列在祭坛两边。

一只小铃铛在肃静中摇响了。祭礼开始。那位神父在金色圣体龛前面慢条斯理地走来走去,屡次三番地跪拜,用他那微弱而又因衰老而颤抖的声音念着预备经。他刚念完,全体唱经班的成员又齐声唱起来,蛇形号也又同时吹响。一些人也跟着唱起来,不过声音比较低、比较谦卑,就像一般参加者应该的那样。

------

① "阿门":基督教祈祷或圣歌的结束语,意思是"诚心所愿"。
② 素歌:中世纪罗马天主教会的祈祷歌曲。广义的素歌,也泛指罗马天主教会和其他西方教会的祈祷歌曲。

突然,"Kyrie Eleison"①从每个人的胸腔和内心深处迸发出来,冲向空中。古老的拱顶受到这爆炸似的喊声的强烈震撼,甚至撒落下尘土和虫蛀了的木头的屑末。太阳曝晒着屋顶的石板瓦,小教堂变成了一个蒸笼。极度的亢奋,焦急的等待,不可言喻的神秘事件的迫近,让孩子们心里紧张,让母亲们喘不过气来。

神父坐了一会儿,又登上祭坛。他光着头,露出满头银发,用颤抖的手做出一些动作,开始了超自然的一幕。

他朝信徒们转过身来,向他们伸出双手,大声宣布"Orate,fratres"——"祈祷吧,弟兄们"。他们就齐声祷告起来。老神父咕咕哝哝地低声说着神秘莫测而又至高无上的话;小铃铛摇了一遍又一遍;跪拜的人群频呼着"天主";由于过分紧张,孩子们几乎昏过去。

这时,萝萨手捧着低下的额头,突然想起自己的母亲、自己村里的教堂、自己初领圣体时的情景。她好像又回到了那一天。她那时是多么瘦小,整个儿淹没在她那件白色连衣裙里。她哭了起来,起初轻声地哭,泪珠从眼里慢慢滚下来;随着回忆深入,她的情绪越来越激动,喉咙哽噎,胸口剧烈起伏,不禁呜咽起来。她掏出手绢擦眼泪,捂住鼻子和嘴,竭力不让自己哭出声,但是没有用。她喉咙里还是冒出嘶哑的呻吟声,旁边还有两个令人心碎的长叹声和她呼应。原来是跪在她身旁的两个女人——路易丝和弗洛拉,她们也被同样的遥远回

---

① 拉丁文,意为"主,矜怜我们!",是弥撒经文的起句。

忆激动得透不过气来,涕泗涟涟地抽泣着。

眼泪是富有感染力的。很快,"太太"也感到自己眼皮湿了。她朝弟媳转过脸去,发现和自己坐在一条长凳上的人都在哭。

神父在制作圣体。满怀虔诚恐惧的孩子们匍匐在石板地上,他们什么也不想了。教堂内,这里或那里,不时有一个妇女、一个母亲、一个姐姐,在悲情的神奇感应下,被这些跪在那里唏嘘哽咽的漂亮太太们深深感动,一面用方格印花布手绢抹泪,一面用左手使劲地按住怦怦直跳的心口。

小小火星可以点燃大片成熟的庄稼,萝萨和她的同伴们的眼泪顷刻之间就在所有在场的人中蔓延开来。男人,女人,老人,穿着新罩衫的年轻人,很快都悲泣起来;就好像他们头上笼罩着某种超自然的东西,一个笼罩人间的灵魂,一种无形却是全能的神的气息。

教堂的祭坛里轻轻响了一声,原来是助祭修女在她的经书上敲了一下,发出领圣体的信号。虔诚狂热得浑身颤抖的孩子们,走到圣餐台旁。

他们排成一排跪下。年迈的本堂神父[①]拿着镀金的银质圣体盒在他们面前走过,用两个手指捏起象征基督圣体和世界救赎的圣餐面饼,递给他们。他们闭着眼,脸色苍白,带着紧张的表情,张开痉挛着的嘴;孩子们颔下的长长罩布,像流水一样轻轻颤动着。

---

① 本堂神父:天主教会主管一个普通教堂的神父。

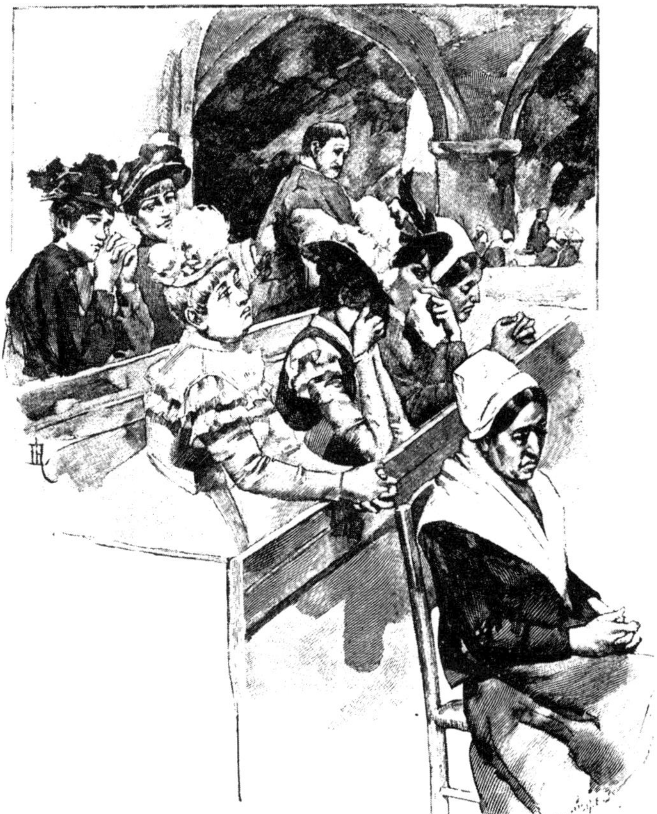

教堂里突然掀起一阵骚动，一片极度兴奋的人群的喧嚣，一片夹杂着压低了的呐喊的急风暴雨般的呜咽。这一切就像把树林吹弯了腰的飓风似的一阵阵掠过。神父仍然站在那里，一动不动，拿着一块圣餐面饼，激动得像忽然呆滞了似的。只听他自言自语："这是天主，这是天主来到我们中间，显示他的存在；他听到了我的祈求，降临到下跪的子民中间来了。"在如痴如癫的热情冲动下，他面对上天，结结巴巴地拼命祈祷着，虽然找不到合适的词句，却是他发自内心的祷告。

他满怀虔诚地分完圣餐，已经兴奋得两腿发软，几乎支撑不住身体；等他自己也饮完主的宝血时，他已经深陷在感念主恩的狂热祷告中了。

他背后的信徒们逐渐平静下来。身穿白祭披而更显得庄严的唱经者又站起来开始唱，不过他们眼里还含着泪水，音调已经不那么准。蛇形号似乎也沙哑了，好像这乐器也哭过似的。

神父抬起双手，做个手势要大家安静，然后在两排领圣体的孩子中间走过去，一直走到祭坛栅栏旁边。那些孩子正在幸福的陶醉中发呆。

在一片座椅的响声里，大家坐下，并且个个都在使劲地擤鼻涕。一看见本堂神父走到祭坛前，人们就安静下来。神父开始用很低而且沙哑的声音，慢腾腾地说："亲爱的兄弟们，亲爱的姐妹们，孩子们，我从心底里感谢你们：你们刚才让我得到了我一生中最大的欢乐。我感觉到天主听到我的祈求以后降临到我们中间来了。他来过，确实来过这里，出现在我们中间,充满你们的心灵,让你们泪如雨下。我是本教区最老的教士,今天,我也是本教区最幸福的教士。一个神迹,一个真实、伟大、崇高的神迹,就在我们中间完成。当耶稣基督第一次融入这些孩子的肌体,圣灵,这天堂之鸟,天主的气息,就降临在你们头上,掌握了你们,控制了你们,让你们像风中芦苇一样弯腰折服。"

接着,他转身朝着木匠的客人们坐的两排长凳,抬高了声音说:"特别要感谢你们,亲爱的姐妹们,远道而来的嘉宾们;你们的光临,你们如此显而易见的信仰,你们如此强烈的虔诚,对每一个人来说都是一个有益的榜样。你们感化了我的堂区,你们的激情温暖人心。没有你们,也许这个伟大的日子不会具有这种真正的神圣的性质。有时候只要有一只优秀的羊,就足以让天主决定降临到羊群。"

他激动得说不下去了,只补充了一句:"我祝愿你们得到圣宠。但愿如此。"说完,他重新登上祭坛,去结束这场祭礼。

这时,大家已经急着要走了。连孩子们也烦躁不安起来,他们的精神紧张了那么长时间,再也忍耐不住了。况且他们已经饿了。他们的父母不等最后的福音开始,就逐渐离去,回家准备午饭了。

教堂门外一片混乱,人们闹嚷嚷的,带诺曼底口音的喧叫声沸沸扬扬。信徒们排成两道人墙,孩子们一走出教堂,各家便朝自己的孩子冲过去。

康斯坦丝被本家的女眷们抓住,包围着,轮流拥吻。特别是萝萨,抱住她不肯放。最后萝萨牵着她一只手,泰利埃太太牵住她另一只手;拉斐埃尔和费尔南德撩起她的细布长裙,不让它拖在尘土里;路易丝和弗洛拉由里维太太陪着压阵。那孩子仍然在潜心沉思,仿佛天主已随着她吃下去的圣饼渗透了她的全身,她在这支仪仗队的中间朝家里走去。

酒席就摆在作坊里几块用条凳架着的长木板上。

大门朝街敞开,全村的欢乐气氛都一起涌了进来。到处都在大摆酒宴。从每家的窗口都可以看见一桌桌身穿节日服装的人,听到他们微醉后兴高采烈的喧哗声。脱了外套的乡下人,满杯满杯地喝着不掺水的苹果酒。每一伙人中都可以看见两个孩子,有的是两个女孩,有的是两个男孩,两家人聚在其中的一家吃饭。

偶尔有一匹老马,冒着中午的炎热,一蹦一跳地快步小跑,拉着一辆载人大车从村里穿过。穿罩衫的赶车人向满桌的美味佳肴投下羡慕的目光。

在木匠家里,欢乐中却保持着某种矜持,保持着上午的激动情绪的一点儿回味。只有里维一个人兴致勃勃,喝过了量。泰利埃太太不停地看表,因为她不愿意连着休业两天,她们必须乘三点五十五分的火车,赶在傍晚回到费康。

木匠千方百计转移人们的注意力,想把客人们留到第二天;但是"太太"没有受他的影响。关系到买卖上的事,她是从来不开玩笑的。

刚喝完咖啡,她就吩咐姑娘们赶快准备;然后对弟弟说:"你呢,你立刻去套车。"她自己也去结束最后的准备工作。

她下楼来的时候,弟媳正在等她,要跟她谈谈女儿的事。

她们谈了很长时间,但是没有做出任何决定。那乡下女人耍滑头,装出很受感动的样子;而泰利埃太太,把孩子抱在腿上,却没有明确答应任何事,只是含含糊糊地应承着:以后会照顾孩子的;还有的是时间;再说还会见面的。

这时车子还没有到,姑娘们也还没有下楼。甚至还可以听见楼上的大笑声,推搡声,叫喊声,还有拍手声。于是,趁木匠的妻子到马棚去看车子是不是准备好了,太太决定再上楼去看看。

里维醉醺醺的,半光着身子,正试图强迫萝萨,可是白费力气;萝萨笑得差点儿憋死过去。"一对唧筒"上午刚参加过宗教仪式,对这种场面非常反感;她们抓住他的胳膊,想让他冷静下来。但是拉斐埃尔和费尔南德却在一旁怂恿他,乐得直不起腰来。每一次醉汉的努力落空,她们就发出一阵刺耳的尖叫。他恼羞成怒,脸涨得通红,放肆已极,使出蛮劲儿想挣脱那两个抓住他的女人,用尽全身力气去拉萝萨的裙子,嘴里还叽里咕噜地说:"骚货,你还不肯?""太太"见状大怒,冲上去抓住弟弟的肩膀,把他推了出去;她推得那么猛,醉汉一头撞在墙上。

一分钟以后,只听见他在院子里汲水往自己的头上浇。等他驾着马车再次出现的时候,已经完全恢复了平静。

她们像前一天一样上路了,那匹小白马又迈开它活跃的舞步跑起来。

吃饭时克制住的欢乐在火辣辣的骄阳下纵情迸发。马车颠簸现在反而让姑娘们觉得好玩,她们甚至把邻座的椅子推来推去,不住地放声大笑;加上里维一次次徒劳无功的尝试让她们一个个都来了劲。

发了疯似的阳光普照田野,弄得人眼花缭乱;车轮掀起两股尘土,在车子后面的大路上久久飞舞。

费尔南德喜欢音乐,她突然恳求萝萨唱歌,萝萨就欢快地唱起《莫东的胖神父》①;但是"太太"立刻叫她别唱下去,认为这首歌不适宜在这个日子里唱。她建议:"还是给我们唱个贝朗瑞②的什么歌吧。"萝萨迟疑了一会儿,想好了要唱的歌,就用她那嘶哑的嗓子唱起了《老祖母》:

　　一天晚上,老祖母做寿,
　　纯葡萄酒喝了一口又一口;
　　她晃着脑袋对我们说:
　　我从前有过很多情人!
　　　我多么怀念哟,
　　　我那肥胖的胳膊,
　　　我那健美的大腿,
　　　和我失去的青春!

在"太太"的亲自带领下,姑娘们接着合唱:

　　我多么怀念哟,
　　我那肥胖的胳膊,
　　我那健美的大腿,

----

① 《莫东的胖神父》:一首轻佻的民歌。
② 贝朗瑞(1780—1857):法国歌谣诗人。

和我失去的青春!

"妙极了!"里维说。这首歌的节奏已经又让他兴奋起来。萝萨立刻接着唱:

怎么,奶奶,您从前不规矩?
可不,不规矩!而且我十五岁
就独自学会使用我的魅力,
因为我夜里是从来不睡觉的。

大伙儿扯着嗓子齐声唱着叠句。里维用脚击踏着车辕,同时用缰绳轻敲马背打着拍子。小白马也像沉醉在欢快的节奏中,飞奔起来,如风驰电掣,把姑娘们甩到车子的一头,一个压一个,摞成一堆。

她们像疯子似的笑着爬起来。在田野上,在赤日炎炎的天空下,在正成熟的庄稼中间,和着那匹小马的疯狂的步伐,声嘶力竭、大叫大喊的歌声又开始了。现在每重唱一次叠句,那匹小马都要溜缰狂奔,而且每次都要狂奔百米之遥,让车上的旅客都乐翻了。

不时有一个碎石工人直起身来,隔着铁丝网面罩望着这辆疯狂、喧嚣的马车在纷飞的尘土中扬长而去。

在车站前下车时,木匠十分动情,说:"可惜你们走了,不然咱们可以好好玩玩。"

"太太"理智地回答:"任何事情都要有个限度。总不能老是吃喝玩乐。"里维灵机一动,说:"嗨,我下个月去费康看你们。"他带着狡黠的表情,用色眯眯、亮闪闪的目光望望萝萨。"得啦,""太太"下决断似的说,"正经些吧。你愿意来就来,不过来了可不准胡闹。"

他没有回答。这时火车的汽笛响了,他连忙和大家吻别。轮到萝萨的时候,他拼命地找她的嘴唇亲;她呢,抿着嘴直笑,每一次都迅速地把头一歪,躲开他。他把她紧紧搂在怀里,但就是达不到目的,因为他手里握着长鞭子碍事;他一使劲,那鞭子就在姑娘背后讨厌地搅动个不停。

"去鲁昂的旅客,请上车啦!"一个车站职员喊道。她们便上了车。

先是一声细长的哨子声;紧接着车头发出一声强有力的长鸣,呼呼地喷出第一股蒸汽;与此同时,车轮开始缓慢地、显然很费力地转动起来。

里维已经走出车站,然而他又跑回栅栏边,想再看萝萨一眼。当满载着人肉商品的那节车厢在他面前经过时,他开始甩着响鞭,一边蹦着,一边使足力气唱着:

> 我多么怀念哟,
> 我那肥胖的胳膊,
> 我那健美的大腿,
> 和我失去的青春!

这时,他看到一块白手绢挥动着,渐渐远去。

3

她们一直睡到下车,并且因为尽了良心上的义务而睡得十分安详。等回到家,她们个个精神饱满,体力充沛,足以胜任晚上的工作。"太太"不禁感慨道:"不管怎么说,我是早就想家了。"

她们匆匆吃过晚饭,换上作战服装,便恭候老主顾们上门。那盏小灯,点在圣母像前的那盏小灯,已经点亮,通知过路行人:羊群已经回到了羊圈。

转眼间消息就传开了。怎样传开的,哪个人传的,恕难奉告。银行家的儿子菲利普先生,甚至好心好意地派专人去通知关在家里的图尔纳沃先生。

咸鱼腌制商每个星期日都有几个表兄弟来家吃晚饭,这时正喝着咖啡,来了一个人,送来一封信。图尔纳沃先生很紧张,拆开信封,脸色变得煞白。信里只有这样几个铅笔字:"装载鳕鱼的大船找到;船已进港;你的好生意。速来。"

他在几个口袋里摸来摸去,掏出二十生丁①赏给送信人。他的脸一下子红到耳根,说:"我得出去一趟。"说着,他把那简练而又神秘的便条递给他妻子。他鸣铃,等女仆来了,对她说:"我的大衣,快,快,还有我的帽子。"他一走到街上就开始跑起来,还一边跑一边用口哨吹着曲子。他心急火燎,觉得路好像比平时长了两倍。

泰利埃公馆里充满了节日气氛。楼下,从港口来的人吵吵嚷嚷,震耳欲聋。路易丝和弗洛拉简直不知道该应付谁,陪这个喝了,又陪那个喝。"一对唧筒"这个绰号,她们比以往

---

① 生丁:旧时法国辅币,五生丁等于一个苏。

任何时候都更当之无愧。四面八方都同时有人喊她们。她们已经应接不暇,这个晚上看来够她们辛苦的。

二楼那个小圈子的人九点钟就到齐了。商事法庭法官瓦斯先生,是"太太"当仁不让的却又是柏拉图式的求爱者;他和她在一个角落里娓娓交谈;而且他们都面带笑容,仿佛有一份协议就要敲定。前市长普兰先生让萝萨骑在他的大腿上;她和他脸对着脸,正用她那双短小的手在这老头的白颊须里摸来摸去。一段赤裸的大腿从撩起的黄丝绸裙子下面露出来,横在他的黑呢长裤上;红袜子扎着蓝袜带,那是旅行推销员送的礼物。

高大的费尔南德躺在长沙发上,两只脚跷在税务官潘佩斯先生的肚子上;上半身靠在年轻的菲利普先生的坎肩上,右手搂住他的脖子,左手夹着一支香烟。

拉斐埃尔好像在跟保险代理人迪皮伊先生谈判,她用这句话结束商谈:"对,亲爱的,今天晚上,我很乐意。"接着,她一个人跳着快速华尔兹舞步,绕客厅转了一圈,一边喊着:"今天晚上,要怎样都行。"

门突然打开,图尔纳沃先生来了。立刻爆发出一片热烈的欢呼声:"图尔纳沃万岁!"还在旋转着的拉斐埃尔,正好撞在他的胸口上。他抓住她,把她使劲搂在怀里,二话不说,就把她像一根羽毛似的举起来,穿过客厅,走到里面的那扇门口,在一片掌声中,带着他的活包袱,消失在通往卧房的楼梯上。

萝萨在挑逗前市长,不停地吻他,两只手同时抻着他两边的颊髯，让他的脑袋保持笔直不动；她趁机利用这个榜样，说："走，跟他一样。"老头儿听了站起身，整理了一下他的坎肩，跟随姑娘走出去，边走边把手伸进放钱的那个口袋里摸索着。

只剩下费尔南德和"太太"陪着四个男人。菲利普嚷道："我请大家喝香槟酒；泰利埃太太，请您叫人拿三瓶来。"费尔南德搂住他，凑近他的耳边央求他："你去弹琴，让我们跳跳舞，你说好不好？"他便站起来，在沉睡在一个角落的那架上百年的羽管钢琴前坐下；于是一支华尔兹舞曲，声音嘶哑、哭哭咧咧的华尔兹舞曲，从这乐器吱嘎作响的肚子里发出来。高个子姑娘搂住税务官，"太太"让瓦斯先生拥抱着，两对舞伴一边旋转一边接吻。瓦斯先生在上流社会跳过舞，起劲地卖弄着他的舞技；"太太"着了迷的目光望着他，像是在说："同意"。这是比任何用语言做出的保证都慎重和甜蜜的"同意"。

弗雷德里克送来香槟酒。第一瓶酒的瓶塞砰的飞出来，菲利普先生就奏起一首四对舞的邀舞乐段。

两对舞伴按照上流社会的样子彬彬有礼、庄而重之地迈着舞步，像模像样，男的鞠躬，女的行屈膝礼。

跳过舞就开始喝酒。图尔纳沃先生回来了，他心满意足，浑身轻松，容光焕发。他大声说："我真不知道拉斐埃尔是怎么了。她今晚真是完美无缺。"后来，别人递给他一杯酒，他一饮而尽，还低声说："见鬼，真阔气！"

菲利普先生紧接着又弹了一首快速波尔卡舞曲。图尔纳沃先生跟"犹太美女"带劲地起舞，他悬空抱着她，不让她的脚碰到地。潘佩斯先生和瓦斯先生再接再厉又跳起来。不时有一对舞伴跳到壁炉边停下，一咕嘟喝下一杯冒着气泡的香槟酒。要不是萝萨手里端着一个烛台，突然轻轻推开门，这支舞大概要没完没了地跳下去。她头发蓬乱，趿着拖鞋，只穿内衣，情绪激动，脸色绯红，大嚷着："我要跳舞。"拉斐埃尔问："你的老头儿呢？"萝萨哈哈大笑："他吗？他已经睡着了，他完了事马上就睡着了。"她拉起闲坐在长沙发上的迪皮伊先生，波尔卡舞又开始了。

但是那几瓶酒已经喝光。"我请大家喝一瓶。"图尔纳沃先生说。"我也请大家喝一瓶。"瓦斯先生跟着说。"我也一样。"迪皮伊先生也说。大家都报以掌声。

事情就这么自然而然地组织着，越来越像个真正的舞会。甚至连路易丝和弗洛拉也不时地匆匆跑上楼来，紧赶慢赶地跳一曲华尔兹，弄得楼下的客人很不耐烦；跳了一圈便大步流星地跑回咖啡馆，虽然意犹未尽。

半夜十二点了，大家还在跳舞。有时一个姑娘不见了，大家找她跳四对舞的时候，突然发现男人也缺了一个。

"你们这是从哪儿来？"潘佩斯先生和费尔南德回来的时候，菲利普先生抓住他们开玩笑地问。"去看普兰先生睡觉。"税务官回答。这句话获得了极大的成功；男人们都轮流带着这个或那个姑娘上楼去"看普兰先生睡觉"。而这天夜里姑娘们都随和得叫人难以想象。"太太"装作什么也没看见。她在角落里跟瓦斯先生密谈了很久，好像在制定一件已经谈妥的事情的最后细节。

最后，一点钟的时候，两位已婚男士，图尔纳沃先生和潘佩斯先生，说他们得告辞了，要付账。结果只算了他们香槟酒钱，而且是六个法郎一瓶，而不是通常的十个法郎。见他们对这样的慷慨大方感到惊奇，"太太"满面春风，回答他们：

"难得这么高兴一回嘛！"

蛋　糕*

　　为了不让人发现她的真实姓名,我们姑且叫她昂塞尔夫人吧。

　　她是身后拖着光尾的那些巴黎彗星中的一颗。她作诗写小说,有一颗富于诗意的心,而且美得让人心醉神迷。她很少接待人,除了那些出类拔萃的人物,也就是人们通常所谓的某某领域之王。曾是她的座上客,成为一种尊称,一种对真正智者的尊称;至少人们对于受到她的邀请是这么看重的。

　　她丈夫扮演的却是一颗暗淡的卫星的角色。做一个明星的配偶绝不是一件轻而易举的事;可是这一位想出了一个高招儿,就是创建一个国中之国,以便拥有他自己的价值,当然啰,是次要的价值。总之,他的妙法是:每逢他妻子招待客人

---

* 本篇首次发表于一八八二年一月十九日的《吉尔·布拉斯报》,作者署名"莫弗里涅斯";一八八九年收入保尔·奥朗道尔夫出版社出版的莫泊桑小说集《米隆老爹》;一九〇四年收入同一出版社出版的插图版莫泊桑全集《米隆老爹》卷。

的日子,他也接待朋友;这样他就有了专属于他的群众,这些人赞赏他,倾听他的高谈阔论,对他的注重程度比他光辉夺目的伴侣犹有过之。

　　他献身于农业,不过是办公室里的农业。还有办公室里的将军哩!所有那些占着国防部的圆形皮座椅、一直到死的人,不都是这种人吗?还有办公室里的海军哩!到海军部去就能看到。此外还有办公室里的殖民者,等等。这里是说他研究过农业,而且研究得十分精深,是研究农业和其他科学,和政治经济学,和艺术的关系。要知道,艺术是可以加上不同的调料来彻底利用的,不是连可怕的铁路桥梁也被称作"艺术工程"吗?总之,他达到了很高的境界。人们一谈起他总要说:"这是一个强人!"《技术月刊》上经常提到他。由于他太太的周旋,他还被任命为农业部一个委员会的委员。

　　这点小小的荣誉对他来说已经足够了。

　　他以节省开支为借口,在他妻子接待客人的日子邀请他的朋友,这样他俩的朋友就混在一起,不,不如说形成两组。夫人及其由艺术家、法兰西学院院士、部长等组成的随员,占用了一个以帝国时代风格陈设和装饰起来的长厅。先生总是和他的庄稼汉们屈居于一个小一点的、平日当作吸烟室的房间;昂塞尔夫人挖苦地称之为"农业沙龙"。

　　这两个阵营壁垒分明。不过,先生倒并不嫉妒,他有时候还深入学院重地,跟他们热情握手;但学院派却对"农业沙龙"轻蔑有加,绝少会有哪位科学界、思想界或者其他什么界之王掺和到庄稼汉中间去。

这些接待花费不大：一壶茶，一个圆形奶油蛋糕，仅此而已。起初，先生提出过要有两个奶油蛋糕，一个给学院派，一个给庄稼汉；可是太太英明地指出，这种做法似乎在标榜两个阵营、两个接待、两个派别，先生也就没再坚持。因此还是只供应一个奶油蛋糕；先由昂塞尔夫人拿来礼遇学院派，然后再传给农业沙龙。

然而，这个圆形奶油蛋糕却很快便成了学院派最感兴趣的注意目标。昂塞尔夫人从来不亲自切蛋糕。这个角色总是由这位或那位显赫的客人来承担。这个特别荣耀和受追捧的特殊使命，轮到每个人身上的时间有长有短；有时长达三个月，但不会再长了；有人还注意到，这个"切蛋糕"的特权，似乎还带来一系列其他的优越感：例如连说话都带着君王——或者不如说副王语调的优越感。

登上宝座的切蛋糕者，说话嗓门更高，语气明显带有命令的意味；女主人的百般宠幸，全让他独享了。

人们在私下里，在门背后说悄悄话的时候，常把这些幸运儿称作"蛋糕宠儿"，而且每次宠儿的更迭都会在学院派里引起一场革命。刀就是权杖，蛋糕就是徽标；人们对当选者齐声祝贺。庄稼汉那一组的人从来没有切蛋糕的份儿。连先生本人也总是被排除在外，虽说他也能吃到一份。

先后切过奶油蛋糕的有几位诗人、画家和小说家。一位大音乐家精分细切了一段时间，后来一位大使接替了他。有时候，也会特意找一个不那么有名，但是风度翩翩的人，坐到这具有象征性的蛋糕面前；这种人，在不同的时代，人们可以叫他真正的绅士,或者完美的骑士,或者花花公子,或者其他什么的。他们中的每一个人,在其短暂的统治期间,都会向做丈夫的表现出更大的敬意;下台的时刻来临,他便把刀递给另一个人,自己则重新回到"美丽的昂塞尔夫人"的追随者和爱慕者的队伍中去。

这样的情况持续了很久很久;可是彗星的光芒不会永远那么耀眼。世界上的一切都会衰老。渐渐地,人们对切蛋糕的热情似乎在减退;当托盘递给他们时,他们有时还显得有点犹豫;这个从前令人如此羡慕的职务,变得不那么诱人了;人们对这个职位不再那么眷恋,也不再那么引为骄傲了。昂塞尔夫人不惜对大家频施笑靥,翻倍殷勤;唉,人们就是不再乐意切蛋糕了。由于新来者都敬谢不敏,那些"老宠儿"又一个个重新露面,就像被废黜的王公又被暂时推上王位。后来,应选人越来越少,少得几乎没有了。啊,真是奇迹,竟然整整一个月都由昂塞尔先生切蛋糕。后来他也好像厌倦了;有一天晚上,人们甚至看到昂塞尔夫人,美丽的昂塞尔夫人,在亲自操刀。

不过看来这活计让她厌烦之极,第二天,她再三央求一位客人,人家只得从命。

人们对这个象征真是太了解了,每到这时,大家都带着惊惶、难受的神情面面相觑。切蛋糕还不算,一旦获此宠幸而连带的种种特权现在也让人想而生畏了;因此,每当蛋糕端出来时,学院派们便纷纷溜到"农业沙龙",好像要躲到始终笑容可掬的丈夫背后似的。忧心忡忡的昂塞尔夫人一手端着奶油蛋糕,一手拿着刀,出现在门口时,所有的人都拥到她丈夫身旁,仿佛请求他的庇护。

又过了几年,再也没有人愿意切蛋糕了。可是出于根深蒂固的老习惯,这个仍然被人礼貌地称作"美丽的昂塞尔夫人"的女人,每次晚会时,都要用目光寻找一个忠诚之士来执刀,而每次在周围都会发生同样的骚动:为了躲避她即将说出口的建议,会出现一次巧妙的大逃亡,各种各样复杂而又机智的招数,发挥得淋漓尽致。

一天晚上,有人把一个非常年轻、天真无邪的小伙子介绍到她家里来。他对奶油蛋糕的秘密尚一无所知,因此当蛋糕出场,大家都溜之大吉,昂塞尔夫人从仆人手里接过那盘蛋糕的时候,这小伙子依然神情自若地站在她身边。

她也许以为他是了解这件事的,满脸堆笑,声音激动地说:

"亲爱的先生,能不能麻烦您把这个蛋糕切一下?"

他为有这种荣誉而沾沾自喜,忙献殷勤,脱下手套。

"啊,怎么说呢,夫人,真是太荣幸了。"

远处,在长厅的各个角落里,在庄稼汉房间敞开的门里,人们伸着脑袋惊奇地看着。等看到新来者毫不犹豫地切好了蛋糕,大家便迅速围拢来。

一位诙谐的老诗人拍拍这位新门徒的肩膀,俯在他的耳边说:

"好样的,年轻人!"

大家好奇地注视着他,连那位做丈夫的也颇感意外。这年轻人呢,因受到众人突如其来的尊重而甚感惊异;他尤其不明白,何以女主人对他特别地亲切、明显地宠幸,而且对他流露出一种无声的感激之情。

不过看来他终于明白了。

他是在什么时候、什么地点得知真情的呢?没有人知道;不过当他在下次晚会出现时,他看上去心事重重,甚至有些害臊,老是不安地东张西望。吃茶点的时候到了。仆人走进来。昂塞尔夫人笑眯眯的,接过蛋糕,又用眼睛去寻找这个年轻朋友;可是他逃得那么及时,已经不见踪影。她就出去找他,终于在庄稼汉的房间里找到了他。他正挽着她丈夫的胳膊,神色惊慌地向他请教消灭葡萄根瘤蚜虫的方法呢。

"亲爱的先生,"她对他说,"能不能麻烦您切一下这个蛋糕?"

他的脸一下子红到耳根,脑子也蒙了,支支吾吾说不出话来。幸亏昂塞尔先生可怜他,转过身来对妻子说:

"亲爱的,您要是能不来打断我们,那就太好了;我们正在谈论农业上的事。让巴蒂斯特①去切您的蛋糕吧。"

从那天以后,再也没有哪位客人替昂塞尔夫人切她的圆形奶油蛋糕了。

---

① 巴蒂斯特:昂塞尔家的男仆。

瞎　子[*]

看到初升的太阳为什么我们会感到如此欣喜？那普照大地的阳光为什么会让我们充满生活的幸福？天空是蔚蓝的，田野是碧绿的，房舍是洁白的；我们愉悦的双眼畅饮这些鲜艳的色彩，又把它们化为我们心灵的欢乐。于是我们萌生出强烈的欲望，想尽情地舞蹈、奔跑、歌唱，体味精神上的轻松愉快、内心的博大的爱；我们简直想拥抱着太阳吻它一下。

但是门洞底下那些生活在永恒黑暗里的瞎子，却对这一切无动于衷；他们置身于新的快乐之中，但莫名其妙，所以总是静静地待在那里，只是不停地吆喝着他们那老想撒撒欢的狗，叫它们安分点儿。

白天过去了，他们就搀着小弟弟或小妹妹的胳膊回家。如果那孩子说："今天的天气真好啊！"瞎子会回答："我觉出

---

[*]　本篇首次发表于一八八二年三月三十一日的《高卢人报》；一八九九年收入保尔·奥朗道尔夫出版社出版的莫泊桑小说集《米隆老爹》；一九〇四年收入同一出版社出版的插图版莫泊桑全集《米隆老爹》卷。

来了,今天天气好,因为鲁鲁①不肯老实待着了嘛。"

我认识一个瞎子,他受尽磨难的生活是那么残酷,一般人根本无法想象。

他是乡下人,一个诺曼底农庄主的儿子。父母在世的时候,好歹总算有人照看他,他痛苦的只是他那可怕的残疾;可是自从父母去世,悲惨的人生就开始了。有个姐姐收留了他,农庄里的人都把他当作靠他们吃饭的穷鬼,每顿饭都怪他吃得太多,叫他懒汉、饭桶。他姐夫霸占了他那份遗产,却连浓汤②也舍不得给他多吃一口,只给他不至于饿死的那么一点。

他面如土色,两只灰白的大眼睛就像两块糊信封用的小面团。他遭到辱骂时总是毫无反应;他是那么能够隐忍,别人甚至无法知道他是否感觉到挨了骂。再说,他也从来没有尝到过疼爱的滋味,母亲不喜欢他,对他总是有点凶巴巴的。因为在农村,没有用就等于有害,母鸡会把它们中间有残疾的啄死;必要时,乡下人也完全会这样干。

狼吞虎咽地吃完浓汤,夏天他就到大门口去坐着,冬天他就待在壁炉边,直到天黑,不再动弹。他手不动,脚也不挪;只有他的眼皮,受某种神经性的疼痛骚扰,会偶尔垂下来盖住两个灰白的眼珠。他是不是有智力,有思想?是不是对自己的生活有清楚的意识?谁也没有想过这些问题。

一些年以来,情况就是这样。可是,由于他什么事也不能

① 鲁鲁:狗的名字。
② 浓汤(la soupe):法国人的浓汤通常都加有洋葱、土豆等实料。

做,再加上他对什么都无动于衷,久而久之惹恼了他的亲戚们,就这样他成了受气包,成了任人戏弄的小丑,成了他周围那些大老粗发泄他们天生兽性和野蛮乐趣的牺牲品。

为了欺负这个双目失明的人,人们能想到的残忍的恶作剧都被想象出来了。为了让他为所吃的东西付出代价,他的几顿饭成了邻居们开心而这残疾人受罪的时候。

附近几户农民也都来参加这种消遣;他们一户传一户,这个农庄的厨房里每天都挤得满满的。有时,他们把一只猫或者一只狗放在饭桌上,他的汤盘子前面。那动物凭它的本能嗅出这是个残疾人,便慢慢地走过去,不声不响地吃起来,有滋有味地舔起来;万一咂舌时发出一点响声,引起这可怜虫的注意,它就会小心地走开,躲避他朝它的脸胡乱抡来的汤匙。

这时候,挤在墙边的观众就开怀大笑,你推我搡,还连连跺脚。而他呢,总是一声不吭,又用右手吃起来,同时把左手伸到前面护着他的汤盘。

有时候他们会弄些瓶塞子、木头、树叶甚至垃圾让他嚼,他也分辨不出来。

后来,人们连玩笑也开腻了;他姐夫因为老这么养着他,气急败坏,就打他,不停地扇他耳光;看他躲躲闪闪甚至还想举手还击,那瞎费力气的样子,真是好笑。从此又有了新的玩法:扇耳光。那些农工、杂工、女佣,高兴起来就给他一巴掌,打得他眼皮直眨。他不知该往哪儿躲,只好经常伸出两只胳膊,防着有人接近。

最后,人们又逼他去要饭。赶集的日子,他被带到大路边；听见脚步声或者车轮声，他就伸出帽子，结结巴巴地叫喊："求求您，行个好吧。"

可是乡下人是不喜欢乱花钱的，要了几个星期，他一个苏也没带回来。

人们对他的憎恶简直到了既强烈又残酷的程度。请看他是怎么死的。

有一年冬天，大地被积雪覆盖，天寒地冻。可是他姐夫还是一大早就把他带到很远很远的一条大路上乞讨。他把他一整天都撂在那里；到了晚上，他当着众人的面说没有找到他。然后他又说："算了吧！用不着担心，一定是有人见他冷，把他带走了。没错！丢不了。明天早上他准会回来吃浓汤的。"

可是第二天，他并没有回来。

原来瞎子等了又等，等了好几个钟头，冷得实在受不住，感到自己快要冻死了，就开始往回走。路被大雪掩埋，何况他也看不见，只能连蒙带撞地瞎走，掉在沟里又爬起来，始终一声不吭，想找到一户人家。

不过刺骨的严寒冻得他渐渐麻木了，两条腿软得再也支持不住他的身体了。他在茫茫原野中坐下。他再也没有站起来。

鹅毛大雪不停地下着，盖在他身上。他僵硬的身体消失在越积越高的雪下；没有任何迹象表明那里有一具尸体。

他家里的人花了一个星期的时间，故作姿态地到处打听他的消息，到处找他。他们甚至还哭了几声。

那年的冬天十分寒冷,解冻也很迟。一个星期日,乡里人去教堂望弥撒,发现一大群乌鸦在平原上不停地盘旋,然后像一阵黑色的雨点般扎堆儿扑向同一个地方,一会儿飞走,一会儿又飞回。

接下去的一个星期,这些不祥的鸟儿还在那里。天空像飘着一片乌云,似乎天涯海角的乌鸦都聚集到这里来了;它们连声大叫着落在银光闪烁的雪地上,在上面布下奇怪的斑点。它们在一个劲地搜寻着什么。

一个小伙子走过去看看它们究竟在干什么,这才发现瞎子的尸体,已经支离破碎,被吃掉一半了。他那双无光的眼睛已经没有了,让贪婪的长喙啄走了。

现在我每逢阳光灿烂的日子感到心情愉悦的时候,脑海里就不禁浮现出这段凄惨的记忆,不无伤感地想到这个瞎子:他在人世上是那么运乖命苦,他的惨死在所有认识他的人看来反倒是一种解脱。

在旅途中*

五月六日于圣阿涅斯①

我亲爱的朋友②：

您要我常给您写信，特别是跟您讲讲我见到的事。您还希望我在自己的旅游记忆里搜索，找些从遇见的农夫、旅馆老板、路过的陌生人那里听来、在我的记忆中对一个地方留下印记的小插曲。您认为寥寥几笔勾画出的一幅风景，三言两语讲述出的一则小故事，往往能够再现一方土地的真正的特征，让它栩栩如生、形象逼真，而且富有戏剧性。我就根据您的愿望试一试吧。我会时不时地给您写信，不谈您，不谈我，而只谈视野中的景色以及活动在其中的人。我这就开始了。

---

* 本篇首次发表于一八八二年五月十日的《吉尔·布拉斯报》，作者署名"莫弗里涅斯"；首次收入路易·科纳尔出版社一九〇九年出版的《莫泊桑作品全集》第七卷。

① 圣阿涅斯：法国东南部阿尔卑斯滨海省的一个村庄。

② 收信人是本篇主人公的一位女性朋友。

在我看来,春天应该是饱览和领味美景的最佳季节了。这是兴奋的季节,正如秋季是思索的季节。春天,田野骚动人的肉体;秋天,它深入人的心灵。

今年,我很想闻闻橙花的香味,于是在大家都从南方回来的时候,我动身去了那里。我穿过摩纳哥①,这座堪与麦加②和耶路撒冷③匹敌的朝圣者的城市,不过我没有把金钱留在别人的口袋里;我只是攀登了那座柠檬树、橙树和油橄榄树像顶棚一样覆盖着的高山。

我的朋友,您从来也没有在开花的橙树园里睡过觉吧?人们美滋滋地呼吸着的空气是一种芳香的精华。这种浓烈而又甜美的香味,像蜜饯一样让人甜到心里,仿佛和我们融为一体,把我们浸透,令我们陶醉,把我们变得懒洋洋,让我们陷入迷迷糊糊、似梦非梦的昏沉状态。简直可以说它是鸦片,不过不是由药剂师的手,而是由仙女们的手调制出来的。

这里是多沟壑的地带。圆形的山丘到处沟沟洼洼,在这些崎岖的沟壑里长着一片片真正的柠檬树林。隔不远,当迅速倾落的溪谷被一个台阶似的地方阻断的时候,人们就在那里筑一个蓄水池,把暴雨的雨水存起来。那是些四壁光滑的大深坑。万一有人跌倒,没有一个突出的地方可以用手抓住。

----

① 摩纳哥:欧洲的一个城市和公国,位于阿尔卑斯山脉伸入地中海的悬崖上,是著名的赌城。
② 麦加:沙特阿拉伯的一个城市,是伊斯兰教的主要圣地,世界各地穆斯林朝拜的中心。
③ 耶路撒冷:位于近东黎凡特地区,介于地中海和死海之间的一个城市。犹太教、基督教和伊斯兰教都奉为圣地。

我沿着一条小山谷慢慢地走着,透过叶丛观赏挂在树枝上的亮晶晶的果实。深谷狭窄,浓重的花香更加沁人心脾,空气也显得稠密。我忽然觉得有些疲倦,想找个地方坐一会儿。几滴水在草丛里移动,我相信附近一定有个源头,于是向高处爬了几步去找那源头。但是我却来到一个又大又深的蓄水池边。我盘腿而坐,面对这个大坑胡思乱想。坑里仿佛盛满了墨汁,液体是那么黑,而且凝滞不动。远处,透过树枝的间隙,可以眺见一块块的地中海,像一个个光斑,映得我眼花缭乱。但是我的目光却总是回到这口阴森巨大的井上,它的表面是那么静止,似乎连任何浮生的小虫子也没有。

突然,一个声音让我打了个寒战。一位采花的老先生(对于植物采集者来说这里是欧洲种类最丰富的地方)在问我:

"先生,您是那些可怜的孩子的亲人吗?"

我惊愕地看着他:

"哪些孩子,先生?"

他显得有点难为情,向我问好,接着说:

"请您原谅。见您这么聚精会神地看着这个蓄水池,我还以为您是在想着这里发生的那场可怕的悲剧呢。"

这一次我倒想知道是怎么回事了,我请他给我讲讲这个故事。

我亲爱的朋友,这个故事非常凄惨,非常让人悲痛,同时又非常平凡。这只是一件普普通通的社会新闻。我不知道自己这么激动,是不是和听人讲述这件事时的悲剧性情境有关:背景是深山,欢快的阳光和鲜花同杀人的黑洞形成强烈的反差。听了这个故事,我确实心如刀绞,每个神经都受到强烈的震动。不过,您看不到那景物,只是在自己的房间里阅读它,也许就不觉得是这么令人心碎了。

那是近几年里的一个春天。两个小男孩经常在这个蓄水池边玩耍,而他们的家庭教师就躺在一棵树下看书。然而,一个炎热的下午,一声响亮的叫喊惊醒了正在打盹的家庭教师,一个东西跌落把水溅起来的声响,让他猛地站了起来。两个孩子中那个小的,十一岁,站在水池边呼喊着。被搅动的水面颤抖了一会儿,又在那个大一点的男孩头上合了起来。原来他刚才在坑壁边沿的石路上奔跑的时候掉了下去。

家庭教师吓昏了头,他没有片刻犹豫,更没有想想用什么方法,就跳进了深坑;但他的头撞到了洞底,他再也没有浮上来。

与此同时,那个男孩回到了水面,向弟弟挥动着两只胳膊。于是,留在地面的弟弟趴到地上,伸长了身子,而哥哥奋力地游,竭力游近坑壁。不久,四只小手互相抓住了,互相握住了,肌肉紧绷着,连接在一起。

两个人都因生命得救而万分喜悦,为死亡而战栗已经成为过去。哥哥试图往上爬,但是坑壁陡直,他爬不上来;而弟弟却因为力气太小,在慢慢地向坑里滑。他们重又感到惊恐,于是停下来,僵持不动。他们在等待。

弟弟使出全身的力气握住哥哥的手,他焦急得一边哭,一边重复着说:"我拉不上来你,我拉不上来你。"他突然叫喊起来:"救人呀!救人呀!"但是他细弱的声音几乎连他们头上枝叶搭成的顶棚也穿不透。

他们就这样待了很久,几个小时又几个小时,脸对着脸,怀着同样的思想,同样的忧虑,以及那极度的恐惧:生怕他们两人当中的一个人因为筋疲力尽而松开疲弱的手。他们喊呀喊,总是徒劳。

最后冻得直发抖的哥哥对弟弟说:"我再也支持不住了。我要掉下去了。永别了,弟弟。"而弟弟,一边喘息着一边说:"不行,不行,等下去。"夜晚来临了,寂静的夜晚,带着它倒映在水中的群星。

哥哥实在支持不住了,又说:"放开我一只手,我要把我的表给你。"这是他几天以前收到的礼物;从那时起,这块表一直是他最心爱的东西。他把它掏了出来,递给弟弟;弟弟呜咽着,把它放在身边的草地上。

天已经全黑了。两个不幸的孩子,筋疲力尽了,几乎彼此再也拉不住了。哥哥终于感到没有希望了,再一次喃喃地说:"永别了,弟弟,替我吻吻妈妈和爸爸。"然后他麻木的手指就张开了。他沉下去,再也没有浮上来。

只剩下弟弟一个人了,他发了疯似的叫喊:"保尔!保尔!"但是哥哥再也没有回来。弟弟便在深山里奔跑,一次次被岩石绊倒,足以让一个孩子心碎的莫大悲伤弄得他神魂颠倒。他面如死灰地回到家,父母正在客厅里等着他们。

在带父母去那阴森的水池时,他又迷失了方向。他找不到原来的路了。他终于认出了那个地方。"就是这儿,对,就是这儿。"

但是必须把蓄水池里的水排空;而这块地的主人不同意这么做,他需要水浇灌他的柠檬树。

他们终于找到两具尸体,不过已经是第二天了。

我亲爱的朋友,您看见了,这只是一桩普普通通的社会新闻。不过如果您亲眼看着那个深坑,想着一个孩子悬在弟弟手上岌岌可危的临终情景,想着这两个只习惯欢笑和玩耍的孩子那苦苦的坚持,想着把表送给弟弟的那个简单的细节,您就会像我一样心如刀割。

我对自己说:"但愿命运之神永远也别让我收到一件这样的纪念品!"一个和一件须臾不离身的常用物品联系着的回忆,我不知道有什么比这更可怕的了。请您设想一下,每当幸存的弟弟触摸到这只神圣的表时,他就会看到那惨烈的一幕,看到那水池,那池壁,那静止的水;看到当时虽然活着,但就像死了一样,无望的哥哥那走了形的面孔。终其一生,每时每刻,那景象将永远在那里,只要他的指尖触到那装表的小口袋就会把它唤醒。

我黯然神伤,直到黄昏。我继续往上爬,离开了种橙树的地带,来到只种油橄榄树的地带,又离开种油橄榄树的地带,来到种松树的地带。我转而进入一个多岩石的山谷,接着又来到一处古代宫殿的废墟,据说那是公元十世纪由一个撒拉逊人①的首领建筑的,那首领,一个很有智慧的人,因为爱上一个年轻姑娘而领受了基督教的洗礼。

我周围到处是山,前面是大海,海上有一个几乎分辨不出的斑点:科西嘉岛②,或者更确切地说:科西嘉岛的影子。

不过,在如血的残阳染红的群山顶上,在辽阔的天空里和大海上,在我观赏着的所有这些美不胜收的景物里,我看见的只是那两个可怜的孩子,一个趴在满是黑水的大坑的边沿,另一个已经水没到脖子,手拉着手,不知所措,脸对脸地哭泣;我仿佛不停地听见一个奄奄一息的微弱的声音重复着:"永别了,弟弟,我把我的表给你。"

这封信您会觉得非常阴郁,我亲爱的朋友。换一天我尽量写一封欢快一点的。

---

① 撒拉逊人:中世纪欧洲人对阿拉伯等地穆斯林的通称。
② 科西嘉岛:法国属地,地中海中的一个岛屿。

一个杀害父母的人[*]

律师是以被告疯狂为理由进行辩护的。否则又怎能解释这离奇的罪行?

一天早上,人们在沙图①附近的芦苇丛里发现了两具互相搂抱着的尸体,一男一女,两个有名望、富有的上层社会的人,已经不太年轻,前一年才结婚,那时女的丧偶才三年。

没听说过他们有什么仇家,他们也没有遭到抢劫。看来他们是先被人用长而尖的铁器先后杀死,然后从岸上抛进河里的。

调查没有发现任何线索。接受询问的几个船员也一无所知;案子就要搁置了,这时附近村庄的一个木匠,名叫乔治·

---

[*] 本篇首次发表于一八八二年九月二十五日的《高卢人报》;一八八五年收入马尔朋-弗拉玛里庸出版社出版的莫泊桑小说集《白天和黑夜的故事》;一九〇三年收入保尔·奥朗道尔夫出版社出版的插图版莫泊桑全集《白天和黑夜的故事》卷。

① 沙图:法国市镇,位于巴黎西边十公里,塞纳河畔。

路易,绰号叫"有产者"的,前来投案自首。

对所有的询问,他只是这么回答:

"我认识那个男的有两年,女的有半年。他们常来让我修理些古董家具,因为我精通这一门手艺。"

当人们问他:

"你为什要杀他们?"

他总是执拗地回答:

"我杀他们是因为我想杀他们。"

从他嘴里再也问不出别的。

这个人大概是个私生子,从前寄养在当地,后来索性被遗弃。除了乔治-路易①,他没有别的名字,长大以后,他变得非常聪明,有品位又有天生的优雅气质,那是他的伙伴们所没有的,所以人们给他起了个"有产者"的雅号,而且也不再叫他别的了。在他选的细木工这一行里,他被视为很出色的能工巧匠。他甚至能在木器上雕一点花。人们也说他很狂热,信奉共产主义和虚无主义理论,酷爱读那些情节血腥的小说,是个很有影响力的选民,工人和农民的公共集会上妙语连珠的演说家。

律师是用疯狂为理由替他辩护的。

可是,怎样才能说明这个工匠居然杀了他的最好的顾客,既有钱又慷慨(他承认这一点)的顾客呢?须知两年来,他们

---

① "乔治-路易"是复名,不是姓。

让他做了三千法郎的活儿(他的账本可以证明)。只能有一个解释:疯狂,一个失去社会地位的人思想偏执,通过杀害两个资产者,向所有资产者进行报复。律师还巧妙地提到当地给这个被遗弃的人起的"有产者"这个绰号;他高声说:

"这岂不是一种讽刺,一种会刺激这没有父亲也没有母亲的不幸的孩子的讽刺?他是个热烈的共和主义者。要我说什么呢?他属于那个共和国不久前枪杀和流放,而今张开臂膀欢迎的党派①,他甚至属于那个以放火为原则、以杀人为最简单手段的党派。

"在公共集会中大肆宣扬的这些可悲的理论如今毁了这个人。他听信了那些共和党人,甚至是女人的话,是的,女人的话!要甘必大②先生流血,要格莱维③先生流血;他的病态的精神崩溃了;他要流血,要资产者流血!

"应该判刑的不是他,先生们,是公社④!"

响起一片赞同的低语声。可以明显地感到律师已经胜诉。检察官也没有抗辩。

于是庭长按惯例向被告提问:

"被告,为了替自己辩护,您没有什么要补充的吗?"

---

① 指一八七一年巴黎公社。巴黎公社运动在该年五月遭到严酷镇压;一八八〇年七月大赦后许多被流放的公社社员返回法国。
② 甘必大(1838—1882):法国政治家。法国第二帝国末期和第三共和国初期,一八七九年至一八八一年任众议院议长,一八八一年至一八八二年任内阁总理兼外交部长。
③ 格莱维(1807—1891):法国政治家,第二帝国时期共和派左翼领袖。一八七九年至一八八七年任法国总统。
④ 指巴黎公社。

那人站了起来。

他个子矮小,淡黄的亚麻色头发,一双灰色的眼睛沉稳而又明亮。这身体单薄的小伙子发出的坚定、直率而又响亮的声音刚说了几句,顿时就改变了人们已经形成的对他的看法。

他说话气势高昂,语调像演说,口齿十分清晰,即使坐在大厅最后面的人也能听得清清楚楚:

"庭长,由于我不愿去疯人院而宁愿上断头台,我要把一切讲给您听。

"我杀害了这个男人和这个女人,因为他们是我的父母。

"现在,请听我说,然后审判我吧。"

一个女人,生下一个儿子,把他送到某个地方寄养。她恐怕连她的同谋会把这小生命带到哪儿去都不知道。孩子是无辜的,但他却注定要永远受苦受难,为他的非法出生蒙羞。不仅如此,还有死亡的危险,因为他被人遗弃,因为再也收不到每月寄抚养费的奶妈,就像她们经常干的那样,会任其衰弱、挨饿、孤苦无助地死去。

喂我奶的那个女人是个正直人,比我的母亲更富有女性气质,更伟大,比我的母亲更像个母亲。她把我养大。她尽这份职责实在是做错了。那些像被扔到臭水沟的垃圾一样被扔到城郊农村的不幸的孩子,还不如让他们死掉。

我带着自己身上有一个污点的隐约感觉长大。有一天,一群孩子叫我"私生子"。他们并不知道这个词是什么意思,是他们当中的一个听父母说的。我也不知道,但我感觉得到它的含义。

我可以这么说,我在学校里曾是最聪明的学生中的一个。我本来会是一个正直的人,庭长,如果我的父母没有犯下遗弃我的罪行,我也许还是一个杰出的人才。

这罪行,是他们对我犯下的。我是受害者,他们是罪人。我无法自卫,他们冷酷无情。他们本该爱我,他们却遗弃了我。

我呢,我应该感激他们给了我生命。不过生命是一个礼物吗?不管怎么样,我的生命只是一种不幸。在他们无耻地遗弃我之后,我欠他们的只有复仇了。他们对我犯下了对一个生命所能做出的最无人性、最可耻、最可怕的行为。

一个被侮辱的人出击了;一个被抢劫的人用武力夺回他的财产了;一个被欺骗、玩弄、折磨的人杀人了;一个被打耳光的人杀人了;一个蒙受耻辱的人杀人了。你们宽恕一些人的愤怒之举,但与他们所有人相比,我受到的抢劫、欺骗、折磨、残害、精神上的摧残和屈辱都更严重。

我报了仇,我杀了人。这是我的合法权利。我夺去了他们幸福的生命,来交换他们强加给我的可憎的生命。

您要说这是弑亲罪!他们是我的父母吗?在他们看来,我是个可恶的负担,一件可怕的事,一个污点;在他们看来,我的出生是一个灾难,我的生命是一个让他们蒙羞的威胁。他们追求自私的快乐,却意外地有了一个孩子。于是他们把这个孩子除掉。现在轮到我同样地回敬他们了。

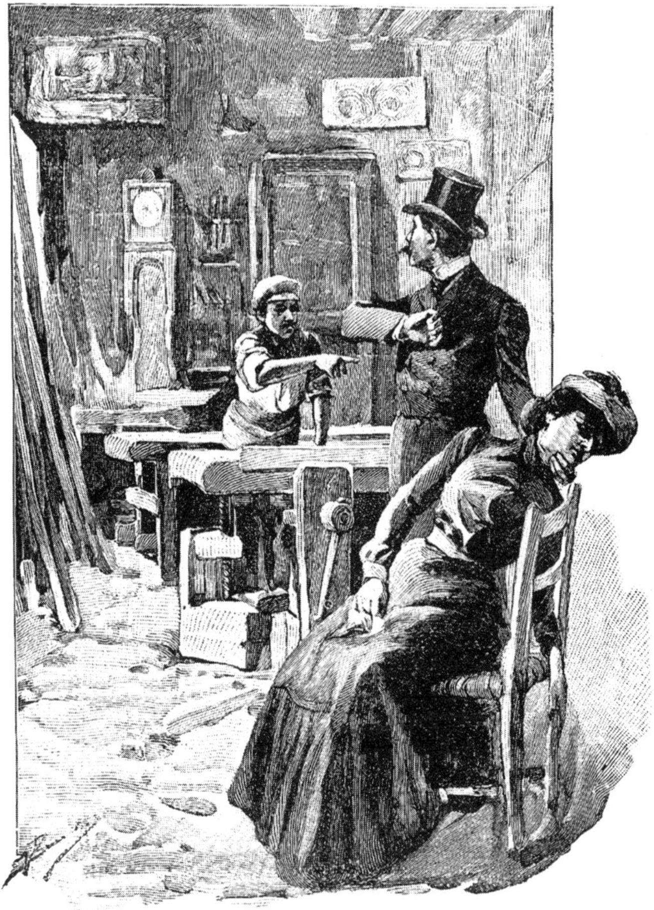

不过最近我还真准备过爱他们。我跟您说过,两年前,这个男人,我的父亲,第一次走进我的家。我并没有起任何疑心。他向我定做了两件家具。我后来知道,他事前曾向本堂神父打听过我的情况,当然,是在做出严守秘密承诺的条件下。

他后来经常来;他让我替他做活,付的报酬也高。有时,他甚至找这样那样的话题聊聊。我还真感到对他有了好感。

今年初,他把他的妻子——我的母亲,也带来了。她进来的时候颤抖得那么厉害,我还以为她患有某种神经性的病呢。后来她要了一把椅子和一杯水。她什么话也没说;她只是痴痴地看我做的那些家具;对他问她的任何问题,她都只胡乱地说一个"是"或者"不是"!她走了以后,我真认为她有点神经不正常。

下一个月她又来了。她平静了,能控制住自己了。那一天他们留下来聊了相当长的时间,而且向我订了一大批货。我又见了她三次,并不觉得有什么蹊跷。但是有一天她突然和我谈起我的生活,我的童年,我的父母。我回答:"我的父母嘛,夫人,他们是些卑鄙的家伙,他们把我遗弃了。"这时她用手捂着心口,昏倒在地上。我立刻想道:"她就是我的母亲!"不过我尽量不流露出什么来。我要看到她再来。

这以后,我也做了一些调查。我打听到他们前一年七月才结婚,那时我母亲守寡已三年。早就有许多传言,说在她前夫还活着的时候他们就相爱,不过人们没有任何证据。我就是证据,他们先想隐藏,继而又希望毁掉的证据。

我等着。一天晚上她又来了,仍然是我父亲陪着。这一天她好像非常激动,我不明白为什么。临走的时候,她对我说:"我想帮助您,因为在我看来您是一个诚实的青年,一个勤劳的人;您大概有一天会想到结婚;我愿意来帮助您,让您能自由地选一个您中意的女人。我嘛,我有过一次违背自己心愿的婚姻,我知道那多么令人痛苦。现在,我有钱,没有孩子,自由自在,有权支配自己的财产。这是给您做聘礼的。"

她递给我一个封好的大信封。

我凝视了她一会儿,然后说:"您是我的母亲?"

她后退了三步,用手捂着眼睛,不再看我。他,那个男人,我的父亲,把她搂在怀里,对我喊道:"您简直疯了!"

我回答:"一点没疯。我很清楚你们是我的父母。不是这么容易就能骗得了我的。承认吧,我会为你们保守秘密的;我不会怨恨你们;我将依然是现在的我,一个木匠。"

他仍旧扶着开始啜泣的妻子,向门口退去。我跑去锁上门,把钥匙放进口袋,接着说:"您看看她,您还不承认她是我的母亲。"

这话让他火了,脸变得煞白,想到隐瞒至今的丑闻可能突然爆发,他们的地位、名声、荣誉可能毁于一旦,恐惧勃然而生。他结结巴巴地说:"您是个恶棍,想敲诈我们的钱财。看,对这些穷老百姓、穷庄稼汉行善,帮助他们,救济他们,有什么报应!"

我的母亲非常惊慌,连声说着:"我们走吧,我们走吧!"

因为门关着,于是他喊道:"您要是不立刻给我打开门,我就告您敲诈和施暴,让您坐牢!"

我还能控制自己;我打开门,看着他们走向黑暗的深处。

这时,我突然感到自己刚又变成了孤儿,刚又遭到遗弃,被推进阴沟的水里。一股极度的悲伤,混杂着愤怒、仇恨、憎恶,弥漫了我的心;我全身心地奋起反抗了,这是一次为正义、为诚实、为荣誉、为被抛弃的爱而进行的反抗。我开始沿塞纳河奔跑去追赶他们。他们去沙图火车站必须沿着河边走。

我很快就赶上了他们。已经是夜晚,天全黑了。我在草地上轻轻地走,因此他们听不见我赶来。我的母亲还在哭。我的父亲在说:"这都怪您。为什么您坚持要见他!处在我们的境地,这简直就是发疯。您可以远远地帮助他,不要露面。既然我们不能承认他,冒着危险来看他有什么用呢?"

我于是冲到他们面前,结结巴巴地哀求道:"你们很清楚你们是我的父母。你们已经抛弃了我一次,还要再推开我吗?"

庭长,我以我的名誉,以法律的名义,以共和国的名义,向您担保,他向我举起了手。他打我;由于我抓住他的领子,他从口袋里掏出一把手枪。

我愤怒极了,我失去了理智,我的两脚圆规正好在口袋里,我扎了他,尽我所能地扎了他。

她呐喊起来:"救人啊!抓凶手啊!"一面揪我的胡子。后来我把她也杀了。难道我能知道自己当时做了什么吗?

后来,我见他们俩都躺在地上,连考虑也没考虑,就把他们扔进塞纳河。

就是这样。——现在,请审判我吧。

被告坐下。听了这番真情告白,案子延至下次开庭续审。不会拖延很久。如果我们是陪审员,我们会拿这个杀害父母的人怎么办?

在 乡 下[*]

献给奥克塔夫·米尔博[①]

在离一个有温泉浴的小城市不太远的地方,两座茅屋并排立在小山脚下。两个庄稼汉,为了养活所有的孩子,在贫瘠的土地上辛勤地劳动。他们每家都有四个孩子。一大群吵吵嚷嚷的孩子,从早到晚在两个相邻的门前玩耍。两个最大的有六岁,两个最小的大约十五个月;这两个家庭结婚和后来生孩子,时间都差不多相同。

两个母亲勉勉强强能从孩子堆里辨认出自己的产品;两个父亲则完全分不清。八个名字在他们的脑袋里乱窜,经常

---

[*] 本篇首次发表于一八八二年十月三十一日的《高卢人报》;一八八三年收入鲁维尔和布隆出版社出版的莫泊桑小说集《山鹬的故事》;一九〇一年收入保尔·奥朗道尔夫出版社出版的插图版莫泊桑全集《山鹬的故事》卷。

[①] 奥克塔夫·米尔博(1848—1917):法国小说家、剧作家,作品有《于勒神父》《一个女仆的日记》等。

搅和在一起;他们要叫一个孩子,往往叫错三个名字以后才能叫到真正的那一个。

从罗勒波尔温泉站过来,两座茅屋的第一座住的是蒂瓦什家,他们有三个女孩和一个男孩;另一座房子里住着瓦兰夫妇,他们有一个女孩和三个男孩。

他们全靠菜汤、土豆和大自然里的空气艰难地活命。早上七点,中午十二点,晚上六点,两家的主妇就像养鹅的人赶鹅似的,把孩子们吆喝到一块儿分发饲料。孩子们按年龄大小坐在一张用了五十年、已经磨得发亮的桌子前面。最小的一个嘴刚够得到桌面。在他们每人面前放着一个深底的盘子,盛满了泡在汤里的面包;汤是用土豆、半棵白菜和三个葱头煮的。孩子们倒都能吃得饱。最小的一个由母亲亲自喂。星期日,汤里放一点牛肉,对大家来说就是一次盛宴;那一天,父亲会在饭桌上迟迟不肯离开,还一遍遍说:"我真想每天都这么吃。"

八月的一个下午,一辆轻便马车突然在两座茅屋前停下,亲自驾车的一个年轻女人对坐在身边的那位先生说:

"啊!昂利,瞧这一大帮孩子!他们在满地打滚,多么可爱!"

那男的什么也没说,这种羡慕的话他已经听惯了。对他来说,这羡慕是一种痛苦,也近乎一种责备。

年轻女人又说:

"我一定要去亲亲他们!啊!我多么想要一个,那边的一个,最小的。"

她说着从车上跳下来,向孩子们跑去,把两个最小的当中的一个,蒂瓦什家的那一个,抱起来,紧紧搂在怀里,热烈地亲他那肮脏的脸蛋儿、沾满泥土的金黄色的鬈发和那双为了摆脱她讨厌的爱抚而不断挥动的小手。

后来她登上马车,快马加鞭地走了。可是下个星期她又来了,也在地上坐下,把那个娃娃抱在怀里,塞给他蛋糕吃,把糖果分给其他的孩子;并且像孩子似的跟他们一起玩耍。而她的丈夫就待在轻便的马车里耐心地等她。

她再来的时候,跟父母们认识了,以后每天都来,口袋里装满了糖果和零钱。

她叫昂利·德·于比埃尔太太。

一天早上,到了以后,她丈夫跟她一起下了车。孩子们现在已经跟她很熟了;可是她没有在孩子们那儿停留,而是直接进了乡下人的家。

他们都在家,正在劈柴准备做饭。他们十分意外,站直了身子,连忙让座,等待着。于是那年轻的女人,用断续而又颤抖的声音开始说:

"善良的人们,我来找你们,因为我想……我想……领养你们……你们的小儿子……"

乡下人没明白是怎么回事,目瞪口呆,没回答。

她镇定了下来,接着说:

"我们没有孩子;我丈夫和我,很孤单……我们想领养他……你们愿意吗?"

那个农妇开始明白了。她问:

"你们是要带走我们的夏洛?那可不行,绝对不行。"

这时德·于比埃尔先生出来调停:

"我妻子没有说清楚。我们想收养他,不过他会来看你们的。如果他有出息,就像一切让我们相信的那样,他将来就是我们的继承人。万一我们自己有了孩子,他也会跟他们平分。不过,如果他辜负了我们的心愿,等他成年的时候,我们会给他两万法郎,这笔钱立刻就用他的名字存在公证人那里。而且我们也考虑到了你们,我们要供给你们一笔终身赡养费,每月一百法郎。你们听明白了吧?"

那农妇怒不可遏,霍地站起来:

"你们想叫我们把夏洛卖给你们?啊!绝不!怎么能让一个母亲干这种事!啊!绝不!那可是一件可恶透顶的事。"

那个男人什么也没说,只是神情严肃,在思考;但是他一直在点头,表示赞同妻子的话。

德·于比埃尔太太不知所措,哭了起来;她向丈夫转过身来,用平常任何愿望都能得到满足的孩子般的语气,啜泣着喃喃地说:

"他们不愿意,昂利,他们不愿意!"

于是他们做最后一次努力。

"不过,朋友们,请想想你们孩子的前途,他的幸福,他的……"

农妇十分恼火,打断了他的话:

"都看见了,都听见了,都想过了……快给我出去,往后,再也别让我看见你们。想夺走人家的孩子,这绝不可以!"

德·于比埃尔太太往外走着,突然想起最小的男孩有两个,就带着任性和娇惯的女人说要什么立刻就要得到的犟劲儿,含着眼泪问道:

"那另一个小的不是你们的?"

孩子父亲蒂瓦什回答:

"不是,那是邻居家的;你们愿意的话,可以去那里。"

说完他就回到自己屋里,里面传来他妻子仍然愤愤不平的声音。

瓦兰夫妇正在吃饭,两人之间放着一碟黄油,他们用刀刮下一点儿来,十分节省地涂在面包片上,慢吞吞地吃着。

德·于比埃尔先生又开始陈述他的建议,不过这一次说得更婉转、更谨慎、更巧妙。

两个乡下人摇着头表示拒绝,但是得知他们会每个月得到一百法郎,他们互相用眼睛打量着、询问着,已经很有些动摇了。

他们心乱如麻,犹豫不决,沉默了很久。最后那个女的问道:

"当家的,你说怎么样?"

他正色直言地说:

"我说这一点也不丢脸。"

已经担心得发抖的德·于比埃尔太太便跟他们谈起了小家伙的未来,他的幸福,以及她以后会给他们的钱。

那庄稼汉问:

"这每年一千二百法郎的赡养费,会在公证人面前立字据吗?"

德·于比埃尔先生回答:

"当然啰,明天就开始。"

庄稼婆琢磨了一下,接着说:

"每月一百法郎就把我们孩子拿走,这太少了一点;过几年这孩子就能干活了;我们要一百二十法郎。"

德·于比埃尔太太已经急得直跺脚,立刻表示同意;她那么想带着孩子就走,丈夫在写字据的时候,她又加送了一百法郎作为礼物。村长和一个乡亲立刻被请来,做了成全好事的证人。

然后,年轻女人就像从商店里买走一个希望得到的小玩意儿似的,抱着吱哇喊叫的孩子,欢天喜地地走了。

蒂瓦什夫妇正站在门口,看着那孩子被抱走;他们一言不发,神情严肃,也许在为自己的拒绝而后悔吧。

从此就再也没有听人说起小让·瓦兰了。他的父母每个月去公证人那儿领他们的一百二十法郎;可是他们跟自己的邻居闹翻了,因为蒂瓦什大婶骂他们无耻,挨门串户地对人说:一定是丧失了人性才会卖掉自己的孩子,这实在是一件骇人听闻的事,卑鄙肮脏的事,伤风败俗的事。

有时候她炫耀地抱着夏洛,似乎他听得懂似的,大声对他说:

"我没有卖掉你,我没有卖掉你,我的小心肝。我,不卖我的孩子。我没有钱,可我不卖我的孩子。"

过了一年又一年,她天天都这样在门前含沙射影地大声辱骂,好让骂声传进邻居的屋里。蒂瓦什大婶终于自认为比当地所有的人都高出一等,因为她没有卖掉夏洛。谈起她的人都说:

"我知道那条件很诱人;不管怎么样,她当时的表现确实像个好母亲。"

大家都表扬她;而已经十八岁的夏洛,是在人们不断对他重复的观念中长大的,也自认为自己比伙伴们都高出一等,因为他没有被卖掉。

瓦兰夫妇靠着赡养费生活得很自在。蒂瓦什夫妇那无法平息的愤怒就由此而来;他们仍然很穷苦。

他们的长子服兵役去了。第二个儿子死了;只剩下夏洛和年老的父亲,吃苦受累养活母亲和两个妹妹。①

他二十一岁那年,一天早上,一辆华美的马车停在这两座茅屋前面。一位挂着金表链的年轻绅士从车上下来,搀扶着一个白发的老妇人。老妇人对他说:

"我的孩子,那边,第二个房子。"

于是他像回到家一样走进瓦兰的房子。

老妈妈正在洗围裙,腿脚不灵的父亲正在壁炉旁打盹儿。老两口抬起头来,这时年轻人说:

---

① 本篇故事开始时,作者说蒂瓦什夫妇有三个女孩和一个男孩,与此处有出入,显然是笔误。

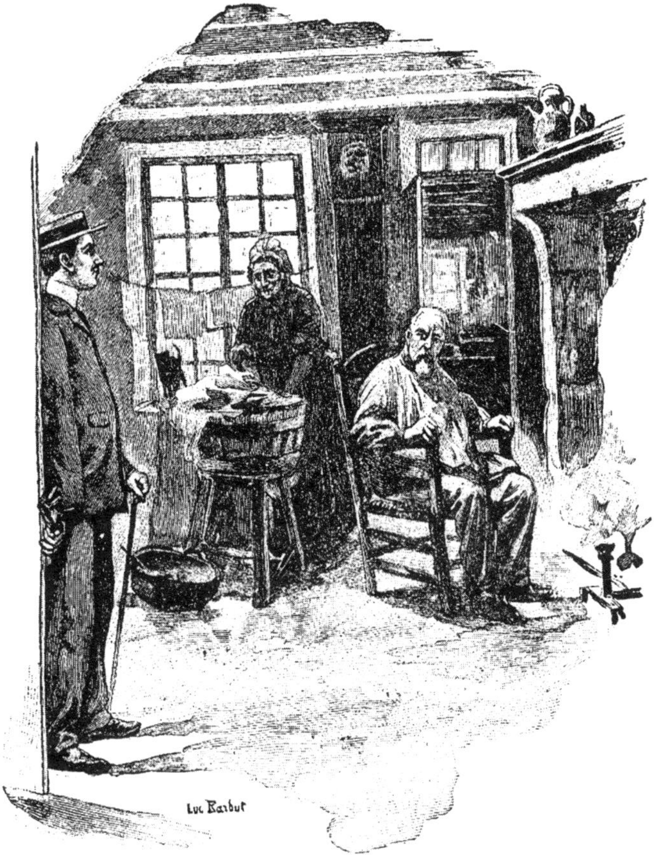
Luc Barbut

"你好,爸爸;你好,妈妈。"

他们十分惊讶,站起来。庄稼婆激动得手里的肥皂都掉进水里了。她喃喃地说:

"是你吗,我的孩子?是你吗,我的孩子?"

他搂住她,亲吻她,又说了一遍:"你好,妈妈。"这时,老头儿虽然全身哆嗦着,但是以他从来不会失去的平静语调说:"你回来啦,让?"仿佛一个月以前还见过他似的。

他们相认以后,父母要立刻带着儿子在当地露露脸。他们领他去见了村长,见了村长助理,见了本堂神父,见了小学老师。

夏洛站在自家的茅屋门前,看着他走过去。

晚上,吃晚饭的时候,他对两个老人说:

"你们一定是傻瓜,才会让人家把瓦兰家的小儿子领走。"

母亲执拗地说:

"我们绝不出卖自己的孩子。"

父亲什么也没说。

儿子又说:

"被这么牺牲掉不是太倒霉了吗!"

蒂瓦什老爸这才生气地说:

"你难道要责怪我们把你留下了吗?"

年轻人粗暴地说:

"是的,我是要责怪你们,你们只不过是些糊涂蛋。有你们这样的父母,真是孩子的不幸。我要是离开你们,也是你们的报应。"

老妇人哭得眼泪都流到汤盘里。她喝着舀起来的菜汤,一勺弄洒了半勺。她呜咽着说:

"累死累活把孩子们养大,不易啊!"

小伙子生硬地说:

"与其像现在这样,还不如不生下来。我刚才看见那一个,简直火冒三丈。我心想:本来那个人应该是我。"

他站起来,说:

"唉,我觉得我最好还是别待在这儿了,否则我会从早到晚责怪你们,会让你们活得很苦。这件事,你们也看得出,我永远不会原谅你们!"

两个老人垂头丧气,泪水汪汪,哑口无言。

他接着又说:

"不行,想到这件事,太让人痛苦了。我宁愿到别的地方去谋生!"

他拉开门,一片喧哗声传进来。瓦兰家正在欢庆儿子的归来。于是夏洛跺了一下脚,转身冲着父母,大叫一声:

"可怜虫,见鬼去吧!"

他便消失在黑夜里。

一 百 万[*]

这是一对普普通通的公务员夫妇。丈夫是一个部的科员,循规蹈矩,谨小慎微,对于本职工作向来兢兢业业。他名叫莱奥波德·鲍南。这个身材矮小的年轻人,在任何事情上,他的想法都和常人一样。他在宗教环境里接受教育,但自从共和国推行政教分离的政策以后,他的宗教信仰不像以前那么虔诚了。他在部里的走廊上大声宣称:"我信教,甚至信得虔诚,不过我信的是天主,我不是教权主义者。"他先于一切的志向是做一个诚实的人,他拍着胸脯这样表示。他也确实是个最严格意义上的诚实人。他准时上班,准时下班,很少偷懒,而且在"金钱问题"上一向表现得洁身自好。他娶了一个

---

[*] 本篇首次发表于一八八二年十一月二日的《吉尔·布拉斯报》,作者署名"莫弗里涅斯";后据此改写成《遗产》,发表于一九八四年三月十五日至四月二十六日的《插图版军事生活》;一九○八年收入路易·科纳尔出版社出版的莫泊桑全集《密斯哈利特》卷;一九一二年收入保尔·奥朗道尔夫出版社出版的插图版莫泊桑全集《米斯蒂》卷。

穷同事的女儿;但是这个穷同事的姐姐却有一百万的家业,她故去的丈夫因为实在爱她才娶她的。她没有孩子,对她来说,这是一个很大的遗憾。因为她只能把自己的财产留给侄女了。

这笔遗产成了全家人的心事。它笼罩着这个家庭,也成为整个部里的话题;大家都知道"鲍南夫妇会得到一百万"。

小两口也没有孩子,但他们并不怎么放在心上,依然平心静气地过他们那种天地狭小、与世无争的诚实人的生活。他们的住所干净、整齐、恬适,因为他们安分守己,在各方面都很有节制。他们认为有了孩子会打扰他们的生活,他们的家,他们的安宁。他们绝不会刻意不要孩子,不过既然老天爷没有给他们送上门来,那再好不过了。然而拥有一百万家业的姑母却对他们久久不育感到忧心,为了让他们早生贵子,常给他们献计献策。她从前曾尝试过朋友和女手相家指点的千百种秘诀,结果无一成功。她超过生育年龄以后,人们又给她指点了许许多多另外的绝招,她料想是万无一失的;虽然遗憾的是自己再不能身体力行,她却热衷于在侄儿侄媳身上显示它们的灵验,而且三天两头地追问:

"喂,你们试过我那天推荐的办法了吗?"

姑母去世了。两个年轻人心里真高兴,不过这是那种对自己对别人都要用哀伤掩饰起来的高兴。良心披着黑纱,但是灵魂却乐得战栗。

他们得到通知,有一份遗嘱放在某公证人那里。他们从教堂出来就连忙跑去找那个公证人。

姑母信守她坚定不渝的想法,把她的百万家产留给了他们的第一个孩子,每年的收益由父母享用,直到他们去世。如果年轻夫妇三年之内没有子女,这笔财产就捐给穷人。

他们目瞪口呆,大为沮丧。丈夫病倒了,足有一个星期没有去上班。痊愈以后,他毅然下定决心,无论如何也要做父亲。

他苦干了半年的时间,瘦得皮包骨头。他回忆起姑母传授过的各种方法,一丝不苟地加以实践,但是全无效果。绝望之下,他鲁莽行事,横冲直撞,差点儿送了小命。贫血损害着他的健康;他怕是得了肺痨。一个医生的诊断把他吓坏了,医生让他马上恢复平静的,甚至比以前还要平静的生活,并且给他制定了一套补气养身的饮食制度。

风凉话也马上在部里传开了,人人都知道遗嘱要落空了,各个科室里都有人拿这场著名的"百万大战"来取乐。有人给鲍南出一些滑稽可笑的主意;有人放肆地毛遂自荐,去满足那令人绝望的条款的苛求。特别有个高个儿年轻人,公认是个拈花惹草的高手;他的艳福不浅,在各个科室都是出了名的。此人老是旁敲侧击,用放肆的语言纠缠鲍南,说什么他可以保证在二十分钟里让鲍南当上继承人。莱奥波德·鲍南有一天动怒了,他把羽毛笔往耳朵上一夹,猛地站起来,冲他破口大骂:

"先生,您是个下流坯;我要不是尊重自己的人格,早就啐您一脸唾沫了。"

双方指派了证人，整个部里为此兴奋了三天。不过人们只看见他们在走廊里交换笔录和对这事件的看法。四个代表终于一致通过了一份草案，并且为两位当事人所接受。按照这份协议，他们当着科长的面煞有介事地互相致意、握手，并且支支吾吾地说了几句表示道歉的话。

此后的一个月里，他们就像敌手迎面相遇那样，相互行礼，故意显得礼貌周到，表现出高雅之士的彬彬有礼。后来有一天，他们在一个走廊转弯处撞了个满怀，鲍南先生关切而又不失尊严地问：

"我没有撞痛您吧，先生？"

对方回答：

"一点儿也没有，先生。"

从这时候起，他们认为遇见时还是寒暄几句比较合适。后来，他们逐渐亲近起来，彼此习惯了，互相理解了，像曾经互相误解的人那样互相敬重起来，甚至变成了莫逆之交。

但是莱奥波德在家里却很不幸。他妻子总拿一些不中听的明讽暗喻刺激他，说些指桑骂槐的话折磨他。时间流逝，姑母去世已经一年。那笔遗产看来已经丢掉了。

鲍南太太一坐下吃饭就说：

"晚饭没有什么好东西吃；要是我们有钱，情况就大不一样了。"

每当鲍南动身去上班时，鲍南太太就一边把手杖递给他，一边说：

"要是我们每年有五万利伏尔①的进项,小文书先生,你就用不着到那边去干那份苦差了。"

鲍南太太每逢下雨天要出门时,就低声抱怨:

"要是有一辆马车,就不会非得在这种天气里去溅一身泥浆了。"

总之,无论何时何地,她总能借题发挥,责备丈夫仿佛干了一件什么不光彩的事,认定他是唯一的罪人,唯一要对这笔财产泡汤承担责任的人。

鲍南先生恼火之极,带她去向一位名医求教。那位名医诊断了好长时间也说不出究竟,只说他看不出有任何问题;这种情况是常见的,身体上跟性情上一样都存在这种现象;他见过很多夫妻因为性情不合而离异,因此再看到一些夫妻由于身体不合而不能生育,也就不感到奇怪了。为了这几句话,他们花了四十法郎。

又是一年过去了。战争,一场无休止的恶战,在夫妻之间爆发了,那种仇恨简直到了可怕的程度。鲍南太太不断地抱怨:

"因为嫁给一个蠢货,失掉了一大笔财产,真是倒霉透顶!"

或者说:

"想想看啊,我要是遇到另一个男人,今天就会有每年五万利伏尔进账了!"

---

① 利伏尔(livres):法国旧时的一种记账货币。

或者说：

"有些人生活里总是拖累别人。他们把好事都给毁了。"

晚饭，特别是晚上，变得越来越无法忍受了。莱奥波德再也不知道怎么办好了。一天晚上，生怕回到家又是一场大吵大闹，他把好友弗雷德里克·莫莱尔，也就是他差点儿与之决斗的那个人，带回了家。莫莱尔很快就成了全家的好朋友，夫妻俩的顾问，他们对他可谓言听计从。

离最后期限只剩下半年了，大限一到，那百万遗产就要送给穷苦人。随着时间的推移，莱奥波德对妻子的态度逐渐变化，变得咄咄逼人，常常用含沙射影的话来刺激她，还神秘兮兮地谈到有些公务员的妻子如何善于帮助丈夫升官晋级。

他不时地讲一段某个小职员意外的升级。"小矮子拉维诺当了五年的编外雇员，最近却一下子被任命为副科长了。"

鲍南太太说：

"你呢，你就没有这个本事。"

莱奥波德听了耸耸肩："倒好像他比别人有本事似的。他有个聪明的太太，如此而已。他太太有本事讨得局长的欢心，想要什么就有什么。在生活里要自己善于变通，才不至于成为环境的牺牲品。"

他说这话到底是什么意思？她是怎样理解的？后来又发生了什么事呢？

他们每人有一份日历，在上面标出离那个要命的期限还有多少天。一个星期又一个星期过去了，他们简直要疯狂了，那是一种绝望的疯狂，极度绝望之下的疯狂的恼怒。他们是那么绝望,如果必要的话,犯罪的事他们也干得出。

不料一天早上鲍南太太突然两眼有神,满面春风,一只手搭到丈夫的肩上,喜滋滋地瞅着他,像是要看透他的灵魂似的,低声细气地说:

"我相信我怀孕了。"

这消息对他内心的震动犹如石破天惊,他差点儿仰面倒下去。他猛地搂住妻子,疯狂地吻她,然后又让她坐在自己的腿上,像搂住心肝宝贝似的,再一次紧紧搂着她;他再也按捺不住激动之情,眼泪汪汪,泣不成声。

两个月过后,再也没有什么可以怀疑的了。于是他带着妻子去找一位医生证明她的身体状况,然后就带着到手的医生证明去见保管遗嘱的公证人。

这位法律界人士宣布,既然孩子已经存在,不管已经出生还是即将问世,他都没有理由反对,他可以把执行遗嘱的时间推迟到妊娠结束。

一个男孩出生了,他们仿效王室惯常的做法,给他起了个名字叫"天赐"。

他们发财了。

一天晚上,鲍南回到家里,这天弗雷德里克·莫莱尔应该来吃晚饭的。他的妻子随口对他说:"我刚打了招呼,请我们的朋友弗雷德里克不要再到咱家来了,他对我举止不够礼貌。"

他注视了她一秒钟,眼里露出感激的笑意;接着他张开双臂,妻子投入他的怀抱,他们吻了很久很久,就像一对非常和美、非常亲密、非常正派的小夫妻。

真想听听鲍南太太怎样谈论那些在爱情上失足的女人,那些由于一时冲动而干出通奸的事的女人。

小　步　舞*

献给保尔·布尔热①

让·布里代尔，一个老单身汉，众所周知的怀疑论者，说：

遇到再不幸的事，也不大会让我悲悲切切。我看过战争在我眼皮底下进行，曾经跨过一具具尸体而无动于衷。猛烈残暴的天灾人祸能让我们发出恐惧和愤怒的嚎叫，但是绝不能刺痛我们的心，绝不能像看到某些令人感伤的小事那样让我们的脊背一阵战栗。

一个人可能经受的最大痛苦，莫过于母亲失去孩子、孩子

---

* 本篇首次发表于一八八二年十一月二十日的《高卢人报》；一八八三年收入鲁维尔和布隆出版社出版的莫泊桑小说集《山鹬的故事》；一九〇一年收入保尔·奥朗道尔夫出版社出版的插图版莫泊桑全集《山鹬的故事》卷。小步舞是一种三拍的舞，十七和十八世纪流行于法国宫廷。

① 保尔·布尔热（1852—1935）：法国小说家、文学评论家。主要作品有《现代心理学》及其续编，心理分析小说《残酷的谜》《爱之罪》等。曾致力于介绍莫泊桑的作品。

失去母亲了。这种痛苦很强烈、很可怕,可以让人痛不欲生,肝肠寸断。但是这些灾难就像流血的伤口一样,伤口再大也可以愈合。然而,某些偶然的邂逅,某些隐约看到、臆测到的事,某些隐秘的悲伤,某些造化的随心拨弄,却能在我们心里搅起无数痛苦的思想,突然向我们开启那错综复杂、无可救药的精神痛苦的神秘的大门。这些精神上的痛苦,因为看似轻症,也就更为严重;因为好像看不见摸不着,也就更加厉害;因为似乎是矫揉造作,也就更加顽固;它们在我们心头留下一个悲哀的疤痕,一种苦味,一种让我们久久不能摆脱的幻灭的感觉。

有两三件事至今清晰地呈现在我的眼前。这样的事,别人肯定会不以为然,可是它们却像针扎似的,在我的内心深处留下永难治愈的又细又长的刺痕。

您也许无法理解这些短暂的印象给我留下的感觉。我就只跟您讲讲其中的一件吧。那已经是陈年旧事了,但是对我来说却仍然像昨天发生的一样鲜活。这件事让我如此感动,也许只怪我想象力太丰富了吧。

我今年五十岁。那时我还年轻,正在读法律。我有点多愁善感,有点爱幻想,抱着一种悲观厌世的人生哲学。我不太喜欢喧闹的咖啡馆、大叫大嚷的男同学和傻头傻脑的女孩子。我起得很早。我最喜爱的享受之一,就是早上八点钟左右独自一人在卢森堡公园的苗圃里散步。

这样一个苗圃,您以前不知道吧?这是一座似乎已经被人遗忘的上个世纪的花园,一座像老妇人的温柔微笑一样依然美丽的花园。浓密的绿篱隔出一条条狭窄、规整的小径；小径夹在两排修剪得整齐划一的墙壁般的绿树之间，显得非常幽静。园丁的大剪刀不停地把这些枝叶构筑的隔墙修齐找平。每走一段，就可以看到一些花坛，一些像散步的初中生一样排列得整整齐齐的小树的苗圃，一片片娇艳的玫瑰花，或者一个个果树的方阵。

在这片迷人的小树林里，有一个角落完全被蜜蜂占据。麦秸顶的蜂房，十分考究地彼此保持一定的距离，坐落在木板上，朝着太阳打开顶针般大的小门。走在小路上，随时都能看到嗡嗡叫的金黄色的蜜蜂，它们是这片和平地带的真正的主人，纵横交错的清静的小径上的真正的漫步者。

我几乎每天早晨都到这里来，坐在一张长凳上读书。有时我会任凭书本落在膝头，沉入遐想，听巴黎在我的周围扰攘，享受着这古朴的林荫小径的无限安适。

但是，我不久就发现，经常在公园一开门时就到这里来的不止我一个人。我有时也会在一个灌木丛生的角落，迎面遇到一个古怪的小老头儿。

他穿一双带银扣的皮鞋、一条带遮门襟的短套裤、一件豹蛱蝶式的礼服，配一个代替领带的花饰，戴一顶怪诞的宽檐长绒毛灰礼帽，想必是太古年代的古董了。

他长得很瘦，非常瘦，几乎是皮包骨头；他爱做鬼脸，也常带微笑。他那双滴溜溜转的眼睛亮闪闪的，不停地眨巴着。他手里总拿着一根金镶头的华丽的手杖，这手杖对他来说一定有着某种不寻常的纪念意义。

这老人起初让我感到怪怪的,后来却引起我浓厚的兴趣。我隔着枝叶的屏障窥视他;我远远跟着他,每到小树林拐弯处就停住脚步,免得被他发现。

后来的一个早晨,他以为周围没有人,便做起一连串奇怪的动作来:先是几个小步跳跃,继而行了一个屈膝礼;接着他用那细长的腿来了个还算利落的击脚跳,然后开始优雅地旋转,跳跃,滑稽地晃来晃去,像是面对观众似的频频微笑、挤眉弄眼,两臂抱成一个圆形,把他那木偶似的可怜的身体扭来扭去,动人而又可笑地向空中频频点头致意。他在跳舞!

我惊呆了,不禁问自己:我们两个人当中究竟谁疯了,是他,还是我?

这时他戛然而止,像舞台上的演员一样往前走了几步,然后带着和蔼的笑容,一边鞠躬一边后退,同时用他那颤抖的手,像女演员那样朝两排修剪得整整齐齐的树连送飞吻。

然后他又神情严肃地继续散起步来。

从这一天起,我就一直注意他;他每天早晨都要重复一遍这套令人惊异的动作。

我越来越急切地想和他谈一谈。我决心冒昧一试,于是有一天,在向他致礼以后,我开口说:

"今天天气真好啊,先生。"

他也鞠了个躬:

"是呀,先生,真是和从前的天气一样。"

一个星期以后,我们已经成了朋友,我也知道了他的身世。在国王路易十五时代,他曾是歌剧院的舞蹈教师。他那根漂亮的手杖就是德·克莱尔蒙伯爵①送的一件礼物。每次跟他聊起舞蹈,他就滔滔不绝说个没完。

有一天,他很知心地跟我说:

"先生,我妻子叫拉·卡斯特利。如果您乐意,我可以介绍您认识她,不过她要到下午才上这儿来。这个花园,您看,就是我们的欢乐,我们的生命。过去给我们留下的只有这个了。在我们看来,如果没有它,我们简直就不能再活下去。这地方又古老又高雅,是不是?我甚至认为在这儿呼吸到的还是我年轻时的空气,没有丝毫变化。我妻子和我,我们整个下午都是在这儿过的。只是我早上就来,因为我起得早。"

我一吃完午饭就立刻回到卢森堡公园。不一会儿,我就远远望见我的朋友,彬彬有礼地让一位穿黑衣服的矮小的老妇人挽着胳膊。他把我介绍给她。她就是拉·卡斯特利,曾经深受王公贵胄宠爱,深受国王宠爱,深受那似乎把爱的气息留在人间的整个风流时代宠爱的伟大的舞蹈家。

我们在一张长椅上坐下。那是五月。阵阵花香在洁净的小径上飘溢;温暖的太阳透过树叶在我们身上洒下大滴大滴的亮光。拉·卡斯特利的黑色连衣裙仿佛整个儿浸润在阳光里。

---

① 德·克莱尔蒙伯爵:圣日耳曼的修道院院长,大孔岱(1707—1771)的曾孙。

花园里一片空寂,只有远处传来出租马车的辘辘声。

"请您给我解释一下,小步舞是怎么回事,好吗?"我对老舞蹈教师说。

他意外得打了个哆嗦。

"小步舞嘛,先生,它是舞蹈中的王后,王后们的舞蹈。您懂吗?自从没有了国王,也就没有了小步舞。"

他开始用夸张的文体发表起对小步舞的赞词来。赞词很长,可惜我一点儿也没听懂。我希望他给我讲解一下步法、动作和姿势。他越讲越乱乎,又急又无奈,对自己的无能为力十分恼火。

突然,他朝一直保持着沉默和严肃的老伴转过身去:

"艾丽丝,你乐意不乐意,说呀,如果你乐意,那就太好啦,我们跳给这位先生看看什么是小步舞,你乐意吗?"

她不安地转动着眼睛,朝四周看了看,一声不响地站起身,走到老头儿的对面。

于是我看见了一个令我永生难忘的场面。

他们时而前进,时而后退,像孩子似的装腔作势,互相微笑,摇摇晃晃,弯腰施礼,蹦蹦跳跳,活像两个老木偶,在昔日能工巧匠按当时方法制造的机械驱动下舞蹈,只是这机械已经有点儿损坏了。

我看着他们,种种异乎寻常的感受让我的心无法平静,一股难以言表的感伤激动着我的灵魂。我仿佛看到了一场可悲而又滑稽的幽灵现身,一个逝去的时代的幻影。我想笑,但更想哭。

他们突然停了下来,他们已经做完了舞蹈的各种花式。他们面对面伫立了几秒钟,出人意料地露出凄楚的表情,接着便相拥着哭泣起来。

三天以后,我动身去了外省。我从此再也没有见到他们。当我两年后重返巴黎的时候,那片苗圃已被铲平。没有了心爱的昔日的花园,没有了花园里迷宫似的小路、从前的气息和小树林的通幽曲径,他们会怎样呢?

他们已经去世了吗?他们像失去希望的流亡者那样,正在现代的街道上徘徊吗?或者这两个平凡的幽灵,正在一座公墓的柏树之间,沿着坟墓边的小径,在月光下跳着魔幻似的小步舞?

对他们的回忆一直萦绕着我,纠缠着我,折磨着我,像一道伤痕留在我的心头。为什么?我也不知道。

您大概觉得这很可笑吧?

骗　局[*]

"那么女人呢？"

"啊，什么？女人？"

"啊，再没有比她们更高明的魔术师了；她们随时都可以让我们上当受骗，不管有没有理由，往往仅仅是觉得搞鬼好玩。她们玩弄起诡计来真是让人难以置信，大胆得令人瞠目结舌，巧妙得简直无懈可击。她们从早到晚耍诡计，而且所有的女人，哪怕是最忠厚的女人，最正直的女人，最理智的女人，无一例外。"

"我们必须补充一点，她们这样干有时确实是迫于无奈。男人经常像傻瓜那样执拗，像暴君那样严苛。一个当丈夫的，在家里时时刻刻都想把他那些可笑的意志强加于人。他满脑

---

[*] 本篇首次发表于一八八二年十二月十二日的《吉尔·布拉斯报》，作者署名"莫弗里涅斯"；一八九九年收入保尔·奥朗道尔夫出版社出版的莫泊桑小说集《米隆老爹》；一九〇四年收入同一出版社出版的插图版莫泊桑全集《米隆老爹》卷。

子怪念头;他妻子就要些小骗术来迎合他。她让他相信某种东西值多少钱,因为价钱说高了他就会暴跳如雷。她总能摆脱困境,其方法之简单巧妙,待我们偶然发现以后,会两手一摊,愕然自语:'我们怎么早没有看出来呢?'"

说话的人是一位前帝国①部长,德·L……伯爵,有人说此人老奸巨猾,不过他的确聪明过人。

一群年轻人正在听他侃侃而谈。

他接着说:

"我就曾经被一个出身低微的小市民阶层女子坑骗过,那情节很富有喜剧性,那手段又可谓高明。我下面就讲给你们听听,让你们从中得些教益。"

我当时任外交部部长。我有个习惯,每天早上在香榭丽舍大街做一次长距离散步。那是五月,我一边走一边贪婪地呼吸着初生嫩叶的清香。

不久,我发现每天都遇到一个非常可爱的娇小女子,一个带有巴黎特征的风姿绰约、令人惊羡的造物。漂亮吗?漂亮,也不算漂亮。身材好吗?不好,又比不好还好点儿。腰太细,肩膀太窄,胸脯太鼓,就是这样。不过我喜欢这些肉乎乎的迷人的娃娃,胜过米洛斯的维纳斯②那高大的骨头架子。

---

① 帝国:指拿破仑三世统治下的法兰西第二帝国(1852—1870)。
② 维纳斯:希腊神话中爱和美的女神。此处指希腊米洛斯岛的维纳斯女神雕像,现藏于巴黎卢浮宫博物馆。

另外,她们碎步疾走的姿态更是美妙绝伦。单是她们身段的颤动就会让欲念在我们骨髓里沸腾。她好像经过时顺便瞅了我一眼。但是这些女人看上去总是什么都好像,我们永远也搞不清……

一天早上,我看见她坐在一条长凳上,手里拿着一本打开的书。我连忙在她旁边坐下。五分钟以后我们成了朋友。从此,每天见面先微笑着互相打招呼:"您好,太太。"——"您好,先生。"然后就聊起天来。她告诉我,她是一个公务员的妻子,生活很苦闷,欢乐很少,烦恼却不断,以及许许多多别的事。

可能是无意间,也可能是出于虚荣心,我告诉了她我是什么人;她装出惊讶的样子,装得惟妙惟肖。

第二天她到部里来看我,从此就经常来造访,门卫们渐渐都认识她了,远远看见她,就用他们给她起的名字小声地互相提醒:"莱昂太太。"——因为我的名字叫莱昂。

一连三个月,我每天上午都和她见面,却没有片刻对她感到厌倦,因为她是那么善于让她的爱不断变化而又富于刺激性。可是有一天我发现她两眼红肿,含着亮闪闪的泪水,欲言又止,好像有满腹的难言之隐。

我央求她,苦苦央求她把心中的烦恼告诉我;她才一边哆嗦着,一边结结巴巴地说:"我……我怀孕了。"说罢便啜泣起来。"什么!"我露出一个可怕的表情,而且像别人听到类似消息时一样,脸色顿时变得煞白。你们想不到意外做父亲的消息会给你们多么沉重的打击。但是你们迟早会尝到的。这一下轮到我结结巴巴了:"可是……可是……你是有夫之妇,不是吗?"

她回答:"是呀,但是我丈夫去意大利已经有两个月了,还得过好久才回来。"

我坚持要不惜一切代价摆脱我的责任。我说:"那就立刻去找他。"她的脸唰地红到耳根,低下头:"可以……不过……"她不敢或许不肯再说下去。

我已经明白了,悄悄地把旅费放在一个信封里塞给她。

一个星期以后,她从热那亚给我寄来一封信。随后的一个星期,我接到从佛罗伦萨①寄来的一封信。后来我又陆续收到从里窝那②、罗马、那不勒斯③寄来的信。她告诉我:"我很好,亲爱的,但是我变得很丑。我不希望你在这件事结束以前看见我;你会不再爱我的。我丈夫没有起一点疑心。由于任务在身,他还得在这个国家待很长时间,所以我只好等分娩以后再回法国。"

又过了大约八个月,我收到来自威尼斯的一封信,只有这么几个字:"是个男孩。"

不久以后的一天早上,她突然走进我的办公室,比以前更娇艳、更妩媚,并且一下子扑进我的怀里。

---

① 佛罗伦萨:意大利城市,托斯卡纳地区首府,历史上曾是文艺复兴的摇篮。
② 里窝那:意大利西岸城市,利古里亚海港口,里窝那省的首府。
③ 那不勒斯:意大利城市,康帕尼地区首府。

我们昔日的爱情重新开始了。

后来我离开了外交部,她又常到格勒奈尔街我的官邸来。她经常跟我谈起孩子,不过我几乎不听。这与我无关。我不时交给她数目相当大的一笔钱,只对她说一句:"替他存起来吧。"

又是两年过去了,她越来越热衷于把"小德·莱昂"的消息告诉我。有时候她还哭着说:"你不爱他,你连看看他都不愿意,你知道你让我多么伤心!"

经不住她的苦苦纠缠,终于有一天我答应:第二天在她带孩子去散步的时候,到香榭丽舍大街去一趟。

但是该动身时,我又害怕起来,不敢去了。人是软弱而又愚蠢的,谁知道到时候我心里会发生什么样的变化呢?万一我喜欢上这个属于我的小东西,喜欢上我的儿子呢?

我已经把帽子戴在头上,手套拿在手里。我又把手套扔在办公桌上,帽子扔在椅子上:"不,决定了,我不去,这样比较明智。"

就在这时,门开了。我弟弟走进来。他递给我一封早上刚收到的匿名信:"请转告令兄德·L……伯爵,卡塞特街的那个小女人在厚颜无耻地耍弄他。务请他去了解一下她的情况。"

我从来没有对任何人说过这桩历时已久的艳情。我简直惊呆了,便把这段故事从头到尾讲给弟弟听。不过我最后补充说:"至于我,我可不想亲自去过问这件事,还是麻烦你去打听一下吧。"

弟弟走了,我寻思:"她在什么事情上欺骗了我呢?莫非她另外还有情夫?我才无所谓呢!她年轻,清秀,漂亮;我对她也没有更高的要求了。她看样子还是爱我的,而且说到底,她让我付出的代价也不算高。真的,真弄不明白。"

弟弟很快就回来了。警察局向他提供了有关该女子丈夫的完整情况:"内政部职员,品行端正,受到好评,思想正统,但娶了一个非常漂亮的妻子,她的花销对他的低微职位来说,似乎太大了一点。"就这些。

我弟弟也到她的住处去找过她,得知她出门了,便以重金打开了女看门人的话匣子:"D……太太,是个厚道的女人,她丈夫也是个厚道人。他们不傲慢,不很有钱,但是很大方。"

我弟弟随口问了一句:

"她那个小男孩现在多大了?"

"她哪儿来的小男孩呀,先生?"

"怎么?小德·莱昂呢?"

"不,先生,您肯定是弄错了。"

"可是两年前她去意大利旅行时生的那个呢?"

"她从来没有去过意大利,先生,她住在这儿有五年了,还从来没有离开过这座房子呢。"

我弟弟大感意外,再三盘问,反复打听,做了极其深入的调查。没有过孩子,也没有过什么旅行。

我实在太惊讶了,无论如何也想不通她演这出喜剧到底有什么目的。

"我想把这件事弄个明白,"我说,"我约她明天到这里来。你代替我接待她。如果她是成心耍弄我,你就把这一万法郎交给她。我再也不见她了,说实话,我已经开始厌倦了。"

你们信不信,前一天我还因为跟这个女人有一个孩子而感到懊悔,而现在我却因为没有这个孩子而恼火,羞愧,感到受了伤害。我自由了,摆脱了一切责任和一切焦虑,可是我满腔怒火。

第二天,我弟弟在我的书房里等她。她像平常那样兴冲冲地走进来,张开双臂朝他跑过去;看出是他,她猛地停下。

他向她问好,并表示歉意。

"我要请您原谅,太太,代替我哥哥在这里接待您;不过他委托我请您做一些解释,这些解释让他亲耳听到他也许会感到痛苦。"

接着,他紧盯住她的眼睛,突然说:

"我们知道您没有跟他生过孩子。"

她先是一阵惊愕,随即恢复了镇静,坐下来,面带笑容地望着这位审判官。她爽快地回答:

"不错,我没有孩子。"

"我们也知道您从来没有去过意大利。"

这一次她痛痛快快地笑出声来。

"不错,我从来没有去过意大利。"

我弟弟大为震惊,接着说:

"伯爵委托我把这笔钱交给您,并且告诉您从此一刀两断。"

她恢复了严肃的神态,从容不迫地把钱放进口袋,天真地问:

"这么说……我再也见不到伯爵了?"

"见不到了,太太。"

她显得有些不快,但还是口气平静地说:

"算了,我其实一直是爱他的。"

看见她如此果断地就死了心,我弟弟也露出笑容问:

"好吧,现在请告诉我,您为什么要发明出旅行和生孩子这样一整套漫长而又复杂的诡计呢?"

她十分惊讶地望着我弟弟,好像他提出来的问题是一个愚蠢的问题;然后她回答:

"噢,这个计策嘛;您难道以为像我这样一个微不足道的可怜的小市民女子,如果不施一点小计策,就能把德·L……伯爵,一位部长,一位爵爷,一位既有钱又有魅力的社交界的宠儿,把住三年吗?不过现在结束了。也罢。本来就不可能永远维持下去。不管怎么说,在过去三年里,我还是成功了。请您代我向他致意吧。"

"可是……孩子呢?您不是曾经想让他看一个孩子吗?"

"孩子确实有,是我妹妹的。她借给我。我敢打赌,是她提醒你们的吧?"

"好,还有那些从意大利寄出的信呢?"

她为了能笑个痛快,索性又坐了下来。

"啊?那些信嘛,那就更奥妙了。伯爵能当上外交部部长不会不明白。"

"那么……还有呢?"

"还有就是我的秘密了。我可不愿意连累别人。"

她面带微含嘲弄意味的笑容道过别,就走了出去,像角色已经演完的女演员那样,激情不再。

作为教训,德·L……伯爵补充说:

"让你们去相信这些鸟儿吧!"

伊芙莉娜·萨莫里斯[*]

"萨莫里斯伯爵夫人。"

"是那边那个穿黑衣服的夫人吗?"

"就是她。她是为被她害死的女儿服丧。"

"算了吧!您跟我胡说些什么?"

"一个很简单的故事,既没有罪行也没有暴力。"

"那又有什么呢?"

"几乎什么也没有。据说,许多妓女生来是为了做正派女人的,而许多所谓正派女人生来是为了做妓女的,对不对?然而,萨莫里斯夫人,天生的妓女,却有一个女儿,天生的正派女人。就是这么回事。"

"我还是不明白。"

"听我跟您细说。"

---

[*] 本篇首次发表于一八八二年十二月二十日的《高卢人报》;一八九九年收入保尔·奥朗道尔夫出版社出版的莫泊桑小说集《米隆老爹》;一九〇四年收入同一出版社出版的插图版莫泊桑全集《米隆老爹》卷。

每年都有几百几千个俗不可奈的外国女人,像下雨般降落在巴黎,萨莫里斯夫人就是她们中间的一个。这位匈牙利的,或者瓦拉几亚①的,或者我也不知道是哪儿的伯爵夫人,一年冬天突然出现在香榭丽舍,这个冒险家的街区的一套公寓里,她的客厅对任何人都来者不拒。

我也去。您会问:为什么?我也不太清楚。我去那儿,就像我们大家都去一样,因为在那儿可以赌钱,因为那儿的女人都轻佻,而男人都不诚实。您了解那个佩戴五花八门的勋章绶带的骗子们的社交界,他们全都是贵族,全都有爵衔,而又全都不为各大使馆所知,除了其中的一些间谍。他们常会毫无缘由地大谈荣誉,炫耀他们的祖先,夸张他们的经历;他们吹牛、说谎、作弊,像他们的纸牌一样危险,像他们的名字一样骗人;总之这是一帮苦役犯监狱里的贵族。

我非常喜欢这些人。他们值得你了解,他们值得你认识。听他们说话很好玩,经常都很风趣,从来不像有些政府官员那样乏味。他们的妻子总是那么漂亮,带点儿异国女性轻浮的味道,又带着她们大概一半时间在教养院度过的身世的神秘感。她们通常都有一双楚楚动人的眼睛和一头造型奇特的秀发。我也非常喜欢她们。

萨莫里斯夫人是这些女冒险家的典型,她很风雅,已经不年轻,但风姿犹存,又迷人又狡黠。我们感觉得到她这个女人

---

① 瓦拉几亚:罗马尼亚南部地区。

邪恶透顶。我们在她家里玩得很尽兴,我们在她那儿打牌、跳舞、吃夜宵……总之,构成上流社会生活乐趣的事,她那儿全可以做。

她有一个女儿,个子高高的,长得美极了,总是乐乐陶陶,总是准备着狂欢,经常放声大笑,纵情舞蹈。她无愧是女冒险家的女儿。不过这是一个纯洁的、一个无知的、一个天真的女孩,她什么也没有看到,什么也不知道,什么也不懂,母亲家里发生的一切她一点也没有想到。

"您怎么知道的?"

我怎么知道的?这是再有趣不过的事了。一天早上,有人拉响了我家的门铃。我的贴身男仆走来告诉我,约瑟夫·博南塔尔先生要跟我说话。我当即问:

"这个先生是什么人?"

仆人回答:

"我也不大清楚,先生,大概是一个仆人。"

果然,来者是一个仆人,想到我家来做事。

"你是从什么人家出来的?"

"是从萨莫里斯伯爵夫人家出来的。"

"啊!我家跟她家可一点也不一样啊。"

"我很清楚,先生,正因为这样,我才想到先生家里来;我对那些人已经厌倦了;暂时干干还行,我可不愿意在那里常干。"

我正需要一个人,就留下了他。

一个月以后,伊芙莉娜·萨莫里斯小姐莫名其妙地死了；下面就是关于她的死的所有细节，我是从约瑟夫那儿听来的，约瑟夫又是从他的女朋友、伯爵夫人的贴身女仆那儿听来的。

一天晚上跳舞的时候，两个新来的人站在一扇门后面聊天。伊芙莉娜小姐跳完一支曲子，倚在这扇门旁边透口气。他们没有看到她走过来；她听到了他们的谈话。他们说：

"那个年轻姑娘的父亲是谁？"

"好像是一个俄国人，鲁瓦洛夫伯爵。他不会再来见她的母亲。"

"那么今天最出风头的那个亲王呢？"

"站在窗边的那个英国亲王吗？萨莫里斯夫人非常爱他。但是她的爱从来都不超过一个月到一个半月。另外，您也看见了，朋友的阵容很庞大；全是来应征的……几乎全有被选中的可能。花费有点大；但是……算了，不谈它了！"

"她这萨莫里斯的姓氏是怎么来的？"

"从一个大概她唯一爱过的男人那儿来的。那人是柏林的一个犹太银行家，叫萨穆埃尔·莫里斯。"

"好。谢谢您。现在我了解了内情，看清了是怎么回事。我可以勇往直前了。"

在这个具有正派女子所有天性的年轻姑娘的头脑里掀起了一场怎样的风暴？这颗单纯的心灵遭遇了怎样的失望？怎样的剧痛突然熄灭了她无边的欢乐、迷人的笑声和对人生幸福的陶醉？在最后一个客人离开之前，这颗年轻的心里进行了怎样的斗争？这是约瑟夫没法告诉我的。不过就在当天晚上，伊芙莉娜突然走进母亲的卧房。母亲正要上床睡觉。她叫留在门边的侍女出去，然后站在那里，脸色煞白，眼睛睁得大大的，大声说：

"妈妈，这是我刚才在客厅里听到的话。"

她把我说给您听的那番话一字不差地说了一遍。

伯爵夫人大惊失色，起初不知该怎么回答。继而她矢口否认，编出一大套瞎话，又是发誓，又是让天主作证。

年轻姑娘被弄得莫名其妙，走了出去，不过她并没有被说服。她暗中探察。

我十分清楚地记得她身上发生的奇特变化。她变得总是严肃而又忧郁；她总用那双大眼睛盯着我们，仿佛要看透我们的心。我们不知道应该怎么想，于是就以为她在找一个或许是终身的或许是暂时的丈夫。

一天晚上，她再也无可怀疑了：她当场抓住了母亲。于是，她就像一个实业家提出签订契约的条件似的，冷冷地说：

"妈妈，我已经做出以下的决定：我们两个人一起去一个小城市或者乡下隐居；我们在那里尽可能地平平静静地生活。单单你的首饰就是一笔财富。如果你能找到一个正派人结婚，最好；如果我也能找到一个，那就更好。如果你不同意这么做，我就自杀。"

这一次,伯爵夫人打发她去睡觉,并且不许她嘴里再说出这种教训人的狂妄失礼的话。

伊芙莉娜回答:

"我给你一个月的时间考虑。如果过了一个月我们的生活还不改变,我就自杀,既然我的人生再也没有别的体面的出路。"

说完她就走了。

一个月满了,萨莫里斯公寓里依然是舞影婆娑、夜夜欢宴。

伊芙莉娜于是声称牙痛,让人到附近的药房里买了几滴氯仿①。第二天她同样这么做,不过她不得不每次都亲自出门,购买剂量微不足道的麻醉剂。她积满了一瓶。

一天早上,有人发现她躺在床上,已经冰凉,戴着一个棉质的面罩。

她的棺材铺满了鲜花,教堂里张挂着白色的帷幕。许多人参加了葬礼。

唉!说真的,如果我知道——可是我们永远也不可能知道——我也许会娶了这个姑娘。她的确非常漂亮。

"她的母亲呢,她后来怎么样了?"

"啊!她哭得很厉害。一个星期以前才又开始接待她的

---

① 氯仿:又称"哥罗芳",是一种有毒性的麻醉剂。

一些密友。"

"用什么理由来解释这姑娘的死呢?"

"说是一台改良的炉子的机械出了故障。这种炉具发生的一些意外事故,以前曾引起过轰动,这一次出事丝毫没有什么值得大惊小怪的。"

在 海 上*

献给昂利·塞阿尔①

最近在报纸上读到如下消息：

滨海布洛涅②一月二十二日讯：

近两年来我们的沿海民众已饱受苦难，现又有一桩可怕的祸事令他们震惊不已。由船主雅维尔驾驶的渔船，进港时被冲向西侧，在防波堤的岩壁上撞得支离破碎。

---

* 本篇首次发表于一八八三年二月十二日的《吉尔·布拉斯报》，作者署名"莫弗里涅斯"；同年收入鲁维尔和布隆出版社出版的莫泊桑小说集《山鹬的故事》；一九〇一年收入保尔·奥朗道尔夫出版社出版的插图版莫泊桑全集《山鹬的故事》卷。
① 昂利·塞阿尔(1854—1924)：法国作家，以左拉为首的梅塘晚会的参加者之一，莫泊桑的好友；一八八〇年出版的《梅塘夜话》中，有莫泊桑的《羊脂球》，也有他的中篇小说《放血》。
② 滨海布洛涅：简称布洛涅，法国西北部港口城市，濒临拉芒什海峡。

尽管救生船大力营救,射缆炮射出了缆绳,四个成年人和一个少年见习水手仍旧丧生。

坏天气仍在继续。人们担心还会发生新的惨祸。

这位雅维尔船主是谁?就是那个独臂人的哥哥吗?

如果被巨浪卷走、也许已随着船的残骸葬身海底的可怜人,正是我想的这个人,那么十八年前他也目击过另一场悲剧;那场悲剧像所有这类悲剧一样,既可怕而又简单。

大雅维尔那时是一艘拖网渔船的船主。

拖网渔船是渔船中的佼佼者。它坚固,再恶劣的天气都不怕;它的腹部圆圆的,像软木塞一样任凭海浪不住地颠簸;它一年到头出海,一年到头受着拉芒什海峡①带咸味的厉风的鞭打;它鼓起帆,不知疲倦地乘风破浪,船的一侧拖着一面大网刮过大西洋的海底,把沉睡在岩石间的各种海生小动物:贴在沙子上的平鱼呀,长着钩形爪子的大螃蟹呀,长着尖触须的螯虾呀,统统掀起来,一网打尽。

等风轻浪小的时候,船就开始捕鱼。渔网固定在一根包着铁皮的大木杆上,船的两头有两个碇子,绳索在这两个碇子上滑动,把杆子放到海里。船呢,就随着风顺着水漂流,拖着这副渔具蹂躏和搜刮海底。

---

① 拉芒什海峡:法国西北部和英国大不列颠南部之间的海峡,英文称英吉利海峡。

雅维尔的船上有他的弟弟、四个成年人和一个少年见习水手。一天天气晴好,他从布洛涅出发去撒网。

不料没有多久就起风了,突如其来的狂风迫使拖网渔船逃跑。它逃到英国海岸,但是汹涌的大海拍打着峭壁,冲击着陆地,根本进不了港。小船只得重返大海,回到法国海岸。但是暴风雨还在肆虐,浪花、喧嚣和危险包围着逃难者的所有登陆点,它仍然无法通过防波堤。

拖网渔船又离开了;它在波峰浪尖上横冲直撞,摇晃着,颠簸着,水哗哗流,海浪不断劈头打来。不过尽管如此,它仍然情绪高昂,因为它已经习惯了这种恶劣的天气;碰上这种天气,它有时一连五六天在两个邻国之间流荡,在哪一国都靠不了岸呢。

后来,风暴终于平息了。船正好在大海上,所以尽管浪比较大,老板还是吩咐把拖网撒下去。

巨大的拖网被抬到船舷外边;两个人在前面,两个人在后面,开始用碌子把拴住拖网的绳索往下放,拖网猛地触到海底;但是一个很高的浪头把船打得倾向一边,正在船头指挥下网的小雅维尔身子踉跄了一下,船身摇晃的一瞬间,他的胳膊夹在松弛了的绳索和滑动绳索的木杆之间。他拼命地使劲,试图用另一只手把绳索扳起来;但是拖网已经在拖动,紧绷的绳索纹丝不动。

他痛得龇牙咧嘴,大声疾呼。所有的人都跑了过来,他的哥哥也撂下了舵柄。他们扑向绳索,竭尽全力要把被绳索绞住的那条胳膊解脱出来。没有成功。"只好把绳索砍断了。"一个水手说;他随即从口袋里掏出一把宽背刀,用这把刀只要两下子就可以挽救小雅维尔的胳膊。

但是砍断绳索,也就丢了拖网,而这拖网是值钱的,值很多钱,一千五百法郎。拖网属于大雅维尔,他对自己的财产一向是非常珍惜的。

就像有人要割他的心似的,大雅维尔连忙叫喊:"别,别砍,等等,我来试试迎着风开。"说罢他跑到舵边,把整个舵柄往下压。

渔船一方面被渔网拖住失去了推动力,形同瘫痪;另一方面受到偏流和风力的牵制,几乎不听人的操纵。

小雅维尔已经痛得跪在地上,咬牙切齿,满眼惊慌。他什么也没有说。他的哥哥一直提防着那个水手的刀,又跑了回来:"等等,等等,别砍,还是把锚抛下去。"

锚抛了下去,整条锚链都放完了,然后开始旋转起锚的绞盘,让拖网的绳索放松。绳索终于松动了,他们把血淋淋的毛呢袖子里的那条已经没有生气的胳膊抽了出来。

小雅维尔好像傻了。人们帮他把上衣脱掉,只见一个可怕的东西,一段碾得烂糟糟的肉,突突直冒血,就像唧筒抽出来的一样。他望着自己的胳膊,低声说:"完蛋了。"

不一会儿,流出的血就在甲板上积成了一汪,一个水手喊道:"他的血都快流干了,应该把血管扎起来。"

于是他们找来一根绳子,一根棕色的涂了焦油的粗绳子,在伤口上方把胳膊捆起来,用力勒紧。血渐渐不再涌了,直到完全止住。

小雅维尔站起来,那条胳膊悬在一侧。他用另一只手抓住它,把它抬起来,转了转,又摇了摇。胳膊整个儿断了,骨头都碎了;只有肌肉还连着这一块肢体。他伤心地打量着它,沉思着。后来,他走到折好的帆篷上坐下来,同伴们建议他要不断地浸湿伤口,避免发生黑病①。

　　有人拎了一桶水放在他身边,他隔一会儿就用玻璃杯舀一些清水,慢慢地浇在惨不忍睹的伤口上。

　　"你到下面去也许好一点。"哥哥对他说。他下去了;可是过了一个钟头他又上来,因为他孤单一个人觉着不舒服。再说,他更喜欢外面的新鲜空气。他又在帆篷上坐下,继续用水浇他的胳膊。

　　捕鱼的收获很好。一堆白肚皮的大鱼躺在他身边,在垂死前急剧地抽搐着。他看着那些鱼,一边不停地往自己稀烂的肉上浇水。

　　就在他们要返回布洛涅的时候,又是一阵狂风大作;小船又开始了疯狂的奔驰,先是高高跃起,然后一个跟头跌下去,不停地摇撼着这个可怜的伤员。

　　黑夜来临。一直到天亮,天气都很恶劣。太阳升起的时候,他们眺见的又是英国,不过海面已经不那么波涛汹涌,他们于是迂回曲折地向法国方向驶去。

　　傍晚,小雅维尔把伙伴们叫来,让他们看一些黑斑,那个

---

①　黑病:指坏疽。

已经不属于他的身体的断肢部分腐烂的不祥征兆。

水手们一边看,一边发表各自的看法:

"很可能是黑病。"一个说。

"看来要用盐水冲洗。"另一个说。

于是有人拎来了盐水,倒在伤口上。伤者的脸已经苍白,牙齿锉得咯嘣响,微微扭动着身子;但是他仍然没有喊痛。

过了一会儿,火辣辣的疼痛减轻些了,他对哥哥说:"把你的刀子给我。"哥哥把刀子递了过去。

"把我的胳膊抬起来,拉直,使劲拉。"

哥哥照他的要求做了。

于是他自己用刀割起来。他割得很慢,都是琢磨好了再下刀,就这样他用像剃刀一样锐利的刀刃割断了最后的肌腱;很快,就只剩下一个残端了。他深深叹了一口气,说:"只好这样。不然我就完蛋了。"

他好像轻松了些,用力地呼吸着。他又开始向剩下的那段胳膊上浇水。

这一夜天气仍然很坏,无法靠岸。

天亮了,小雅维尔抓起他那段割下来的胳膊,端详了很久。它已经开始腐烂。伙伴们也都围过来看,他们在手上互相传递着这个断肢,摸弄着,翻过来掉过去地看,还有用鼻子闻的。

他哥哥说:"已经到了这个时候,还是扔到海里去吧。"

但是小雅维尔生气了:"啊!不行,啊!不行。我不愿意。这是我的,对不对,既然这是我的胳膊。"

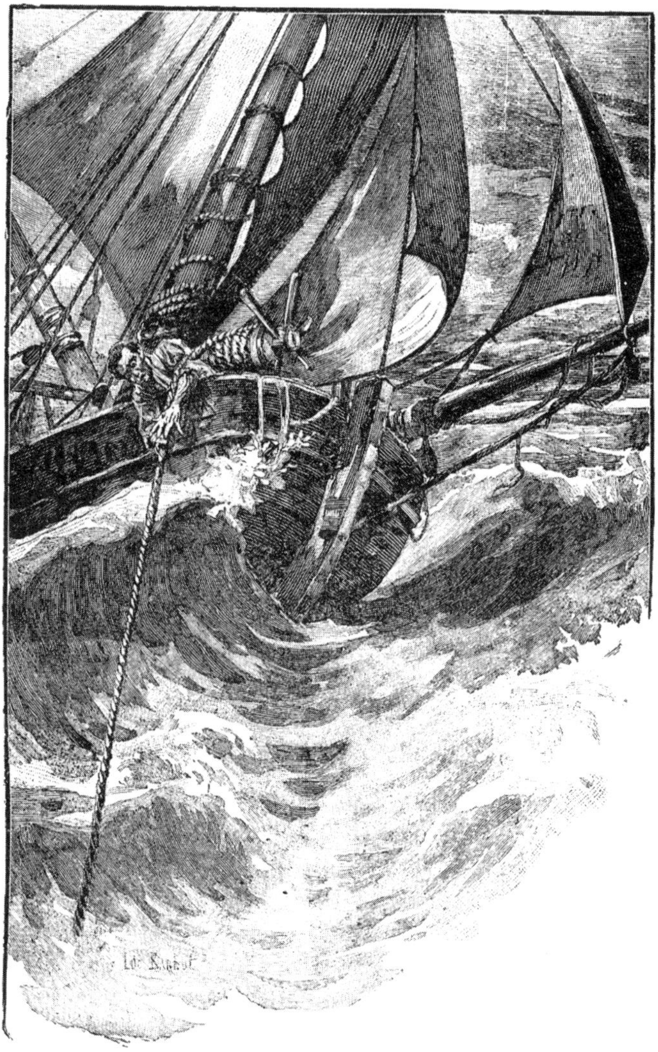

他把断臂抓过来,夹在自己的两腿中间。

"它反正要烂掉。"哥哥说。这时受伤者倒有了个主意。在海上时间长的时候,为了保存鱼,人们总把鱼装在桶里用盐腌起来。

他问:"我能不能把它放在盐水里?"

"这,当然可以。"其他人齐声说。

于是人们把一满桶前两天捕到的鱼倒出来,然后把那段胳膊放到最底下;上面撒上盐,再把鱼一条一条放回去。

水手当中有个人开了个玩笑:"但愿咱们别把它在鱼市上跟鱼一起卖掉。"

除了雅维尔兄弟俩,其他人都笑了。

风还在刮。船朝着布洛涅方向迂回航行,直到第二天上午十点钟。受伤者一直不停地往自己的伤口上泼着水。

他时不时地站起来,从船的这头走到那头。

他哥哥在掌舵,目光随着他,一边连连摇头。

他们终于回到港口。

医生检查了伤口,表示情况良好;给他包扎好以后,嘱咐他好好休息。但是在没有取回他的胳膊以前,雅维尔无论如何也不愿意躺下,所以他急忙赶回港口,找到了他画上十字记号的那个鱼桶。

人们当着他的面把桶倒光;他捡起在盐水里保存得很好的胳膊。那胳膊已经有点起皱,不过还新鲜。他用特地带来的毛巾把它包好,带回了家。

他的妻子和孩子们久久地端详着父亲的这段废肢,摸摸手指头,剔掉指甲缝里残留的盐粒;然后请来一位木匠做了一个小棺材。

第二天,拖网渔船的全体船员都参加了这截断臂的下葬仪式。两兄弟肩并肩走在送葬队伍的前面。本堂区教堂的圣器室管理人腋下夹着那截废肢。

小雅维尔不再出海。他在港口上得到一个低微的职务。后来每谈起他那桩意外事故,他总是悄声跟人吐露这句心里话:"如果我哥哥当时肯砍断拖网,我的胳膊本来是能保住的,我敢肯定。但是他太看重自己的财产了。"

珠　宝[*]

自从那天晚上，在副科长家的聚会上遇见这个年轻女子，朗丹先生就落入了情网。

她是外省一个税务官的女儿，父亲好几年前就去世了。后来她和母亲来到巴黎，母亲希望给女儿找一门亲事，所以经常去附近的几个中产阶级人家串门。她们虽然清贫，但都是正派人，稳重而又温和。这个年轻女孩，是正派女人的绝对典型，明智的年轻人梦寐以求的可以托付一生的女人。她的朴实的美有着贞洁天使的魅力；她那从不离嘴唇的不易觉察的笑意，就像是她心灵的反映。

所有的人都对她极口称赞；认识她的人都一迭连声地夸奖："谁要是娶了她，肯定很幸福。再也找不到比她更好

---

[*] 本篇首次发表于一八八三年三月二十七日的《吉尔·布拉斯报》，作者署名"莫弗里涅斯"；一八八四年收入埃德蒙·莫尼埃出版社出版的莫泊桑小说集《月光》；一九〇三年收入保尔·奥朗道尔夫出版社出版的插图版莫泊桑全集《月光》卷。

的了。"

朗丹先生当时是内务部的主任科员,年薪三千五百法郎。他向她求婚,娶了她。

他和她在一起,幸福得简直让人难以相信。她精打细算,持家有方,看上去他们生活得很宽裕。她对丈夫关心、体贴、温存,无微不至。她身上的魅力是那么大,虽然结婚已经六年,他对她的爱仍然胜似燕尔新婚。

在她身上,他能责怪的只有两种嗜好:爱上剧院和爱假珠宝。

她的女朋友们(她认识几个小公务员的妻子)经常能给她弄到包厢的票,去看热门的话剧,甚至是首场演出。她硬拉着丈夫去参加这些消遣,不管他乐意不乐意。可是丈夫上了一天班,这些消遣会让他更加疲惫。于是他央求她:请一位认识的太太一起去看戏,然后再把她送回家。她觉得这样做不太合适,很久都不肯让步。最后为了让他高兴,她终于答应了。他对她真是感激不尽。

然而,这种上剧院的嗜好不久就产生出打扮的需要。不错,她的衣着仍然十分简单,总是既雅致又朴素;她的温柔的美,谦虚、和善、令人不可抗拒的美,仿佛因她的连衣裙的简朴而更增添了新的韵味。不过她逐渐养成了一种习惯:耳朵上坠两颗挺大的仿钻石的莱茵石,还爱戴假珍珠项链、镏金的手镯,以及镶着各种仿宝石的彩色玻璃珠子的压发梳。

她对假珠宝的这种爱好,颇让丈夫心中不快。他经常苦口婆心地劝她:"亲爱的,既然没有能力买真珠宝,那就用自身的美貌和魅力来显示自己,这是最难得的珠宝。"

可是她嫣然一笑,每一次都这样回答:"你叫我怎么办?我就是喜好这个。这是我的怪癖。我也明白你说得对;可是本性难移呀。我当然更喜欢真珠宝!"

她一面用手指滚动着珍珠项链,让打磨过的水晶的表面熠熠闪光,一面重复着:"快来看呀,它做得多精致!简直跟真的一样。"

他只好苦笑着说:"你的喜好真像个波希米亚①女郎。"

有时,晚上,他们相对坐在炉边的时候,她会把装着朗丹先生称作"假货"的摩洛哥皮匣子捧到他们喝茶的小桌上,津津有味地审视这些仿造的珠宝,似乎享受到某种深邃、隐秘的快感;她还硬把一条项链戴在丈夫的脖子上,然后开心地大笑,一边嚷着:"你这个样子真滑稽!"接着,她就扑到他的怀里,发狂似的拥吻他。

一个冬天的夜晚,她从歌剧院回来,冻得浑身发抖。第二天,她咳嗽不止。一个星期以后,她就死于肺炎。

朗丹差点儿随她一起进了坟墓。他是那么悲伤,不到一个月,头发全白了。他从早哭到晚,哀天呼地,痛不欲生;对亡妻的回忆,她的音容笑貌和所有可爱之处,始终萦绕着他。

时间也减轻不了他的哀伤。在上班的时候,同事们正在谈论时事新闻,他经常会突然面颊一鼓,鼻子一蹙,眼睛里满

---

① 波希米亚:波希米亚是原捷克斯洛伐克的一个地区,波希米亚人泛指源于东欧的过流浪生活的人。

含泪水,脸上露出一副痛苦的表情,泣不成声。

他把妻子的房间原封不动地保留着,每天把自己关在里面想她;所有的家具,甚至她的衣服,都保持在她临终那一天摆放的地方。

但是他的生活变得困难了。他的薪水,妻子在的时候,满足两口子的所需绰绰有余,现在一个人过日子却捉襟见肘了。他纳闷,妻子哪儿来的这么大的本事,让他能天天喝上等的葡萄酒,吃精美的食品。而现在,以他的有限收入,他再也享受不到这一切了。

他已经欠下了几笔债,他四处奔走去借钱,就像那些靠借债度日的人一样。终于,一天早上,他连一个苏也没有了,可是离月底还有整整一个星期。他琢磨:也许可以变卖点什么。他立刻想到,正可以摆脱掉妻子的那些"假货",因为他内心深处对这些从前让他愤怒的"冒牌货"始终怨恨难消,甚至每天一看到这些东西,就有点败坏他怀念爱人的心情。

他在妻子留下的一大堆假首饰中翻来翻去找了很久,因为她直到临死的前几天还固执地不断买这些玩意儿,几乎每天晚上都要带一件新的回来。他最后决定卖那条大项链,她似乎最喜欢那条项链,想来准可以卖六个到八个法郎,因为东西虽是假的,但是做工很精美。

他把那条项链放进衣服口袋,沿着林荫大道①向部里走

---

① 林荫大道:此处指巴黎市内从巴士底广场到玛德莱纳广场的几条连续的林荫大道,十九世纪末是巴黎最时尚和繁华的地带。

去,一边走一边找一家他觉得值得信任的珠宝店。

他终于看到了一家,就走进去。把自己的贫困这样袒露给人家,把一件这么不值钱的东西拿来卖,他很有些害羞。

"先生,"他对店家说,"我很想知道您对这个东西怎么估价。"

那个人接过项链,仔细端详,翻来倒去,掂掂分量,拿放大镜审视;叫来一个伙计,对他低声说了自己的看法;又把项链放在柜台上,以便更好地判断远观的效果。

如此这般的小题大做,倒把朗丹先生弄得很不自在。他刚开口要说:"唉!我也知道它值不了几个钱。"那珠宝商却宣布:

"先生,它值一万二千到一万五千法郎。不过您得把它的准确来源告诉我,我才能收购。"

鳏夫眼睛瞪得老大,愣了好一会儿,似乎没有听懂。最后他结结巴巴地说:"您说什么?……您没有搞错吧?"对方见他这么惊讶,误解了他的意思,生硬地说:"您可以去别的家,看人家是不是给您的价更高。我认为它最多值一万五千。如果找不到更好的买家,您还可以再回来找我。"

朗丹先生完全被弄蒙了,他模模糊糊地感觉到自己需要单独待一会儿,好好想一想,就拿回项链,走出去。

但是,他一走到街上,就忍不住笑了,心里想:"傻瓜!啊!傻瓜!我刚才要是抓住他报的价让他买下,他就惨了!竟有这样的珠宝商,真假都分不清!"

他走进和平街入口的另一家珠宝店。老板一看见这条项

链,就大声疾呼:

"啊!没错,这条项链,我记得很清楚,是从我的店里买走的。"

朗丹先生彻底被弄糊涂了,问:

"值多少钱?"

"先生,我是两万五千法郎卖出去的。我愿意以一万八千法郎买回来,如果您能向我说明是怎么得来的。这是法律规定。"

这一次,朗丹先生惊讶得腿都发软了,不得不坐下来。他接着说:

"不过……不过您再好好看一看,先生,我过去一直以为它是……假的。"

珠宝店老板接着说:"先生,您可以告诉我贵姓吗?"

"当然可以。我姓朗丹,我在内务部任职,我住在殉道者街16号。"

珠宝商打开账簿,查了一下,说:"这条项链的确是在一八七六年七月二十日送到朗丹太太府上,殉道者街16号。"

两个人凝目注视,互相打量着:科员惊讶得不知所措,珠宝商思忖是不是在跟一个盗贼打交道。

店主说:"您可以把这件东西留在我这儿吗?二十四小时就行,我给您写一张收据。"

朗丹先生结结巴巴地说:"当然,可以。"他叠好收据,放进衣袋,走了出去。

他穿过街道,往北走;发现走错了,又往南,走到土伊勒里,穿过塞纳河;发现又走错了,又往回走,到了香榭丽舍林荫道,脑子也没弄清楚是怎么回事。他苦苦思索,想弄个明白。他妻子不可能买一件这么昂贵的东西。——不,绝不可能。——那么,这是一件礼物!一件礼物!可是,谁送给她的礼物呢?为什么要送给她礼物呢?

他停下来,呆呆地立在马路中间。一个可怕的疑问在他的脑海里闪现。——她难道……——这么说,其他的珠宝也全都是礼物!他感到天旋地转;感到有一棵树向他迎面倒过来;他伸出双臂,倒在地上,失去了知觉。

他清醒过来的时候,发现自己在一家药店;是过路的人把他抬到了这里。他请人把他送回家,然后就把自己关在家里。

他痛哭流涕,直到深夜,嘴里咬着一块毛巾,免得哭出声来。他又是疲乏又是伤心,精疲力竭地爬上床,这一夜睡得昏昏沉沉。

一缕阳光把他刺醒。他慢慢吞吞地爬起来,准备去部里。经历了一连串的剧烈震动以后,再要上班也很困难。他考虑了一下,他可以请求科长原谅,于是给科长写了一封信。后来他又想到还得回去找那个珠宝商,想到这儿,脸臊得通红。他前思后想。不过总不能把项链留在珠宝商那里,他便穿好衣服,出了家门。

天气和煦,天空一片蔚蓝,城市在微笑。一些无所事事的人手插在裤袋里,走在他前面。

朗丹见他们这样优哉游哉,心想:"有钱的人多幸福啊!有钱连忧愁都可以驱散,愿意去哪儿就可以去哪儿,去旅游,去寻欢作乐！啊！我要是有钱该多好！"

他感到饿了。他从前一天晚上起就没有吃东西。可是他口袋里一个苏也没有了，于是又想起那条项链。一万八千法郎！一万八千法郎！这可是一大笔钱啊！

他来到和平街，开始在那家珠宝店马路对面的人行道上走来走去。一万八千法郎！他有二十次都已经想进去了；但是羞耻心总是让他止步不前。

然而他饿，饿得厉害，又囊空如洗。他猛然下了决心，为了不让自己有犹豫的时间，他大步流星地穿过马路，冲进了那家珠宝店。

珠宝商远远看见他，就立刻殷勤地迎上来，满脸堆笑，请他坐下。伙计们也都围过来，眼里和唇边都带着开心的意味，侧目瞟着朗丹。

珠宝商表示："先生，我已经了解过了，如果您仍旧是那个意向，我立刻就可以按我昨天出的价付钱给您。"

科员结结巴巴地说："当然啦。"

珠宝商于是从抽屉里取出十八张大票子，数了一遍，递给朗丹。朗丹在一小张收据上签了字，颤颤巍巍地把钱放进口袋。

他就要出门了，又走回来，俯下身子，对一直在微笑的商人说："我……我还有别的首饰……是我……从同一个人那儿继承来的。您也愿意买吗？"

商人鞠了个躬，说："当然啦，先生。"一个伙计走出去尽情大笑；另一个伙计一个劲地擤鼻子。

朗丹全不在乎,红着脸,依然认真地说:"我马上就给您拿来。"

他叫了一辆出租马车,回家去取珠宝。

一个小时以后,他连中饭也没有吃,又回到珠宝商这儿。他们一件一件地检验珠宝,估着价。这些首饰几乎全是从这家店里买走的。

现在,朗丹在估价上分文必争,动不动就发火,还要店主拿出卖货时的账簿给他看;数额不断增大,他的嗓门也越来越高。

那副大颗的钻石耳坠值两万法郎,几个手镯值三万五,几个胸针、戒指和颈饰一万六,一件镶有祖母绿和蓝宝石的首饰一万四,一个独粒钻石挂在金链上组成的项链四万,总共十九万六千法郎。

商人暗含讥讽地说:"看来这些东西的主人把积蓄全用来买珠宝了。"

朗丹严肃地说:"这也是一种存钱的方式,并没有什么特别的。"他和店主约好,第二天进行一次复核鉴定,然后就走了。

他走到街上,看着旺多姆圆柱①,恨不得像爬夺彩杆②似的爬上去。他感到那么轻松,似乎纵身一跳,就能像玩跳羊背

---

① 旺多姆圆柱:位于巴黎第一区旺多姆广场,建于一八〇六年至一八一〇年,用拿破仑在奥斯特里茨战役中缴获的武器熔铸而成,顶端有拿破仑铜制雕像。
② 夺彩杆:一种游戏,杆顶挂奖品,能够爬上取下者即获此奖。

游戏一样,飞跃圆柱顶端那耸立半空的皇帝①雕像。

他去瓦赞饭店②吃中饭,喝了一瓶二十法郎的好酒。

然后,他乘出租马车去树林③兜了一圈。他带着几分轻蔑看着来往的华丽车辆,真想对过路的人大喊:"瞧我呀,我也有钱。我有二十万法郎!"

他又想起他的部。他让车夫把他拉到部里,不假思索地直驱科长办公室,向科长宣布:"先生,我来向您辞职。我得到了一笔三十万法郎的遗产。"他走去和老同事们一一握手告别,并且对他们畅谈自己的新生活规划。接着,他在英格兰咖啡馆④吃晚饭。

他坐在一位看来很高雅的先生旁边。他心痒难耐,禁不住要自我炫耀一下,让这位先生知道他刚刚继承了四十万法郎的遗产。

生平第一次,他不厌烦上剧院,然后又跟几个妓女混了一夜。

半年后,他再次结婚。他的第二个妻子很正派,但是个性很强,很难相处,让他吃了很多苦头。

---

① 皇帝:指拿破仑一世。
② 瓦赞饭店:巴黎一家高档饭店,位于第十区图迪克街。
③ 树林:此处指巴黎西郊的布洛涅树林,是昔日巴黎人休闲的重要去处。
④ 英格兰咖啡馆:巴黎当时最著名的酒店之一,位于意大利人林荫大道和马里沃街拐角。

奥尔坦丝王后*

在阿尔让特依①,人们都叫她奥尔坦丝王后②。谁也不知道这是为什么。也许因为她说起话来像发号施令的军官那样果断?也许因为她个子大,骨骼粗大,做事专横?也许因为她统管着鸡、狗、猫、金丝雀、鹦鹉等一大帮臣民——这些老姑娘们都十分宠爱的动物?不过她对这些宠物并不溺爱,没有温柔的言辞,更没有稚气的温存,从女人的嘴唇流到打着呼噜的猫的毛茸茸的身上的那种温存。她威严地管理,像君主般统治。

---

* 本篇首次发表于一八八三年四月二十四日的《吉尔·布拉斯报》,作者署名"莫弗里涅斯";一八八四年收入埃德蒙·莫尼埃出版社出版的莫泊桑小说集《月光》;一九〇三年收入保尔·奥朗道尔夫出版社出版的插图版莫泊桑全集《月光》卷。
① 阿尔让特依:法国市镇,位于巴黎西北郊外,塞纳河畔。
② 奥尔坦丝王后(1783—1837):全名奥尔坦丝·德·波阿尔奈。法国波旁王朝大贵族之女。一八〇二年嫁给拿破仑的弟弟路易。一八〇六年路易受封荷兰国王,她成为荷兰王后。她和路易育有三子,第三个儿子路易·波拿巴后来成了法兰西第二帝国皇帝。

她也的确是一个老姑娘,那种声音刺耳、表情生硬、似乎心肠也很硬的老姑娘。她决不容许别人顶嘴、辩解、迟疑、马虎、懒惰、厌倦。人们从未听她抱怨过什么,悔恨过什么,也从未见她嫉妒过什么人。她常像宿命论者那样坚信不疑地说:"人各有命。"她不去教堂,不喜欢神父,不相信天主,把一切宗教上的事情都叫作"好哭鼻子的人的把戏"。

三十年来她一直住在她那座小房子里,房子前面沿街有一个小花园。她从未改变过自己的习惯,只是她的女仆一到二十一岁,她就毫不留情地把她们换掉。

她养的猫、狗和鸟儿,要是老死或者意外死亡,她就再买些来代替,既不流泪,也不惋惜;她拿一把小铲子,把死掉的动物埋在花园墙边的一个花坛里,堆上一点土,再无动于衷地踩上几脚。

她在本城有几家熟人,男的都是职员,每天去巴黎上班。他们不时地会请她晚上去喝杯茶。每次聚会的时候她都必然会睡着,到了该回去的时候还得别人把她叫醒。不管是白天还是夜晚,她出门都不害怕,从来不让人陪伴。她似乎并不喜欢孩子。

她的时间都用在各种各样只有男人才干的活儿上:做细木工啦,在花园里种菜啦,锯木头或者劈木柴啦,修理她的老房子啦,必要的时候甚至连泥水匠的活儿也干。

她有两家亲戚,一家姓希姆,一家姓克隆贝尔,他们每年来看她两次。那是她的两个妹妹,她们一个嫁给了草药商,另一个的丈夫是靠小额年金生活的人。希姆夫妇没有子女;克隆贝尔夫妇有三个孩子——昂利、波丽娜、约瑟夫。昂利二十岁,波丽娜十七岁,约瑟夫才三岁,出生的时候母亲已经到了似乎不能再生育的年龄。

老姑娘和她的这两门亲戚没有任何感情。

一八八二年春天,奥尔坦丝王后突然病倒了。邻居们找来的一位医生,立刻被她撵走。一位神父主动上门,她光着半截身子爬下床,愣把人家推了出去。

小女仆只得含着眼泪给她煮药茶。

在床上躺了三天以后,她的病情变得更重了,那个医生不容商量地又进了她家。隔壁的箍桶匠遵照医生的建议去通知了这两家亲戚。

两家人乘坐同一趟火车在上午十点钟左右到达,克隆贝尔夫妇还带着小儿子约瑟夫。

他们来到花园入口的时候,一眼就看到女仆坐在一张椅子上,背靠着墙,正在哭。

火辣辣的阳光下,一条狗躺在房门旁的擦鞋垫上睡觉;两只猫躺在窗台上,伸展开四肢和尾巴,把身体拉得长长的,闭着眼睛,看上去就像是两只死猫。

一只肥大的母鸡咯咯地叫着,带着一群小鸡在小花园里散步,小鸡长着棉花般轻盈的黄绒毛。墙上挂着一个大鸟笼,上面覆盖着海绿;笼子里有一群鸟,在这温暖的春晨的阳光下扯着嗓子长鸣。

两只比翼鸟,在另一个形似山区木屋的小笼子里,肩并肩,安安静静地伫立在一根棍子上。

希姆先生身体很肥胖，呼哧带喘，到哪儿都走在第一个，必要的时候还会把别人拨开，不管是男人还是女人；他一边往里走一边问：

"喂！赛莱斯特，情况真的不好吗？"

小女仆含着眼泪，悲伤地说：

"她连我都认不出来了。医生说不行了。"

大家面面相觑。

希姆太太和克隆贝尔太太匆匆拥抱了一下，一句话也没说。她们长得很像，又总是都戴着平顶无边软帽和红色的披肩，像炽烈的炭火一样鲜红的法国开司米披肩。

希姆向他的连襟转过身去。那是个饱受胃病折磨、面黄肌瘦、没有一点血色的人，而且腿瘸得厉害。希姆语调严肃地对他说：

"哎呀！来得正是时候。"

临终者的卧室就在楼下一层，可是谁都不敢进去。连希姆也退缩了，让别人先走。还是克隆贝尔先生第一个下定决心，他像一根船桅似的一摇一晃地走进去，铁手杖在石板地面上敲得嘎嘎响。

两个女人壮起胆子跟了进去，希姆先生走在最后。

小约瑟夫被那条狗吸引住了，留在外面看狗。

一道阳光把床划分成两截，正好照在两只神经质地摆动、不断张开又合拢的手上。手指头在比画着，好像受到一种思想的支配，好像在说明一些事情，表达一些思想，服从着一种理智。身体的其他部分都在被子下面一动不动。瘦削的脸上没有一丝表情。眼睛始终闭着。

亲戚们围成了半圆,端详起来。他们静默无言,心情紧张,呼吸急促。跟着他们进来的小女仆,一直在流眼泪。

最后,希姆问:

"医生究竟是怎么说的?"

女仆结结巴巴地说:

"他说就让她这么安静地躺着吧,已经没有任何办法了。"

不过,老姑娘的嘴唇突然蠕动了起来,好像是在说着无声的话,隐藏在这临终者头脑中的话;她两手奇怪的动作也加快了。

她忽然说话了,微弱得都听不出是她的声音,那声音好像来自遥远的地方,也许是来自这颗始终封闭着的心灵的深处?

希姆觉得这场面太凄惨,蹑手蹑脚地走出去。克隆贝尔那条残废的腿疲倦了,他坐下来。

两个女人依然站着。

现在奥尔坦丝王后很快地说着话,不过根本不明白她说的是什么意思。她说出一些名字,很多名字,温柔地呼唤着一些想象的人物。

"到这儿来,我的小菲利普,吻吻妈妈。你很爱妈妈,说呀,是不是,我的孩子?你,萝丝,我要出门了,你去看着妹妹。千万别让她一个人待着,听见我的话了吗?我不准你碰火柴。"

她安静了几秒钟,然后又提高了声音,就像在呼唤人似的喊道:"昂利埃特!"她等了片刻,接着说:"告诉你爸爸,他去上班以前,我有话要跟他说。"接着突然说:"亲爱的,我今天有点儿不舒服;答应我别回来得太晚。你跟你的头儿说我病了。你明白,我病倒在床上,孩子们没人照顾是很危险的。晚餐我给你做甜米饭。孩子们都喜欢吃这个。克莱尔该高兴啦!"

她又笑起来,那笑声那么年轻,那么响亮,好像她从来没笑过似的:"你看让,他的脸多滑稽,他涂了满脸的果酱,这个脏小子!你看呀,亲爱的,他多么滑稽!"

克隆贝尔的那条残腿经不起旅途劳累,不停地换着姿势。他低声说:

"她梦见自己有丈夫和几个孩子,这是死亡将近了。"

两个妹妹始终一动不动;她们已经惊讶得目瞪口呆。

小女仆说:

"请把披肩和帽子摘下来吧。请你们到客厅去好吗?"

她们一句话也没说,走了出去。克隆贝尔一瘸一拐地跟在后面,又是临终者一个人留在屋里。

两个女人脱掉旅途穿的外衣,终于坐了下来。这时,一只猫离开了窗台,伸了伸懒腰,跳进客厅,接着又跳到希姆太太的膝盖上。希姆太太抚摸起它来。

听得到垂死者在隔壁说话的声音。在这最后的时刻,她正过着她想必期待已久的生活;在这对她来说一切都将结束的时刻,她正生活在自己的梦想中。

希姆在花园里跟小约瑟夫和那条狗玩得正欢;胖男人到

了乡下都这么开心。他已经根本不记得那个垂死的老姑娘。

不过他突然回到屋里,问小女仆:

"喂,我的姑娘,你该给我们做午饭了。太太们,你们想吃什么?"

最后商定:一个香菜摊鸡蛋,一块牛腰肉配新鲜土豆,一块奶酪,再加一杯咖啡。

见克隆贝尔太太在口袋里摸钱包,希姆拦住了她,然后转过脸去问小女仆:"你应该有钱吧?"

她回答:"有,先生。"

"有多少?"

"十五法郎。"

"足够了。快去吧,姑娘,我开始有点饿了。"

希姆太太望着窗外沐浴在阳光里的攀缘花木和对面房顶上的两只谈情说爱的鸽子,不禁伤感地说:

"为一件这么可悲的事来,真可惜。今天要是在乡下玩玩才爽呢。"

她妹妹没有回答,只是叹了一口气;克隆贝尔大概是想到玩又得走路,嘟哝着说:

"我这条腿把我折磨得够呛。"

小约瑟夫和那条狗闹得震天响:一个高兴得吱哇叫,另一个声嘶力竭地狂吠,围着三个花坛玩捉迷藏,像发了疯似的互相追逐。

垂死的女人在继续呼唤她的孩子们,跟他们每一个人说话,想象着给他们穿衣服,抚爱他们,还教他们念书:"来,西蒙,跟着念:ABCD。念得不对,是这样:DDD,听见了吗?那么,再跟着念……"

希姆说:"真有意思,在这种时候说出这样的话。"

克隆贝尔太太于是说:

"也许最好回到她身边去。"

但是希姆马上让她打消这个念头:

"反正您也没有办法改变她的情况,进去也没有什么用。我们在这里也挺好。"

没有人再坚持,希姆太太细心观赏着两只又称比翼鸟的翠绿的鸟儿。她说了几句话,称赞这种鸟的非凡的忠诚,并且责怪男人们不去效仿这些动物。希姆笑了起来,看着他的妻子,用嘲讽的语气低声哼道:"唉—哟—哟,唉—哟—哟—哟",仿佛要让人听出,关于他的忠诚,他希姆有话要说。

这时克隆贝尔突然一阵胃痉挛,用手杖敲着铺地的石板。

另一只猫也撅着尾巴走进来。

他们一点钟才开始吃饭。

医生曾经嘱咐克隆贝尔,除了上等的波尔多葡萄酒,不要喝别的酒。不过他尝了尝葡萄酒,马上把女仆叫来:

"喂,我的姑娘,酒窖里有没有比这更好的酒?"

"有,先生,有上等葡萄酒,过去先生来的时候,给您喝过的。"

"那就好!你去给我们拿三瓶来。"

他们尝了尝刚拿来的葡萄酒,看来确实非常好;倒不是因为它是什么了不起的名牌,而是已经在地窖里存放了十五年。

希姆说:"这真正是适合病人喝的葡萄酒。"

克隆贝尔突然产生了拥有这些波尔多葡萄酒的热望,又问女仆:

"还有多少,我的姑娘?"

"哦!几乎全在那儿,先生;小姐从来不喝酒。地窖底下有一大堆。"

于是克隆贝尔转过脸去对他的连襟说:

"如果您愿意的话,希姆,我很想拿别的东西换这些葡萄酒。这酒对我的胃非常合适。"

母鸡也带着它那群小鸡进来;两个女人向它扔面包屑玩。约瑟夫和狗也都吃够了,就被打发到花园里去。

奥尔坦丝王后始终在说话,不过现在声音低了,已经听不清她说的话。

喝完咖啡以后,大家都过去看病人的情况。她看上去还平静。

他们又走出去,在花园里坐成半圆,消化吃下的食物。

那条狗突然嘴里叼着什么东西,围着椅子飞快地奔跑起来。约瑟夫拼命地跑着追赶它。他和狗都跑进屋子里去。

希姆肚子晒着太阳,睡着了。

垂死的女人高声说起话来,继而又突然大声叫喊起来。

两个女人和克隆贝尔急忙跑进屋,看她怎么了。希姆也醒了,不过他没有离开座位;他不喜欢这种事。

她已经坐了起来,目光惊恐。她的狗为了逃避小约瑟夫的追赶,已经跳上了床,从垂死的女人身上越过去,躲在枕头后面,用闪亮的眼睛看着它的小伙伴,准备着随时再逃。它的嘴里衔着女主人的一只拖鞋;那只拖鞋它玩了已经有一个钟头,早被它的牙齿撕烂了。

男孩看见这个女人突然在他面前坐起来,吓坏了,面对着床呆若木鸡。

已经进到屋里的母鸡受到喧闹声的惊吓,跳到了一张椅子上,绝望地呼唤着它的小鸡;小鸡们也惊恐万状,在四条椅子腿之间叽叽喳喳地叫着。

奥尔坦丝王后用令人心碎的声音叫喊:"不,不,我不想死,我不想!我不想!谁来抚养我的孩子?谁来照顾他们?谁来爱他们?不,我不想!……我不……"

她仰面倒下。就这么完了。

那条狗深受刺激,在屋子里乱窜乱跳。

克隆贝尔跑到窗口,招呼他的连襟:"快来,快来,我看她刚刚过去了。"

希姆这才站起来,下了决心,走进卧室,一边喃喃地说:

"这倒比我想的还要快。"

我的叔叔于勒[*]

献给阿希尔·贝努维尔[①]先生

一个白胡子穷老头儿向我们乞讨。我的同伴约瑟夫·达弗朗什居然给了他一百苏。我感到有些惊奇。他于是对我说:

这个悲惨的人让我想起了一件往事,这件往事的记忆一直让我念念不忘。我这就讲给你听。事情是这样的:

我家原籍在勒阿弗尔[②],并不富裕。日子还过得去,如此

---

[*] 本篇首次发表于一八八三年八月七日的《高卢人报》;一八八四年收入维克多·阿瓦尔出版社出版的莫泊桑小说集《密斯哈利特》;一九〇一年收入保尔·奥朗道尔夫出版社出版的插图版莫泊桑全集《密斯哈利特》卷。

[①] 阿希尔·贝努维尔(1815—1891):法国风景画家,长期旅居意大利。

[②] 勒阿弗尔:法国西北部重要港城,位于诺曼底大区的塞纳滨海省,塞纳河入海口。

而已。我的父亲终日工作,很晚才从办公室回家,挣的钱却不多。我有两个姐姐。

我的母亲因为家里生活拮据而非常痛苦,她经常找些尖酸刻薄的话,指桑骂槐、恶言恶语地责怪自己的丈夫。那可怜的人这时便做出一个手势,让我看了心酸。他张开手抹一下额头,仿佛要擦掉其实并不存在的汗珠,却什么也不回答。我感觉得到他那无奈的痛苦。我们凡事都节省;从来不接受邀请去吃晚宴,免得还要回请;买生活必需品总是等降价,或者买店家剩余的货底。姐姐们都是自己缝制连衣裙,为了买十五生丁一米的饰带也要长时间地讨价还价。我们平日吃的总是带点荤腥的浓汤和换着各种作料做的牛肉。据说这既卫生又有营养;不过我更希望能吃点别的。

如果我丢了纽扣或者弄破了裤子,就会劈头盖脸挨一顿臭骂。

不过每个星期日我们都要穿着盛装去海堤上兜一圈。父亲身穿礼服,头戴礼帽,手上戴着手套,伸出胳膊让母亲挽着。母亲则浓妆艳抹,犹如节日里彩旗招展的轮船。姐姐们总是最先打扮停当,只待下达出发令;可在最后一刻,总是在一家之长的父亲的礼服上发现一个没留意的污迹,只得赶紧找来一个布头蘸了汽油把它擦掉。

于是父亲头上仍然顶着大礼帽,脱下外衣,露出坎肩和衬衫,等候操作完毕;母亲则是架好近视眼镜,摘下了手套,免得弄脏,忙得不可开交。

全家人隆重上路了。姐姐们臂挽着臂走在前面。她们都已经到了出嫁的年龄,所以父母常带她们在城里露露脸。我走在母亲左边,父亲在她右边。我至今还记得我可怜的双亲每星期日散步时那虚张声势的神态、僵硬的姿势和严肃的举止。他们迈着郑重的步子向前走,腰杆直挺挺的,两条腿硬邦邦的,似乎一桩极其重要的事情就取决于他们的举手投足。

而且每个星期日,看到从遥远的未知国度开来的大船进港,我父亲总要一字不变地重复同样的话:

"啊!要是于勒在这条船上,那该多么叫人惊喜呀!"

于勒叔叔,我父亲的弟弟,现在是全家唯一的希望了,而他以前却是全家的祸害。我从孩提时起就常听家里人谈论他,在想象里我对他已经那么熟悉,仿佛一眼就认得出他来。我对他去美洲以前的生活了如指掌,尽管大家谈起他那一阶段的事都压低了嗓门。

据说他有过一段劣迹,或者说他挥霍过一些钱,对于贫穷人家来说这可是罪莫大焉。有钱的家庭如果有个人爱吃喝玩乐,那是"做傻事";人们叫他一声"浪荡子",一笑了之。但是在一个捉襟见肘的家庭,一个大小伙子还要迫使父母动那点家底儿,那就成了败类、无赖、坏蛋!

虽然是同样的情况,这种大相径庭的待遇却是恰如其分的,因为只有造成的后果才能决定行为的严重程度。

总之于勒叔叔不但把他自己应得的那一份遗产挥霍一空,还大大减少了我父亲指望得到的那一份。

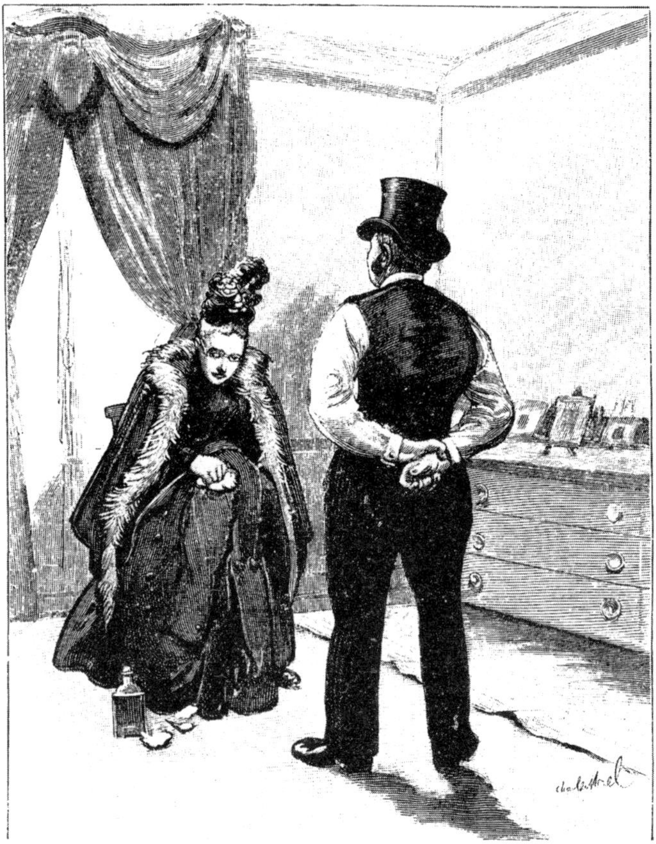

按照那年头时兴的做法,家里人就把他送上一条由勒阿弗尔驶往纽约的商船,去了美洲。①

一到那边,我的于勒叔叔就做起不知什么买卖,而且不久就写信来,说他赚了一点钱,希望能够赔偿他给我父亲造成的损失。这封信在我家引起极大的震动。于勒,大家都说狗屁不如的于勒,一下子变成了一个诚实的人,有良心的男子汉,达弗朗什家的好子弟,就像所有达弗朗什家的人一样堂堂正正。

又有一位船长告诉我们,他租了一个大铺面,生意做得很大。

两年以后他在第二封来信中说:"我亲爱的菲利普,我给你写这封信,免得你挂念我的健康。我身体很好。生意也很顺利。我明天就动身去南美洲做一次漫长的旅行。也许会有好几年没法和你通音信。如果我不给你写信,请不要担心。我发了财就立刻回勒阿弗尔来。我希望这不会为期太远,那时我们就可以在一起过幸福的日子了……"

这封信成了全家的福音书。一有机会就朗读一遍,逢人就拿出来炫耀一番。

果然,于勒叔叔十年都没有再来过信;但是我父亲的希望却与时俱增;我母亲也经常说:

"等好心的于勒回来,我们家的情况就不一样啦。他可

---

① 据统计,从一八八〇年到一九一四年,有两千两百万移民在美国登陆,其中大部分来自欧洲。从一八八三年开始,许多破产的移民又被迫迁徙至南美洲。

真是个神通广大的人!"

所以每个星期日,看到黑魆魆的大轮船吐着蜿蜒似蛇的黑烟从天际驶来,我父亲总会重复他那句永恒不变的话:

"啊!要是于勒在这条船上,那该多么让人惊喜呀!"

人们甚至以为马上就要看到他挥动着手帕呼唤着:

"喂!菲利普!"

于勒衣锦还乡是肯定无疑的了,人们早就在这个基础上构想出千百种计划;甚至还预定用叔叔的钱,在安古维尔附近购置一座乡间别墅。我父亲是否已经开始就这件事进行洽谈,我还真说不准。

我的大姐那年二十八岁,二姐二十六岁。她们迟迟没有出嫁,全家人都为此发愁。

终于有一个人上门来向我二姐求婚了。那是个职员,虽然不富有,但还算体面。我一直认为,正是因为有一天晚上给他看了于勒叔叔的信,这个年轻人才不再迟疑,下定了决心。

家里人忙不迭地接受了他的请求,并且决定办完婚礼全家去泽西岛①小游一次。

对穷人来说,泽西岛是最理想的旅游去处了。路不远;乘小轮船过了海,就身在外国土地上了,既然这小岛属于英国。也就是说,一个法国人,只需两个小时的航程,就可以亲临实地观看一个相邻的民族,研究这个大不列颠国旗覆盖下的小岛的风俗;尽管有些说话直截了当的人说那里的风俗坏透了。

---

① 泽西岛:距法国西海岸仅二十公里的英国岛屿,旅游胜地。

这泽西岛之旅成了我们念念不忘的事,我们唯一的期待,每时每刻萦绕着我们的梦想。

我们终于出发了。我回想起那情景就像发生在昨天一样,历历在目:点火待发的轮船停靠在格兰维尔码头;我的父亲紧紧张张地监督着我们的三件行李搬上船;我的母亲放心不下,伸手挽住我那个还没出嫁的姐姐,因为自从另一个姐姐嫁出去以后,她就像那一窝里仅剩的一只小鸡,掉了魂儿似的;我们后面是那对新婚夫妇,他们总落在后面,害得我们老要回过头去看看。

轮船拉响了汽笛。我们总算都上来了,船便离开防波堤,在平静得像绿色大理石桌面一样的大海上驶向远方。我们目睹着海岸节节后退,就像所有很少旅行的人一样,感到幸福而又自豪。

我的父亲把礼服下面的肚子挺得老高。家里人当天早上精心擦去了那礼服上的所有污迹,所以他正向周围散发着外出之日必有的汽油味。一闻这味儿,我就知道是星期日了。

忽然,他看见两位先生正在请两位衣着入时的太太吃牡蛎。一个衣衫褴褛的老水手,用刀子撬开牡蛎,交给先生们,再由先生们递给两位太太。她们吃牡蛎的方式十分讲究,用一方精美的手帕托住牡蛎壳,嘴向前伸,免得弄脏连衣裙;然后,轻快地一嘬,把汁水喝了,再把空壳抛进大海。

在行驶中的大船上吃牡蛎,我的父亲也许被这高雅的行为打动了。他觉得这么做又气派,又优雅,又高级,于是他走到我母亲和我两个姐姐身边,问:

"我请你们吃牡蛎,你们要不要?"

我母亲犹豫不决,因为又要破费了;可是我的两个姐姐立刻表示同意。母亲就气嘟嘟地说:

"我怕伤胃。你只买给孩子们吃吧,可别太多了,吃多了会生病的。"

然后,她向我转过身来,补充道:

"至于约瑟夫,他就不用吃啦;千万别把小孩子惯坏了。"

我只好留在母亲身边,尽管觉得这样厚此薄彼很不公平。我的目光一直追随着父亲,看着他领着两个女儿和女婿隆而重之地走向那个破衣烂衫的老水手。

那两位太太刚刚走开,我父亲便教我的姐姐们如何吃才不至于让汁水洒掉;他甚至要做个示范,于是抓起一只牡蛎。他刚试着模仿那两位太太,汁水竟一股脑儿洒在他的礼服上。这时我听见母亲嘟哝道:

"老老实实待着多好!"

可是我父亲似乎突然神色紧张起来;他后退几步,瞪着眼看着挤在卖牡蛎的人周围的女儿女婿,然后猛地掉头向我们走过来。他的脸色看来十分苍白,眼神也有些古怪,低声对母亲说:

"真奇怪,这个撬牡蛎的人多么像于勒啊。"

我母亲听了一愣,问:

"哪个于勒?"

我父亲说:

"当然……是我弟弟……要不是我知道他在美洲,景况很好,我还真以为是他呢。"

我母亲惊慌起来,结结巴巴地说:

"你疯了!既然你明知不是他,为什么还要这样胡说八道?"

可是我父亲坚持说:

"克拉丽丝,你去看看那个人吧;最好还是你去亲眼看看,弄个明白。"

她站起来,走到两个女儿身边。我呢,也打量着那个人。他又老又脏,满脸皱纹,眼睛片刻不离手里干的活儿。

母亲回来了。我看得出她在发抖。她急急忙忙地说:

"我看就是他。你快去跟船长打听一下。千万要小心;如今,可别让这无赖又黏上我们!"

我父亲连忙去了,我也随他同去。我内心感到异常地激动。

船长是位个头高高的先生,瘦瘦的,蓄着长长的颊髯,此时正在驾驶台上踱步,看他那趾高气扬的神气,就仿佛在指挥一艘远赴印度的邮轮。

我父亲彬彬有礼地上前和他攀谈,一面恭维他,一面向他请教与他的职业有关的事情:

泽西岛有多大呀?有些什么出产呀?有多少居民呀?风俗习惯如何呀?土质怎么样呀?等等。

外人还以为他们谈论的至少是美利坚合众国哩。

继而他们又谈到我们乘的这艘船,它叫"快速"号;接着话题又转到船员。最后,我父亲才有些窘迫地问:

"您船上有个卖牡蛎的老头儿,看上去很有趣。您知道些这个流浪汉的底细吗?"

这番长谈终于弄得船长不耐烦了,他干巴巴地回答:

"这个老流浪汉是个法国人。我是去年在美洲碰到他的,就带他回国。据说他有亲人在勒阿弗尔,但是他不肯回去找他们,因为他欠他们钱。他名叫于勒……于勒·达尔芒什或者达尔旺什,总之是跟这类似的一个什么姓。据说他在那边一度发过财,可是你看他现在落魄到了什么地步。"

我父亲脸色变得煞白,喉咙发哽,两眼呆滞,连说:

"啊!啊!很好……太好了……我并不感到惊讶……多谢啦,船长。"

说着他就走了,船长惊异地看着他远去。

他回到我母亲那里,情绪败坏到了极点。我母亲说:

"快坐下;别让他们看出什么。"

我父亲一边在长凳上坐下,一边结结巴巴地说:

"是他,果真是他!"

他接着就问:

"咱们怎么办?"

我母亲连忙回答:

"先把孩子们叫回来。既然约瑟夫全知道了,那就让他去找他们。特别要当心,别让咱们的女婿怀疑到什么。"

我父亲好像已经惊呆了,低声哀叹:

"真是祸从天降呀!"

我母亲这时突然怒不可遏,接着说:

"我早就知道这个贼坯不会有一点出息,他总有一天还会成为我们的拖累!就好像对一个达弗朗什家的人还能抱什么希望似的!……"

我父亲用手抹了一下额头,就像他遭到妻子责难时常做的那样。

我母亲又接着说:

"快把钱给约瑟夫,让他去把牡蛎钱付了。就差没让那个叫花子认出来了。否则在这船上可有好戏看了。咱们快到船的另一头去,免得那个人挨近我们!"

她站起身,给了我一枚一百苏的硬币,他们就走开了。

我的姐姐们久等父亲不见他来,正在诧异。我对她们说妈妈有点晕船,然后就问那撬牡蛎的人:

"我们该付您多少钱,先生?"

我其实想说:我的叔叔。

他回答:

"两个半法郎。"

我递给他一百苏,他找了钱给我。

我看看他的手,那是一双满是褶纹的粗糙的水手的手;我又看看他的脸,那是一张可怜的苍老的脸,愁眉紧锁,饱经风霜。我一边看一边默默自语:

"他是我的叔叔,我父亲的弟弟,我的亲叔叔。"

我给了他十个苏的小费。他谢我说:

"上帝保佑您,我年轻的先生!"

那是穷人接受施舍时的语调。我心里想他在那边一定乞讨过。

姐姐们对我的慷慨大方甚感诧异,一个劲地瞅着我。

当我把剩下的两法郎交给父亲时,母亲大为惊讶,问:

"吃了三法郎的?……这不可能!"

我用坚定的语调声明:

"我给了他十个苏的小费。"

母亲气得直跳脚,眼睛瞪着我说:

"你疯了!拿十个苏给这个人,这个无赖!……"

父亲使了个眼色让她注意女婿在身边,她才住口。

这以后,大家都沉默不语了。

我们的前方,地平线上,一个紫色的阴影仿佛从海里钻出来似的。那就是泽西岛。

当船驶近防波堤的时候,我心里萌生出一个强烈的愿望,想去再看一次我的于勒叔叔,走到他身边,对他说几句安慰的话,体贴的话。

可是,没有人再吃牡蛎了,所以他人也不在了,大概下到这可怜人栖身的散发着恶臭的底舱深处去了。

为了避免再遇到他,我们回来乘的是"圣马洛"号。我母亲已经气急败坏了。

我从此再也没有见过我父亲的弟弟!

您以后还会看到我有时给流浪汉一百苏,就是这个原因。

孩　子[*]

晚饭后,人们正在谈论镇里刚发生的一桩堕胎的事。男爵夫人十分气愤:"怎么会有这种事!一个让肉铺伙计勾引了的姑娘,把孩子扔到泥灰岩矿里!多么可怕啊!有人甚至作证,那可怜的小东西并没有立刻死掉。"

医生这天晚上在古堡吃晚饭。他不慌不忙地讲述了一些可怕的细节;那可怜的母亲的勇气看来让他深感惊讶:她独自一人分娩以后,为了把孩子杀掉,居然走了两公里。他一迭连声地说:"这个女人,简直是铁打的!深更半夜,怀里抱着呻吟的孩子穿过树林,她得有多么不寻常的毅力呀!如果我面临这样的精神痛苦,会不知所措的。您想想呀,这个灵魂充满了恐怖,这颗心撕肝裂肺般地痛苦!生活是多么丑恶而又悲

---

[*] 本篇首次发表于一八八三年九月十八日的《吉尔·布拉斯报》,作者署名"莫弗里涅斯";一九〇九年收入路易·科纳尔出版社出版的莫泊桑全集《月光》卷;未曾收入保尔·奥朗道尔夫出版社出版的插图版莫泊桑全集。

惨啊！无耻的偏见,是的,夫人,无耻的偏见;比罪恶更可憎的虚伪的荣誉观;铺天盖地的造作的情感、卑劣的名誉、令人反感的体面,迫使可怜的姑娘们去谋杀,去杀婴,而她们只不过没有违抗,而是顺从了生命的无法抗拒的法则。人类建立起这样一套道德观,把两个生灵自由的热情拥抱变成了罪行,这实在太可耻了!"

男爵夫人气得脸色煞白。

她反驳道:"这么说,大夫,您是把邪恶置于美德之上、把妓女置于正派女人之上了!在您看来,任凭可耻的本能摆布的女人和全心全意守本分的无可指责的妻子是一样的了!"

医生是个接触过许多创伤的老人,他站起来,提高了嗓门:

夫人,您在谈您并不了解的事,因为您根本没有体验过不可战胜的情欲。让我跟您说一件我最近亲眼见过的奇事吧。

啊!夫人,永远都要宽容、善良、仁慈。您不知道呀!

被阴险的天性赋予了无法平息的肉欲的人是多么不幸!心性平静的人,生来就没有强烈冲动的人,注定了生活正派。对于从来不受疯狂欲念折磨的人来说,安守本分是件容易的事。

我见过一些性情冷漠、作风严肃、精神平庸、心地保守的小市民妇女,她们一听说有的女人跌了跟头、犯了错误,就气愤得大叫大嚷。

啊!您神闲气定地躺在一张丝毫不受狂热的梦打扰的

平静的床上。您周围的人,也像您一样,他们的性欲天生就会节制,因而对他们起到了保护作用。你们仅仅在和一些冲动的假象做斗争。只有你们的精神偶尔跟随不健康的思想,而你们的整个身体不会被诱人的念头稍一撩拨就骚动起来。

可是在那些轻易就会激情奔放的人身上,夫人,肉欲是不可战胜的。您能阻止风吗?您能阻止波涛汹涌的大海吗?您能阻挡大自然的力量吗?不能。肉欲也是大自然的力量,像大海和风一样不可战胜。它们把人激发起来,驱动着人,把人投入感官之乐,而人无法抗拒自己的强烈欲望。无可指责的女人都是些没有旺盛性欲的女人。这样的女人很多。我并不赞佩她们的美德,因为她们不需要进行什么斗争。但是一个梅萨莉娜①,一个卡特琳娜②,永远,请您听好,永远也不会安分。她不可能安分。她就是为了疯狂的爱抚而创造的!她的感官和您的根本不同,她的肉体不一样,和另一个肉体稍一摩擦就会颤动,就会疯狂;她的神经在工作,令她神魂颠倒,把她制得服服帖帖,而您的神经却没有一点感觉。请试试用您给鹦鹉吃的小圆豆喂一只鹰!虽然这是两只同样长着钩形大嘴的鸟,但它们的本性却不同。

啊!肉欲!如果您知道它的力量多么强大就好了。肉欲

---

① 梅萨莉娜(25—48):罗马帝国皇帝喀劳狄一世的第三个妻子,以荒淫无度著名。
② 卡特琳娜:此处应是指生活放荡不羁的俄国女皇叶卡捷琳娜二世(1729—1796)。

让您整夜整夜地气喘吁吁,皮肤发热,心怦怦跳,被令人疯狂的幻觉弄得神智迷乱!您明白了吧,夫人,那些严守规矩的人,其实只不过是些性情冷漠、对别人嫉妒得要命的人,他们自己不知道罢了。

请听我讲一个故事吧:

有一个女人,我姑且叫她埃莱娜夫人,性欲很旺盛。她从小就这样。刚会说话时,性欲就在她身上觉醒了。您会对我说这是一个病人。为什么?说你们是些性欲衰弱的人不是更好吗?她十二岁时,有人带她来向我求诊。我确认她已经是个成熟的女人,经受着情欲的无休止的骚扰。只要看看她,就能感觉到这一点。她嘴唇肥厚,向上噘着,像花儿一样绽开,脖子粗壮,皮肤发烫,宽宽的鼻子微微张开,翕动着,明亮的大眼睛射出的目光能点燃男人的激情。

谁能让这头欲火中烧的动物的血平静下来呢?她一连几夜无缘无故地哭泣。总没有雄性做伴,她痛不欲生。

十五岁时,她终于出嫁了。两年后,她丈夫就因肺病死了。她把他的精力耗尽了。

另一个男人一年半后落得同样下场。第三个撑了四年,然后离开了她。真危险呀。她孤身一人了,但希望仍然做一个规矩的女人。您所有的偏见她都有。有一天,她终于把我找了去,因为几次神经性的发作让她感到不安。我立刻看出,如果继续守寡,她要不了多久就会死掉。

我对她直说了。可她是一个正派女人。夫人,尽管她受尽了折磨,她也不愿意接受我的劝告找一个情夫。

当地的人都说她疯了。她经常半夜出门,漫无目的地奔跑,试图累垮自己反抗的肉体。结果弄得她经常昏过去,继而是可怕的痉挛。

她独自一个人生活在自己的古堡里,离她母亲的和亲戚们的古堡不远。我不时地去看看她,不知道怎么做才能抗衡大自然的这种顽强的意志,或者说她本人的意志。

然而,一天晚上,大约八点钟,我刚吃完晚饭,她走进我家。等只有我们两个人的时候,她立刻对我说:

"我完了。我怀孕了!"

我从座椅上一下子跳了起来。

"您说什么?"

"我怀孕了。"

"您?"

"是的,是我。"

她直视着我,突然用断断续续的声音说:

"大夫,我怀的是我的园丁的孩子。我在花园里散步,忽然晕倒在地上。那个男人看见我跌倒了,跑过来,把我抱起来送回屋。我干了什么?我不知道!我搂着他,吻了他?也许。您了解我的不幸和我的短处。总之他占有了我。我有罪,因为第二天我又同样委身于他,而且以后又有多次。完了。我再也没有抵抗的力量了!……"

她嗓子里发出一声呜咽,然后用骄傲的语气接着说:

"我是付钱给他的。我宁愿这么做也不愿遵照您的建议找一个情夫。他让我怀了孕。

"啊！我把实情毫无保留、毫不犹豫地告诉您。我曾试图让自己流产。我在烫人的热水里泡澡,我骑烈性的马,我高空打秋千,我喝有毒的汤药、苦艾酒、藏红花汁,还有别的汤汁。可是都没有成功。

"您认识我的父亲、我的几个兄弟,不是吗?我完了。我的妹妹嫁给一个体面人。我感到不光彩的事会连累他们。请您想想我们所有的朋友,我们所有的邻居,我们的姓氏,我的母亲……"

她啜泣起来。我握住她的手,又问了她一些情况。然后我建议她做一次长时间的旅行,到远处去分娩。

她回答:"是……是……是……是这样……"看样子却好像并没有在听。然后她就走了。

我去看过她好几次。她疯了。

想到肚子里越来越大的胎儿,这活生生的耻辱像一支利箭插进她的心灵。她无休无止地想着,再也不敢白天出门,再也不敢见任何人,生怕人家发现她的可恶的秘密。她每天晚上都脱光了衣服站在穿衣镜前,打量她那变了形的腹部;然后她瘫倒在地上,嘴里塞一块毛巾,不让自己喊出声来。她每夜要起来二十次,点亮了蜡烛,回到大镜子前面;镜子映照出她赤身的腹部高高隆起的形象。于是,她像发了狂似的用拳头捶打自己的肚子,想把这毁了她的小生命杀掉。这成了他们之间的一场可怕的斗争。但他偏偏不死;而且他还像在自卫似的不停地动弹。她在地板上打滚,想把他压碎;她睡觉时尝试过把很重的东西压在身上,想要闷死他。她恨他,就像您痛恨威胁您生命的穷凶极恶的敌人。

为了摆脱胎儿做了这些无效的斗争和徒劳的努力之后,她逃到旷野里,拼命地奔跑,不幸和恐惧已经让她疯狂了。一天早晨,有人发现了她,双脚浸泡在溪水里,两眼无神;人们只是以为她疯癫发作,而并没有看出什么。

一个固定的念头占据了她的头脑:从她的身体里除掉这个该死的孩子。

不料一天晚上,她的母亲笑着对她说:"你发胖得厉害哟,埃莱娜;如果你是个结了婚的人,我还以为你怀孕了呢。"

这番话一定让她受到一次致命的打击。她几乎立刻走了,回到自己家里。

她做了什么呢?想必又久久地看她那胀鼓鼓的肚子;想必又像每天晚上那样,捶它、弄得它青一块紫一块,往家具的棱角上撞它。然后她光着脚走下楼,来到厨房,打开厨柜,拿起那把切肉的大刀。她回到楼上,点亮四支蜡烛,对着镜子坐在一把柳条椅上。这时,对这个陌生但却可怕的胎儿的仇恨已经让她怒不可遏,她要把他揪出来,一杀了事;她要双手抓住他,掐死他,抛得远远的;她按着这胎儿还在蠕动的部位,用锋利的刀刃一下子把自己的肚子剖开。啊!她这个手术做得果真又快又准,因为她已经抓住了他,这个她还没有接触过的敌人。她抓住他的一条腿,把他从自己身体里拽了出来,要把他扔进炉膛的灰烬里。但是他还连着她没有割断的脐带;在她明白要摆脱他还得做的事情以前,她已经倒在血泊中的孩子身上,失去知觉。

她真的有罪吗,夫人?

医生说完了,等着。男爵夫人无言以对。

一个妓女的历险记[*]

是的,那个夜晚的记忆永远也抹不掉。在半小时的时间里,我对命运不可战胜有了凶险的感受:我体会到落入深井的战栗;我触及人类苦难的黑暗底层;我明白了对某些人来说正派的生活根本不可企及。

那时午夜已过。我从沃德维尔[①]出来,在雨伞攒动的林荫大道上,步履急促地向德鲁奥街[②]走。雨珠飞溅,煤气路灯朦朦胧胧,街上一片凄凉。人行道亮闪闪的,不仅是湿漉漉,而且是黏糊糊。急匆匆的行人什么也顾不得看。

妓女们拎起裙子,露出大腿,在夜间的亮光下可以隐约看

---

[*] 本篇首次发表于一八八三年九月二十五日的《吉尔·布拉斯报》,作者署名"莫弗里涅斯";一八八八年收入康坦出版社出版的莫泊桑小说集《于松太太的贞洁少年》;一九〇二年收入保尔·奥朗道尔夫出版社出版的插图版莫泊桑全集《于松太太的贞洁少年》卷。
① 沃德维尔:巴黎轻喜剧剧院,创立于一八六九年,位于第九区,嘉布遣会修女林荫大道和当坦河堤街交会处,今已无存。
② 德鲁奥街:位于巴黎第九区。

到白色的袜子。她们在晦暗的门洞里等待着,招呼着,有时大胆地快步走过,向您耳边抛来几个隐讳愚蠢的字眼。她们追着男人走几秒钟,贴到他身上,把她们恶浊的气息喷到人的脸上;然后,见她们的撩拨不起作用,她们便顿时不高兴地转身离去,重又扭动着屁股走起来。

我向前走着,一路被每一个妓女招呼着、拉着衣袖、骚扰着,正不胜其烦。突然,我看到三个妓女像发了疯似的狂奔,并且对其他的妓女迅速地发出几个字的信号。其他的妓女也奔跑起来,四处逃窜,手拎着连衣裙的下摆,以便跑得快一点。原来那一天开展对娼妓的大搜捕。

忽地,我感到一只胳膊搀住我的胳膊;与此同时,一个惊慌的声音在我耳边低声说:"救救我,先生,救救我,先生,别离开我。"

我看了看那个姑娘,她不到二十岁,尽管已经有些憔悴。我对她说:"留在我身边。"她小声说:"啊!谢谢。"

我们来到警察的封锁线,封锁线打开让我过去。

我拐进德鲁奥街。

跟我一起走的姑娘问我:"你愿意上我家去吗?"

"不。"

"为什么不?你帮了我一个大忙,我不会忘记。"

为了摆脱她,我回答:

"因为我已经结婚。"

"这有什么关系?"

"好啦,孩子,够了。我帮你摆脱了困境,现在,让我安静吧。"

街上空无一人,夜色昏黑,真的阴森可怕。这个紧挎着我的胳膊的女人,让侵入我内心的这种凄惨的感觉变得更加可怕。她要拥抱我。我厌恶地后退了一步,用生硬的口吻说:

"算了,让我安静吧,好不好?"

她做出一个生气的动作,接着突然哭了起来。我不知所措,被感动了,却又不知道是怎么回事。

"嗨,你这是怎么啦?"

她一边流着泪一边小声说:"如果你知道就好了,不过这是不愉快的事,你走吧。"

"什么不愉快!"

"这种生活。"

"那你为什么选择了这种生活?"

"难道是我的过错吗?"

"那是谁的过错呢?"

"我怎么知道?"

我对这个被遗弃的女人产生了兴趣。

我对她说:"把你的经历说给我听听。"

她便对我讲起来:

我十六岁那年,在依弗托卖种子的商人勒拉波勒先生的店里做工。我父母都死了。我无依无靠;我看出老板看我的眼神怪怪的,他经常摸我的脸蛋;但是我没有多想。我当然知道一些事。在乡下,人都很鬼;但是勒拉波勒先生是个上了年纪的虔诚信徒,他每个星期日都去望弥撒。总之,我无论如何不能相信他会干这种事。

就这样有一天,他在厨房里想欺负我。我反抗。他就走了。

在我们对面有个食品杂货商,迪汤先生,他有个店员很讨人喜欢;我竟然心甘情愿地让他勾引了。这种事谁都会遇上,是不是?于是有时我晚上出门找他,有时他来找我。

但是有一天夜里勒拉波勒先生听见了响声。他上楼来,发现了安托万,要杀了他。他们大打了一场,椅子呀,水罐呀,全用上了。我呢,抓起我的衣裳就逃到街上。我就这样离开了。

我害怕,害怕极了。我在一个大门下面穿好衣裳。然后,我就开始一直往前走。我想他们俩一定有一个被杀了,宪兵已经在捉拿我。我走上去鲁昂的大路。我心想,到了鲁昂我就能躲起来。

天黑得看不清沟沟坎坎,我听见农庄里有狗叫。谁能知道夜里听见的都是些什么声音呢?有像被杀的人嘶喊的鸟叫声、狗叫声、动物喘气声,还有许许多多人们说不清的声音。我吓得浑身起鸡皮疙瘩。听到什么声响,我就连画十字。您想不到我心里有多么紧张。太阳出来的时候,宪兵抓我的念头又让我害怕起来,我跑呀跑。直到我镇静下来。

尽管我心慌意乱,我还是感到饿了;可是我一无所有,身无分文,我忘了带钱,忘了带我那十八个法郎,我在世上的全部所有。

我就这样饥肠辘辘地走着。天很热。阳光灼人。已经过了正午。我还在走个不停。

突然,我听见身后有马蹄声。我转过身。宪兵!我的血直往上冲,我就要跌倒;但是我挺住了。他们赶上了我。他们望着我。一个宪兵,年龄大的那一个,说:

"您好,小姐。"

"您好,先生。"

"您这样子是要去哪儿?"

"我去鲁昂,去干活,有人给我找了一个位子。"

"就这样走着去?"

"是呀,就这样。"

我的心怦怦直跳,先生,我连话都说不出来了。我心想:"我落到他们手里了。"我真想撒开两腿逃跑。不过他们立刻就会抓住我,您明白。

那个老宪兵又说:"咱们一起走吧,可以一起走到巴朗坦,小姐,咱们去的是同一个方向。"

"好极了,先生。"

我们就聊起来。我得尽量表现得讨人喜欢,是不是?最后他们竟然连一些根本不存在的事也信以为真。后来路过一个树林,那个年老的宪兵说:"咱们在草地上休息一会儿好吗,小姐?"

我,连想都没想,就回答:"随您的便,先生。"

然后,他就下了马,把马交给另一个宪兵,我们两个就到了树林里。

不可能再说不。如果处在我的位置,您能怎么办?他做了他想做的事；然后，他又对我说："不应该忘了那个伙伴。"于是他去照看两匹马，另一个宪兵来到我身边。我羞耻极了，几乎要哭出来，先生。可是我根本不敢反抗，您明白。

我们又出发了。我不再说话。我心里太悲伤。另外，我太饿了，再也走不动了。到了一个村庄，他们倒是让我喝了一杯葡萄酒，这给了我一点力气，支撑了一段时间。然后，他们就纵马小跑，这样就可以不要我做伴穿过巴朗坦。我坐在沟里，痛哭流涕。

到鲁昂以前我又走了三个多钟头。我到达的时候已经是晚上七点。首先那五颜六色的灯光把我弄得眼花缭乱。再就是我连坐的地方也没有。在大路上还有壕沟和草地可以躺下睡一会儿。而在城市里，什么也没有。

我的两条腿像要断了似的。我头昏眼花，几乎要跌倒。接着下起雨来，就像今晚这样，毛毛细雨，肉眼看不见，却把你淋个尽湿。凡是下雨天我都没有运气。我开始在街上走来走去。我看着所有的房屋，自言自语："在这些屋里有那么多的床，那么多的面包，我却连一个人家吃剩的面包和一张草垫子也找不到。"我走过一些街道，那里有一些女人在招呼过路的男人。在这种情况下，先生，就只能有什么就做什么了。我也像她们一样招揽起客人来。但是他们根本不理睬我。我恨不得死了算了。就这样一直到半夜十二点。我甚至不知道自己在做什么了。终于，有一个男人听我说话了。他问我："你住在哪儿？"一个人在穷困中很快就变得狡猾。我回答："我不能带您去我家，我跟妈妈住在一起。不过难道就没有可去的房子吗?"

他回答:"我可不愿再付二十苏的房费。"

他考虑了一下,接着说:"你来。我知道一个僻静的地方,不会有人打扰我们。"

他带我过了一座桥,然后又带我到了城的另一头,河边的一片草地上。我再也不愿跟他往前走。

他让我坐下,然后就讲我们为什么来这里。但是他做那事做了很久,我累得精疲力竭,竟然昏昏入睡了。

他一点钱也没给我就走了。我甚至没有发现这一点。就像我跟您说过的,天下着雨。因为在泥地里睡了一整夜,从那一天起我就浑身痛,至今也没好。

我被两个警察叫醒,他们把我带到派出所,然后又把我关了一个星期。他们调查我是什么人,从哪儿来。我不敢如实说,生怕带来严重后果。

不过他们还是知道了,判定我清白以后,把我放了。

我不得不重新找活路。我试图找一个工作,但是我找不到,因为我是刚从监狱里出来的。

这时我想起一个老法官,他在审判我的时候,曾经像依弗托的勒拉波勒大叔那样,跟我频频使眼色。我去找他。我没有搞错。我走时他给了我一百苏,并且对我说:"你每次来都会得到同样多的报酬;不过每个星期最多来两次。"

这我明白,因为他已经上了年纪。不过这也让我长了心眼。我心想:"跟年轻人,很开心,很逗乐,但是不会有多少油水;跟老年人就是另一回事了。再说,现在我可了解他们了,这些老猴子,眼睛瞟来瞟去,脸上装模作样。"

先生,您知道我都做了什么?我扮成从菜市场回来的家庭妇女,我走街串巷,寻找供养我的人。啊!我一下子就把他们钳住。我对自己说:"瞧,又一个上钩。"

他走近我。他先说:

"您好,小姐。"

"您好,先生。"

"您这样子是去哪儿?"

"我回主人家。"

"您的主人,他们住得远吗?"

"不近也不远。"

他不知道接下去说什么好了。我放慢了脚步,让他慢慢说。

于是他小声地说了几句恭维的话,然后要我去他家。我先假装不肯,您明白,然后我让步了。我每天上午都能用这个办法钓到两三个,每天下午都自由自在。这是我一生中最好的时光。我没有烦心事。

不过安稳的生活永远不会太久。该我倒霉,我认识了一个上流社会的大阔佬,一个足有七十五岁的前法院院长。

一天晚上,他带我去郊区的一个饭店吃饭。后来,您明白,他不知道有所节制。吃到餐后甜点的时候他死了。

因为我不是登记在册的,我蹲了三个月监狱。

后来我就来巴黎了。

啊,先生,在这儿,生活很艰难。不是天天有的吃。我们这样的人太多了。总之,有什么办法呢,人人都有他的难处,是不是?

她不说了。我走在她旁边,心里也很难过。突然,她又开始用"你"字称呼我了。

"这么说,你不上楼去我那儿喽,亲爱的?"

"不,我跟你说过了。"

"好吧!再见啦,不过还是要谢谢你,我丝毫也不怪你。不过我敢保证,你错了。"

她走了,走进幕布般的霏霏细雨中。我看见她走过一盏煤气灯,然后消失在黑暗里。可怜的姑娘啊!

不足为奇的悲剧[*]

邂逅巧遇是旅行中的一大乐事。在离家五百法里之外突然和一个巴黎人,一个中学同学,一个乡下邻居不期而遇,那份高兴谁没有体会过?在一个还不知道蒸汽有何用途的地方,搭乘铃儿叮当的小公共马车,通宵睁着眼睛,挨着一个年轻女子,您和她素不相识,仅仅在那座小城的白色驿站门前,她上车的时候,才在油灯的微光下匆匆看过一眼,这样的事谁没有经历过?

清晨,头脑已经清醒,但是被持续的铃铛声和车窗玻璃震动声折磨了一夜的神志和耳朵还麻木不仁的时候,看到秀发蓬松的邻座美女睁开眼睛向四周顾盼,用纤细的手指梳理纷乱的头发,扶正帽子;用娴熟的手摸摸上衣是不是歪扭,腰部

---

[*] 本篇首次发表于一八八三年十月二日的《吉尔·布拉斯报》,作者署名"莫弗里涅斯";后据此改写为《相遇》,发表于一八八四年三月十一日的《吉尔·布拉斯报》,作者署名"莫弗里涅斯";一九〇九年收入路易·科纳尔出版社出版的莫泊桑全集《白天和黑夜的故事》卷;一九一二年收入保尔·奥朗道尔夫出版社出版的插图版莫泊桑全集《米斯蒂》卷。

正不正,裙子是不是揉得太皱;那种感觉是多么美妙!

她也瞅您一眼,那目光冷淡而又有些好奇,然后就舒坦地坐在一个角落里,似乎只关心眼前的景色。

您会不由自主地时而偷看她一眼,不由自主地总想着她。她究竟是什么人?她从哪儿来?到哪儿去?您甚至会不由自主地在头脑里构思出一部小说。她长得很美,看上去楚楚动人!她那口子真有福气……和她一起朝夕厮守想必其乐无穷吧?谁知道呢?她也许就是那最符合我们心愿、符合我们梦想、符合我们性情的女人。

看着她在一座乡间住宅的栅栏门前翩然下车,那情景让您怅然若失,却也给您留下甜蜜的回味。一个男子,带着两个孩子和两个女仆在等她。他张开双臂把她抱起来,亲吻她,再把她放到地上。她俯下身去,把两个向她伸出手的孩子抱起来,亲切地爱抚他们。两个女仆从马车夫手里接过从车顶上扔下的行李的当儿,那一家人沿着一条小径走去。

永别了,这件事到此结束。看不到她了,再也看不到她了。永别了,一整夜相邻而坐的少妇。您和她素昧平生,根本没有跟她说过话;可您还是因为她的离去而有点惆怅。永别了。

这样的旅行记忆,愉快的也好,伤感的也罢,我有过很多。有一次我在奥维涅①景色宜人的法国山区徒步漫游,那

---

① 奥维涅:法国中央高原中部的一个具有历史文化特点的地区,现为奥维涅-罗纳-阿尔卑斯大区的一部分。

些山不太高,也不太陡,给人一种平易近人的感觉。我登上桑西峰①,走进一家小客店。这小客店坐落在常有人朝觐的名叫瓦西维埃尔圣母堂的小教堂旁边。我走进小店时,只见一个模样古怪可笑的老妇人独自坐在饭堂尽里头的一张桌子旁吃午饭。

她至少有七十岁,个子高高的,身材枯瘦,颧骨突出,雪白的头发按照旧时的式样一卷卷地搭在两鬓。她衣着笨拙滑稽,就像一个对穿衣打扮全不在意的漂泊的英国女人。她在吃一盘摊鸡蛋,喝的是水。

她的外貌很特别,目光惶惑不安,一望可知她在生活中饱经忧患。我不由自主地看着她,心里连连发问:"她是谁?这个女人究竟过着什么样的生活?她为什么孤身一人到这深山里来游荡?"

这时,她付了账,站起身来准备离去,一面整理着肩上的一块小得出奇的披巾,披巾的两端垂在她的两臂上。她从一个角落里拿起一根长长的旅行手杖,手杖上满是烙铁烙上的名字,然后走出去;她腰板僵直,动作生硬,迈着赶路的邮差一样的大步。

一个向导在门口等着她。他们走远了。我目送他们沿着由一排高大的木十字架标明的道路走下山谷。她的个子比那个向导还高,似乎走得也比他快。

两小时以后,我正在一个深深的漏斗形洼地的边缘攀

---

① 桑西峰:法国中央高原的最高的山峰,海拔一八八五米。

登,洼地中间是一个巨大神奇的绿色的洞,里面树林茂密,荆棘丛生,巨岩高耸,落英缤纷;帕万湖就在这漏斗底部,圆得就像用圆规画成的;湖水清澈碧蓝,就像天上倾泻下来的一汪清泉。真是美不胜收啊,真让人想在那俯瞰平静冰凉的火山湖的斜坡上,搭一座小小茅屋,在这里安度余生。

这时,我发现老妇人正一动不动地站在那里,注视着死火山的底部那透明如镜的湖面,仿佛要透过深不可测的湖水,看到湖底的奥秘。据说那下面有好多妖怪般硕大的鳟鱼,它们把其他的鱼都吃光了。我从她身边经过的时候,似乎看到她眼眶里滚动着泪珠。不过她又跨着大步去找她的向导;后者待在通向湖边的坡道脚下的一家小酒店里。

这一天我没有再见到她。

第二天傍晚时分,我到了米洛尔城堡。这座古堡是一座巨大的碉楼,屹立在三个小山谷的交会处、辽阔的山谷中的一座山上,高耸入云。古堡呈黄褐色,已经有了裂缝,凸凹不平,不过从它宽阔的弧形基座直到顶上的几个摇摇欲坠的小塔楼,整体还保持着圆形。

比起其他的古堡遗迹,这座古堡给人最深刻的印象是它的宏伟、简朴、庄重以及威武而又严肃的古典风貌。它孤零零地矗立在那儿,高如一座山峰;它是已经死去的王后,但它永远是匍匐在它脚边的那些山谷的王后。穿过一个植满杉树的斜坡可以登上古堡;再穿过一道窄门,便来到第一道院子里面那君临一方的高墙脚下。

古堡里,是一些倒塌的大厅、散架的楼梯、神秘的洞穴、暗道、地牢、断壁残垣、不知怎么还能坚持不坠的穹顶。这是一座石头堆砌的迷宫;在蜘蛛网一样稠密的裂缝里,野草丛生,蛇蝎横行。

我独自一人在这废墟中徜徉。

突然,我看见一个东西,一个幽灵似的东西,立在一堵墙后面,就像是这座已经毁坏的古老建筑的精灵。我吃了一惊,几乎有点心惊肉跳。不过我随即认出,原来就是我遇见过两次的那个老妇人。

她在哭,哭得眼泪哗哗地流,手里拿着一块手帕。我转身正要走开,她却对我说起话来,尽管她被别人撞见在哭有些羞惭。

"是的,先生,我在哭……我并不经常哭。"

我反倒难为情起来,结结巴巴的不知回答什么是好:"对不起,太太,打扰您了。您大概是遇到了什么不幸的事。"

她低声回答:

"是的……不……我简直就像一条被抛弃的狗。"

她用手帕捂住眼睛,泣不成声。我被她那富有感染力的眼泪打动了,握住她的两只手尽力安慰她。

她仿佛下了决心,不再独自承担悲伤的重负,毅然向我讲起她的故事来。

唉!……唉!……先生……您哪里知道……我的生活有

多么痛苦……多么痛苦……

我曾经有过幸福的生活……我在那边……在我的家乡……有一座房子。可是我再也不愿意回那里去了,再也不回那里去了,因为这太痛苦了。

我有一个儿子……就是他!就是他!孩子们是不会懂的……人生是多么短暂!如果我现在看到他,我也许认不出他了!我曾经那么爱他!甚至在他出生以前,在我感到他在我身体里蠕动的时候。他出生以后,我曾经多么热烈地亲吻他、抚爱他、疼爱他!您不知道,有多少个夜晚,当他熟睡时,我凝视着他,叨念着他!我爱他简直到了发狂的程度。

但是自从他八岁那年,他父亲送他进了寄宿学校,一切都完了,他不再属于我了。啊,上帝!以后他只是每星期日回家,此外就再也看不到他了。

后来他去巴黎上中学,竟然一年只回家四次。每次回家我都惊讶地发现他变了许多;没有看见他长,他就突然长大了。人们从我这里抢走了他的童年,抢走了他对我的信赖、他本应对我难分难舍的依恋,抢走了我亲身感到他逐渐发育、直到长成大小伙子的全部快乐。

一年只看到他四次!请想想看!每次他回来,他的身材,他的眼神,他的动作,他的嗓音,他的笑容,都和过去不一样了,都和我原来的儿子不一样了。一个孩子的变化非常快;不能在他身边看着他变化,这是很可悲的事;孩子变了,再也找不到原来的他了。

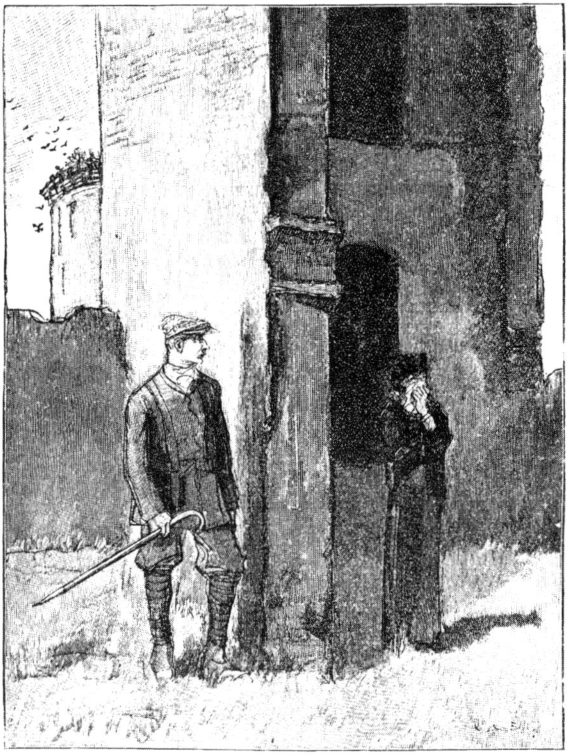

有一年他回家的时候,脸上居然已经长出细软的胡须!他!我的儿子!居然……我很震惊,也很伤心,您相信吗?我几乎不敢拥吻他。这是他吗?是我的小宝贝,那个一头金色鬈发的小宝贝吗?我亲爱的孩子啊,从前我常把襁褓中的他搂在怀里,让他用贪婪的小嘴儿吮吸奶汁;可这个棕发青年再不会和我亲热,他似乎只是出于义务才爱我,只是为了礼貌才叫我"我的母亲";我本想把他紧紧搂在怀里,而他却只吻了吻我的额头。

我丈夫已经去世;接着我的父母也亡故了;后来我又失去了两个姐姐。当死亡进入一个家庭时,仿佛它急于尽可能地多做些活儿,为了可以隔得时间长一些再来;它只留下一两个人活着去为死人哭泣。

只剩下我一个人了。儿子已经长大,在学习法律。我希望和他一起生活,死也死在他身边。于是我去找他,想和他住在一起。但他已经养成年轻人的习惯,他让我明白我妨碍了他。我错了,我离开了;可是身为母亲,觉得自己成了惹人讨厌的人,这对我来说实在太痛苦了。我又回到自己家里。

我再也没有见过他,几乎是再也没有见过他。

后来他结婚了。多么让人高兴的事啊!我们终于可以永远生活在一起了。我要抱孙子孙女了!但是他娶的那个英国女人却仇视我。为什么?也许她感到我太爱我的儿子了。我不得不又离开他。我又孤身一人。是的,先生,孤身一人。

后来儿子去了英国,和他们——他的岳父母一起生活。您明白吗?他们把我的儿子据为己有了!他们从我这里抢走了他！他只是一个月给我写一封信。起初他还来看看我。现在，他已经根本不来了。

我有四年没见到他了！他脸上已生出皱纹，头发已经白了。这是真的吗？这个几乎是个老头儿的人是我的儿子，我那过去脸蛋儿红扑扑的儿子吗？大概我再也见不到他了。

于是我一年到头在外面旅行。我随心所欲到处游荡，就像您看到的这样，没有任何人给我做伴儿。

我像一条被抛弃的狗。再见了，先生，别在我身边久留了，把这一切告诉您我是很痛苦的。

在下山的路上我回头望去，只见那老妇人站在一堵残破的墙边，注视着群山、漫长的山谷和远处的尚蓬湖。山风劲吹，她的连衣裙的下摆和她肩上的古怪的小披巾像旗帜一样随风招展。

细　绳*

献给哈里·阿利斯①

在格代维尔②周围的各条大路上，农民们正带着妻子朝这个镇子走来，因为是赶集的日子。男人们迈着从容不迫的步子，长长的罗圈腿向前跨一步，身子就往前倾一下。他们的腿所以变得畸形，是因为劳动很艰苦；压犁的时候左肩得耸起，同时身子得歪着；割麦的时候，为了重心稳当，两膝得拉开；总之是由于常年干着各种各样既缓慢又吃力的农活儿。他们的蓝布上衣，浆得板板的，亮亮的，仿佛上了一层清漆，领

---

* 本篇首次发表于一八八三年十一月二十五日的《高卢人报》；一八八四年收入维克多·阿瓦尔出版社出版的莫泊桑小说集《密斯哈利特》；一九〇一年收入保尔·奥朗道尔夫出版社出版的插图版莫泊桑全集《密斯哈利特》卷。

① 哈里·阿利斯(1857—1895)：真名伊波利特·佩尔榭。曾创办《现代与自然主义杂志》等刊物。莫泊桑曾为其撰稿。
② 格代维尔：法国塞纳滨海省的一个市镇，距莫泊桑母亲的祖居地费康十三公里。

口和袖口还用白线绣着小图案,罩在他们瘦瘠的身体上鼓得圆圆的,活像一个就要飞上天的气球,只不过伸出了一个脑袋、两条胳膊和两只脚。

有的男人用绳子牵着一头母牛或者一头小牛。他们的妻子跟在牲口后面,用一根还带着叶子的树枝抽打着牲口的腰部,催它快走。她们胳膊上挎着大篮子,这边露出几个雏鸡的脑袋,那边钻出几个鸭子的脑袋。她们走路的步子比男人们小,但是比男人们捯得快;枯瘦的身子挺得笔直,披着一块过分窄小的披巾,用别针别在干瘪的胸前;头上贴着发际裹着一块白布,上面再戴一顶软便帽。

接着驶过一辆带长凳的载人大车,拉车的小马一颠一颠地快步小跑,颠得两个并排坐着的男人和一个坐在车后面的女人狼狈不堪;那女人为了减轻剧烈的摇晃,紧紧抓住车帮。

格代维尔广场上,人和牲口混杂在一起,熙熙攘攘。俯瞰这盛大的集会,到处攒动着牛的犄角、富裕的农民戴的长绒高礼帽和乡村妇女的便帽。众人尖锐刺耳的叫嚷声汇成持续、粗野的喧哗;一个兴高采烈的乡下汉从健壮的胸膛里发出一声大笑,一头拴在房屋墙脚的母牛迸出一声长哞,偶尔超出这片喧闹。

这里的一切都带着牛圈、牛奶、牛粪、干草和汗的气味,散发着庄稼人身上特有的人和牲口的难闻的酸臭味儿。

布雷奥泰村的奥什科纳老爹刚刚来到格代维尔;在去广场的路上,他看到地上有一小截细绳。奥什科纳老爹不愧为一个真正的诺曼底人,他非常节俭,认为凡是有用的东西都应该捡起来；于是他吃力地弯下腰，因为他有风湿病。他从地上拾起那截细细的绳子，正准备把它仔细地绕起来，忽然发现马具皮件商玛朗丹老板站在店门口，看着他。从前，他们为一副笼头的事有过一些纠纷，两个人都爱记仇，至今还在怄气。被冤家对头看到自己在泥土里找一截细绳儿，奥什科纳老爹感到有些丢脸。他连忙把捡到的东西掖到罩衫下面，接着又藏到裤子口袋里；然后又装作还在地上找什么东西、结果没有找到，这才脸冲着前方，身子因为病痛几乎弯得一折两段，向集市走去。

他很快就消失在人群里。赶集的人们喧嚷着，缓缓移动着，激动地进行着无休无止的讨价还价。那些乡下人用手摸摸母牛，走开了，又回来，神情困惑，总怕上当，迟迟拿不定主意；他们窥视着卖主的眼神，没完没了地变着法儿要识破卖主的诡计，找出牲口的缺陷。

女人们把大篮子放在脚边，从篮子里掏出带来的家禽；它们都被捆住两脚，伏在地上，眼里流露出惶恐，冠子涨得猩红。

她们听着买主还的价钱，或者态度决绝、不为所动地坚持自己的要价；或者突然决定接受还价，向缓着步子走开的顾客吆喝道：

"就这么说吧，昂季姆大叔，卖给您啦。"

后来，广场上的人渐渐稀少了，午祷的钟声敲响，住得太远的人都分散到周围的客栈去。

在茹尔丹开的客栈，大堂里挤满了吃饭的人，宽敞的院子里停满了各种样式的车辆，有两轮运货马车、两轮轻便篷车、带长凳的载人四轮车、两人乘坐的轻便马车,还有些叫不出名堂的劣质小车,溅满了黄泥浆,车架已经歪歪扭扭,东一块、西一块地打着补丁;这些车,不是把车辕像两只胳膊一样扬起来指向空中,就是鼻子杵地、屁股朝天。

离坐在桌边吃饭的人不远,有个巨大的壁炉,火烧得正旺,向右边一排人的脊背上喷出一阵阵强烈的热浪。三个烤肉的铁扦在转动,铁扦上叉满了鸡、鸽子和羊腿;一股诱人的烤肉的香味和烤焦的肉皮上淌的油的香味,从炉膛里飘出来。人人都喜气洋洋,个个都馋涎欲滴。

农耕一族中的显要们都在茹尔丹老板的客栈里吃饭;茹尔丹既开客栈又贩马,是个颇有几个钱的精明能干的人。

菜一盘盘地端上来,又一盘盘地吃光,黄澄澄的苹果酒也一罐罐地喝光。每个人都要叨唠一下自己生意上的事:买进了什么呀,卖出了什么呀。他们也打听有关农作物收成的情况。眼下的天气对草料作物有利,但是对于麦子来说就有些潮湿了。

突然,房前的院子里,响起一阵鼓声。除了少数几个人无动于衷以外,大家都立刻站了起来,向门口或者窗口跑去,嘴里还塞得满满的,手里拿着餐巾。

宣读公告的差役敲过了鼓,就断断续续、忽紧忽慢地喊起来:

"现通知格代维尔镇居民,以及所……有赶集的人,今天上午,在波兹维尔来的大路上,在……九、十点钟之间,有人遗失了一个黑色皮夹子,内装五百法郎及一些商业票据。若有拾到者,请立刻送交……镇政府,或者直接交给马纳维尔村的弗图奈·乌尔布莱克先生。会有二十法郎的酬谢。"

宣读完了,那人就离去。过了一会儿,又从远处传来低沉的鼓声和那差役已经变弱的声音。

于是大家就议论起这件事来,对于乌尔布莱克先生有没有运气找回他的皮夹子,众说纷纭。

说话间午饭结束了。

就在人们快要喝完咖啡的时候,宪兵班长走进来。

他问道:

"布雷奥泰村的奥什科纳先生在这里吗?"

坐在桌子另一头的奥什科纳老爹回答:

"我在这里。"

宪兵班长接着说:

"奥什科纳先生,请您跟我去一下镇政府好吗?镇长先生想跟您谈一谈。"

那乡下人既诧异又慌张,把他那一小杯酒一口喝完,就站起来;他的腰比早上弯得更厉害了,因为每一次休息以后,迈头几步的时候特别困难。他一边站起身一边重复着:

"我在这里,我在这里。"

他就这样随班长去了。

镇长正坐在靠背椅里等他。他是本地的公证人,身体肥胖,不苟言笑,说起话来总爱夸大其词。

"奥什科纳先生,"他说,"有人看见您今天上午,在波兹维尔来的大路上,捡到了马纳维尔村的乌尔布莱克先生丢失的皮夹子。"

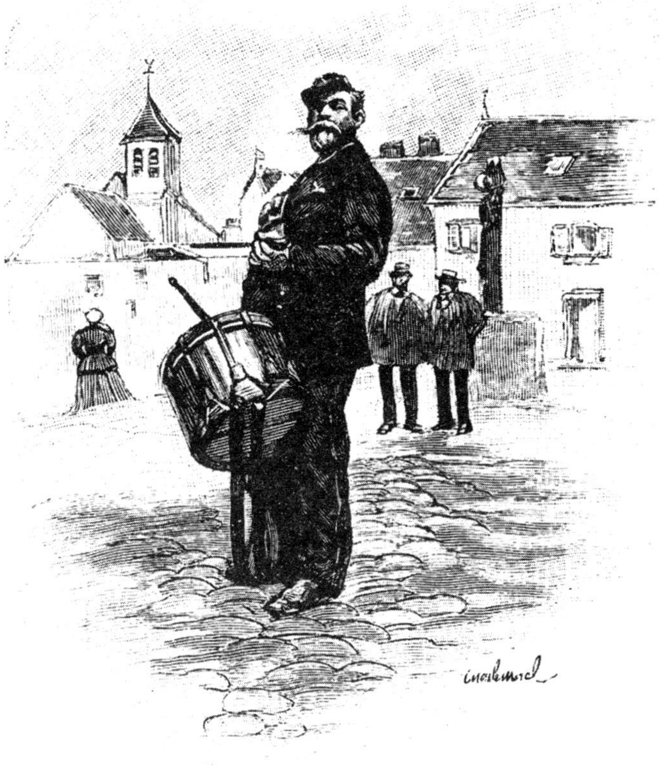

这乡下人听了瞠目结舌,呆呆地望着镇长;这个嫌疑莫名其妙地落在他的头上,让他大为惊讶。

"我……我……我捡到了那个皮夹子?"

"是的,说的就是您。"

"我发誓,我连看都没有看见过。"

"有人看见您捡的。"

"有人看见……我捡的?是谁……谁看见我捡的?"

"玛朗丹先生,那个马具皮件商。"

这时候老人才想起来,明白了;他气得脸涨得通红,说道:

"啊!这个浑蛋,他看见我捡的!可他看见我捡的是这根细绳,您看,镇长先生。"

他一边说,一边在衣服兜里摸索,掏出那截细绳来。

但是镇长怀疑地摇了摇头。

"奥什科纳先生,玛朗丹先生是个值得信赖的人,您不可能让我相信他竟然会把这根细绳说成皮夹子。"

这乡下人火透了,举起一只手,向旁边啐了一口唾沫,以他的人格发誓,反复地说:

"可是这是千真万确的事实,实实在在的事实呀,镇长先生。这一点,我可以拿我的灵魂再发一遍誓,要是说谎,灵魂永远不能得救。"

镇长又说:

"不仅如此,捡起东西以后,您还在烂泥里找了很久,看看是不是有掉出来的钱。"

老人又是气愤又是害怕,连话都说不连贯了。

"怎么可以说……怎么可以说……这种瞎话,来糟蹋一个老实人！怎么可以说……"

他抗议也没有用,人家不信他。

后来让他跟玛朗丹先生对质,玛朗丹先生还是那么说,而且一口咬定他说的是事实。他们对骂了足有一个钟头。根据奥什科纳老爹自己的要求,还在他身上搜了一遍。什么也没有搜到。

镇长也不知如何是好,最后只好让他先回去,不过告诉他,他将向检察院报告,依照命令行事。

这时消息已经传开了。老人走出镇政府的时候,人们把他团团围住,问这问那,虽然都出于好奇,有些人是严肃的,有些是为了打哈哈,但是没有任何人为他打抱不平。他把细绳的故事又讲了一遍。没有人相信他。人们只觉得好笑。

回家的路上,遇见的人都把他拦住,而且他也会主动把认识的人拦住,一遍又一遍地重复他的故事和他的抗议,把衣袋翻过来给人家看,证明他什么也没有。

人人却都对他说：

"老滑头,去你的吧！"

他气愤、恼怒、窝火,因为没有人相信他而痛心疾首,又不知道怎么办才好,只能没完没了地讲他的故事。

天黑了。该回家了。他跟三个邻居一起上路。途中他把捡到那根细绳的地方指给他们看；一路上他始终在絮叨他的遭遇。

这天晚上,他在布雷奥泰村走了一圈,把自己的遭遇说给大家听。他所遇见的人无不视为笑谈。

这让他难过了一整夜。

第二天下午一点钟左右,马利于斯·波梅尔——伊莫维尔村农庄主布勒彤先生的雇工,把皮夹子连同里面的东西原封不动地送还马纳维尔村的乌尔布莱克先生。

据此人说,他确实是在大路上捡到的;因为不识字,他就带回去交给了东家。

消息迅速在周围传开。奥什科纳老爹也得知了。他马上又挨家串户地巡游,向人们讲述他的故事,不过补上了故事的结局。他胜利了。

"让我痛苦的,"他说,"您明白吗,倒不是这件事情本身,而是谣言。因为有人造你的谣而受到责难,再也没有比这更伤害人的了。"

他整天都在讲他的倒霉的遭遇;对大路上经过的人,对酒馆里喝酒的人,对星期日从教堂里出来的人,逢人便讲。他甚至拦住陌生人,跟他们也絮叨一遍。现在,他没事了,然而总有什么说不清的东西让他不舒服。人们听他说的时候,总是一副嬉皮笑脸的样子。看来他们并没有被说服。他好像总感觉到人们在他背后嘀咕什么。

到了下一周的星期二,他特地又去格代维尔集市,只因他内心里有一种需要:向人们诉说事情的真相。

玛朗丹正站在店门口,见他经过,竟然笑了起来。有什么好笑的?

他凑上去跟克里克托村的一个农庄主说起来;还没等他

说完,那人就拍了一下他的胸口,不客气地冲他嚷道:"老滑头,去你的吧!"说罢转身就走。

奥什科纳老爹被弄得目瞪口呆,并且越来越糟心。他们凭什么叫他"老滑头"?

他来到茹尔丹的客栈,刚在桌边坐下,就解释起他的事来。

蒙蒂维利埃村的一个马贩子冲他大喊道:

"得了吧,得了吧,老狐狸,你那根细绳的事,我知道!"

奥什科纳结结巴巴地说:

"那个皮夹,已经找到了呀!"

可是对方接着说:

"闭嘴吧,老爹;捡的是一个人,还的是另一个人。神不知鬼不觉呗。"

乡下老汉气得半天说不出话来。他这才恍然大悟。原来人们又在说他指使一个同伙,一个串通好的人,把皮夹送了回去。

他想争辩,可是全桌的人都大笑起来。

他饭也吃不下去了,就在一片嘲笑声里离去。

他回到家,又是羞恼又是愤懑,怒气和怨气堵住他的喉咙,让他窒息。他特别闹心的是,人家指控他的事,以他诺曼底人的刁滑,他不但做得出来,而且还会自夸手段高明呢。他隐隐约约感觉到,由于他的耍小聪明尽人皆知,看来他再也没法证明自身的清白了。他感到自己的心就像被不公道的猜疑捅了一刀似的。

225 ★

于是他又重新开始讲起他的遭遇来,故事一天比一天说得长,而且每次都加上一些新的理由、更有力的论据、更庄严的誓词;这一切都是他孤独一人的时候想象和琢磨出来的,因为他的头脑只想着他的细绳的故事了。无奈他的辩解越复杂、论证越巧妙,人家越不相信他。

他刚转过身去,人们就说:"这些,都是爱说谎的人编造出来的理由。"

他感觉得到这一切,心如刀割;他耗尽了力气,可是所做的努力全都徒劳。

眼看着他一天天衰竭了。

那些爱耍笑的人常常逗他讲"细绳的故事"来取乐,就像人们让打过仗的士兵讲他参加过的战役一样。他的精神遭到彻底的打击,已经垮了。

十二月底,他卧病不起。

一月初,他死了;他临终说胡话的时候,还在证明自己的清白,反复念叨着:

"一根细绳……一根细绳……瞧,就在这儿,镇长先生。"

伙计,来一杯啤酒!*

献给约瑟-玛利亚·德·埃雷迪亚①

那天晚上我为什么走进这家啤酒馆?我自己也不知道。那天很冷。霏霏细雨像水的粉尘一样飞舞,用一层透明的雾蒙住煤气灯,使橱窗的灯光照着的人行道闪闪发光,照亮了湿漉漉的泥泞和行人肮脏的脚。

我哪儿也不去。我只是晚饭后稍稍走一走。我走过里昂信贷银行,维维埃纳街②,然后又走了几条街。我突然看到一家上了五成客的大啤酒馆。我走了进去,完全是无缘无故的。

---

* 本篇首次发表一八八四年一月一日的《吉尔·布拉斯报》,作者署名"莫弗里涅斯";同年收入维克多·阿瓦尔出版社出版的莫泊桑小说集《密斯哈利特》;一九〇一年收入保尔·奥朗道尔夫出版社出版的插图版莫泊桑全集《密斯哈利特》卷。

① 约瑟-玛利亚·德·埃雷迪亚(1842—1905):法国诗人,原籍古巴。其诗集《战利品》被视为帕纳斯派和"为艺术而艺术"理论的代表作之一。莫泊桑于一八七九年在福楼拜家和他相遇后,成为好友。

② 维维埃纳街:在巴黎第二区,塞纳河右岸。

我并不渴。

我扫了一眼,寻找一个坐在那里不会太挤的地方。我走到一位先生旁边坐下,这人看来已经上了年纪,吸着一个只值两个苏、黑得像煤炭似的泥制烟斗。七八个啤酒杯垫子在他面前的桌子上摞成一摞,显示着他喝过的啤酒杯数。我并没有细瞧我的这位邻座。但我一眼就看出这是个啤酒鬼,一个早上开门便到、晚上打烊才走的啤酒馆的常客。他很脏,头顶中心光秃,油腻的花白长发一直披到常礼服的领子上。他的衣服很肥,好像是在他大腹便便的时候做的。可以设想裤子根本巴不住腰,走不了十步就得再整一整,才能挂住这件系不紧的衣服。他穿着背心吗?一想到那双高帮皮鞋和鞋里包着的东西就让我感到恐怖。磨破的衬衫袖口,和指甲一样,边儿都是黑的。

我刚在他旁边坐下,这个人就用平静的语气对我说:"你好吗?"

我吃了一惊,向他转过身去,盯着他的脸。他接着说:"你不认识我了吗?"

"不认识!"

"德·巴雷。"

我大吃一惊。他居然是让·德·巴雷伯爵,我初中时的老同学。

我跟他握手。我诧异得不知说什么好。

终于,我结结巴巴地说:"你呢,你好吗?"

他平心静气地说:"我吗,就这样呗。"

他沉默不语了。我想显得亲切些，找了一句话说："那……你在做什么？"

他用无所谓的语气说："你都看见了。"

我觉得自己都脸红了。我追问："天天如此吗？"

他吐出一口浓浓的烟雾，说："天天如此。"

然后，他用一个苏的硬币慢慢敲了几下大理石桌面，喊了一声："伙计，来两杯啤酒！"

远远的一个声音重复道："四号桌两杯啤酒！"另一个声音从更远的地方尖声说了句："来啦！"接着，一个戴白围裙的人，手里托着两大杯啤酒跑过来，黄色的啤酒滴洒在花岗石纹的地面上。

德·巴雷把他那杯啤酒一饮而尽，把酒杯放到桌子上，一面吸着沾在唇髭上的酒沫。

然后他问："有什么新闻？"

说实在的，我真不知道有什么新闻可以告诉他。我结结巴巴地说："什么新闻也没有，老朋友。我呀，我是商人。"

他用他那一成不变的语调说："噢……你喜欢做生意？"

"那倒也不。可是有什么办法呢？总得做点什么呀！"

"为什么？"

"为了……不让自己闲着。"

"那又何苦呢？看我，就像你看见的，我什么也不做，从来都什么也不做。一个人没有钱，他工作，我理解。一个人有什么能维持生活，就用不着了。工作有什么用呢？你是为自己，还是为别人工作？如果是为了自己，那就是说这让你喜欢,那很好;如果是为了别人工作,你就是个傻瓜。"

他把烟斗搁在大理石桌面上,又喊道:"伙计,来一杯啤酒!"又接着说,"一说话,我就口渴。我没有说话的习惯。是的,我,我什么也不做,我得过且过,我老了。可我死的时候不会有任何遗憾。除了这家啤酒馆,我没有任何其他的东西可以怀念。没有妻子,没有孩子,没有烦恼,没有悲伤,什么都没有。这更好。"

他把刚端给他的一杯啤酒一饮而尽,用舌头舔了舔嘴唇,又拿起烟斗。

我大惑不解地看着他。我问他:

"可是你以前并不总是这样吧?"

"对不起,一直是这样,从初中时起。"

"这,这可不能算一种生活呀,老朋友。真可怕。我说,你总该做点什么,喜欢点什么,有几个朋友吧。"

"不,我中午起床。我来到这儿,吃午饭,喝几杯啤酒。我等着天黑,吃晚饭,喝几杯啤酒。然后,大约凌晨一点半,我回去睡觉,因为人家关门。这是最让我头疼的事。十年来,我有六年是在这个角落的这个座位上度过的;其他时间在我的床上;我从来不到别处去。我偶尔跟几个常客聊几句。"

"当年来到巴黎,你最初做什么?"

"我学法律……在梅迪奇斯咖啡馆[①]泡。"

---

① 梅迪奇斯咖啡馆:巴黎第六区卢森堡公园附近的一家咖啡馆,在塞纳河左岸人们俗称的拉丁区内。

"后来呢?"

"后来……我就过了河,来到这里。"①

"你为什么费这个事?"

"有什么办法?总不能一辈子都待在拉丁区②。大学生们太吵。现在,我不会再挪窝了。伙计,来一杯啤酒!"

我认为他在糊弄我。我坚持问:

"好啦,坦率点。你一定有过什么非常伤心的事吧?大概是一件让你绝望的失恋?反正可以肯定,你受到过不幸的事的打击。你今年多大年纪?"

"三十三岁。不过看起来至少有四十五岁。"

我仔细看了看他。他脸上的皮肤起皱,保养得很差,几乎像个老头的脸。脑袋顶上,几根长头发在不干净的头皮上飘动。眉毛奇粗,唇髭大,胡子浓。不知为什么,我眼前突然浮现出一个脸盆,里面装满了黑乎乎的水,那是洗他这些毛发的水。

我对他说:"的确,你看起来比你的实际年龄老多了。你肯定遇到过一些伤心事。"

他否认道:"我向你保证没有。我显得老,因为我从来不呼吸新鲜空气。再没有比酒吧里的生活更伤身体的了。"

我无法相信他的话:"你一定放荡过吧?若不是过度纵欲,决不会秃成你这个样子。"

---

① 指德·巴雷从巴黎塞纳河左岸到了塞纳河右岸。
② 拉丁区:巴黎塞纳河左岸的一个高等学府很多、学生学者集中的地区。

他平静地摇着脑袋,白色的碎屑从他残留的长头发里散落到背上。"不,我一直是规规矩矩的。"他抬头看着把我们脑袋照得暖烘烘的枝形吊灯:"我秃顶,要怪煤气。它是头发的敌人。——伙计,来一杯啤酒!——你不渴吗?"

"不渴,谢谢。不过真的,我对你倒是产生了兴趣。你从什么时候起这样意志消沉的呢?这不正常,这不自然。其中必定有什么隐情。"

"是的,那还是我童年的事。我小时候受过一次打击,它让我一下子悲观厌世起来,至死也不会变了。"

"究竟是什么事呢?"

"你真想知道?那就听我说。"

你一定还记得我在那里长大的那座古堡,因为你在假期里去过五六次。你一定还记得那个坐落在一个大花园中间的庞大的灰色建筑,那几条向东南西北伸展开的长长的橡树林荫路!你一定也记得我的父亲和母亲,他们俩都那么讲究礼节,举止庄重,态度严肃。

我爱母亲,我怕父亲。我对他们两人都很尊敬;再说我也看惯了大家都对他们哈腰鞠躬的样子。在当地,人们称他们伯爵先生和伯爵夫人;我们的邻居塔纳玛尔、拉沃莱、布莱纳维尔家的人,对我父母都更表现出高度的敬意。

我那时十三岁。我快快乐乐,觉得一切都十全十美,在这个年龄就是这样,对生活充满了幸福感。

然而,九月末,在我开学前不久的一天,我在大花园的树丛中玩大灰狼的游戏,正在枝叶间奔跑着,穿过一条林荫路的时候,远远望见爸爸和妈妈在散步。

我还记得当时的情景,就像发生在昨天一样。那一天,刮着大风。被狂风吹弯了腰的成排的大树呻吟着,就好像在发出阵阵呼号,森林在暴风雨中发出的那种深沉而又喑哑的呼号。

已经发黄的树叶被大风拔起,像鸟儿一样飞奔着,回旋着,纷纷落下,然后沿着林荫路推移,仿佛疾驰的走兽。

夜晚正在来临。树丛中很暗。大风和树枝的狂飞乱舞令我异常兴奋,我像疯子一样奔跑着,一面模仿着狼的嗥叫声。

我一看见父母,就隐藏在树枝下面,蹑手蹑脚地向他们走过去,好吓他们一跳,就好像我真是个伺机伤人的灰狼似的。

但是,走到离他们几步远的时候,我站住了,感到一阵突如其来的恐惧。我的父亲,火冒三丈,正在怒吼:

"你母亲是个笨蛋;再说这件事也与她无关,只要你同意就行了。我再说一遍,我需要这笔钱,我非要你签字不可。"

母亲用坚决的语调回答:

"我决不签字。这笔钱,是让的财产。我要把这笔财产留给他,我可不愿意让你和你的那些婊子们、女仆们把它吃掉,就像你吃掉自己那份遗产一样。"

听到这话,爸爸气得发抖,转过身去,揪住妻子的脖子,用另一只手对准她的脸使劲地抽打。

妈妈的帽子掉在地上,发髻松开,头发散乱;她想躲开丈夫的抽打,可是办不到。而爸爸呢,像发了疯一样,继续打呀,打呀。她在地上打滚,把脸躲在两只胳膊中间。然而他把她翻个仰面朝天,拨开她护着脸的双手,又打起来。

而我呢,朋友,我好像觉得永恒的法则已经改变了,世界末日正在来临。我所感到的震惊,是人们面临超自然的事物、面临巨大的劫难、面临不可弥补的祸害时才会有的。我幼稚的头脑迷乱了,恐慌之极。我用尽全部力气喊叫起来,也不知为什么,只是感到一种恐怖,一种痛苦,一种可怕的惊慌。父亲听见了我的喊叫声,转过身来,看见了我,于是直起身,向我走过来。我想他一定是来杀我的,便像一头被追杀的动物似的逃开,一直向前跑啊,跑进树林。

我大概跑了一个小时,也许两个小时,我也弄不清。黑夜降临了,我跌倒在草地上,便混乱地躺在那里,经受着恐惧的折磨、忧伤的吞噬,这忧伤足以把一颗幼小的心灵撕个粉碎,永远也无法弥合。我感到冷,也许我饿了。天亮了。我既不敢站起来,也不敢走路;既不敢回家,也不敢再往前逃,生怕遇到父亲,我再也不愿意见到他了。

要不是护林人发现了我,硬把我带回家,我也许就在那棵树下被痛苦和饥饿折磨死了。

可我发现父母的表情还和平常一样。母亲只是对我说:"你多么让我担惊受怕啊,淘气的孩子,我一夜都没有睡。"我没有回答,但我哭了起来。父亲则一言未发。

一个星期以后,我就开学了。

唉,朋友,对我来说一切都完了。我看到了事物的另一面,坏的一面;从那一天起,我再也没有看到过好的一面。在我脑海里发生了什么呢？是什么奇怪的现象扭转了我的思想呢？我不知道。不过我对什么都不再有兴趣，对什么都不羡慕，什么人都不爱了，我再也没有任何企求、抱负和希望。我总是隐隐约约地看见可怜的母亲，倒在林荫路上，父亲在痛打她——妈妈几年后就死了。我父亲还活着。我再也没有见过他。——伙计，来一杯啤酒！……

啤酒端来了，他一口气喝光。但是，当他再拿起烟斗时，因为手抖得厉害，把烟斗折断了。他做出一个绝望的表情，说："喏！这才是一件真正的伤心事。我要用一个月的工夫才能让一只新烟斗积满烟垢。"

大厅里现在已经烟雾弥漫，坐满了喝啤酒的人。他隔着大厅发出他那永恒的喊声："伙计，来一杯啤酒——再来一只新烟斗！"

老 人[*]

秋天和煦的阳光越过圩沟边高高的山毛榉树,投射在农家大院。在牛群啃平了的青草下面,被刚下的雨水浸透的泥土软唧唧的,脚一踩就陷了下去,还发出扑哧扑哧的水声。硕果累累的苹果树,用掉落的浅绿色的果实点缀着深绿色的草地。

四头小母牛并排拴着,正在吃青草,时不时地朝着农舍哞叫。牛圈前面,一群家禽为粪堆添加上活动的色彩,它们刨呀,扒呀,咕哒咕哒叫着;两只公鸡不停地打着鸣,为母鸡寻觅着虫子,然后咯咯尖叫着召唤它们过来。

木栅栏门打开了。一个四十岁上下,看上去却有六十岁的男子走进来。他满脸皱纹,腰弯背驼;也许是因为塞满麦秸

---

[*] 本篇首次发表于一八八四年一月六日的《高卢人报》;一八八五年收入夏尔·马尔朋和埃尔奈斯特·弗拉玛里庸出版社出版的莫泊桑小说集《白天和黑夜的故事》;一九〇三年收入保尔·奥朗道尔夫出版社出版的插图版莫泊桑全集《白天和黑夜的故事》卷。

的木鞋太重了,他迈着迟缓的大步。两条长长的手臂垂在身体两侧。当他走近农舍时,拴在大梨树下的一条黄狗,在一个当窝用的木桶旁边摇动着尾巴,汪汪直叫,以示高兴。那男子喊了声:

"住口,菲诺!"

狗立刻就不作声了。

一个农妇从屋子里走出来。从那件紧巴在身上的毛料卡拉戈短上衣,可以想象她瘦削、宽阔而板平的体形。她的灰裙子很短,只搭到半截腿,露出蓝色的长袜;她也穿着塞满麦秸的木鞋。她头上那顶白色软帽已经发黄,盖着紧贴在头顶的几根稀稀拉拉的头发。她那张枯瘦、丑陋、牙齿已经脱落的褐色的脸,露出乡下人常有的野蛮、粗鲁的神情。

那男的问:

"他怎么样啦!"

女的回答:

"神父先生说他完了,过不了今天晚上。"

他们都走进屋去。

他们穿过厨房,走进卧室。那卧室低矮昏暗,只有一块玻璃窗可以透进亮光,玻璃上还蒙着一块破旧的诺曼底印花布。几根横穿天花板的粗大的木梁,因为年深日久已经成了深褐色,黑黢黢而且布满烟尘;顶楼薄薄的地板就架在这些横梁上;顶楼里成群的老鼠没日没夜地窜来窜去。

泥土地面凹凸不平,湿漉漉的,看上去又滑又腻;卧室深处放着的那张床,就像一个模糊的白斑。从那里传出一个有规律的嘶哑的声音,一个艰难、气喘、带着哨音的呼吸声,还夹杂着破唧筒似的咕噜声。原来那里躺着一个奄奄一息的老人,那个农妇的父亲。

男的和女的走到床边,用冷淡和无奈的眼光看了一眼这快要咽气的人。

女婿说:

"这一次,真要完了。他今天晚上都过不去。"

农妇接着说:

"从中午起他就这么咕噜咕噜地喘。"

然后他们都沉默不语了。老父亲闭着眼,面孔灰突突的,干瘪得像木头人一样。他的嘴微微张开,好让呼噜作响的艰难的气息通过;每喘一口气,灰粗布的被子就在他胸脯上起伏一次。

沉默了很久以后,女婿说:

"只好眼看着他死了。我们没有一点办法。不过总会耽误一点油菜田里的活儿,你看天气多好,明天本该移苗的。"

他妻子想到这一点,心里也不自在。她琢磨了一会儿,说:

"就是他死了,也用不着在星期六以前下葬,你明天照样可以去侍弄油菜。"

农夫思量了一下,说:

"对。不过明天我得去请送葬的客人;从图尔维尔到玛纳托,一家家都得跑到,怎么也要五六个钟头。"

妻子想了两三分钟,说:

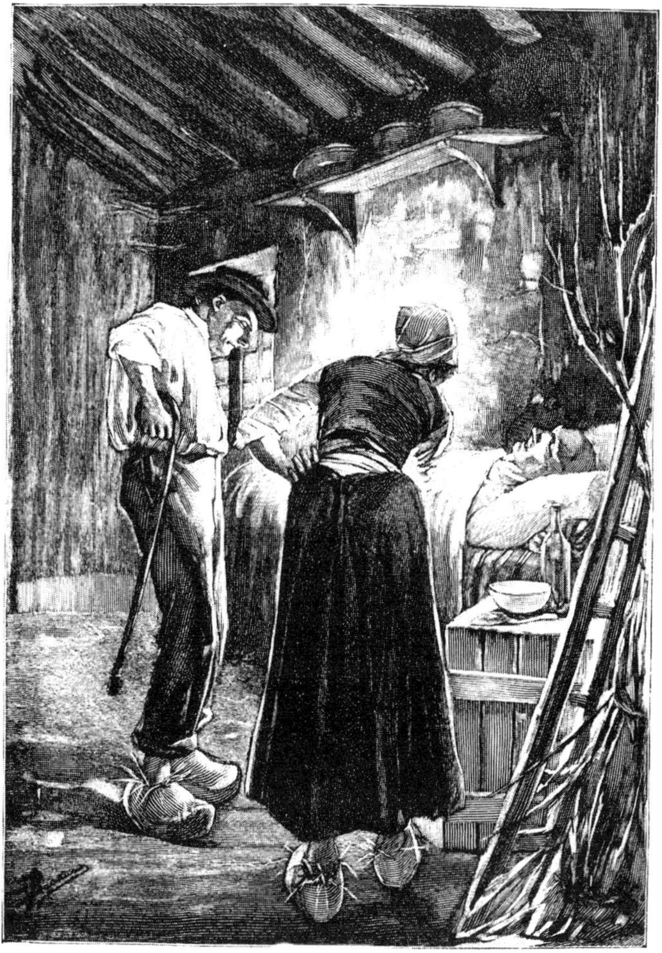

"现在还不到三点;你满可以今天晚上就通知起来,先跑图尔维尔这一片。你可以说他已经过世了,反正看样子他连今天晚上也拖不到了。"

男的迟疑了一会儿,他在掂量这么做的后果和好处。终于,他表示:

"只好这样了,我这就去。"

他正要走出去,又回过身来,犹豫了一下,然后说:

"你这会儿没事做,不如先摘些苹果,做四打烤苹果,准备给送葬的人吃;他们总得吃点什么提提神。你就用搁榨床的棚子下面的细树枝生炉子吧,那是干柴。"

说完他就走出卧室,来到厨房,打开厨柜,拿出一块六斤重的面包,精打细算地切下一片,再把掉在切板上的屑子敛到手心里,扔到嘴里,生怕糟蹋了一丁点儿。然后,他又用刀尖从一个赭色的土罐子里挑出一点咸黄油,抹在面包片上,就慢慢吃起来。他干什么都是慢吞吞的。

他再一次穿过院子,喝住那只又欢叫起来的狗,便走出院门,沿着圩沟边的路,朝图尔维尔方向走去。

剩下她独自一人,那女的就干起活来。她打开装面粉的大箱子,准备和面做烤苹果。她把面揉了好长时间,翻过来翻过去地揉,又是拧,又是摔,又是碾。然后她再把和好的面做成一个白里透黄的大面球,搁在案板的一个角上。

接着她就去摘苹果。她怕用长竿子打苹果会伤了树,就搬来一个梯凳爬上去用手摘。她精挑细选,拣最熟的摘,把摘下来的用围裙兜住。

有个人在路上叫她：

"喂！希科太太！"

她回过头去。是一个邻居，奥希姆·法维先生，本村的村长，去给地里上肥；他正两条腿耷拉着坐在运肥的两轮车上。她转过身去，回答：

"您有什么吩咐，奥希姆先生？"

"老爷子，他怎么样啦？"

她大声说：

"差不多完了。星期六，七点钟下葬；油菜田的活儿紧急呀。"

那邻居回答：

"就这么说了。但愿你们万事如意！注意身体呀。"

她还礼道：

"谢谢，您也一样。"

然后，她又摘起苹果来。

她一回到屋里，马上就去看父亲，料想他已经死了。但是她刚进卧室门，就听出他那响亮而又单调的嘶喘声，她立刻知道用不着白费工夫走到床边去看了，便开始准备做烤苹果。

她把苹果一个个地包在薄薄的面皮里，然后把它们整整齐齐地码在桌子边上。等做完了四十八个，就一打一打地前后排列好。她想该预备晚饭了，便把锅吊在火上，打算煮土豆。因为她考虑过，用不着今天就把炉灶点起来，反正明天还有一整天去做完烤苹果的活儿。

五点钟光景,她男人回来了。他刚迈进门槛,就问:
"完了吗?"
她回答:
"一点也看不出;还在呼噜呼噜喘呢。"
他们走近去看。老人的情况绝对是老样子。他的沙哑的喘声像钟摆的运动一样规律,没有加快,也没有减慢,一秒钟重复一次;只是随着气流进入胸膛的大小不同,音调有一点变化。

女婿端详了一会儿,说:
"就像一根蜡烛,你不用想着他,他自己就灭了。"

他们回到厨房,一声不吭,开始吃晚饭。吃完了汤,他们又吃了一片涂黄油的面包。洗完了盘子,他们立刻又回到快要咽气的人的卧室。

女的手里端着一盏冒着烟的小油灯,在她父亲脸上晃来晃去照了照。要不是还有一口气,人们肯定会认为他已经死了。

这一对乡下人的床隐蔽在卧室的另一头,缩在一个凹进去的地方。他们一声不吭地睡下,吹灭了灯,合上眼睛;不一会儿,就有两个不搭调的鼾声,一个深沉,一个尖细,伴随着垂危者的不间断的痰喘声响起来。

老鼠在顶楼上跑得正欢。

天刚有一抹亮光,丈夫就醒了。他的岳父仍然活着。老人这么能拖,让他不安起来。他摇晃醒妻子。

"喂,菲米,他根本没有死的意思呢。你看怎么办?"

他知道她总有好主意。

她回答:

"他过不了今天白天,我敢肯定。用不着担心。不管怎么样,还是明天就把他下葬了,村长不会反对;勒纳尔先生的父亲过世的时候正赶上播种,就是这么做的。"

这个道理阐述得那么透彻,他心服口服,于是下地去了。

他的妻子把苹果烤上,接着又去做各种农家的活计。

到了中午,老人还是没有死。雇来移植油菜的短工们纷纷过来看这位迟迟不走的老爷子,各自发表了感言,又回地里去了。

六点钟,收工回来了,岳父还在喘气。女婿心里终于发毛了。

"已经到了这个时候,菲米,你说,该怎么办?"

她也一筹莫展。他们只得去请教村长。他答应装作没看见,允许第二天就下葬。他们又去拜访医生,他同意帮希科先生的忙,把死亡证明书填早一天。这两口子才放心回家。

他们像前一天一样上床,并且很快就睡着了。他们响亮的鼾声和老人略弱一些的喘声交相呼应。

等他们一觉醒来,他仍然没有死。

他们真是走投无路了。他们久久地站在老人的床前,满怀疑窦地打量着他,仿佛他在对他们耍什么恶意的把戏,故意欺弄他们,跟他们过不去;他们特别埋怨他耽误了他们的时间。

女婿问：

"咱们现在怎么办？"

她也无计可施，只能回答：

"这真让人恼火！"

客人眼看就要如约而至，现在再通知已经不可能了。他们决定等他们来了跟他们把情况解释一下。

七点差十分光景，第一批客人出现了。妇女们身穿黑色的衣服，头上蒙着一条大面纱，一脸悲戚地走来。男人们穿着呢子上衣，有点儿拘束，不过比女人们要神情自若一些，两个两个地一边走一边闲聊着。

希科先生和他的妻子，一边道歉，一边迎上前去；他们两人走近第一拨客人的时候，就突然不约而同地哭起来。他们解释发生的事多么令人意外，又令他们多么尴尬；他们搬椅子，让座，手忙脚乱，一边不住地表示歉疚，极力要证明任何人遇到这种情况都会像他们这样做。他们突然变成了话匣子，说个没完，别人连插话的工夫都没有。

他们跟这个客人说过又跟那个说。

"我们万万也没有想到会有这种事；他居然拖这么久，真让人难以相信！"

客人们大为惊讶，不免有些失望，就像等着看热闹的人落空了一样，不知道说什么才好，坐着的依然坐在那里，站着的依然原地不动。有几个人准备离去，希科先生挽留他们说：

"不管怎么样，请吃点儿东西。我们做了一些烤苹果；吃了再走吧。"

听说有烤苹果吃,众人脸上豁然开朗。大家又低声谈起话来。院子里逐渐挤满了人;先来的把新闻告诉后到的。人们交头接耳聊着天。想到有烤苹果吃,人人都兴高采烈。

妇女们都走进去看病危的人。她们在床边画一个十字,咕哝一段经文,就走了出来。男人们可不那么热衷观赏这种场面,他们只是从开着的窗子往里瞅一眼。

希科太太在一旁讲解着快咽气的人的情形。

"他就这样子喘了两天啦,气儿不长也不短,声儿不高也不低。你们说像不像一个没了水的唧筒?"

等来客都看过垂危的病人,大家就想到点心了。人太多,厨房里挤不下,于是就把桌子搬到房门前面。四打烤苹果摆在两个大托盘里,金黄金黄的,让人馋涎欲滴,吸引着大家的目光。每个人都伸长手臂去拿自己的一份,唯恐不够分的。可是最后还多出四份。

希科先生嘴里塞得满满的,说:

"老爷子要是看得见我们,会让他伤心死了。他活着的时候,就爱吃这一口。"

一个喜欢说笑的胖乡亲说:

"现在,他可吃不成了。每个人都有轮到的时候。"

这个见解,不但没有让来宾们伤感,倒好像让他们开心得很。反正现在轮到他们吃烤苹果了。

希科太太心疼这笔开销,可还是一趟趟地去地窖里取苹果酒。一罐接着一罐地拿来,一罐接着一罐地喝光。现在大家有说有笑,说话也抬高了嗓门,并且像吃酒席一样喧闹起来。

有一个老农妇,因为生怕这等事很快也会落到自己头上,所以一直待在垂死者身边;这时她突然从窗口露出头来,尖声大喊:

"他过去啦!他过去啦!"

大家立刻安静下来。妇女们连忙走去观看。

果然,他已经死了。他不再嘶喘。男人们你看看我、我看看你,然后低下头来,很扫兴的样子。他们嘴里的烤苹果还没有嚼完。这老无赖,死都不挑个好时候。

现在,希科两口子不哭了。完事了,他们可以安心了。他们唠叨着:

"我们就知道他拖不长。要是他昨儿夜里下决心死了,也就用不着费这么大周折了。"

也罢,总算是完了。星期一下葬,如此而已,无非是逢场作戏再吃一回烤苹果。

客人们陆续离去,一边走一边谈论着今天的事;他们很高兴能看到这个场面,同时也很满意品尝了小吃。

等只剩下夫妻俩脸对脸的时候,她满面愁容地说:

"还得再做四打烤苹果!要是他昨儿夜里就下决心死了多好!"

但是丈夫比她能隐忍,回答说:

"反正不是每天都做。"

伞[*]

献给卡米耶·乌迪诺[①]

奥莱依太太很节省。她知道一个苏也是珍贵的；为了让钱财增值,她有一大套严格的清规戒律。她家的女仆要想报虚账揩点油肯定得费尽心机；就连奥莱依先生想要几个零花钱也难于登天。其实,他们的景况堪称小康,又无儿无女。但是奥莱依太太看到白花花的银币从她手里出去,却感到那么痛苦,就好像心被撕掉了一块。每次她迫不得已付出一笔稍大的开支,即使是无法再省的,那天夜里她也会辗转难眠。

奥莱依一再劝妻子：

---

[*] 本篇首次发表于一八八四年二月十日的《高卢人报》；同年收入保尔·奥朗道尔夫出版社出版的莫泊桑小说集《隆多利姐妹》；一九〇四年收入同一出版社出版的插图版莫泊桑全集《隆多利姐妹》卷。

[①] 卡米耶·乌迪诺(1860—1931):法国剧作家和小说家,莫泊桑的好友,莫泊桑的女友艾尔米娜·勒孔特·德·诺伊夫人的兄弟。

"你手头尽可以放宽一点,既然我们从来也没有吃过老本。"

她总是回答:

"谁也不知道会发生什么事。钱多总比钱少好。"

这是个四十岁的矮小的女人,性子急,脸上已生出皱纹,爱干净,动不动就发脾气。

她的丈夫时时刻刻都在抱怨,被她弄得缺这少那,饱受其苦。某些东西该有的没有,让他特别难过,因为缺少这些东西伤害了他的自尊心。

他在陆军部任主任科员。他在这个职位上待着,纯粹是遵从妻子的命令,为了增加家里从不动用的定期利息。

然而,两年来,他总是夹着那把满是补丁的伞去上班,经常招致同事们的冷嘲热讽。他终于受不了他们的讥笑,要求奥莱依太太无论如何给他买一把新伞。她去买了一把八个半法郎的,是一家大商店招徕顾客的削价商品。同事们看出这是一件成千上万地投放到巴黎市场上的大路货,又嘲弄起他来;奥莱依为此伤心透了。那把雨伞也确实不顶用,只用了三个月就报废了,部里人全把它当作笑料。甚至有人编了一支小曲,偌大的办公楼里,从早到晚,从楼上到楼下,都听得见有人在唱。

奥莱依气愤之极,强令妻子给他选购一把新的大雨伞,要精织绸缎的,价格至少二十法郎,而且要带回发票为证。

结果她买了一把十八法郎的;交给丈夫的时候,还恼怒得面红耳赤,宣布:

"你至少得用五年。"

奥莱依趾高气扬,在办公室里获得了一次真正的成功。

他当晚回到家,妻子非常担心地看着伞,对他说:

"你可不能老让松紧带紧箍着伞,这么做会把伞面箍裂的。你要多加小心,反正我决不会这么快又给你买一把。"

她拿过伞来,解开扣,抖开伞褶。突然她吓得呆若木鸡。她看见一个圆圆的窟窿,有一个生丁的硬币大小,赫然出现在伞面中央。是雪茄烟烧的!

她嘀咕道:

"这是怎么了?"

她丈夫看也没看一眼,若无其事地回答:

"谁怎么了?什么怎么了?你说的什么呀?"

现在怒火堵塞了她的喉咙,她已经语不成声:

"你……你……你烧了……你的……你的……伞。你……你……你简直疯了!……你是想让咱们倾家荡产呀!"

他顿时脸色煞白,转过身来:

"你说什么?"

"我说你把伞烧了。你看!……"

她仿佛要打他似的向他冲过来,把那个烧破的小圆洞猛地杵到他的鼻子底下。

他面对这个伤痕好一阵不知所措,嘟哝着:

"这个……这个……这是怎么回事?我……我真的不知道!我什么也没做,我敢对你发誓。我……我不知道这把伞怎么会这样!"

她现在已经是大吼大叫了:

"我敢打赌,你一定拿它在办公室里恶作剧来着,你一定拿它耍猴儿来着,你一定打开了向人家显摆来着。"

他回答:

"我只打开过一次,让大家看看这伞多么漂亮。如此而已,我敢发誓。"

她气得直跺脚,跟他撒泼大闹起来。对一个性情和平的男人来说,夫妻间闹到这个份儿上,那家庭真比枪林弹雨的战场还要可怕。

她从颜色不同的那把旧伞上剪下一块绸子,补在新伞上。第二天,奥莱依带着修补了的雨具出门,神情谦卑得多了。他一到部里就把它塞进自己的柜子,如同一段不愉快的往事,再也不去想它。

可是,傍晚他刚回到家,妻子就把他手里的伞夺过去,打开来检查。她简直惊呆了,因为呈现在她面前的是一起无法弥补的惨祸。伞面上密密麻麻布满了显然是烧灼造成的小孔,就像有人把燃着的一斗烟的余烬一股脑儿倒在了上面似的。伞完蛋了,而且无法补救。

她注视着这一切,一言不发,因为她愤怒到了极点,嗓子眼里连一个字也迸不出来了。而他呢,也望着损坏的伞目瞪口呆,又是惊骇又是沮丧。

接着夫妻俩你看看我,我看看你;接着他低下了头;接着她把那千疮百孔的东西扔过来,他脸上挨个正着;接着她一股

无名怒火上蹿,终于冲开了嗓门儿:

"啊!坏蛋!坏蛋!你是成心这么做的!我一定要让你付出代价!你休想再有新伞……"

一场大吵大闹又开始了。一个小时的暴风骤雨过后,他才有辩解的机会。他赌咒发誓,说自己也弄不懂是怎么回事;这件事只可能是出自别人的恶意或者报复。

一阵门铃声解救了他。是一位友人如约到他们家来吃晚饭。

奥莱依太太把情况说了,请这位朋友评理。再买一把新伞,那是绝不可能了,她丈夫休想再有一把新伞。

友人回答得十分在理:

"那样的话,太太,可就毁了他的衣裳啦,衣裳当然更值钱。"

那矮小的女人依然气呼呼的,回答:

"那么,就让他拿一把粗布伞,反正我决不会再给他一把新的绸伞。"

一想到要他拿粗布伞,奥莱依奋起反抗:

"那我……我就辞职不干了!我决不打着粗布伞到部里去。"

那位朋友又说:

"把这一把换个伞面,也不会太贵。"

奥莱依太太火更大了,嘟哝道:

"换伞面至少要八法郎。八法郎加十八法郎,就是二十六法郎!为一把伞花二十六法郎,这简直是发疯,是精神

251 ★

有病!"

那位朋友是个贫寒的小市民,忽然计上心来:

"那就去要求你们的保险公司赔偿。东西烧毁了,只要是在你们住宅里烧毁的,保险公司都应该赔偿。"

一听到这个主意,那矮小的女人顿时怒气全消;她琢磨了一分钟,然后对丈夫说:

"明天,去部里以前,你先去一趟马泰内尔保险公司,让他们看一下伞的情况,要求他们赔偿。"

奥莱依先生吓了一跳:

"杀了我我也不敢去!无非是损失十八法郎,没什么了不起。饿不死我们。"

于是第二天他带了一根手杖出门。幸好是晴天。

奥莱依太太独自一人待在家里;痛失十八法郎,她无法自慰。那把伞就放在餐厅的桌子上,她围着它转悠来转悠去,拿不定主意。

她无时无刻不在想着找保险公司的事,可是她也不敢去面对接待她的那些先生们的嘲讽的目光,因为她在人面前也很腼腆,动不动就会脸红,有时不得不跟陌生人说话,也是一张口就紧张。

可是对十八个法郎的惋惜,就跟一个伤口一样让她痛苦。她不愿意再去想它,但这笔损失的记忆却不断地锤得她心痛。究竟该怎么办?时间一小时一小时地过去,她还是拿不定任何主意。后来,就像胆小鬼摇身一变成了勇士,她突然下定决心:

"我一定要去,咱们等着瞧吧!"

不过她还得先把伞打理一下,好让灾情显得十分严重,以便她更容易为自己的诉求辩护。她从壁炉台上取过一根火柴,在两根伞骨之间烧出一个手掌大的大窟窿;然后,她把残存的伞面仔细地卷好,用松紧带箍好,便披上披肩,戴上帽子,向保险公司所在的黎沃利街快步走去。

但是,她越向前走,越放慢了脚步。她该怎么说呢?人家会怎么回答她呢?

她看着沿街房屋的门牌号码,还有二十八个号。很好!她还可以考虑考虑。她走得越来越慢。忽然她打了个哆嗦。前面就是那个大门,上面闪耀着镀金的大字:"马泰内尔火灾保险公司"。已经到了!她停了一会儿,既惶恐又胆怯;然后在那个门前走过去,走回来;然后又走过去,又走回来。

她终于对自己说:

"无论如何,还是要去的。早去总比晚去好。"

不过,走进大楼,她发觉自己的心怦怦直跳。

她进入一个宽敞的大厅,四周都是窗口,每个窗口都看得见一个人头,身子被隔板遮挡着。

一位先生捧着一摞文件走出来。她停下来,怯生生地小声问道:

"对不起,先生,请问东西烧毁了要求赔偿,该找哪儿?"

那个人声音洪亮地回答:

"二楼,向左。灾害损失科。"

一听这个词儿她更发怵了,真想拔腿就跑,什么也不说了,牺牲掉她的十八个法郎算了。可是想到这个数目,她又恢复了一点勇气,气喘吁吁地往楼上爬,登一个梯阶就停一会儿。

到了二楼,她发现了一个门,便敲了几下。一个清脆的声音喊道:

"请进!"

她走进去一看,原来是一个很大的房间,三位先生正站在那里谈话,他们全都佩挂着勋章,神情庄重。

其中一个人问她:

"太太,您要接洽什么事?"

准备好的词儿她都想不起来了,只能吞吞吐吐地说:

"我来……我来……是为了……为了一起灾害损失。"

那位先生彬彬有礼,指着一把座椅:

"劳驾稍坐,我马上就接待您。"

说罢,他转向那两位先生,继续刚才的谈话:

"先生们,敝公司不认为应当为贵方承担四十万法郎以上的责任。贵方希望我们多付十万法郎,我们实难接受。再说,评估表明……"

那两个人中的一个打断了他的话:

"不必多说了,先生,那就让法院来决定吧。我们只好告辞了。"

他们礼数周到地行了好几个礼,然后走了出去。

啊!要是她有勇气跟他们一起走,她就这么做了;她就一走了之,把一切都放弃了。但是她做得到吗?这时那位先生

回来了,一边弯腰致意一边问:

"太太,有什么事需要为您效劳?"

她难以启齿地说:

"我来是为了……为了这个。"

她把伞递了过去。主任低下头去看那东西,眼里流露出天真的惊讶表情。

她用一只颤抖的手试图解开松紧带。几经努力,终于解开,那把布面破烂的伞的骸骨也猛地撑了开来。

那男子语带同情地说:

"看来伤势很重啊!"

她不无忧伤地说:

"我花二十法郎买来的呢。"

他惊讶道:

"真的吗?有这么贵?"

"是啊,原是一把上好的伞。我想请您看看它现在的情况。"

"很好;我看见了。很好。可是我不知道这跟我能有什么关系。"

她顿时感到一阵不安。也许这家保险公司对小东西是不负责赔偿的,于是她说:

"不过……它是烧毁的呀……"

那位先生并不否认这一点:

"我看得很清楚。"

她张口结舌,再也不知道说什么才好;后来,她突然明白

自己忘了说明来意,便连忙说:

"我是奥莱依太太。我们是在马泰内尔保险公司投保的;我是来要求你们赔偿这起损失的。"

她怕肯定要遭到拒绝,赶紧补充一句:

"我只要求你们给换个伞面儿。"

主任真给难住了,说:

"可是……太太……我们不是卖伞的商店。我们不能承担这一类修理的事情。"

这矮小的女人感到信心又来了。就是应该争。那么她就放开了争!她不再害怕了;她说:

"我只要求付给我修理费。我自己去找人修。"

那位先生显出抱歉的样子,说:

"太太,的确,钱不算多。可是像这样细微的小事情,还从来没有人向我们要求过赔偿。您想必也理解,像手绢、手套、笤帚、旧鞋,所有这类每天都可能遭到烟熏火燎的小物件,我们是无法赔偿的。"

她觉得怒气上冲,脸都涨红了,说:

"不过,先生,去年十二月,我们家烟筒着了一次火,至少给我们造成五百法郎的损失;奥莱依先生并没有向你们公司要求丝毫赔偿;因此今天要求它赔偿我这把伞,是十分公平的。"

主任猜到她在撒谎,苦笑着说:

"奥莱依先生蒙受五百法郎的损失都没有要求赔偿,现在却为了一把伞跑来要求五六个法郎的修理费,太太,您也会承认这是很令人奇怪的事吧。"

她一点也不慌张,而且反驳道:

"对不起,先生,五百法郎的损失关系奥莱依先生的钱包,而十八法郎的损失关系奥莱依太太的钱包,这可不是一码事。"

他看出要是不答应她就休想打发她走,而且这一天都要泡汤,他只好息事宁人地说:

"那么,就请把事情的经过讲给我听听吧。"

她感到胜利在望了,就讲述起来:

"是这么回事,先生,我家前厅里,有一个铜做的家什,是插伞和手杖的。那一天,我回到家,就把这把伞插在里面。还得告诉您,正好在那家什的上边,墙上钉着一块小木板,是放蜡烛和火柴的。我伸手去拿了四根火柴。我擦了一根;没着。我又擦一根;着了,可马上又灭了。我擦第三根;还是一样。"

主任打断她的话,插了一句俏皮话:

"这么说一定是政府的火柴了。①"

她并没有领会那俏皮话,接着说:

"也许吧。第四根总算擦着了,我点着了蜡烛,就进卧室睡觉了。可是过了一刻钟光景,我好像闻到了一股烧焦的味儿。我,从来都怕火。啊!就是万一遭了火灾,那也绝不会是我的错。尤其是刚才跟您提到的那次烟筒失火以后,我总是

---

① 一八七五年一月十八日起法国化学火柴的制造和销售均由国家垄断,市面上很难买到传统使用的优质瑞典火柴,而地下生产以及进口的劣质火柴泛滥,招致民众不满。

提心吊胆。所以我马上爬了起来,走出卧室,四处找,像猎狗似的到处闻,最后发现是我的伞烧着了。大概是一根火柴掉到伞里了。您看它被烧成什么样子了……"

主任这时已经拿定主意,问道:

"您估计损失多少钱?"

她先是沉吟不语,不敢确定一个数目。后来为了表示大度,她说:

"您叫人去修理吧,我就拜托您啦。"

他拒绝道:

"别,太太,我办不了。您就告诉我您要求多少钱吧。"

"这个……我觉得……您看,先生,我也不想勉强您……咱们这么办吧。我把伞送到一个厂家去,让他们给绷上好的绸面子,耐用的绸面子,然后我把发票给您送来。这样行吗?"

"好极了,太太,就这么说定了。这是给出纳科的一个条子,他们会给您报销的。"

他递给奥莱依太太一张卡片,她接过来,就站起身,一边道谢一边往外走;她急着要出去,因为她生怕他会改变主意。

她现在迈着欢快的步子走在大街上,要找一家她觉得品位高的伞店。等她找到一个装潢富丽的店铺,她就走进去,用底气十足的口吻说:

"喏,这把伞要换一个绸面,好绸面。一定要用你们最好的绸子。我不在乎价钱。"

田 园 诗[*]

献给莫里斯·勒鲁瓦[①]

列车刚离开热那亚[②]，开往马赛[③]。它沿着蜿蜿蜒蜒的漫长岩岸，像一条铁蛇似的在大海和高山之间滑行，在镶上了一道细浪银边的黄色沙滩上爬行，时而又像野兽归巢般地突然钻进黑黢黢的隧道口。

在最后一节车厢里，一个肥胖的女人和一个年轻男子面

---

[*] 本篇首次发表于一八八四年二月十二日的《吉尔·布拉斯报》，作者署名"莫弗里涅斯"；同年收入维克多·阿瓦尔出版社出版的莫泊桑小说集《密斯哈利特》；一九〇一年收入保尔·奥朗道尔夫出版社出版的插图版莫泊桑全集《密斯哈利特》卷。

① 莫里斯·勒鲁瓦（1853—1940）：法国插图画家，莫泊桑的朋友。莫泊桑早年与友人合作的剧本《玫瑰花瓣土耳其楼》就是在他的画室演出的。

② 热那亚：意大利最大商港和重要工业中心，位于意大利西北部，利古里亚海的热那亚湾北岸。

③ 马赛：法国东南部滨地中海港城，普罗旺斯-阿尔卑斯-蓝色海岸大区和罗纳河口省省会。

对面坐着,并不交谈,只是偶尔互相看一眼。她大约有二十五岁,坐在车门旁,观赏着风景。这是个健壮的皮埃蒙特①农村妇女,眼睛乌黑,胸脯硕大,面颊肉墩墩的。她已经把几个包裹塞到长木椅底下,剩下的一个篮子放在膝盖上。

而他呢,他的年龄在二十岁左右,清瘦,古铜色的皮肤,就是顶着烈日在地里劳动的人的那种黝黑的颜色。他的身边,一个不大的布包里放着他的全部财产:一双鞋、一件衬衣、一条短裤和一件上衣。他也在长椅底下藏了些东西:用绳子捆在一起的一把锹和一把鹤嘴镐。他去法国找工作。

冉冉升空的太阳,向海滨泻下一股股热浪;这时是五月末,沁人肺腑的香味漫天飞舞,飘进拉开了玻璃窗的车厢。开花的橙树和柠檬树向宁静的天空喷发出阵阵馨香,那么甜美,那么强烈,那么撩人,还夹杂着玫瑰的芳香。这些玫瑰就像野草一样,在路边,在繁花似锦的花园,在农舍门前,甚至在田野里到处滋生。

玫瑰,在这滨海地带,就像在自己家里!它们强烈而又轻盈的香味弥漫着整个地区,把空气变得甘美如饴,像葡萄酒一般令人陶醉,而又比葡萄酒更加耐人寻味。

列车缓缓前进,仿佛想在这大花园里,在这懒洋洋的氛围中多待一会儿。它几乎总在停车,不管是多小的车站,在几座白房子前面也要停一下,然后长长地鸣几声汽笛,再从容不迫地开起来。没有一个人上车。就好像全世界都在打盹,下不

---

① 皮埃蒙特:意大利西北部的一个大区。

了决心在这春天炎热的上午换个地方。

胖女人时不时地闭上眼,然后,当篮子在膝盖上往下滑,快要掉下去的时候,便突然睁开眼,急忙抓住篮子。她向窗外看了几分钟,又打起瞌睡来。几粒汗珠从她的额头流下;她呼吸艰难,好像闷得难受。

那个年轻男子把头歪到一边,正在像一个干粗活的人那样酣睡。

驶出一个小车站的时候,突然,农妇似乎清醒了,她掀开篮子,取出一块面包、几个煮鸡蛋、一小瓶葡萄酒和几个李子——几个鲜红的李子,吃了起来。

那个男子也突然醒过来,看着她,看着她从膝盖上的篮子里送到嘴里的每一口食物。他两颊凹陷,双唇紧闭,叉着两条胳膊,两眼一刻不离地看着她。

她就像那些贪吃的胖女人一样吃着,不时地喝一口酒,把鸡蛋送下肚,还时而停下来,松一口气。

她把所有的食物都吃个精光:面包、鸡蛋、李子和葡萄酒。她刚吃完,那小伙子就闭上了眼。她觉得有点勒得慌,动手松了一松连衣裙的上衣。那男子突然又看起她来。

她并不觉得不安,继续解她的连衣裙上衣的纽扣;在她的两个乳房的重压下,上衣的胸口被撑开,越来越大的缝隙里露出一点白色的内衣和皮肤。

农妇觉得舒服一点了,便用意大利语说:"天气这么热,让人喘不过气来。"

年轻的男子用同样的语言和同样的口音回答:"这可是

旅行的好天气。"

她问:"您是皮埃蒙特人吗?"

"我是阿斯提①人。"

"我是卡萨列②人。"

他们是同乡。他们便聊起来。

他们聊了好久,都是些平民百姓不断重复的琐碎小事,不过对他们那迟钝和见识狭隘的头脑来说,这也足够了。他们谈家乡。他们有一些共同的熟人。他们提起一个又一个名字,每提到一个新的他们都见过的人,他们的友情也更进一步。词语迅速、急促地从他们嘴里蹦出来,结尾的音节响亮,而且有着意大利歌曲的乐感。然后,他们就互相询问对方的情况。

她已经结婚,有三个孩子,都让姐姐照料着,因为她找到了一个奶妈的位子,在马赛一个法国太太家当奶妈的好位子。

他呢,他还在找工作。有人对他说去那边能找到,因为那边正在大兴土木。

然后他们就不作声了。

炽烈的热浪,像大雨般倾泻在车厢顶上。一阵阵尘雾在列车后面飞扬,不断涌进车厢。橙树和玫瑰的香味更强烈,仿佛变得越来越稠,越来越重。

两个旅客又睡着了。

---

① 阿斯提:意大利一城市,皮埃蒙特地区阿斯提省省会。
② 卡萨列:全称"卡萨列·蒙菲拉托",意大利皮埃蒙特地区亚历山德里亚省一城市。

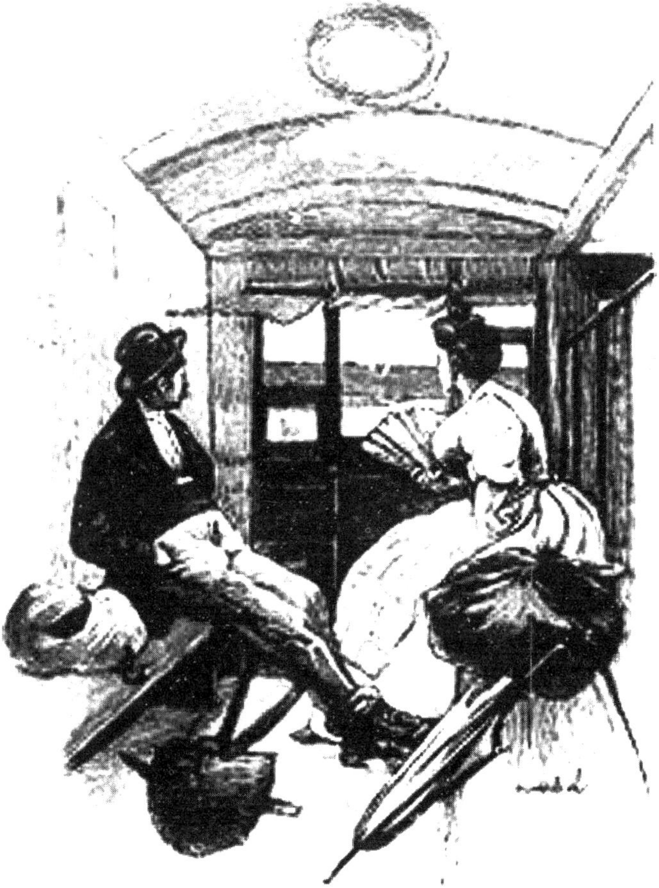

他们几乎同时睁开眼。太阳正在向大海徐徐降落,把蓝色的海面照得光华璀璨。空气凉爽一些了,似乎也不那么沉重了。

那奶妈却在喘息,上衣敞开着,面带苦涩,两眼无神;她虚弱无力地说:

"我从昨天起就没有喂过奶;我头昏眼花,就像要晕过去似的。"

他没有回答,不知道说什么好。她又说:"像我这样奶水多的人,一天必须喂三次奶,不然就会难受。仿佛有个重东西压在心口上,压得我喘不过气来,全身的骨头都像碎了似的。奶水这么多也麻烦。"

他表示:"是呀,是有点麻烦。这想必让您很痛苦。"

看上去她确实很痛苦,痛苦得受不了,几乎要垮了。她喃喃地说:"稍微在上面摁一下,奶水就会像喷泉一样喷出来。看上去真奇怪。简直让人难以相信。在卡萨列,街坊四邻都来看我。"

他惊叹:"啊!真的吗?"

"是呀,真的。我满可以做给您看看,不过这对我没有一点用处。这么做也流不出那么多奶。"

然后她就不言语了。

列车在一个小站停下。一个妇女,身体瘦弱,衣衫寒碜,站在栅栏后面,抱着一个啼哭的婴儿。

奶妈看着这个妇女,用同情的语气说:"那边又有一个妇女,我本来可以减轻她的痛苦。那孩子也可以减轻我的痛苦。

您看得出,我不是有钱人,既然我离开家,离开家人和最小的心肝儿子,去给人家当奶妈;不过我宁愿出五法郎,只要能把那个孩子抱过来,喂他十分钟奶。这样的话,那孩子不难受了,我也一样。我就会像又活过来一样。"

她又不作声了。接着,她好几次用滚烫的手去抚摸汗珠滴淌的额头。她哀叹:"我实在忍受不了了。看来我要活不成了。"她无意识地做了一个动作,把连衣裙的上衣完全扯开。

右边的乳房露了出来,硕大而又坚实,乳头是棕色的。可怜的女人呻吟着:"啊!我的天主!啊!我的天主!我该怎么办呢?"

列车又开动了,在连绵的花丛中继续前行,暖烘烘的夜晚花朵散发出醉人的香味。偶尔有一艘渔船,像在蓝色海面上沉睡着似的,白色的风帆纹丝不动;它倒映在水中,仿佛那里另有一艘头朝下的船。

那个年轻人不知如何是好,结结巴巴地说:"或许……太太……我可以帮您……帮您减轻痛苦。"

她有气无力地回答:"好呀,如果您愿意。您可就帮了我的大忙了。我忍受不了,再也忍受不了啦。"

他于是在她面前跪下;而她向他低下身去,用奶妈熟练的动作,把深色的乳头送到他的嘴边。就在她两手捧起乳房,把它凑近这个男人的时候,乳头上出现了一滴乳汁。他像吃水果一样,用双唇含住这沉重的乳房,连忙把这滴乳汁抿了下去。接着他就贪婪而又有节奏地吮吸起来。

他两条胳膊抱着这个女人的腰,紧紧搂着,把她拉近自己;他像孩子吃奶似的,脖子一动一动,慢慢地一口一口地吸着。

突然,她说:"这一个够啦,现在吸另一个吧。"

他很听话地吸起另一个。

她两手搭在年轻男子的背上,现在呼吸起来又有力、又舒畅,尽情品尝着随列车颠簸涌入车厢的掺杂着花香的阵阵微风。

她说:"这儿的空气真好闻。"

他没有回答,因为他一直在痛饮这肉体的甘泉;他闭着眼睛,细细地品味。

不过她轻轻推开了他:

"现在行了。我感觉好多了。我的魂又回来了。"

他站起来,用手背擦着嘴。

她一边把两个在胸前鼓得老高的"活葫芦"放回连衣裙,一边对他说:

"先生,您真是好心人,帮了我一个大忙。我非常感谢您。"

而他怀着感激的心情回答:

"应该是我感谢您,太太,我已经两天没有吃东西了!"

项　链[*]

世上有这样一些女子,容貌姣好,风姿绰约,却偏被命运安排错了,出生在一个小职员家庭。她就是其中的一个。她没有陪嫁,没有可能指望得到的遗产,没有任何方法让一个有钱有地位的男子认识她、了解她、爱她、娶她;于是只好听任家人把她嫁给公共教育部的一个小科员。

她没有钱乔装打扮,只能穿粗衣布服;所以她非常委屈,就像屈尊降格了一样。其实女人本身并没有阶层和种类;她们的美貌、她们的丰韵、她们的魅力,就可以作为她们的出身和门第。她们唯一的分野,在于天生的机智、本能的优雅和头脑的灵活;有了这些品质,平民家的姑娘也能与最显耀的贵妇媲美。

---

[*] 本篇首次发表于一八八四年二月十七日的《高卢人报》;一八八五年收入马尔朋-弗拉玛里庸出版社出版的莫泊桑小说集《白天和黑夜的故事》;一九〇三年收入保尔·奥朗道尔夫出版社出版的插图版莫泊桑全集《羊脂球》卷。

她总觉得自己生来就应该珠围翠拥、享尽荣华富贵,因此终日悲悲切切。住房简陋,墙无饰物,座椅破旧,衣着寒酸,让她食不甘味。这一切,换了另一个与她同阶层的女子,也许根本就不会在意,但是却让她痛心疾首,怨愤难平。每当她看到那个矮小的布列塔尼①女人,为她做卑微的家务活儿,她就懊恼不迭,想入非非。她会想到四周悬挂着东方壁毯、青铜高脚灯照得通明的幽静的候见室,想到候见室里两个穿短套裤的高大男仆,被暖气管的高温烤得昏昏沉沉,正在宽大的安乐椅里酣睡。她会想到四壁覆盖着古老丝绸的大客厅,陈列着珍贵古玩的精致家具;还有熏香扑鼻的小巧的内客厅,那是同最知心的男友在午后五点钟促膝倾谈的地方,这些男人无不是女人们垂涎不已、梦寐求之、极力邀宠的名流。

每当她坐在那张桌布三天没换的圆桌旁吃晚饭,坐在对面的丈夫掀开菜盆,眉飞色舞地赞叹:"啊!多么香的炖肉!我真不知道还有比这更好的了⋯⋯"她却想着那些丰盛的宴席、闪亮的银餐具、墙上绣有古代人物和仙林珍禽的壁毯、盛在精美盘碟中的佳肴,想着一面享用粉红色鲈鱼或者松鸡翅,一面带着斯芬克斯②式的神秘微笑听着绵绵情话的情景。

她没有漂亮的衣裳,没有珠宝首饰,什么也没有。而她爱的偏偏就是这些;她觉得自己就是为此而生的。她多么希望

---

① 布列塔尼:法国西部的一个大区,划分为四个省:莫尔比昂省、阿摩尔滨海省、菲尼思泰尔省和伊勒-维莱纳省。
② 斯芬克斯:古埃及狮身人面石雕像的音译。希腊神话中带翼狮身女怪也叫此名,今常用于隐喻谜一样的人物。

能够让男人们喜欢、女人们羡慕,令人瞩目,广受青睐。

她有一个有钱的女友,那是她在女子寄宿学校读书时的同学,她再也不愿去见她了,因为每次回来她都痛不欲生,伤心,悔恨,绝望,苦恼好几天。

一天晚上,她丈夫回家的时候手里拿着一个大信封,满脸扬扬得意的神色。

"喏,"他说,"这是给你的。"

她连忙拆开信封,从里面抽出一张卡片,上面印着:

公共教育部长乔治·朗波诺及夫人谨荣幸地邀请罗瓦赛尔先生及夫人光临定于一月十八日(星期一)在本部大楼举行之晚会。

她非但没有像她丈夫所期望的那样欢天喜地,反而气恼地把请柬往桌子上一扔,咕哝着说:

"你想想,我要这个干什么?"

"可是,亲爱的,我原以为你会很高兴的。你从来也不出门做客,这可是个机会,而且是个难得的机会!我费了很大力气才弄到这张请柬。大家都想要,很难得到,一般是很少给小科员的。你在那里可以看到所有官方人士。"

她用愤怒的目光瞪着他,不耐烦地说:

"你想想,我穿什么去?"

他倒没有想到这一点。他吞吞吐吐地说:

"你上剧院穿的那条连衣裙呀,依我看,那一条就挺好……"他说不下去了;见妻子已经哭起来,他又是惊讶又是慌张。两滴大大的泪珠从他妻子的眼角慢慢地流向嘴角。他结结巴巴地问:

"你怎么啦?你怎么啦?"

她强打精神把痛苦压了下去,然后擦着被泪水沾湿的两颊,用平静的语调说:

"什么事也没有。只不过我没有衣服,反正不能去参加晚会。你还是把请柬随便送给哪个同事吧,他的太太一定比我穿得体面。"

他感到歉疚,马上又说:

"别呀,玛蒂尔德。一套过得去的衣裳,别的机会还可以穿的、十分简单的衣裳,得花多少钱?"

她想了几秒钟,心里算了几笔账,同时也在考虑提出怎样一个数目才不致当场就遭到这个节俭的科员拒绝,也不致把他吓得叫出声来。

最后,她吞吞吐吐地说:

"我也说不准;不过我看有四百法郎就能拿下来。"

他的脸色变得有点苍白,因为他正好积攒下这笔钱,准备买一支枪,夏天和几个朋友去南泰尔①平原打猎玩。这些朋友每个星期日都去那里打云雀。

不过他还是说:

"好吧。我就给你四百法郎。你可得尽量添一条漂漂亮亮的连衣裙啊。"

----

① 南泰尔:巴黎西郊城镇。

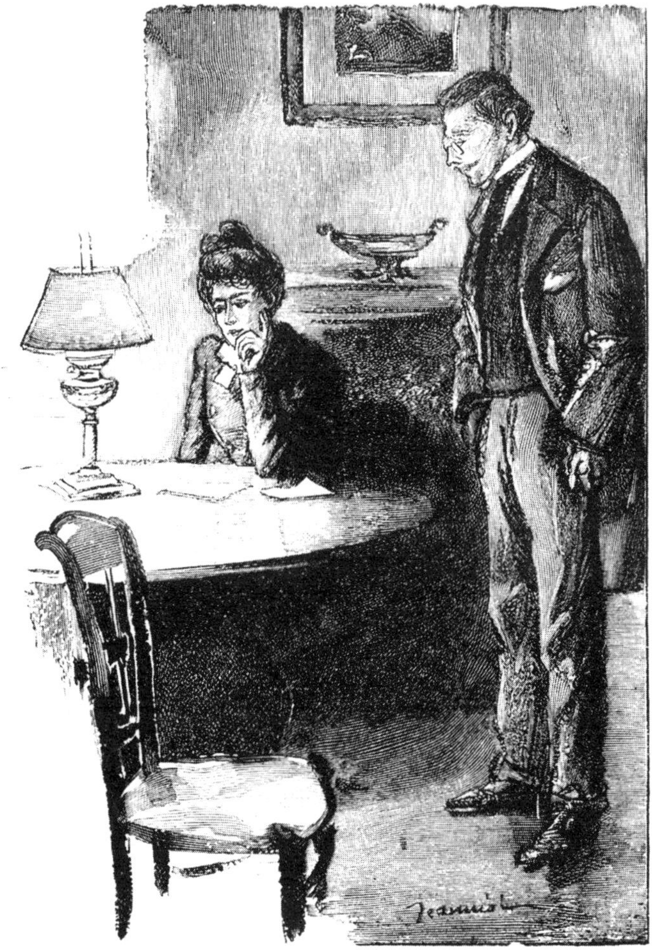

晚会的日子临近了,罗瓦赛尔太太好像又发起愁来,忧心忡忡,坐立不安。她的衣服可是已经准备停当了呀。一天晚上,丈夫问她:

"喂,你怎么啦?三天以来,你一直怪怪的。"

她回答说:

"我没有首饰,没有珠宝,身上什么戴的都没有,这让我苦恼。我的样子太寒酸。我宁可不去参加这个晚会。"

他说:

"你就戴几朵鲜花呀。在这个季节,这是很帅的。花十个法郎就能买到两三朵非常好看的玫瑰花。"

她丝毫没有被说服。

"不行……在那些阔太太中间,显出一副穷酸相,没有比这更丢脸的了。"

她丈夫忽然大喊道:

"你真糊涂,去找你的朋友弗莱斯蒂埃太太,跟她借几样首饰就是了。以你跟她的交情,是可以张这个口的。"

她高兴得叫了起来:

"真的,我居然一点儿也没想到。"

第二天,她就到这位朋友家去,对她说了这件苦恼的事。

弗莱斯蒂埃太太立刻走到一个带穿衣镜的衣橱前,取出一个大首饰盒,拿过来打开,对罗瓦赛尔太太说:

"尽管挑吧!亲爱的。"

她首先看了几只手镯,又看了一串珍珠项链,然后是一个威尼斯造的镶嵌珠宝的金十字架,做工精致极了。她戴上这

些首饰对着镜子左照右照,犹豫不决,舍不得摘下来还给主人。她还总是问:

"你再没有别的了?"

"有啊。你自己找吧。我不知道你喜欢什么。"

她忽然在一个黑缎子的盒子里发现一条非常华丽的钻石项链,喜欢得心怦怦跳。她拿项链的手也直打哆嗦。她把这条项链戴在脖子上,连衣裙的高领外面,对着镜子里的自己欣喜若狂。

然后,她犹犹豫豫、战战兢兢地问:

"你可以把这一件借给我吗?只借这一件。"

"当然,完全没问题。"

她扑上去一把搂住朋友的脖子,冲动地吻了她一下,便带着宝贝一溜烟地跑回家。

晚会的日子到了。罗瓦赛尔太太大获成功。她比所有的女士都美丽;她既雅致又妩媚,满面春风,快活得几乎发狂。所有的男士都盯着她,打听她的姓名,求人引见。部长办公室的人员全都要和她共舞一曲。部长也注意到了她。

她兴奋地跳舞,狂热地投入,快乐得陶醉;她什么也不去想了,她已经沉醉在她的美貌的胜利和成功的光辉里,沉醉在所有那些奉承、赞美、爱慕里,沉醉在对女人来说是那么完美、那么甜蜜的辉煌中,幸福得飘飘然了。

她在早晨四点钟才离开。她丈夫从半夜起就在一间空荡荡的小客厅里睡着了;那里还有另外三位先生,他们的太太也都在尽情欢乐。

他怕她出门受寒,连忙把带来的衣裳披在她身上,那是日常穿的衣裳,很寒碜,和漂亮的舞衣极不协调。她马上意识到这一点,想赶快逃走,为了不让身裹豪华皮衣的太太们发现。

罗瓦赛尔拉住她,说:

"等一等啊。你到外面会着凉的。我去叫一辆马车。"

可是她根本不听他的,飞快地走下楼梯。他们到了街上,那里没有出租马车;于是他们就找起来;远远地望见有马车经过,他们就追着向车夫大声喊叫。

他们朝塞纳河走去,冻得直打哆嗦,几乎绝望了。终于在沿河马路上找到一辆夜间拉客的旧马车。这种马车在巴黎只有天黑以后才看得到,好像它们在白天会自惭形秽似的。

这辆车一直把他们送到殉道者街,他们的家门口;他们凄凄惨惨地爬上楼回到家里。对她来说,一切到此结束。而他呢,还想着要在十点钟赶到部里上班。

她对着镜子脱下披在肩上的旧衣裳,想再看看荣极一时的自己。但是她忽然大叫一声。原来她脖子上的项链不见了。

她丈夫这时衣裳已经脱了一半,问道:

"你怎么啦?"

她已经吓坏了,转身对他说:

"我……我……我向弗莱斯蒂埃太太借的项链不见了。"

他大吃一惊,猛地站起来:

"什么!……怎么会!……这不可能!"

于是他们在裙子的褶皱里、大氅的夹层里、衣兜里翻了个遍。他们还是没找到。

他问：

"你确定离开舞会的时候还戴着吗？"

"是啊，在部里的前厅里我还摸过它呢。"

"不过，如果是在街上丢的，掉下来的时候我们会听见的呀。大概是掉在车上了。"

"对，有可能。你记下车号了吗？"

"没有。你呢，你也没注意车号？"

"没有。"

他们你看我，我看你，惊呆了。最后罗瓦赛尔重新穿上衣裳，说：

"我先把我们刚才步行的这段路再走一遍，看看能不能找到。"

说完他就走了出去。她仍旧穿着晚会的衣裳，连上床睡觉的气力都没有了，沮丧地倒在一张椅子上，不生火也不想什么。

将近七点钟，丈夫回来了。他什么也没找到。

他随即又去警察局和各报馆，请他们代为悬赏寻找；又去出租小马车的各家车行，总之，凡是可能有一点儿希望的地方都去了。

她整天都在等着，面对这个可怕的灾难，她一直处于惊慌失措的状态。

罗瓦赛尔傍晚才回来，脸也消瘦了，面色惨白。他毫无所获。

"只好给你那位朋友写封信了,"他说,"就说你把链子的搭扣弄断了,正在找人修理。这样我们可以有个缓冲的时间。"

于是他说她写。

过了一个星期,他们已经失去一切希望。

罗瓦赛尔一下子老了五岁。他表示:

"只好考虑买一条赔她了。"

第二天,他们拿了那个装项链的盒子,按照盒里面印的字号,前往那家珠宝店。珠宝商查了几个账簿,说:

"太太,这条项链不是我这儿卖出的,只有盒子是我这儿配的。"

于是他们跑了一家又一家珠宝店,凭他们的记忆,要找一条和原先那一条一模一样的项链。两个人都悲伤苦恼得病倒了。

他们在王宫广场的一家店里找到一条钻石项链,看样子跟他们寻找的那一条完全一样。这件首饰原价四万法郎。如果他们要的话,店家三万六就可以卖给他们。

于是他们请求珠宝商三天之内不要卖掉;并且谈妥了条件,如果在二月底以前找到原物,这条项链便作价三万四千法郎由店家收回。

罗瓦赛尔手头有父亲留给他的一万八千法郎。其余的只能借了。

罗瓦赛尔跟这个借一千法郎,跟那个借五百;这儿借五个路易①,那儿借三个。他签了不少借据,订了不少足以让他倾家荡产的契约,而且不得不跟高利贷者和形形色色放债人打交道。他把自己整个下半生都押上了,他冒险地签了字据,甚至不知道能否偿还。想到未来会有无限烦恼,会经受极端的贫困,物质上会饱尝匮乏,精神上会历尽磨难,他吓坏了。但他还是把三万六千法郎放到那个商人的柜台上,取来了那条新项链。

罗瓦赛尔太太把首饰还给弗莱斯蒂埃太太时,这位太太面带不悦地说:

"你应该早点还给我才对,也许我用得着呢。"

弗莱斯蒂埃太太没有打开盒子看;她的朋友怕的就是这个。如果她发现掉了包,她会怎么想?怎么说?会不会把她当作窃贼呢?

罗瓦赛尔太太可算尝到了那种可怕的贫困生活的滋味。好在她已经断然而且勇敢地拿定了主意:这笔骇人听闻的债务必须偿还;她一定要偿还。他们辞退了女仆,搬了家,租了一间顶楼的陋室。

她可算体验到了笨重的家务劳动和厨房里的难以忍受的苦活儿。锅碗瓢盆都得她自己刷洗,油腻的陶器和锅底磨坏

---

① 路易:自一八〇三年起至第一次世界大战之间在法国使用的二十法郎一枚的金币。

了她玫瑰色的手指甲。脏的床单、被罩、衣服、抹布也都得自己洗,然后晾在绳子上。她每天早上把垃圾搬到街上,再把水提到楼上,上一层楼就要停下喘一会儿气。她穿着和普通平民一样的衣裳,挎着篮子上水果店、杂货店、肉店,没完没了地还价,一个苏一个苏地捍卫她那可怜的钱袋,免不了挨人骂。

每个月都要还几笔债,还有一些则要续借,延长偿还期限。

丈夫每天晚上都要替一个商人誊清账目;夜间还常常替人抄写,抄一页挣五个苏。

这样的生活过了十年。

十年以后,他们把债全部还清了,分文不差,连同高利贷的利息,以及利滚利的利息。

现在,罗瓦赛尔太太看上去苍老了。她变成了穷苦人家里的女强人,又坚韧,又粗犷。头发不注意梳理,裙子穿得歪歪斜斜,两只手通红,说话大嗓门,用大盆大盆的水冲洗地板。不过在她丈夫还在办公室的时候,她偶尔还会坐到窗前,缅怀当年的那个晚会,在那次舞会上她曾是那么美丽,受到那么热情的欢迎。

如果她没有丢失那条项链,今天会是怎样呢?谁知道?谁知道呢?生活就是这么奇怪!这么变化莫测!只需一点小事就能断送你或者拯救你!

一个星期日,她去香榭丽舍林荫道遛弯儿,缓解一下一周的劳累。猛地,她看见一个妇女带着孩子在散步。原来是弗莱斯蒂埃太太,她还是那么年轻,那么水灵,那么迷人。

罗瓦赛尔太太非常激动。去跟她说话吗?去,当然要去。债务都还清了,她可以把一切都告诉她了。为什么不呢?

于是她走了过去。

"您好,让娜。"

对方竟然一点也没有认出她来,听见这平民女子如此亲昵地称呼自己,甚感诧异。

"可是……太太!……我不知道……您大概认错人了吧。"

"没有。我是玛蒂尔德·罗瓦赛尔。"

她的朋友大叫一声。

"哎呀!……我可怜的玛蒂尔德,你的变化真大呀!"

"是的,自从上一次跟你见面以后,我的日子就很艰难,甚至可以说是穷困潦倒……而这都是因为你!……"

"因为我……怎么回事?"

"你总记得你借给我去参加部里晚会的那条钻石项链吧。"

"记得呀,那又怎么啦?"

"那又怎么啦!我把它丢了。"

"怎么会呢!你不是还给我了吗?"

"我还给你的是另外一条一模一样的。为了买它,我们整整还了十年的债。你知道,对我们一无所有的人来说这可不是一件容易的事……这一切终于都结束了;我太高兴了。"

弗莱斯蒂埃太太停住脚步。

"你刚才说,你买了一条钻石项链来代替我那一条?"

"是呀。你没有发觉吧,是不是?那两条真是一模一样。"

她微笑着,得意而又天真地暗自庆幸。

弗莱斯蒂埃太太却大为震惊,抓住她的两只手:

"哎呀!可怜的玛蒂尔德!我的那条是假的呀。它顶多值五百法郎!……"

乞　丐*

别看他现在又穷又有残疾,却也有过好一些的日子。

十五岁那年,在通往瓦尔维尔的大路上,他的两条腿被一辆大车轧断。从那时候起,他就架着两根木拐,一摇一晃地拖着身子艰难地行走,沿着一条条大路,走遍一个个农庄,向人们乞讨。架拐日久,他的两肩高耸到耳边,脑袋就像深陷在两座山峰之间。

他是比埃特村的本堂神父在万灵节前夕从一条沟里捡来的弃婴,因此给他起名叫尼古拉·诸圣①。他靠善心人的布施长大,任何教育都没有他的份儿。村里的面包铺老板拿他开心,灌了他几杯烧酒,害他变成了残疾,从此成为流浪汉,除

---

* 本篇首次发表于一八八四年三月九日的《高卢人报》;一八八五年收入夏尔·马尔朋和埃尔奈斯特·弗拉玛里庸出版社出版的莫泊桑小说集《白天和黑夜的故事》;一九〇三年收入保尔·奥朗道尔夫出版社出版的插图版莫泊桑全集《白天和黑夜的故事》卷。

① 每年十一月二日是天主教的万灵节,万灵节前夕是诸圣节。

了伸手乞讨,什么也不会干。

从前,德·阿瓦利男爵夫人在紧靠她的古堡的农庄的鸡窝旁,给他留了一个狗窝似的地方,铺满干草,让他睡觉。饥饿难当的时候,他去古堡的厨房,总能得到一块面包和一杯苹果酒。老妇人还经常从高高的台阶上或者卧房的窗口扔给他几个苏。可现在她已经去世了。

在这一带村子里,人们都不大愿意给他施舍,因为太了解他的底细;四十年来总看见他那衣衫褴褛、奇形怪状的身躯架着两根木拐从这家茅舍晃悠到那家茅舍,人们早就腻烦了。偏偏他又根本不想离开,因为在地球上,除了这个角落,除了他死撑苦熬生活过来的这三四个村庄,他就不知道还有别的地方。他给自己划定了一个乞讨的范围,从不越过他已经习惯了的界限。

树就是他的目光的边缘,他不知道树后面远远展开的世界,他甚至想也没想过。村民们总在自己的田边或者圩沟边看到他,实在厌倦了,常常冲他叫喊:

"你干吗不去别的村子,老杵着拐在这儿转悠呢?"

他总是一言不答地走开,心里却顿时恐惧万分,那是对未知世界说不清的恐惧,穷人对许多事物的模模糊糊的恐惧:新的面孔呀,人家的辱骂呀,不认识他的人的怀疑目光呀,还有两个一拨在大路上走来、吓得他本能地钻进灌木丛或者躲到石子堆后面的宪兵。

每当他远远看见阳光下配饰闪亮的宪兵,他的动作突然变得出奇地敏捷,那是怪物藏身时特有的敏捷。他从木拐上迅速出溜下来,像一件破衣服似的落在地上,然后把身体滚成球状,变得极小,像缩在窝里的野兔一样平贴地面趴着,他那全身棕色的破衣烂衫和泥土浑然一体,简直分辨不出他来。

话虽这样说,实际上他还从未和宪兵打过交道。他这本领是血液里带来的,就像他的胆怯和狡猾是从他根本不认识的父母那里遗传下来的一样。

他没有片瓦,没有住房,没有容身之地,没有藏身之所。夏天,他到哪儿睡哪儿;冬天,他施展灵活的身手,溜进仓房或者牲口棚。他总能在被人发现以前撤离现场。从哪些窟窿能潜入房屋,他都了若指掌;由于常年使弄木拐,他的两臂力大惊人,单凭手腕的力量就能爬上贮藏干草的顶楼;如果走家串户讨得足够的食物,还可以在里面待上四五天不下来。

他生活在人群当中,却像一个生活在丛林里的野兽,一个人也不认识,一个人也不爱,在乡下人中间只能引起一种冷漠的轻蔑和无奈的反感。人们给他起了个绰号叫"吊钟",因为他的身体在两根木棍中间摆动,活像一口吊在立柱中间的钟。

他已经两天没有吃过一点东西。再也没有人给他施舍。人们终于再也不愿见到他了。站在家门口的农妇们见他走过来,老远就冲他大喊:

"走开好吗,你这个无赖!我三天前刚给过你一块面包!"

他在木拐上身子一转,向邻家的房子走去;可他在邻家受到的接待也一样。

各家门口的妇女们都异口同声:

"咱们总不能整年养活着这个游手好闲的家伙呀。"

可是游手好闲的人每天也要吃饭。

他已经走遍圣伊莱尔、瓦尔维尔和比埃特,没有讨到一个生丁、一块剩面包。他仅有的希望就是图尔诺勒了;可是去那里他得在大路上走两法里的路程,他肚子和口袋都空空的,他已经疲惫不堪,再也挪动不了。

不过他还是上路了。

那是十二月,寒风在田野上劲吹,在光光的树枝间呼啸;又低又暗的天空里乌云疾驰,不知要赶往何处。残疾人缓慢地走着,吃力地轮番移动着他的两根拐棍,同时用那条残留的扭曲的腿撑着身子;那残腿的末端是一个畸形足,用一块破布片包裹着。

他时不时地在沟边坐下来,休息几分钟。饥饿在他混乱、沉重的心灵上更增添一层悲哀。他只有一个念头:"吃",但是他不知道怎么能弄到东西吃。

他在漫长的路上艰苦跋涉了三个小时;后来,他远远望见那个村庄的树木了,便加快了动作。

他见到第一个村民,就向他求乞。这人回答他:

"你怎么又来了,老主顾!我难道就永远也摆脱不了你吗?"

"吊钟"只好走开了。他挨家挨户地乞讨,人们都对他狠声恶气,什么也不给就打发他走。不过他既忍耐又执拗,继续讨下去。他连一个苏也没讨到。

于是他又去村外的农庄去行乞,在雨水浸软的地里东奔西走,累得精疲力竭,连木拐也抬不起来了。他走到哪里都被人赶出来。在这样一个寒冷、凄凉的日子,人们通常都心里很郁闷、容易发火、情绪低落,既懒得伸手向人施舍,也懒得伸手去救助别人。

他走完了熟悉的那几户人家,就沿着希凯庄主的院墙,走到一条圩沟的角上一屁股瘫倒在地上。他任凭身子从夹在腋下的两只拐上溜了下来,就像人们所说的,他把自己卸了下来。他饿得难受极了,一动不动地待了很久;不过他太愚昧,无法参透他那深不可测的苦难。

我们心中时刻都怀着一种模模糊糊的期待。他此刻不知在期待什么。在这院子的角落里,在冰冷的寒风里,就像人们盼望的那样,他期待着来自上天或者人类的神秘的援助,也不问一问援助怎样来,为什么会来,由谁带来。一群黑母鸡经过他身旁,在养活众生的泥土里觅食。它们不时用嘴啄起一颗麦粒或是一条肉眼看不见的小虫,然后又继续它们从容而又准确的搜索。

"吊钟"看着这些鸡,起初也并没有想什么;不过后来他脑海里生出一个念头,或者不如说他肚子里生出一种感觉:把这些鸡弄一只来,拿枯木点火烤熟,一定很好吃。

他压根儿没有想到他就要犯下一桩盗窃罪了。他抄起一块伸手拿得到的石头;他很灵巧,一石头砸过去,离他最近的那只母鸡扑扇着翅膀向一侧倒下,立刻毙命。其他的鸡迈着细细的腿,晃晃悠悠地逃开了。"吊钟"呢,重又架上他的双拐,像那帮母鸡一样晃悠着,走去捡他的猎物。

他刚走到那脑袋染了血迹的黑色小身体旁边，脊背让人狠狠推了一下，两只拐脱落了，身子向前滚了有十步远。是希凯庄主，怒不可遏地向偷鸡贼扑了过来，把他狠揍了一顿；他就像一般被偷了东西的乡下人那样，发了疯似的打他，又是抡拳头又是膝盖顶，不管不顾地痛殴这个不能自卫的残疾人。

雇工们也都陆续赶来，帮着东家毒打这乞丐。他们打累了，才把他拉起来拖走，关进柴房，同时派人去通知宪兵。

"吊钟"已经被打得半死，流着血，饥肠辘辘，一直躺在地上。黄昏来临了，接着是黑夜，再接着是黎明。他始终没有吃东西。

将近中午时分，几个宪兵出现了；他们小心翼翼地推开门，生怕遇到抵抗，因为希凯庄主声称遭到过这乞丐的攻击，好不容易才保住自己的性命。

宪兵班长大吼一声：

"喂，站起来！"

可是"吊钟"已经不能动弹了，他确实试了试用木拐撑着站起来，根本办不到。他们以为是装假，是耍滑，是罪犯的鬼花招。那两个全副武装的人一边斥骂着他，一边抓住他的胳膊，硬把他搭在他的木拐上。

他万分恐惧。那是天生的对挎武器的黄色肩带的恐惧，猎物面对猎人的恐惧，老鼠面对猫的恐惧。这时，他使出超人的力气，居然站住了。

"走！"班长说。他还真走了起来。农庄的人全都赶来看他走。妇女们对他挥动拳头，男人们嬉笑怒骂。总算把他抓起来了！这一下轻松了。

他被两个宪兵夹在中间走远了。他鼓起豁出命的力量，又挨到傍晚；他已经昏头昏脑，连自己发生了什么事也不知道了；由于惊骇过度，他什么都搞不清了。

路上遇见的人都停下来看他走过，乡下人都低声议论："一定是个贼！"

入夜时分，他们到达区的首府。他还从没有来过这个地方。他实在想象不出发生了什么事，也想象不出还会发生什么事。所有这些从未想到过的事，这些从未见到过的面孔和这些新的房屋，让他大为惊愕。

他一句话也不说；他也没有任何话可说，因为他根本弄不清是怎么回事。何况，那么多年以来他没跟任何人说过话，已经几乎丧失了使唤语言的能力；他的思想也乱糟糟的，没法用言语表达出来。

他被关进镇上的监狱。宪兵们没有想过他还会需要吃东西，就这样一直把他撂到第二天。

但是一清早来提审他的时候，却发现他躺在地上，死了。多么出人意料啊！

小 酒 桶*

献给阿道尔夫·塔维尼埃①

埃佩维尔镇开客栈的希科老板,在玛格鲁瓦尔大妈的农庄门前停下他的双轮轻便马车。这是个四十岁的高大的汉子,满面红光,大腹便便;他为人狡猾,在当地是出了名的。

他把马拴在栅栏门的木桩上,就走进院子。他有一份产业紧挨着这位老太婆的地,他对这块地垂涎已久。他曾经不下二十次地想方设法要把这块地买下来,可是玛格鲁瓦尔大妈总是执拗地拒绝。

"我是在这块地上生的,我死也要死在这块地上。"她每

---

* 本篇首次发表于一八八四年四月七日的《高卢人报》;同年收入保尔·奥朗道尔夫出版社出版的莫泊桑小说集《隆多利姐妹》;一九〇四年收入同一出版社出版的插图版莫泊桑全集《隆多利姐妹》卷。

① 阿道尔夫·塔维尼埃(1854—?):和莫泊桑同时为报刊撰稿,又善射击和剑术。

一回都这么说。

他走进去,见她正在屋门前削土豆。她七十二岁高龄了,长得精瘦,满脸皱纹,佝偻着腰,可是她就跟年轻姑娘似的不知道什么叫累。希科亲切地拍拍她的肩膀,就在她身旁的一个小矮凳上坐下。

"喂!大妈,这身子骨,总那么硬朗吧?"

"还行;您呢,普罗斯佩尔①老板?"

"嘿嘿!就是偶尔头疼脑热;要不就心满意足了。"

"好呀!太好了!"

她住口不说了。希科看着她完成手上的活儿。她钩形的手指瘦骨嶙峋,跟蟹爪一样坚硬,像钳子一样从筐里夹起灰色的土豆,敏捷地转动着,另一只手握着一把旧刀,刀刃下面削出一长条一长条的土豆皮。等土豆全削成黄色,她就扔进一桶水里。三只胆大的老母鸡一个跟着一个走过来,到她裙子底下啄土豆皮,然后叼着收获物连跑带飞地逃开。

希科显得有些难为情,犹犹豫豫,顾虑重重,话到嘴边却又说不出口。最后,他还是下定了决心:

"喂,玛格鲁瓦尔大妈……"

"您有什么吩咐?"

"这农庄,您还是不愿意卖给我吗?"

"这个嘛,没门。您就别指望啦。已经说过的,就说过了,别又来啰唆了。"

---

① 普罗斯佩尔:希科老板的名。

"可是我找到一个办法,让我们这笔交易对双方都合算。"

"什么办法?"

"是这么个办法:您把农庄卖给我,可是您照样保管它。您还没明白吧?那就听我讲讲其中的道理。"

老太婆停下削土豆的活儿,用那双在起皱的眼皮底下灼亮的眼睛凝视着客栈老板。

他接着说:

"我就明说吧。我每月给您一百五十法郎。您听清楚:每个月,我驾着我的双轮轻便马车,把三十枚一百苏的银币给您送到这儿来。此外,什么都不变,一点也不变;您照旧住在您家里,您根本不用操心我这边,您什么也不欠我的。您只管拿我的钱。您看行吗?"

说罢,他一脸轻松、心平气和地看着她。

老太婆满眼狐疑地打量着他,寻思着有没有什么陷阱。她问:

"这是对我合算的地方;可是对您呢,这农庄,您还是拿不到呀?"

他又说下去:

"这个,您就不用操心了。善良的天主让您活多久,您就在这儿住多久。这儿就是您的家。只不过,您得跟我去公证人那儿立个小小的字据,就说您百年以后这产业归我。您没有儿女,只有几个您也不大当回事的侄儿侄女。您看这样行吗?您在世的时候保留着您的产业,我还每月给您三十枚一百苏的银币。您赚大发了。"

老太婆还是感到不可思议,忐忑不安;不过她的心已经有些活动。她回答:

"我不是说不可以,不过我还得琢磨出这么做的道理来。您下星期再过来谈谈。我到时候就给您一个准信儿。"

希科老板走了,高兴得像一个国王刚刚征服了一个帝国。

玛格鲁瓦尔大妈却久久地百思不解。接下去的一夜她根本没睡着。整整四天里,她犹豫不定,伤透了脑筋。她隐约感觉到这当中有什么对她不利的事。但是一想到每月有三十枚银币,那白花花叮当响的银子,流进她的围裙兜里;她什么也不做,就会从天上掉下银子来,她又饱受贪欲的煎熬。

她于是去找公证人,一五一十跟他说了这件事。他劝她接受希科的建议,但是要提出给五十枚银币,而不是三十枚,因为她的农庄少说也值六万法郎。

"如果您再活十五年,"公证人说,"即使按这种方式付,他也只需付出四万五千法郎。"

老太婆一想到每个月能白拿五十枚一百苏的银币,激动得直打哆嗦;不过她还是不放心,生怕会有这样那样横生枝节的事或者暗藏的阴谋诡计,所以迟迟不肯走,问这问那,直到天黑。磨蹭到最后,她才吩咐准备文件。回家时,她已经像喝了四罐新酿的苹果酒似的,昏头涨脑。

等希科来听回音的时候,她又让他央求了很久,说她实在不想卖,其实她是怕他不同意给五十枚一百苏的银币。最后,见他铁了心要买,她才亮出底牌。

他失望得直跺脚,一口回绝。

于是,为了说服对方,她就自己还能活多久,大加论证起来。

"放心吧,我顶多再活五六年。我快七十三了,身子骨不中啦。有一天晚上,我简直以为自己要过去了,就像有人把我掏空了似的,多亏人家把我抬上床。"

不过希科不是好哄骗的。

"哪里会,哪里会,老油子,您结实得像教堂的大钟哩。您至少能活到一百一十岁。肯定,您死在我后头。"

一整天就这么花在扯皮上了。明摆着老太婆寸步不让,最后客栈老板只好答应给她五十枚银币。

他们第二天就在文件上签了字。玛格鲁瓦尔大妈还要了十个银币的红包。

三年过去了。老太婆像有魔法护身似的硬朗强壮。她好像一天也不见老。希科简直绝望了。他觉着自己付这笔钱仿佛已经有半个世纪之久,受骗了,上当了,就要破产了。他三天两头去农庄看望老太婆,就如同人们七月里常到田间看麦子是否熟透可以开镰一样。她每次接待他都带着狡黠的眼神,好像能把他作弄得这么利落,她正在自鸣得意。而他扭头就跳上他的双轮轻便马车,嘟哝着:

"你难道永远也不死,老骨头!"

他一筹莫展。一见到她,就恨不得把她掐死。他恨她,那是一种凶狠而又阴险的恨,一种惨遭打劫的乡下人的恨。

于是他琢磨起办法来。

终于有一天,他又像头一次跟她提出交易时那样,兴高采烈地搓着手,来看老太婆。

闲聊了几分钟以后,他说:

"我说,大妈,您来埃佩维尔的时候,干吗总不上我店里吃饭呢?有人嚼舌头了,说咱们闹翻了,我听了很难受。您知道,您上我那儿吃饭,一个子儿也不用花。我不是那种计较一两顿饭的人。您啥时候想来,只管来,别客气;我反倒高兴。"

玛格鲁瓦尔大妈不用他三请四让;第三天,她坐着长工赛勒斯坦赶的马车去集上,就毫无顾忌地把马牵进希科老板的马棚,自己还吃了店主许下的午饭。

客栈老板笑容满面,拿她当贵妇人一样款待,给她端上童子鸡、猪血香肠、猪下水灌肠、羊腿和肥肉片儿熬白菜。可是她几乎什么也没吃;她从小简朴惯了,过的是一盘菜汤一块面包抹黄油的生活。

希科大失所望,再三劝她多吃些。她也不喝酒。她甚至拒绝喝咖啡。

他说:

"您总得喝一小杯吧?"

"哦?这倒行。我不拒绝。"

于是他使足气力向客栈另一头大喊:

"罗萨丽,来一瓶烧酒,好烧酒,上等烧酒。"

女侍出现了,拿着一个长瓶子,上面贴着一张葡萄叶子形的商标。

他斟了两小杯。

"大妈,尝尝,这可是好酒。"

老太婆不慌不忙地喝起来,一小口一小口地,好让快感多延续一会儿。她喝完杯里的酒,还把剩底儿一滴一滴控到嘴里。然后赞道:

"不错,当真是好酒。"

她话音还没落地,希科又给她满上第二杯。她想推辞也来不及了,索性像第一杯那样,慢慢品尝。

希科又想请她接受第三杯,她拒不从命。他非要她喝不可:

"您看呀,这、这简直就像牛奶一样;我一口气喝十杯、十二杯,都面不改色。它就像糖一样化了,既不胀肚,也不上头,简直可以说在舌尖上就化成了汽儿。没有比这酒对健康更有益的了。"

她其实也很想喝,于是就同意了;不过她只喝了半杯。

这时,希科突然变得大方起来,大声说:

"嗨,既然您喜欢,我就送您一小桶,为的就是让您看看,咱们始终是一对好朋友。"

老太婆也没说不要,就走了;她已经有几分醉了。

第二天,客栈老板进了玛格鲁瓦尔大妈的院子,就从车里取出一个有铁箍的小木桶。他请她品尝桶里的酒,见证一下确实是同样的上等白酒。他们每人又喝了三杯。临走时,他表示:

"喂,您要知道,喝完了,我那儿还有;您千万别见外。我不是小气鬼。您越快喝光,我越高兴。"

说罢他就跳上他的双轮轻便马车。

四天后他又来了。老太婆正在屋门前,忙着切放在浓汤里的面包。

他走过去,向她问好。他说话时几乎挨到她的鼻子,为的就是闻闻她的哈气。他闻出了一股酒精味,于是喜形于色。

"您可以请我喝一杯吗?"

于是他们碰着杯,满上了两三次。

可是不久地方上就风言风语,说玛格鲁瓦尔大妈经常独自一人喝得烂醉如泥。有时见她倒在厨房里,有时见她倒在院子里,有时见她倒在附近的路上,跟死尸一样一动不动,只好抬着把她送回去。

希科不再去她家。有人跟他谈起这位乡下女人,他总是一脸惋惜地说:

"在她这把年纪,沾上这种嗜好,不是遭罪吗?您瞧,人老了,真是没办法。这么着,早晚要让她吃个大亏。"

果然,这让她吃了个大亏。第二年冬天,临近圣诞节的时候,她喝得烂醉,倒在雪地里死了。

于是希科老板继承了她的农庄。他还断言:

"这个老大妈,她要是不贪杯,肯定还有十年的活头。"

散　步[*]

拉比兹公司的记账员老勒拉从商行里出来,夕阳的光辉照得他头昏眼花了好一会儿。他在那朝着井一样的又窄又深的院子的后间里,伏在昏黄的煤气灯光下工作了一整天。他在那小屋里日复一日已经度过了四十个年头。屋子是那么阴暗,即使在炎热的夏天也只有十一点到下午三点之间才勉强可以不用点灯。

那里总是潮湿而又阴冷;窗户外面就是坟坑似的院子,散发出的气味窜进昏暗的屋里,满屋充溢着霉味和阴沟的臭味。

四十年来,勒拉先生每天早上八点钟就来到这间牢房;他俯身在账本上,像一个守本分的职员应该的那样,专心地写呀写,一直待到晚上七点钟。

---

[*] 本篇首次发表于一八八四年五月二十七日的《吉尔·布拉斯报》,作者署名"莫弗里涅斯";一八八五年收入维克多·阿瓦尔出版社出版的莫泊桑小说集《伊薇特》;一九〇二年收入保尔·奥朗道尔夫出版社出版的插图版莫泊桑全集《伊薇特》卷。

他现在每年挣三千法郎,开始的时候是一千五百法郎。他一直是单身汉,因为他的收入不允许他娶老婆。他从来也没有过任何享受,因此也没有大的欲望。只不过,不时地,单调而又连续的工作疲倦了,也会令他萌生出一个纯属空想的愿望:"唉,我要是有五千法郎的年金,就能过上舒心的日子了。"

他从来没有享受过舒心的日子,因为除了每月的薪水,他从来没有过别的收入。

他这一生都快过去了,没有大的变故,没有情感的波澜,几乎也没有过希望。人人都有的梦想的能力,在他身上却没有得到过发展,因为他胸无大志。

他二十一岁那年进了拉比兹公司,就再也没有离开。

一八五六年,他失去了父亲,接着一八五九年又失去了母亲。从那以后,就没有发生过什么大事,除了在一八六八年,房东要涨房租,他搬过一回家。

每天六点整,他的闹钟就像有人抖链子似的发出一阵吓人的响声,惊得他从床上跳起来。

不过那闹钟也坏过两次,一八六六年和一八七四年,他一直没搞清是什么原因。他穿衣裳,整理床铺,打扫屋子,掸掉扶手椅和五斗橱上的灰尘。所有这些活儿要用去他一个半钟头。

然后他便走出门,在拉于尔面包铺买了一个羊角面包,一边吃一边赶路。这家面包铺字号没改,却换过十一个老板,他全都认识。

他的整个生命都消耗在这从未换过糊墙纸的狭小而又晦暗的办公室里。他年轻的时候走进来,当布吕芒先生的助手、抱着接替他的希望。

他已经接替了他,再也没什么可期待的了。

其他人在一生中获得的所有那些记忆,什么意外呀,甜美或者悲伤的爱情呀,冒险旅行呀,在无拘无束的生活中遇到的各种偶然事件呀,都和他毫不相干。

一天天,一周周,一月月,一季季,一年年,都一个样。每天,他都在同样的时刻起床、出门、到办公室、吃午饭、下班、吃晚饭、睡觉,从来也没有什么打断过这些同样的行动、同样的事和同样的思想的单调的规律。

从前他在前任留下的那个小圆镜子里端详自己金黄色的八字胡和鬈曲的头发。现在,每天晚上下班以前,他在同一面镜子里审视自己白色的八字胡和光秃的脑门。四十年岁月流逝,说长又快,空洞得像是只过了凄凉苦闷的一天,相似得像是只过了几个小时的失眠之夜!四十年什么都没留下,连个回忆,除了父母亡故,连个不幸的回忆也没留下。什么也没留下。

且说这一天,勒拉先生走到临街的商铺门口,让夕阳的光辉照得头昏眼花了好一阵子;后来他并没有回家,而是一时兴起,要在吃晚饭之前去兜个圈儿,这情况他一年里会有那么四五次。

他来到林荫大道,重新变绿的大树下湍动着一道人流。这是个春天的黄昏,一个初春的和暖、温柔的黄昏,撩得人心里荡漾着生活的醉意。

勒拉先生迈着老年人一颠一颠的步子走着,眼里流露出喜悦;见普天同乐,空气又暖和,他很高兴。

他来到香榭丽舍大街,微风中带过的青春气息焕发起他的活力,他继续走下去。

整个天空仿佛在燃烧;凯旋门在天边光彩夺目的背景上显露出它硕大的黑影,像一个屹立在大火中的巨人。老记账员走到这座怪物似的建筑物附近时,感到饿了,于是走进一家酒馆吃晚饭。

他在酒馆门前行人道上的餐桌旁坐下,要了一份鸡汁羊蹄、一盘生菜和一盘芦笋;就这样勒拉先生享用了他许久以来最丰盛的晚餐。吃勃利奶酪的时候,他点了一小瓶优质波尔多葡萄酒;然后,他喝了一杯咖啡,这对他来说可是少有的事;最后他又要了一小杯上等烧酒。

付完了账,感觉很爽,很快活,甚至有点陶醉。他心想:"多么好的一个晚上。我还要再溜达一会儿,一直到布洛涅树林①的入口。这对我的身体有好处。"

他又走起来。从前一个女邻居常唱的老曲子一再执拗地回到他的脑海:

> 当小树林又变绿,
> 我的情郎呼唤我:
> 快来呀,我的美人,

---

① 布洛涅树林:在巴黎西边,是昔日巴黎人休闲的重要去处。

花棚下面喘口气。

他没完没了地哼着这支曲子,哼了一遍又一遍。黑夜降临巴黎,这是一个无风的夜,一个闷热的夜。勒拉先生沿着布洛涅树林的林荫道往前走,看着驶过的车辆。那些马车闪着明亮的眼睛,一辆接一辆驶过来;只一秒钟里就看见一辆车,车上一对男女紧紧拥抱着,女的穿浅色连衣裙,男的穿黑色礼服。

那是一条情侣的长龙,在星光璀璨、热浪滚滚的天空下闲游。它源源不断,没有尽头。一对情侣紧接着一对情侣闪过,他们舒展地半卧在车厢里,默不作声,紧紧依偎着,沉迷在幻觉、情欲的冲动和即将拥抱的战栗中。热烘烘的黑影里仿佛充满了飞舞、飘荡的吻。缠缠绵绵的感觉把空气变得萎靡不振,也就更加闷人。所有这些搂搂抱抱的人,所有这些被同样的期待、同样的念头弄得如醉如痴的人,在他们周围掀起一股飞驰的狂热。所有这些载满男欢女爱的马车,所经之处撒下令人难以捉摸、让人心乱神迷的气息。

走到最后,勒拉先生有些累了,便在一张长椅上坐下,观看这些载着爱情的马车鱼贯而过。几乎立刻就有一个女子走到他跟前,在他的身旁坐下。

"你好,我的小男人。"她说。

他没有回答。她又接着说:

"让我爱你吧,亲爱的;你会看到我很可爱。"

他说:

"您认错人了,太太。"

她伸出一只胳膊挽住他的胳膊：

"算了吧，别装傻啦，听我说……"

他已经站起身，走开了，心里很不是滋味。

走了一百多步，又有一个女子走到他跟前：

"要不要跟我坐一会儿，我的漂亮小伙儿？"

他对她说：

"您为什么干这一行呀？"

她立到他面前，嗓音也变了，变得嘶哑而且凶狠：

"妈的，总不会是为了好玩呗！"

他用温和的声音追问：

"那么，究竟是为了什么呢？"

她喃喃地抱怨说：

"总得活命啊！明知故问。"

然后就哼着小曲走开了。

勒拉先生惊讶不已。又有几个女子从他身边经过，招呼他，劝诱他。

他感到就像有一种黑黢黢的东西，一种悲酸的东西在他头顶上扩展开来。

于是他又在一张长椅上坐下。马车仍在不断地奔驰。

"我真不该到这儿来，"他心想，"瞧，现在全完了，全乱了。"

他开始思考在他面前闪过的所有这些爱情，收买的或者真情的；所有这些热吻，付钱的或者自愿的。

爱情！他所知不多。他一生中只接触过两三个女人，而且还是出于偶然、出于意外;他的财力也不容许他有任何特别的开销。他想到自己度过的生活是那么与众不同,想到自己的生活是那么凄苦、那么沉闷、那么平淡、那么空虚。

有那么一些人真的没有运气。突然,就像一层厚厚的幕布撕开了,他瞥见了苦难,他生活中没有尽头、千篇一律的苦难:过去的苦难、现在的苦难、将来的苦难;最后的日子和最初的日子一模一样;眼前空空如也,身后空空如也,周围空空如也,心里空空如也,到处都空空如也。

鱼贯而行的马车川流不息。在敞篷马车迅速闪过的瞬间,他仍然看得见两个默默无言、紧紧依偎的人出现又消失。他感到全人类都好像快乐、愉悦、幸福得陶醉了似的,在他面前列队行进;只有他孤独一人在一旁观看,孤独一人,完全的孤独一人。他明天仍将是孤独一人,永远是孤独一人,任何人都不会像他这样孤独。

他站起来,走了几步,突然感到疲倦得很,就好像刚刚徒步做了一次长途旅行。于是他又在下一张长椅上坐下来。

他在等待什么呢?希望什么呢?什么也不。他在想:人老了,回到家里看见儿孙叽叽喳喳,想必其乐陶陶。儿孙绕膝,老也甜蜜,因为他们的生命是你赐给的,他们爱你,跟你亲昵,对你说些可爱和天真的话,让你心里暖烘烘的,一切忧烦都获得了安慰。

可是,一想到他那空落落的房间,那干净却又十分寒酸的小房间,除了他谁也没进去过,他心头顿时感到一阵沮丧。在他看来,那房间比他的狭小的工作间还要可怜。

谁也没到过那里,从来没有人在那里说过话。它是死的,哑的,没有发出过对人声的回音。墙壁好像会从住在里面的人身上保留下一点东西,一点他的举止,他的面容,他的话语。幸福人家住的房子就比苦难人家的更显得喜气。而他的房间却像他的生活一样,空虚得没有一点值得一提的东西。一想到要回到那个房间去,形影相吊,睡在他那张床上,把每天晚上的所有动作和所有琐事重复一遍,他不寒而栗。所以,就仿佛要离开他那恐怖的住处和回家的时刻远一点,他突然站了起来,遇到树林的一条小路,就走进一片矮树林,坐在草地上……

他听见自己的四周、上方、所有地方都回荡着一片紊乱、广阔、持续、由无数不同声音组成的沉闷的嘈杂声,既近又远;那是一种隐约而又巨大的生命的悸动,像庞然巨人一样在呼吸的巴黎的声息。

……………………………………

高高升起的太阳,为布洛涅森林普洒上一片光辉。几辆马车开始转悠;骑马的人正兴冲冲地到来。

一对情侣正在一条僻静的小路上漫步。突然,年轻女子一抬头,发现树枝间有一个褐色的东西;她惊慌地举起手来:

"看呀……那是什么东西?"

接着,她大叫了一声,就倒在她伴侣的怀中;后者只好把她放在地上。

守林人很快被叫来。他们把一个用自己的背带吊着的老人解了下来。

尸检证明死亡发生在前一天晚上。在死者身上找到的证件表明他是拉比兹公司的记账员,名字叫勒拉。

人们认为这是一起自杀,其原因则无法猜测。也许是精神病突然发作吧?

陪　嫁[*]

谁也不会奇怪西蒙·勒布吕芒先生和让娜·科尔迪埃小姐的这桩婚事。勒布吕芒先生刚买下帕皮雍先生的公证人事务所；当然了，他需要钱付款；而让娜·科尔迪埃小姐有三十万法郎现金、银行支票和不记名证券。

勒布吕芒先生是个漂亮小伙儿，长得挺帅气，一种公证人的帅气，外省人的帅气，但总归是帅气，这在布蒂尼-勒勒布尔还是少有的。

科尔迪埃小姐长得优雅、鲜艳，有点儿傻气的优雅，有点儿扎眼的鲜艳；不过，大体上还是个令人羡慕、值得赞美的俊俏姑娘。

婚礼让整个布蒂尼都沸腾了。

人们尽情欣赏了这对新人的风采。然后新婚夫妇就回

---

[*] 本篇首次发表于一八八四年九月九日的《吉尔·布拉斯报》；一八八五年收入夏尔·马尔朋和埃尔奈斯特·弗拉玛里庸出版社出版的莫泊桑小说集《图瓦》；一九〇二年收入保尔·奥朗道尔夫出版社出版的插图版莫泊桑全集《羊脂球》卷。

去,躲进婚房享受他们的幸福。他们决定单独过上几天以后,仅仅去巴黎做一次短暂的旅行。

这耳鬓厮磨的相处真是妙不可言。勒布吕芒先生把出色的灵巧、细腻和恰到好处都带进和妻子的最初关系中。他引为座右铭的是:"善于等待,一切自来。"他能够做到既耐心同时又坚决。他果然取得了迅速而且完全的成功。

刚过了四天,勒布吕芒太太就已经爱极了丈夫。她再也少不了他,她要他整天守在她身边,好抚爱他,亲吻他,摸弄他的手、胡子、鼻子,等等。她坐在他腿上,抓住他两只耳朵,说:"张开嘴,闭上眼。"他信任地张开嘴,半闭上眼睛,便接到一个很温柔、很长的热吻,吻得他脊背一阵阵强烈地战栗。而他呢,用尽了他的爱抚、他的嘴唇、他的手、他的整个人,也不足以从早到晚、从晚到早地款待他的妻子。

一个星期刚过,他就对妻子说:

"要是你愿意,我们下星期二就动身去巴黎。我们就当作是没有结婚的恋人似的,上餐馆、去剧院、泡音乐咖啡馆,玩个遍,玩个遍。"

她高兴得跳起来:

"啊!好哇,啊!对,咱们这就去,越早越好。"

他接着说:

"不过,千万别忘了,通知你父亲把陪嫁的资产准备好;咱们一起随身带去,趁这个机会把钱付给帕皮雍先生。"

她大声说:

"我明天上午就对他说。"

于是他把她抱在怀里,又开始一周来她那么爱好的缠绵的小游戏。

下一个星期二,岳父岳母把动身去首都的女儿女婿送到火车站。

岳父说:

"我敢对你断言,皮包里带那么多钱很不谨慎。"

年轻的公证人微微一笑。

"您一点也不用担心,岳父,这种事我习以为常了。您也了解,做我这一行,有时候我身上带着近百万呢。这么做,至少我们可以避免一大堆手续和一连串的延误。您一点也不用担心。"

铁路职员喊着:

"去巴黎的乘客上车啦!"

他们连忙冲进一节车厢。里面已经坐着两个老妇人。

勒布吕芒在妻子耳边嘀咕道:

"真讨厌,我不能抽烟。"

她小声回答:

"我也一样,感到很讨厌,不过不是因为你不能抽雪茄。"

火车鸣响汽笛,开动了。一个小时的行程中,他们没有说几句话,因为两个老妇人一直没有睡觉。

他们一来到圣拉扎尔车站①前的广场,勒布吕芒就对妻

---

① 圣拉扎尔火车站:巴黎的一个火车站,去法国西北部的火车的起始和终点站。

子说：

"如果你愿意，亲爱的，咱们先去林荫大道吃午饭，然后再消消停停地回来取箱子，带到旅馆去。"

她立刻表示同意。

"好啊！咱们去餐馆吃饭。远吗？"

他接着说：

"是啊，有点远，不过我们坐公共马车去。"

她诧异道：

"为什么我们不租一辆出租马车？"

他微笑着责怪：

"你就是这么节省的？一辆出租马车，五分钟的路，每分钟六个苏，你倒是一点也不亏待自己。"

"倒也是的。"她说，有点儿难为情。

一辆大公共马车由三匹快步小跑的马拉着正好经过。勒布吕芒喊道：

"赶车的！喂！赶车的！"

沉重的马车停下来。年轻的公证人，一边推着他的妻子，一边匆匆地对她说：

"上车厢里面去。我爬到顶层；吃午饭以前至少得抽根香烟。"

她还没有来得及回答，马车夫已经抓住她的胳膊，扶她爬上踏板，把她推进车厢。她惊慌失措，跌落在一张长凳上，透过后面的车窗恐惧地看着丈夫的脚爬上顶层。

她一动不动，夹在一个散发着烟斗气味的胖先生和一个散发着狗的气味的老妇人中间。

其他旅客全都一排排坐着,闷声不响:一个食品杂货店伙计;一个女工;一个步兵中士;一位先生戴着金丝眼镜和宽宽的边儿卷得像檐槽一样的缎子礼帽;两个看上去傲慢而且执拗的老妇人,那神情似乎在说"别看我们坐在这儿,我们可是有身份的人";两个修女;一个不戴帽子的姑娘和一个殡仪馆殓尸工。看上去就像一组漫画、一座滑稽人物陈列馆、一套夸张的脸谱,仿佛庙会上打靶射击的一排排逗笑的木偶。

随着马车的颠簸,他们的脑袋微微摇摆着,身体晃动着,两颊松弛的皮肉也颤抖着。车轮震动,震得他们昏头昏脑,看上去就像白痴,睡着了似的。

少妇依然在发呆:

"他为什么不跟我一块儿来呢?"她寻思。一股隐忧让她心情沉重。"说真的,他本来大可不必抽这根香烟。"

修女们招呼车停下,接着她们先后下了车,留下一股陈旧的裙子的霉味。

车又开动,然后又停下。上来一个厨娘,脸色通红,气喘吁吁。她坐下,把买菜的篮子放在腿上。一股强烈的洗碗污水的气味弥漫了车厢。

"路比我原先想的要远。"让娜想。

殡仪馆殓尸工下车了,换成一个浑身马厩味的马车夫。接替不戴帽子姑娘的是一个跑腿送货的,脚汗味扑鼻。

公证人妻子感到不舒服,恶心,不知道为什么几乎哭出声来。

不断有一些人下车,一些人上车。公共马车走过一条街又一条街,到站就停,然后又上路。

"真远啊!"让娜心里说,"但愿他别大意,但愿他没睡着!这几天他的确太累了。"

逐渐地,旅客都下车了。只剩下她,只剩下她一个人了。赶车的喊道:

"沃吉拉尔!"

见她一动不动,他又喊道:

"沃吉拉尔!"

她看着他,明白这句话是对她讲的了,因为身旁已经没有别的人。车夫第三次喊道:

"沃吉拉尔!"

她这才问道:

"我们这是到哪儿了?"

他用烦躁的语气回答:

"到沃吉拉尔了,见鬼,我喊了二十遍了。"

"林荫大道还远吗?"她问。

"哪个林荫大道?"

"当然是意大利人林荫大道啰。"

"早就过了!"

"啊!您通知一下我丈夫好吗?"

"您丈夫?他在哪儿?"

"在顶层呀。"

"在顶层!顶层早就没有人了。"

她大惊失色。

"怎么会？不可能。他跟我一起上的车。请您好好看看；他一定在！"

赶车的变得粗鲁了：

"算了，小妞儿，别啰唆了，丢了一个男人，再找十个也不难。快下车吧，够了。您可以到大街上去再找一个。"

泪水已经涌上她的眼眶，她坚持道：

"可是，先生，您一定看错了，我敢保证您看错了。他夹着一个大公文包。"

赶车的笑了起来：

"一个大公文包。啊！对了，他在玛德莱娜教堂就下车了。反正一样，他把您甩了，哈哈！……"

马车停下。她下了车，不由自主地、本能地向车顶望了一眼。上面果然空无一人。

于是她哭起来，而且放声大哭，没想到会让人听见、让人看见。她自问：

"我该怎么办呢？"

终点站办公室的一个稽查走过来：

"怎么啦？"

赶车的用嘲弄的语气回答：

"是一位太太，让她丈夫在半路上甩了。"

对方接着说：

"好啦，这算不了什么，干您的活儿去吧。"

311

然后他就转身走开。

于是,她只得向前走了。她是那么震惊,那么惶恐,弄不清究竟自己遇到了什么事。她能去哪儿呢?她能做什么呢?他到底发生了什么情况?怎么会出现这样的差错、这样的疏忽、这样的轻率、这样令人难以相信的大意?

她口袋里有两个法郎。向谁去求助呢?她忽然想起表哥巴拉尔,海军部的副科长。

她的钱刚好够雇一辆出租马车;她就让车夫送她去表哥家。她正好遇见他离家要去部里上班。他也像勒布吕芒一样,胳膊下面夹着一个大公文包。

她下了车就向他冲过去。

"昂利!"她高喊。

他吃了一惊,站住了:

"是让娜吗?……怎么在这儿?……就你一个人?……你怎么啦,你从哪儿来?"

她满眼含泪,哽咽着说:

"我的丈夫丢了。"

"丢了?在哪儿丢的?"

"在公共马车上。"

"在公共马车上?……哦!……"

她哭着向他讲述了自己遇到的怪事。

他一边听她说,一边琢磨着。他问:

"今天早上,他的头脑还十分镇静吗?"

"是呀。"

"好。他身上带着很多钱吗?"

"是呀,他带着我的陪嫁钱。"

"你的陪嫁钱?……全部?"

"全部……是准备用来买公证人事务所的。"

"好吧,亲爱的表妹,此时此刻,你的丈夫一定逃到比利时去了。"

她还是不明白,结结巴巴地说:

"……你是说……我的丈夫?……"

"我说他骗走了你的……你的钱……就是这么回事。"

她站在那里,上气不接下气,喃喃地说:

"这么说,他是……他是……他是个坏蛋!……"

说到这里,她激动得几乎昏过去,啜泣着倒在表哥的怀里。

因为有人停下来看,表哥轻轻推着她走进他住家的楼里,扶着她上楼。开门的女仆惊讶得目瞪口呆,他吩咐道:

"索菲,快跑去餐馆,打一份两个人吃的午饭来。我今天不去部里了。"

遗　赠[*]

塞尔布瓦夫妇沉闷地面对面坐着,快要吃完午饭了。

塞尔布瓦太太是个小个儿,金黄的头发,白里透红的皮肤,蓝眼睛,举止温柔。她头也不抬,慢吞吞地吃着,就像有一件牵肠挂肚的伤心事萦绕着她。

塞尔布瓦先生,魁梧,强壮,蓄着颊髯,一副部长或者代理商的模样,此刻也像是有些烦躁和郁闷。

他终于说话了,像是在自言自语。

"真的,这很让人惊讶!"

他妻子问:"你在说什么,亲爱的?"

"我是说沃德莱克居然什么也没给我们留下。"

塞尔布瓦太太脸红了,一下子红了,就像有一块粉红的薄

---

[*] 本篇首次发表于一八八四年九月二十三日的《吉尔·布拉斯报》;莫泊桑生前未收入任何小说集;一九五六年收入阿尔班·米歇尔出版社出版的由阿尔贝-玛丽·施耐德编的《莫泊桑短篇小说集》;未曾收入保尔·奥朗道尔夫出版社出版的插图版莫泊桑全集。

纱突然从脖颈升上来,把她的脸蒙了起来。她说:

"也许在公证人那儿有一份遗嘱。咱们现在还什么都不知道呢。"

说真的,她好像已经知道了似的。塞尔布瓦思索了一下:"是呀,有这个可能。因为,不管怎么说,这小伙子跟我们两个人是最要好的朋友。他几乎不离我们家,每两天就在这儿吃一顿晚饭。我当然知道他送给你很多礼物,好歹也算是对我们热情好客的一种报酬。真的,谁要是有我们这样的朋友,立遗嘱的时候一定会想到我们的。可以肯定地说,要是我觉得自己病了,我会对他有所表示的,虽然你是我的当然继承人。"

塞尔布瓦太太低下了头。她丈夫在切一只小鸡,而她像一般哭泣的人那样擤了一下鼻涕。

他接着说:"总之,很可能有一份遗嘱在公证人那儿,留给咱们一小笔遗赠。我没有什么大的指望,一个纪念,仅仅是个纪念,一个心意,证明他爱过我们。"

这时他妻子有点犹豫地说:"要是你愿意,咱们吃完午饭到拉马纳尔先生那儿去一趟,就知道咱们能有什么了。"

他说:"对。这再好不过了。"

为了不让汤汁洒在衣服上,他脖子上系了一块餐巾,他就像一个被斩了头但还在讲话的人,他那两鬓的美髯与白色餐巾形成鲜明的黑白反差,而他那副尊容活像富贵人家的膳食总管。

他们走进拉马纳尔公证人事务所,在职员们中间掀起一阵小小的骚动。尽管大家都非常熟悉塞尔布瓦先生,他还是认为有必要报一下自己的姓名。首席秘书故作殷勤地站起来,而第二秘书却在偷偷地微笑。

夫妇俩被引进老板的办公室。

公证人个子矮,浑身滚圆,到处都是圆滚滚的。他的脑袋就像一个球钉在另一个球上;支撑着这另一个球的两条腿又肥又短,也像两个球。

他向客人们表示欢迎,请他们坐下,向塞尔布瓦太太心照不宣地瞟了一眼,说:

"我正要给二位写信请你们来敝事务所一趟,让你们了解一下沃德莱克先生的遗嘱,因为它与二位有关。"

塞尔布瓦先生忍不住地说:"啊!我早就料到了。"

公证人接着说:

"我这就向二位宣读一下,遗嘱并不长。"

他拿起面前的一张纸,念起来:

本人,立遗嘱人保尔-埃米尔-西普里安·沃德莱克,身心健康,谨在此表达我最后的意愿。

死亡随时都可能把我们带走,预料它不久就会来临,为谨慎起见,我立下此遗嘱,存放在公证人拉马纳尔先生处。我没有直接继承人,我将自己的全部财产,包括四十万法郎的有价证券、约六十万法郎的不动产,遗赠给克莱尔-奥尔坦丝·塞尔布瓦太太,不附加任何义务和条件。我请求她接受一个死去的朋友的这份礼物,作为他忠诚、深挚而又恭敬的感情的证明。

一八八三年六月十五日立于巴黎

沃德莱克(签字)

塞尔布瓦太太低着头,一动不动;而她的丈夫轮番地用惊愕的目光看看公证人,又看看自己的妻子。

静默了片刻以后,拉马纳尔先生又说:

"先生,当然啰,没有您的同意,太太是不能接受这份遗赠的。"

塞尔布瓦先生站起来,说:"请给我一个考虑的时间。"

公证人带着几分狡黠地笑了笑,鞠了一躬:"亲爱的先生,我理解您的顾虑,这也许让您拿不定主意。社会上有时候是会有些恶意的成见。请您明天这个时候再来一趟,把您的决定告诉我,好吗?"

塞尔布瓦先生鞠了一躬:"好吧,先生,明天见。"

他彬彬有礼地告辞,让妻子挽着他的胳膊。妻子的脸现在红得像牡丹一样,头始终执拗地低着。他走出去的时候态度是那么庄严,秘书们都愣住了。

他们一回到家,塞尔布瓦先生就关上门,用生硬的语调说:

"你是沃德莱克的情妇。"

他妻子正在摘帽子,猛地转过身来:

"我?啊!"

"是的,你!……没有人会把全部财产留给一个女人,除非……"

她的脸色变得煞白;她想把长缎带扎起来,免得拖到地上,而这时她的手都在颤抖。

她思量了一会儿,说:"喂!你疯啦……你疯啦……你自己不是刚才还说,你不是希望他……他……他给你留下什么吗?……"

"是的,他可以给我留点什么……给我……给我……你听清了吗,而不是给你……"

她用深邃而又奇怪的目光探视着他的眼底,试图找出什么,却发现永远无法进入那个未知世界,那是只有在人疏忽、放松、不注意的状态下,心灵隐秘之门露出缝隙的时候才能在短暂的瞬间猜到几分的。她慢吞吞地说:

"不过我觉得……如果……他把这样一大笔遗产……给了你,别人至少会同样觉得奇怪的。"

他就像满怀期待而又让人扫了兴的人一样,突然冲动地问:

"为什么会这样?"

她说:"因为……"她仿佛难以启齿似的,转过脸去,不说了。

他踱起大步来。然后他宣布:

"你不能接受!"

她无所谓地回答:

"很好,那就不必等到明天啦,我们马上就可以通知拉马纳尔先生。"

塞尔布瓦先生在她面前停下。他们互相盯着对视了好一会儿,竭力想看清对方,认识对方,了解对方,发现对方,探测到对方思想的深处。这是两个生灵的强烈而又无声的彼此叩问,他们在一起生活,但是他们从来都互不了解,而是不停地互相猜疑,互相探察,互相窥伺。

接着,他突然冲着她的脸低声说:

"那么,你承认是沃德莱克的情妇了?"

她耸了耸肩膀,"你是傻瓜吗?……沃德莱克爱我,这我相信,但他从来没有得到过我……从来没有。"

他跺着脚:"你撒谎。这不可能。"

她平心静气地说:"可是事实就是这样。"

他又踱起步;然后,又停下来:"那么,你解释给我听听,他为什么把全部财产都留给了你,留给了你……"

她不慌不忙地说:"这非常简单。正像你刚才说的:除了我们,他没有别的朋友,他在我们家的时间跟在他自己家一样多,他立遗嘱的时候就想到了我们。接着,出于对女性的礼貌,他把我的名字写到纸张上,因为我的名字来到他的笔尖下,自然而然地,就像他过去送礼物总是给我,而不是给你,对不对?他习惯了送花给我,每月五日送一件小玩意儿给我,因为我们是六月五日认识的……这些你很清楚。他几乎从来都不送礼物给你;他甚至想都没想过。一般人都是把纪念品送给妻子,而不是送给丈夫;所以他就把最后的纪念品送给了我,而不是送给你,这是再简单不过的事了。"

她是那么平静,那么自然,塞尔布瓦先生不禁犹豫起来。

他接着说:"不管怎么样,这都会产生很恶劣的影响。所有人都会相信有那回事。我们不能接受。"

"那么,我们就不接受,亲爱的。只不过我们的口袋里将来少一百万,如此而已。"

他就像自言自语,而不是直接对他妻子说话:

"是的,一百万——不行——我们会丧失名誉——真倒霉——他本该给我一半,给我,那样就全解决了。"

说罢他坐下来,跷着二郎腿,就像他平常进行重要思考时那样,摸弄起颊髯来。

塞尔布瓦太太已经打开她的针线筐;她取出一件刺绣活儿,一边开始做活儿,一边说:

"我无所谓。应该由你来考虑。"

他久久没有回答,然后才迟迟疑疑地说:

"嗨,也许有一个办法,就是通过生者之间的赠予,把遗产让给我一半。我们没有孩子,你可以这么做。用这个办法,就能堵住别人的嘴。"

她严肃地问:"我看不大出,这怎么就能堵住别人的嘴?"

他勃然大怒:"你想必是傻瓜才会这么说。我们就对人说我们每人继承了一半;事实也将是这样。我们不需要告诉别人遗嘱上写的是你的名字。"

她又用犀利的目光看着他:"随你的便吧,我都可以。"

于是他站起身,又踱起步来。他好像又有些犹豫,尽管他已经喜形于色:"不……也许最好还是完全放弃……这更有尊严……不过……以这种方式,别人也无话可说……哪怕是最爱挑剔的人也不得不承认事实……对,这样就全解决了……"

他在妻子面前停下:"好吧,亲爱的,如果你愿意,我就一个人再上拉马纳尔先生那儿去一趟,请教请教他,把这件事跟他解释解释。我就对他说,为了能名正言顺,不让别人说闲话,你觉得最好这样做。既然我接受了这笔遗产的一半,很显然我对自己所做的事有把握,我知道是怎么回事,我知道这件事干干净净、堂堂正正。这就如同我对你说:'亲爱的,你也接受吧,既然我,你的丈夫,接受了。'否则的话,真的,就不妥当了。"

塞尔布瓦太太只是说了句:"随你的便吧。"

他接着说——他现在说起话来滔滔不绝了:"是的,平分这份遗产,事情就很容易解释了。我们继承了一个朋友的遗产,这位朋友不愿意在我们两人中间厚此薄彼,他不愿意给谁特殊的待遇,他不愿意像是在说:'我死后和生前一样,喜爱这个人胜于那个人。'你要相信,如果他想到了这一点,他一定也会这么做的。可是他没有考虑,他没有预想到后果。你说得很对,他过去总是送礼物给你。他想把他最后的纪念品送给你……"

她有点不耐烦,打断他的话:"就这么办。我也明白了。你用不着做这么多的解释。马上到公证人那儿去吧。"

他脸红了,突然感到有些难为情,结结巴巴地说:"你说得对。我这就去。"

他拿着礼帽,走到她身边,伸过嘴唇来亲吻她,一边轻

声说:

"待会儿见,亲爱的。"

她把额头伸过去,收到一个重重的吻,同时被两簇大颊髯戳得脸痒痒的。

然后他就喜滋滋地走出去。

而塞尔布瓦太太,任手上的活儿掉在地上,哭起来。

衣　橱[*]

晚饭后,大家谈起妓女来,——男人们在一起,又能谈些什么呢?

我们中间的一个人说:

"瞧!说到这档子事儿,我倒有过一次离奇的经历。"

他于是讲述起来。

去年冬天的一个晚上,我突然感到一阵疲惫,也就是那种经常侵袭我们的身心,令我们神昏意懒、难以忍受的疲惫。我那时在自己家里,孤独一人;我清楚地知道,如果这样待下去,可怕的忧郁症就会发作,而这种忧郁症如果频繁发作,是会导致自杀的。

---

[*] 本篇首次发表于一八八四年十二月十六日的《吉尔·布拉斯报》,作者署名"莫弗里涅斯";一八八六年收入夏尔·马尔朋和埃尔奈斯特·弗拉玛里庸出版社出版的莫泊桑小说集《图瓦》;一九〇三年收入保尔·奥朗道尔夫出版社出版的插图版莫泊桑全集《图瓦》卷。

于是我穿上大衣,走出去,还根本不知道要去做什么。我向南一直走到林荫大道,便沿着一家家咖啡馆溜达起来。咖啡馆里几乎都空无一人,因为在下雨,一种既能淋湿衣裳也叫人郁闷的毛毛雨;不是瀑布似的倾泻下来、把气喘吁吁的行人赶到门洞里躲避的那种痛快淋漓的滂沱大雨,而是连雨珠都感觉不到的霏霏细雨;它把难以发觉的雨的微粒不断撒下来,很快就铺好一层冰冷而又能渗透衣裳的水的苔藓。

做什么呢?我走过去又走回来,想找一个可以消磨两个小时的去处。这时我才发现,在巴黎,到了晚上,居然没有一个地方可以散散心。最后,我决定走进牧羊女游乐场①,一个好玩的妓女活跃的市场。

大厅里人很少。马蹄铁形的游廊里只有一些下里巴人,他们的举止,他们的衣着,他们的头发和胡子的式样,他们的帽子,他们的脸色,处处都表现出凡夫俗子的本质。难得偶尔看到一位男士像是梳洗过而且梳洗得像模像样,上下穿戴浑然一体的。至于妓女嘛,依然是那几个,你们都认识的那几个让人望而生畏的姑娘,相貌丑陋,神劳形悴,皮松肉懈,迈着猎人的步子,莫名其妙地摆出一副愚蠢的傲慢神态。

我心想,这些体态已经变了形的女人,说她们胖不如说她们浑身肥肉,不是这儿臃肿就是那儿瘠瘦,肚子大得像议事司铎,还长着两条外八字腿,别说不值她们开口要的五个路易,

---

① 牧羊女游乐场:巴黎一座著名的游乐场,位于巴黎第九区牧羊女街,内有各种游乐节目,也有妓女活动其间。

就连她们好不容易挣到的那一个路易也不值。

可是,我突然发现一个娇小的女子,看上去很可爱,不算很年轻,但是挺水灵,喜欢逗乐,招人爱怜。我叫住她,莽里莽撞的,不假思索就给出一个过夜的价。我不想回家,我觉得孤单,太孤单了;有这样一个逗乐的姑娘陪陪抱抱,总要好过些。

于是我就跟她走了。她住在殉道者街的一幢很大很大的楼房里。楼道的煤气灯已经熄了,我慢慢地上楼,过一会儿就点燃一根蜡绳照着亮,就这样还老绊在阶梯上,踉踉跄跄的,只听见她的裙子在我前面的窸窣声,弄得我很不开心。

她在五楼停了下来;把外面一道门关上以后,她问:

"这么说,你是要一直待到明天喽?"

"是呀。你很清楚,我们是讲妥了的。"

"是啦,我的宝贝,我只是随便问一声。你在这儿等我一分钟。我马上就回来。"

说罢她就把我撂在黑暗里。我听见她关了两扇门,接着我又好像听到她说话。我有些惊讶,惴惴不安起来。一个想法闪过我的脑海:可能是个权杆儿①。不过我的拳头和腰杆儿都硬实。我想:"咱们走着瞧。"

我支棱着耳朵聚精会神地听着。有人搬东西,有人走动,不过都是小心翼翼、轻声轻气的。接着,又有一扇门打开了,我似乎又听见有人说话,不过声音极低。

她回来了,手里端着一支燃着的蜡烛。

---

① 权杆儿:靠妓女生活的人。

"你可以进来啦。"她说。

以"你"字称呼我,表明她现在属于我了。我走进去,先穿过显然从来没有人吃过饭的饭厅,来到天下妓女大同小异的卧室。那房子是带家具出租的,挂着棱纹平布的窗帘,深红色绸面儿的鸭绒被子上布满可疑的斑点。她接着说:

"别拘束,我的宝贝儿。"

我用怀疑的目光巡视了一遍这间住房。不过看起来并没有任何令我不安的地方。

她脱衣服的动作是那么麻利,我大衣还没有脱下来,她已经钻进被窝了。她笑了起来:

"喂,你怎么啦?干吗还在那儿发呆?喂,快来呀。"

我有样学样,很快便与她会合。

五分钟以后,我就恨不得马上穿衣服走人。不过,在家里侵袭我的那种难以忍受的疲惫依然困扰着我,让我失去动弹的气力;尽管睡在这张公用的床上令我反胃,我还是留了下来。在游乐场的枝形灯照耀下,我原以为在这个女人身上看到的性的诱惑,一搂在怀里就消失殆尽;现在肉贴肉挨着我的,只是一个与其他窑姐儿别无二致的俗物。她那仅为迎合顾客而毫不动情的吻,还带有大蒜的余味。

我跟她聊起天来。

"你住在这儿已经很久了吗?"我问她。

"到一月十五号就整半年啦。"

"你来这儿以前住哪儿?"

"住在克娄赛尔街。但是看门的女人老找我的麻烦,我就退了。"

于是她跟我没完没了地说起女门房如何说她闲话的故事。

这时我突然听见离我们很近的地方有动静。起先是一声叹息,继而又是一下响动,虽然很轻,但是很清晰,就像有人在椅子上翻了个身。

我猛地在床上坐了起来,问道:

"这是什么声音?"

她笃定而且冷静地回答:

"别紧张,我的宝贝,是女邻居。壁板太薄,什么都听得见,就像在跟前一样。这种破房子,简直就是纸板搭的。"

我太懒了,又钻进被窝。我们又谈起闲话来。愚蠢的好奇心总是驱使男人们刨问这些女人的第一次艳遇,或者试图揭开她们第一次失足的真相,仿佛可以用这种办法,在她们身上找到一丝遥远的清白痕迹,可以通过一言半语的真情流露,唤起对往日天真和贞洁的迅速回忆,从而激起对她们的爱。我也未能免俗。我紧锣密鼓地盘问她头几个情人的情况。

我知道她在撒谎。那又有什么关系?在她的连篇谎话里,也许我能发现一点真诚而又感人的东西呢。

"喂,告诉我呀,那个人是谁?"

"是个划船爱好者,我的宝贝。"

"啊!讲给我听听。你们当时在哪儿?"

"我当时在阿尔让特依。"

"你当时做什么?"

"我在一家饭店当佣工。"

"哪家饭店?"

"淡水河水手饭店。你知道这家饭店?"

"当然喽,老板是波南芳。"

"是的,一点不错。"

"他是怎么追求你的呢,那个划船爱好者?"

"当时我正在给他铺床,他就强奸了我。"

但是我突然想起了一位医生朋友的理论。那是一位见多识广并且富有哲学头脑的医生,长期在一所大医院里行医,每天都接触到未婚的母亲和公开的娼妓,深知这些女性,这些沦为怀揣金钱到处游荡的男人的悲惨猎物的可怜女性,所蒙受的种种屈辱和苦难。

他常对我说:

"一个女孩子总是,而且永远是被一个与她同一阶级和社会地位的男人带坏的。我有好几册这方面的观察记录。人们总是责怪富人采摘了平民孩子的花朵。其实并非如此。富人只不过花钱买了别人采集来的花束!他也采摘花朵,不过是二茬的花了;他永远剪不到头茬的鲜花。"

于是我转身向着我的女伴,笑了起来。

"你要知道,你这个故事,我早就听说过了。你第一个相好绝不是那个划船爱好者。"

"噢!确实是他,我敢对你发誓。"

"你撒谎,我的宝贝。"

"噢!没有,我向你保证。"

"你撒谎。好啦,一五一十告诉我吧。"

她惊讶之余,还在犹豫。

我便接着说:

"我可是个魔术师,我的宝贝,我会催眠术。你要是不对我说实话,我一把你催眠,就可以知道了。"

她害怕了;她跟她的同类们都是一样愚昧。她吞吞吐吐地说:

"你是怎么猜到的?"

我又说:

"好啦,快说吧。"

"噢!那第一次,几乎没有什么可说的。那是当地的一个节日。请来一个临时帮忙的厨师,亚历山大先生。他一到店里,就像在自己家里一样闹腾起来。他什么人都要指挥,老板、老板娘也逃不过,好像他是个国王似的……这是个高高大大的美男子。他在炉灶前面也一刻不安分。他总在大声叫嚷:'嘿,拿黄油来,——拿鸡蛋来,——拿马德拉葡萄酒来!'别人马上就得连奔带跑地把他要的东西递给他,不然他就大发脾气,对你说些能把你臊得一直红到裙子底下的脏话。

"一天的活儿干完了,他就站到门口去抽烟斗。见我捧着一摞碟子从他身边经过,他就这样对我说:'喂,小妞儿,到河边去,带我看看本地的风景好吗?'我呢,我就去了,傻乎乎的;谁知刚到河边他就把我强奸了,事情发生得那么快,我还没明白他在干什么。然后,他就坐九点钟的火车走了。那以后,我再也没有见过他。"

我问她:

"就这些?"

她结巴着说:

"哦!我敢肯定弗洛朗坦就是他的。"

"弗洛朗坦是谁?"

"是我那个孩子呀!"

"啊!好得很。于是你就哄那个划船爱好者,让他相信他是孩子的父亲,是不是?"

"当然啰!"

"那个划船爱好者有钱吗?"

"是的,他给我留下三百法郎的年金,记在弗洛朗坦头上。"

我开始觉得有趣了。我又说:

"很好,我的姑娘,好得很。可见,你们并不像人们认为的那么傻。现在,他多大了,弗洛朗坦?"

她回答:

"他眼下十二岁了,春天就要初领圣体了。"

"好极了。从那以后,你就诚心诚意干起这一行来了。"

她无可奈何地叹了一口气,说:

"能干什么就干什么呗……"

这时一个很响的声音,从房间的某个地方传来,吓得我从床上一跃而起。那是一个人的身体倒在地上,然后两手摸着墙壁爬起来的声音。

* 330

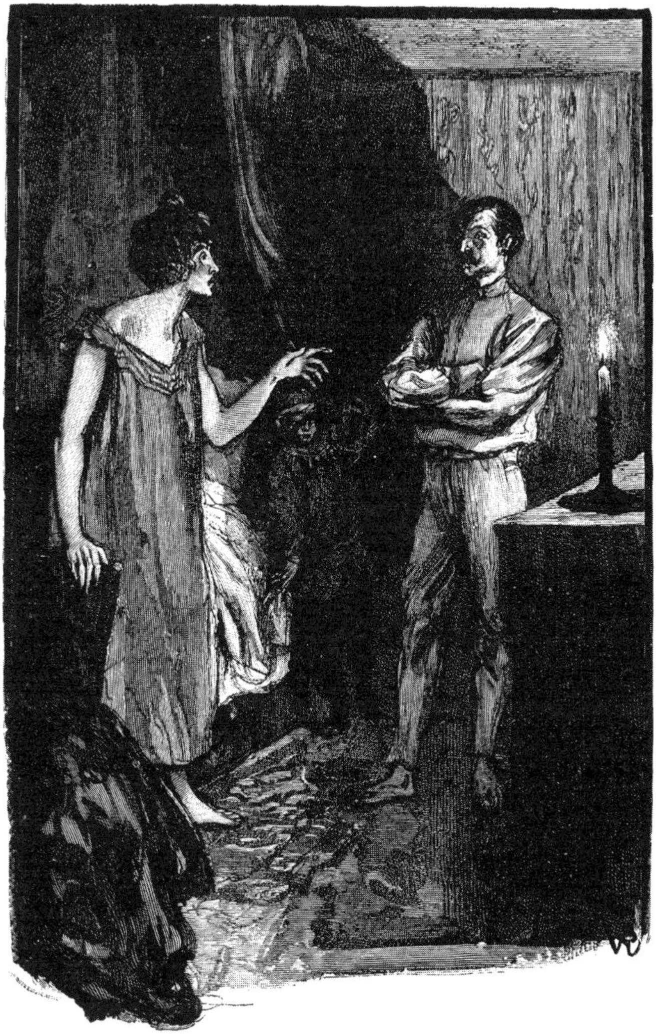

我端起蜡烛,惊恐而又气恼地四下张望。她也起来了,试图拉住我、阻拦我,一边咕哝着说:

"什么事也没有,我的宝贝,你放心,什么事也没有。"

但是我已经发现这奇怪的声音是从哪个方向传来的。我径直走向隐蔽在床头后面的一扇门,猛地把它打开……只见一个脸色苍白、身体瘦弱的可怜的小男孩,颤抖着,睁着两只惊慌、闪亮的眼睛望着我;他坐在一张大草垫椅旁边,看来他刚才就是从这张椅子上摔下去的。

他一看见我,就哭起来,并且向母亲张开两臂:

"这不是我的错,妈妈,这不是我的错。我睡着了,摔下来了。不要骂我,这不是我的错。"

我转身看着那个女人,问:

"这是怎么回事?"

她看来既难为情又很伤心,上气不接下气地说:

"你要我怎么办呢?我挣的钱不够把他送到寄宿学校。我不得不自己带着他,而我又没有钱多租一间房。我不接客的时候,他跟我睡。要是客人只待一两个钟头,他可以待在衣橱里,安安静静地待着;这个他会。可要是客人待一整夜,就像你,这孩子老睡在椅子上会累得腰疼……这也不是他的错……我倒想看看,换了你……整夜睡在椅子上……你会比谁都知道得更清楚……"

她越说火越大,越说越激动,嗓门也越高。

孩子一直哭个不停。这羸弱而胆小的孩子,是的,真正称得上是衣橱中的孩子。衣橱里又冷又黑;只有在被窝空着的时候,这孩子才能偶尔去暖和一下身体。

我也一样,想痛哭一场。

我还是回自己家去睡了。

蒙吉莱大叔[*]

在办公室里,蒙吉莱[①]大叔在人们看来是个怪人。这是个心地善良的老公务员,他一辈子只出过一次巴黎。

那是七月末的事。我们中的每个人,每个星期日都要到郊区去,或者在草地上滚爬,或者在河水里扑打。阿尼埃尔[②],阿尔让特依,沙图,布吉瓦尔[③],梅松[④],普瓦西[⑤],不乏它们的常客和狂徒。所有这些美妙的地方,没有哪个巴黎的职员不知道的,人们对它们的种种优点和好处总是津津

---

[*] 本篇首次发表于一八八五年二月二十四日的《吉尔·布拉斯报》;同年收入夏尔·马尔朋和埃尔奈斯特·弗拉玛里庸出版社出版的莫泊桑小说集《图瓦》;一九○三年收入保尔·奥朗道尔夫出版社出版的插图版莫泊桑全集《图瓦》卷。
[①] 蒙吉莱是法语"我的背心"(Mon gelet)的谐音。
[②] 阿尼埃尔:法国市镇,在巴黎西北郊,塞纳河畔。
[③] 布吉瓦尔:法国市镇,在巴黎西北郊,塞纳河畔。
[④] 梅松:法国市镇,今名梅松-拉斐特,在巴黎西北郊,塞纳河畔。
[⑤] 普瓦西:法国市镇,在巴黎西北郊,塞纳河畔。

乐道。

蒙吉莱大叔常说：

"一群帕努奇的羊羔①！你们的乡下，就那么美！"

我们也常问他：

"喂，蒙吉莱，您、您怎么从来都不出去走走？"

"对不起。我嘛，我乘公共马车游逛。我不慌不忙地在楼底下的酒馆美美地吃完午饭，根据一张巴黎地图、公共马车路线图和换车表，确定好我当天游逛的路线。然后，我就爬上公共马车的顶层，撑开阳伞，车夫挥鞭启程啰。啊！我看到的东西，哼，比你们多得多。我还经常变换街区，就好像我在周游世界似的，从一条街到另一条街，居民就大不一样。我比任何人都更了解我的巴黎。另外，再也没有比夹层②更有趣的了。能在那里面看到的东西，尽管只是匆匆一眼，也是精彩纷呈。只远远瞧见一个男人吼叫的嘴脸，就不难猜想这家人的一些场景；从理发店前面经过，理发师不顾客人满脸的白色肥皂泡沫，只顾往街上看，真好笑。跟女帽店的老板娘抛个飞眼，眉目传情，只是为了乐和乐和，因为反正没有时间下车。啊！能看到多少东西啊！

"那就像看戏，既有趣，又真实，是在两匹马一路小跑的

---

① 帕努奇的羔羊：指盲目追随者。帕努奇是法国文艺复兴时代作家拉伯雷（约1493—1553）的小说《巨人传》中巨人卡冈都亚之子庞大固埃的朋友。他与商人丹德努尔发生纠纷，为了复仇，他买了后者一只羊，抛进海中，其它羔羊也都随之跳海溺死。
② 夹层：指巴黎十九世纪建的某些楼房的一层楼和三层楼之间的夹层，也就是二层楼，比其他楼层低矮一些。

马车上看到的自然的戏剧。见鬼去吧,我才不会用我乘坐公共马车的漫游,换你们在树林里傻里傻气的瞎逛呢。"

人们对他说:"您不妨尝试一下,蒙吉莱,到乡下来一次,试试嘛。"

他回答:

"二十年前我去过一次,我再也不会上当了。"

"那就讲给我们听听,蒙吉莱。"

"只要你们愿意听。你们都认识布瓦万①,我们管他叫布瓦娄②的那个前拟稿科员吧?"

"是啊,当然认识。"

"事情是这样的——"

他和我是一个办公室的同事。这个无赖在科隆布③有一所房子,他一直邀请我到他家去过一个星期日。他对我说:

"来吧,玛居洛特④(他总开玩笑地叫我玛居洛特),你看吧,我们一定会玩得非常开心。"

我呢,就像傻瓜一样上了他的当。一天早上,乘坐八点钟的火车出发了。我来到一个类似城市的地方,或者说是乡间城市,那里没有任何东西可看,我终于在一个两面墙之间的过道的尽头找到一扇破旧的木头门,门上有个铁门铃。

----

① 布瓦万(Boivin)是法语"喝酒"(Boit vin)的谐音。
② 布瓦娄(Boi leau)是法语"喝水"(Boit l'eau)的谐音。
③ 科隆布:巴黎西北郊的一个城市。
④ 玛居洛特是法语"我的短裤"(Ma culotte)的谐音。

* 336

我拉响了门铃,等了很久才有人来开门。给我开门的是什么呀?我第一眼还真没看出来:是一个女人还是一只母猴?她又老又丑,穿着旧衣服,看上去脏兮兮的,一脸凶相。头发里沾着几根家禽的羽毛,那神情像是要把我吞掉。

她问:

"你要干什么?"

"找布瓦万。"

"找布瓦万,你找他干什么?"

我被这个泼妇的盘问搞得很不舒服,结结巴巴地说:

"这个嘛……他在等我。"

她接着说:

"啊!来吃午饭的就是您吗?"

我吞吞吐吐地说出一个颤颤巍巍的"是"字。

她于是回过头,用刺耳的声音冲着房子那边大喊:

"布瓦万,你的人来了!"

原来这就是我朋友的妻子。小老头似的布瓦万很快就出现在房门口。那简陋的房子,墙上抹着灰泥,顶上盖着铁皮,活像个脚炉。他穿的是一条污迹斑斑的斜纹布白裤子,戴一顶脏兮兮的巴拿马草帽。

握过手,他就把我带到他所谓的花园去;那其实是手帕那么大的一小块地,在另一个过道的尽头,被大墙包围着,四周的房屋很高,一天只能射进两三个钟头的阳光。一些蝴蝶花、石竹、桂竹香、几棵玫瑰,在这缺乏空气而又被周围房顶的反光炙得像烤箱似的井底苟延残喘。

"我没有树,"布瓦万说,"可是邻居们的房子就是我的树。我就像在树林里一样阴凉。"

接着,他扯着我的上衣的一个纽扣,小声对我说:

"你来帮我一个忙。你也见识了我那位太太。她不随和,是不是?今天,因为我请你来,她才给了我几件干净衣服;但是如果我把它们弄脏了,那就全完了;我只好靠你来给我浇花了。"

我欣然接受。我脱掉外衣,卷起衬衫袖子,两条胳膊轮换着,使劲地摇着一个不像样的唧筒,那唧筒像一个肺痨病人似的呼呜着,喘息着,呻吟着,挤出一条细细的流水,像华莱士饮水喷泉①流出的水那么少。必须抽上十分钟,才能灌满一个喷水壶。我汗如雨下;布瓦万指挥着我。

"这儿……浇这一棵……再浇一点……够了……浇那一棵。"

喷水壶有个破洞,漏水,漏到我脚上的水比浇在花上的还多。我的裤脚都湿透了,沾满泥浆。我周而复始,一连二十回,每次都把脚弄得尽湿,把唧筒的手柄摇得哼哼唧唧,弄得我大汗淋漓。我实在累坏了,刚要停下,布瓦万老头就拉着我的胳膊,央求我:

"再浇一壶……就一壶……马上就结束了。"

---

① 华莱士饮水喷泉:设在一些公共场所的饮水点,是一种铸铁的小亭子,多见于巴黎。第一座华莱士饮水喷泉于1872年出现在巴黎街头,它是由法国人夏尔-奥古斯特·勒布尔(1829—1906)设计,但以捐资普及此设备的英国人理查·华莱士(1818—1890)的名字命名。

为了感谢我,他送给我一朵玫瑰花,一朵挺大的玫瑰花;但是刚碰到我的纽扣眼,花瓣就全掉了;作为奖赏,只剩下一个暗绿色的、硬得像石头一样的梨状的小东西。我很惊讶,不过我什么也没说。

远远传来布瓦万太太的嚷嚷声:

"你们到底来不来?跟你们说已经准备好了!"

我们向那个脚炉走去。

如果说花园是在阴影里,那么相反,屋里充满了阳光,哈马姆①的第二间蒸汽浴室也没有我这位同事的饭厅里热。

一张黄色的木桌上摆着三个盘子,旁边是没洗干净的锡叉子。桌子当中放着一个瓦罐,里面盛着加了土豆再回锅的炖牛肉。我们就吃起来。

一只长颈大玻璃瓶,装满了微微带点红色的水,吸引了我的目光。布瓦万有些不好意思,对他妻子说:

"喂,我亲爱的,机会难得,你不给一点纯葡萄酒喝?"

她愤怒地盯着他看了一眼。

"好让你们俩都灌醉了,是不是?好让你们俩在我家里嚷嚷一整天?去它的吧,机会!"

他住嘴了。吃完荤杂烩,她又上了一道猪油烧土豆。这道新菜在始终沉默的气氛中吃完,她就宣布:

"完了。现在可以走啦。"

----

① 哈马姆:一个阿拉伯词的译音,意为"洗澡"。一八七六年在巴黎开了一家以此为名的浴室。浴室连续经过两间蒸汽浴室,第一间温度达摄氏五十度,第二间达摄氏八十度。

布瓦万惊讶地看着她。

"那么鸽子……你今天早上收拾的鸽子呢?"

她两手一掐腰:

"你们也许还没有吃够吧? 别以为你带了人来,就有理由把家里的东西吃光。那我,我今天晚上吃什么?"

我们站起来。布瓦万往我耳朵里溜了一句:

"等我一分钟,我们一起走。"

说完他就到厨房里去,他妻子已经在那儿。我听见:

"给我二十苏,我亲爱的。"

"你要二十苏干什么?"

"谁也不知道会发生什么事。身上总得带点儿钱。"

为了让我听到,她大吼:

"不给,就不给你! 既然这个人在你家吃了午饭,至少你今天出去的花销,他应该替你付吧。"

布瓦万老头又回来找我。我想尽量表现得彬彬有礼,对女主人又是点头又是哈腰,结结巴巴地说:

"太太……感谢……盛情招待……"

她回答:

"得啦! 不过别把他灌醉了给我带回来,否则我可要找您算账。您要明白!"

我们出去了。

我们得顶着毒日头穿过一块像桌面一样光秃秃的平原。我要在路边摘一种植物时,痛得叫了一声。我的手被扎了一下,疼得要命。这种植物叫荨麻。另外,这种荨麻到处散发出厩肥的臭味,臭得让人恶心。

布瓦万对我说:

"再忍耐一会儿,就要到河边了。"

果然,我们很快就到了河边。谁知道那里淤泥和脏水臭气熏天,太阳照在水面上是那么强烈,刺得我的眼睛火辣辣的。

我求布瓦万快找个地方待一会儿。他带我走进一个挤满了人的小房子,一家内河水手常去的小酒馆。他对我说:

"这儿外表不起眼,不过里面挺舒服。"

我很饿。我叫了一份摊鸡蛋。可是酒刚喝到第二杯,布瓦万这个无赖就失去了理智,我明白为什么他老婆只给他喝大量掺水的淡酒了。

他胡言乱语,站起来,想显显武功,掺和到两个打架的酒鬼中间去拉架;要不是老板出面排解,我们两个都得送命。

我就像人们扶醉鬼一样扶着他,拖着他走;遇到第一个灌木丛就把他放下。我自己也躺在他旁边。我似乎也睡着了。

我们想必睡了很长时间,因为我醒的时候天已经黑了。布瓦万还在我身旁打鼾。我推推他。他起来了,尽管还醉醺醺的,不过稍微好了一点。

我们又出发了,在黑暗中穿过平原。布瓦万声称找得到回家的路。他带着我一会儿向左转,一会儿向右转,一会儿又向左转。既看不到天空,也看不清地面,我们在一片全是齐鼻子高的木桩的林子里迷失了方向。其实那就是一片用木桩支撑葡萄的葡萄园。四下里看不到一盏煤气灯。我们在里面转了可能有一两个钟头,绕来绕去,跌跌撞撞,伸着两条胳膊,像发疯了似的,怎么也找不到头。我们不得不又往回走。

后来,布瓦万撞在一根柱子上,撞破了脸。他再也不走了,索性坐到地上,扯着嗓子连声喊叫:"有——人——吗?"拖得很长,也很响。我也使尽全身力气呼喊:"救命呀!"并且点亮了一根蜡绳,一方面能给营救的人照路,另一方面也给自己壮壮胆。

终于,一个赶夜路的农民听见我们的喊声,把我们领上了正路。

我一直把布瓦万扶到他家。我正要把他留在他家的花园门口,门猛地打开了。他妻子手里拿着一支蜡烛出现了,把我吓得心惊胆战。

她或许天一黑就在等她的丈夫,一看见他,就向我冲过来,吼叫着:

"啊,坏蛋!我就知道你会把他灌醉了带回来!"

真的,我拔腿就逃,一口气跑到火车站;我担心那个泼妇会追来,便把自己关在厕所里,因为下一班火车要半小时以后才到。

这就是为什么我从来不结婚,为什么我再也不走出巴黎。

隐　士[*]

在戛纳①和纳普尔②之间广袤平原的腹地，我和几位友人见过一个隐士，蛰居在一片大树覆盖下的昔日的坟滩上。

回来的时候，我们谈起这些并非出家人但却离群索居的怪人，这样的人过去屡见不鲜，今天几乎已经绝迹了。我们探讨造成这种现象的心理上的原因，试图弄清是什么样的忧烦把这些人推向了孤独。

一个伙伴突然说：

"我认识两个与世隔绝的人，一个男的和一个女的。女的可能还活着。那是五年以前的事了，她当时住在科西嘉岛

---

[*] 本篇首次发表于一八八六年一月二十六日的《吉尔·布拉斯报》；同年收入维克多·阿瓦尔出版社出版的莫泊桑小说集《小洛克》；一九〇三年收入保尔·奥朗道尔夫出版社出版的插图版莫泊桑全集《小洛克》卷。

① 戛纳：法国阿尔卑斯滨海省的一个城市，地中海"蓝色海岸"的重要旅游地。

② 纳普尔：法国阿尔卑斯滨海省的一个城市。

海边,一座人迹罕至的山顶的废墟里,离最近的人家也有十五到二十公里远。她和一个女仆一起在那里生活。我去看过她。她以前肯定是一个上流社会的妇女。她接待我的时候彬彬有礼,甚至可以说十分亲切。不过我对她的事一无所知,而且也无从猜测。

"至于那个男的,我倒是可以给你们说说他的悲惨遭遇。"

请各位转过身去。你们会看到在纳普尔城的背后,埃斯特莱尔群峰的前面,有一个绿树茂密的尖尖的小山,孤零零的清晰可见。当地人叫它蛇山。我说的那个隐士,大约十二年前就生活在那个山上的一座古老的小寺院的围墙里。

我听人谈起他以后,就决定去认识认识他。三月的一个早晨,我骑马从戛纳出发。到了纳普尔,我把马留在客店,就开始徒步攀登那座奇特的圆锥形的小山。山约莫有一百五十米到二百米高。山上长满了芳香植物,尤其是金雀花,香味强烈刺鼻,让人头昏眼花,浑身难受。地上到处是石子;可以经常看到长长的游蛇在碎石地上穿过,消失在草丛里。由此看来蛇山这个俗称也真是名副其实。有些日子,当你攀登向阳的山坡时,游蛇就好像从你脚底下冒出来似的。它们多到让你不敢再往前走,让你有一种异乎寻常的不舒服的感觉,倒不是因为害怕,这些蛇是不伤人的,而是一种神秘的恐惧。我就有好几次产生过这种奇特的感觉,仿佛自己在爬一座古代的圣山,一个香味缭绕、神秘莫测的山丘:满坡金雀花,游蛇麇集,山顶有一座寺院。

这寺院如今还在。至少有人对我说过那曾经是一个寺院。为了不破坏情绪,我也没有多加打听。

就这样,三月的一个早晨,我借口观赏当地的景色,登上了山。到了山顶,果然看见一道围墙,还有一个男子坐在一块石头上。看样子他不会超过四十五岁,虽然头发已经全白,可是胡须几乎还是黑的。他轻轻爱抚着一只蜷缩在他膝头的猫,似乎对我并没有丝毫戒心。我围着废墟绕了一圈;废墟有一个部分用树枝、麦秸、干草和碎石盖住、封住,该是他住的地方了。然后我就走到他身旁。

从那里看去,景色真是优美动人。右边,是埃斯特莱尔群峰尖尖的重峦叠嶂,奇形怪状;继而是无边的大海,一直延伸到海岬连绵的、遥远的意大利海岸。在戛纳的对面,是郁郁葱葱、地势平坦的莱兰群岛,就像漂浮在大海上一样;而在最近的一个岛屿上,临海矗立着一座筑有雉堞的古老的城堡,这城堡几乎就是建在波涛里。

再远处,高耸着阿尔卑斯山脉,山顶依然白雪皑皑,俯瞰着绿色的海岸;视线所及,那海岸上一长串白色的别墅和市镇掩映在绿树丛中,就像沿着岸边产下的数不清的鸡蛋。

我低声地赞叹:

"天啊,多美呀。"

那人抬起头来,说:"是呀,不过整天看着这个,也就乏味了。"

这么说我的这位隐士也说话,也与人交谈,也有烦闷的时候。他算落在我手里了。

这一天我没有待多久,我只是试图了解他的厌世带有什么色彩。他给我的突出印象是:他厌倦了世上的人,厌倦了世上的一切,万念俱灰到了无可救药的地步,对自己也像对其他人一样嫌恶。

我跟他谈了半个小时就离开了。不过一个星期以后我又来了,再过一个星期又来了,以后每个星期都来;就这样,不到两个月,我们已经成了朋友。

五月底的一个晚上,我认为时机已经成熟,就带了一些吃的,准备和他在蛇山上共进晚餐。

那是南方处处飘香的一个晚上。就像北方普遍种小麦一样,这个地区的人种花,让妇女们的肌肤和连衣裙散发出香味的各种各样的香精,几乎都是这里出产的。那也是这个地区的花园和山沟里种的无数橘树花香四溢的一个晚上,香味搅得人心痒难熬,连老年人也会昏昏然做起怀春的梦。

他接待我的时候显然很愉快;他高兴地答应和我分享晚餐。

我请他喝了一点葡萄酒,他已经没有喝酒的习惯了。乘着酒兴,他对我讲起他过去的生活。我猜想,他以前一定一直住在巴黎,而且是个快乐的单身汉。

我单刀直入地问他:

"您怎么会有这样古怪的念头,跑到这山顶上来住呢?"

他随即回答:"啊!那是因为我遭到了人生最沉重的打击。不过何必对您隐瞒这件不幸的事呢,也许您听了会怜悯我哩！再说……我还从来没有对人讲过……从来没有……我很想知道……一旦……别人会怎么想……怎么评论。"

我生在巴黎，在巴黎接受教育，在这个城市里生活和成长。父母给我留下一笔财产，每年能有几千法郎的利息。经人保荐，我又获得一个平凡然而稳当的职位，能过上对单身汉来说可谓富裕的生活。

我从青少年时代起就过着独身生活。您应该知道独身生活是怎么回事。我自由自在，没有家庭，而且也打定主意不娶一个合法妻子，有时候跟这个女人过三个月，有时候跟那个女人过半年，然后又有一年没有固定的伴侣，只是去寻花问柳。

这种平淡的生活，或者说平庸的生活，您想怎么说都可以，对我很合适，它满足了我天生的东游西逛、多动好变的习性。我在大街上、剧院里、咖啡馆里混日子，总在外面，几乎成了流浪汉，尽管我有自己的住所。我是成千上万个像软木瓶塞一样在生活中漂浮的人中的一个；对这些人来说，巴黎的城墙就是世界的边缘，他们对什么都无所谓，对什么都没有热情。我是一个人们所说的无忧无虑的年轻人，没有多大优点，也没有多大缺点。就是这样。我还是有自知之明的。

总之，从二十岁到四十岁，我的生活就是这样说慢也快地流逝了，没有任何突出的事情可以说道。巴黎单调的岁月过得真快，头脑里没有留下任何值得纪念的往事。这样的岁月既漫长又短促，既快乐又平庸，稀里糊涂地吃呀喝呀，有什么可尝的食物、可吻的女人，就把嘴唇伸过去，哪怕根本就没有什么欲望。那时还年轻,老了才知道虚度了年华,没有依靠,没有根基,没有关系,没有亲人,没有妻子,没有儿女,几乎连朋友也没有!

总之,我就是这样不知不觉、转眼之间到了四十岁。为了纪念四十岁生日,我独自在一家大咖啡馆吃了一顿丰盛的晚餐。我在这个世界上形只影单;我认为孤身一人庆祝这个日子也挺有趣。

吃过晚饭,接下去做什么呢,我犹豫不定。我起先想去剧院;后来心血来潮,决定去我当年学过法律的拉丁区旧地重游。于是我穿过半个巴黎,漫不经心地走进一家啤酒馆,那里的侍者其实都是些烟花女郎。

招呼我这一桌的是一个年纪很轻的姑娘,长得挺俊,有说有笑。我请她喝一杯饮料,她爽快地接受了。她在我对面坐下,用她那双老练的眼睛打量着我,想知道在跟一个什么样的男人打交道。那是一个金色头发的姑娘,更准确地说是个金发少女,一个鲜嫩、十分鲜嫩的女孩子,可以想见她那件胀鼓鼓的上衣下面的肌体一定红润而又丰满。我像一般人对这类女子常做的那样,对她说了些调情的蠢话。这姑娘确实讨人喜欢,我突然一时冲动,要带她去……还是庆祝我的生日呗。我没有多费口舌,也没有遇到什么困难。她告诉我,她已经空了半个月了,她答应下班以后先陪我去中央菜市场吃夜宵。

我怕她悄悄离开我——谁也不知道会发生什么情况,会有什么人闯进这家啤酒馆,女人的头脑里会刮起一阵什么风——所以我整个晚上都待在那里等着她。

我也空,而且已经空了一两个月了。我一边看着这羽毛未丰的爱神在桌子间穿梭,一边思忖着是不是跟她订一个合同,包她一段时间。一直到这里,我跟您讲的只不过是一件巴黎的男人们生活中平平常常、司空见惯的事情。

请原谅我跟您叨叨这些粗俗的细节。没有经历过富有诗意的爱情的男人,挑选女人也只能像去肉铺选购排骨一样,别的不管,只看肉的质量。

总之,我跟她到了她的家——因为我对自己的被褥多少还有几分敬意。那是一间小小的女工的居室,在六楼①,寒酸但是挺干净。我在那里美美地过了两个小时。那个小姑娘,真是少有的娇媚和温柔。

临别的时候,我跟还躺在床上的小姑娘约好了下次见面的日子,便走过去按规矩把酬金放在壁炉台上。就在这时,我隐约瞥见炉台上放着一个带半球形钟罩的座钟、两个花瓶和两张照片,其中的一张已经很旧了,是那种印在玻璃上的俗称达格雷②的照片。我随意俯身细看,那是一张肖像。我顿时愣住了,这太意外了,我简直弄不懂是怎么回事了……那是我的照片,我的第一张肖像照……我从前在拉丁区上大学的时候照的。

我猛地把那张照片抓过来仔细端详。我没有看错……事

---

① 巴黎老房子的六楼,大多为顶层,通常是仆人、穷苦人的住处或储物室。
② 达格雷:法国摄影家路易·达格雷发明的摄影术,不用底片,将影像生成在一个直接曝光的镜子一样光滑的银片上。

情是那么突然而又荒唐,我几乎笑出声来。

我问:"那位先生是什么人呀?"

她回答:"是我父亲;不过我没见过他。妈妈留给我的,嘱咐我保存好,说不定有一天有用……"

她犹豫了一下,接着说:"说实在的,我也不知道有什么用。我不相信他会来认我。"

我的心像一匹受惊的马狂奔时那样怦怦乱跳。我把那张照片平放在炉台上,把口袋里仅有的两张一百法郎的钞票全都搁在上面,连自己也不知道在做什么,然后就一边逃跑一边喊着:"回头见……再见……亲爱的……再见。"

我摸索着走下黑暗的楼梯时,听见她回答:"星期二再见。"

走到外面,我发现在下雨;我就随便沿着一条路大步离去。

我惊魂未定,心乱如麻,一面往前走,一面绞尽脑汁在记忆中搜寻。这可能吗?——可能。——我突然想起一个姑娘,在我们断绝了关系一个月以后,给我写过一封信,说她怀了我的孩子。我把那封信不是撕了就是烧了,便把这件事丢在脑后。我真应该好好看看小姑娘炉台上那张女人的照片。可是我还能认得出她来吗?印象中,那好像是一个老年妇女的照片。

我走到河边,看见一条长凳,就坐下来。雨还在下。不时地有几个打着雨伞的行人走过。我感到生活是那么卑污可憎,充满了有意无意的劣迹、丑行和罪孽。我的女儿!……我刚才占有的也许就是我的女儿!……而在巴黎,在这阴沉、忧郁、泥泞、凄凉、黑暗、门关户闭的偌大的巴黎,通奸、乱伦、强暴幼女之类的事情比比皆是。我不禁想起听人说过:在一些桥上经常有无耻的色狼出没。

而我却在无意中,在不知情的情况下,干下了比这些无耻之徒还要卑劣的事情。我钻进了自己女儿的被窝!

我几乎要投河自尽。我已经疯了!我四处游荡直到天明,然后就回家去闭门思考。

我做了看来是最明智的事:我自称受朋友之托,请一位公证人把那个小姑娘找来,问她母亲是在什么情况下,把她当作父亲的那个人的照片交给她的。

公证人按照我的要求做了。那个女人是在临终前的病榻上,当着一个教士的面,对她说这照片上的人就是她父亲的。人们还把那位教士的名字告诉了我。

于是,依然借用那个没人认识的朋友的名义,我把我的一半财产,大约十四万法郎吧,给了这个孩子,规定她只能动用利息;然后我就辞了职,来到这里。

我在这一带海岸游荡的时候,发现了这座山,就在这儿留下了……会待到什么时候……我也不知道!

"您对我做的这一切……有什么想法呢?"

我一面向他伸出手,一面回答:

"您已经做了应该做的事。对于这种在劫难逃的可怕遭遇,很多人也许不会像您这样认真呢。"

他接着说:"我知道;不过,我,却几乎因此而发疯了。看来我的心灵特别脆弱,自己却从来也没有发现。现在,我害怕巴黎,就像信教的人害怕地狱一样。我挨了迎头一棒,事实就是如此,这打击就好比一块瓦掉下来,正好砸在一个行路人的头上。最近我已经好些了。"

我告别了这位隐士。他的故事让我激动不已。

我又去看望过他两次,后来就离开了,因为五月底以后我是从来不会待在南方的。

第二年我再来时,他已经不在蛇山;从此以后我再也没有听人说起过他。

这就是我那位隐士的故事。

人间的苦难*

让·德·埃斯帕尔很激动：

"让我安静些吧，别再唠叨您那些鼹鼠般目光短浅的幸福，您那一捆燃烧的柴火、一杯老酒、跟一个女人磨蹭一下就能心满意足的傻瓜的幸福。我告诉您，我呢，人间的苦难让我忧心如焚。我的尖锐的目光，到处都看得到苦难。我看到苦难的地方，您什么也看不到，因为您走在街上的时候，只想着今晚或者明天的狂欢。"

喏，有一天，在歌剧院林荫道，在被五月的阳光陶醉了的忙乱、快乐的人群中，我突然看到一个形体，一个无以名之的形体经过，原来是一个身体弯曲成两截的老妇人，身上穿着破

---

* 本篇首次发表于一八八六年六月八日的《吉尔·布拉斯报》；莫泊桑生前未收入任何小说集；一九五六年收入阿尔班·米歇尔出版社出版的由阿尔贝-玛丽·施耐德编的《莫泊桑短篇小说集》；未曾收入保尔·奥朗道尔夫出版社出版的插图版莫泊桑全集。

烂的裙衣,头上戴着一顶黑黢黢的草帽,帽子上原先的饰物、缎带、鲜花,不知什么时候已经无影无踪。她拖着两只脚,行进得那么艰难,每向前挪动一步都让我跟她一样心痛,不,比她还要心痛。两根木棍支撑着她的身躯。她只顾走路,什么人也不看,对一切都漠不关心:噪声,人群,车辆,甚至阳光!她这是去哪儿?去哪个又脏又乱的蜗居呢?她用一张纸裹着、用一根细绳拎着什么东西。是什么呢?是面包?是的,大概吧。没有一个人、没有一个邻居能够或者愿意帮她跑一趟,她只得自己完成这从顶楼到面包铺的艰难历程。一来一去,至少要走两个小时。这是多么痛苦的行程!这是比基督受难更可怕的行程啊!

我抬头望着那一座座高楼的顶层。她要爬到那么高的地方去啊!她什么时候才能爬到那里呢?在黑暗、弯曲、狭窄的楼梯里,她得停下来喘息多少次呢?

路上所有的人都转过脸来看她!有人喃喃地说一声:"可怜的女人!"然后就走过去。她的裙子,勉强还系在她瘦骨嶙峋的躯体上的破烂裙子,在人行道上拖着,然而这躯体是有思想的!有思想?不,不如说是可怕的、无休止的、无法摆脱的痛苦!啊!这些没有面包的老人的苦难,没有希望、没有孩子、没有钱、一无所有只能等死的老人们的苦难,您想到过吗?您想到过顶楼陋室里的忍饥挨饿的老人吗?您想到过那些昔日闪亮、多情、愉悦,而今黯然无光的眼睛里滚动的泪水吗?

他沉默了片刻,接着说:

那是三年前的秋天,我在诺曼底打猎的那一天,我的全部"生活的欢乐"——我这里借用我国最权威、最深刻的小说家艾米尔·左拉的名言①,他比任何人都更清楚地看到、了解并且描述了社会底层的苦难——我的全部生活的欢乐顿时消失,消失得无影无踪。

天下着雨。我独自一个人在原野上,在犁成一道道大垄沟的耕地上走着,胶泥在我的脚下又滑又黏。不时地就有一只蜷缩在泥块后面的山鹑受惊,在倾盆大雨下吃力地飞起。我开了一枪,在天上落下的雨帘的压抑下,发出的枪声还不如一声鞭响,那灰色的鸟儿却羽毛上带着血一头栽了下来。

我伤感得想哭,想大哭一场,就像乌云把雨水洒向大地、洒在我身上一样;我伤感得透骨酸心,浑身疲软,两条腿粘在黏土里再也抬不起来。我正要往回走,忽然远远看见医生的那辆双轮轻便马车沿着田野上一条小路驶过来。

在这令人沮丧的天气里,这辆蒙着低矮的圆顶棚的黑色马车由一匹棕色的马拉着逐渐驶近,就像预兆死亡的幽灵在田野上游荡。车突然停住了;医生的头伸出来,喊道:

"喂!是德·埃斯帕尔先生吗?"

我向他走去。他对我说:"您怕不怕生病的人?"

---

① 左拉的系列长篇小说《卢贡-马卡尔家族》中有一部小说题为《生活的欢乐》。

"不怕。"

"您愿不愿意帮助我去照顾一个患了白喉的女病人?我就一个人;需要有一个人支撑着她,我才好把假膜从她咽喉上剥下来。"

"我跟您一起去。"我对他说。于是我爬上他的车。

他对我说了以下的情况:

咽峡炎,让不幸的患者窒息致死的可怕的咽峡炎,传染了庄稼人马尔蒂奈一家,多么可怜的人啊!

父亲和儿子这个星期初就死了。母亲和女儿现在也快走了。

一个照顾她们的女邻居,突然觉得身体不舒服,昨天晚上不辞而别,连门也没有关上,把两个病人扔在麦秸的床上,一口水也没有;她们孤零零躺在那里,嘶嘶气喘,呼吸艰难,生命垂危,已经一天一夜没有人照顾!

医生刚为那个母亲清洗了喉咙,给她喝了水;但是那个女孩,因为疼痛和呼吸困难,已经神志狂乱,把头扎进草垫里躲起来,碰也不让人碰她。

医生已经见惯了这种可悲的事,他用难过而又无可奈何的语调连声说:"我总不能整天待在病人家。唉!一想到她们那种惨状,真让人揪心。她们一天一夜没有水喝。雨水被风吹得一直溜到她们的床上。鸡也全都躲到壁炉里了。"

我们来到那个农民家。医生把马拴在门前一棵苹果树的树枝上。我们走了进去。

一股强烈的疾病、潮湿、发烧、发霉、医院和地窖的气味呛得我们喘不过气来。屋子里很冷,像在沼泽里一样寒冷,没有生火,没有人气,阴沉沉,凄惨惨。座钟已经停摆;雨从壁炉的大烟囱里往下落;炉灰被鸡刨得遍地都是。可以听到一个阴暗角落里响着沙哑、急促的拉风箱似的声音。那是女孩在喘息。

母亲躺在一个类似大木箱的乡下人的床上,盖着一床破被和几件旧衣裳,看来还平静。她向我们微微转过脸来。

医生问她:"您有蜡烛吗?"

她用低沉无力的声音回答:"在碗橱里。"

医生拿着点亮的蜡烛,领我走到屋子尽头女孩的小床边。

她呼吸急促,面颊下陷,两眼灼亮,头发蓬乱,样子很吓人。她干瘦僵直的脖子,每呼吸一下就现出几个深深的坑。她仰面躺着,两手紧紧抓着盖在身上的破衣服;一看见我们,她就翻身朝下,把脸藏进草垫子。

我抱住她的肩膀,医生强迫她张开嘴露出喉咙,揭下一大张在我看来干得像皮革似的灰白色的皮。

她呼吸立刻舒畅了些,而且喝了一点水。母亲一只胳膊肘支起身子看着我们。她含糊不清地问:

"好了吗?"

"是呀,好了。"

"我们又要孤零零留在这儿了?"

一种恐惧,一种可怕的恐惧,让她的声音都颤抖了。她是那么害怕孤独,害怕被人遗弃,害怕黑暗和她感到已经十分临近的死亡。

我回答:"不会,勇敢的女人。我会等在这里,直到帕维庸先生给您派一个看护的人来。"然后,我转过脸对医生说:"您让莫迪大妈来看护她。我付她工钱。"

"好极了。我这就去替您把她叫来。"

他跟我握过手,就走出去;我听到他的双轮马车在潮湿的路上驶远。

我独自一人留下来陪伴两个奄奄一息的人。

我的狗帕夫卧在黑洞洞的壁炉前,这让我想到生一点火应该对大家都有益。于是我到外面去找了些木块和麦秸;熊熊的炉火很快就照亮了全屋,直到女孩的那张小床。她已经又开始气喘了。

我坐下来,把两条腿伸向壁炉。

雨水敲打着玻璃窗;风摇撼着屋顶。我听得见两个女人短促、艰难、带着哨声的喘息,还有我的狗的呼吸,它正在明亮的壁炉前打滚,高兴地哼唧着。

人生!人生!什么是人生?这两个可怜的女人,生来睡的是草垫,吃的是黑面包,干的是牛马活,受尽了人世间的各种苦难,眼看就要死了!她们犯了什么错?父亲死了,儿子死了。然而这些穷苦人却是人们喜爱和尊重的善良的人,淳朴和正派的人!

我看着冒着热气的靴子和睡着的狗,把自己的命运和这些受苦人相比,感到一种未曾有过的深深而又可耻的喜悦!

小女孩又气喘起来,这沙哑的气喘声突然变得让我无法忍受,它像一把锉刀,每一声都锉得我撕肝裂肺般地心痛。

我走到她身边:

"你想喝水吗?"我问她。

她点点头表示想喝,我就往她嘴里倒了一点水,可她根本咽不下。

她的母亲平静了一些,翻过身来看着女儿。就在这时,一阵恐惧掠过我的心头,一阵不祥的恐惧滑过我的皮肤,就仿佛碰到一个看不见的恶魔。我是在哪儿?我已经不清楚了!我是不是在做梦?我让一个什么样的噩梦缠住了?

这样的事真的在发生吗?人就会这样死掉吗?我巡视着茅屋里各个阴暗的角落,仿佛料定会看到一个丑陋、可怕、说不出名字的怪物躲在某个暗处。它窥伺着人们的生命,要杀掉他们、吞吃他们、碾碎他们、掐死他们;它喜爱鲜红的血、被高烧燃得灼亮的眼睛、皱纹和憔悴、白发和腐朽。

炉火快熄灭了,我又往里面加了一些木块;因为我的腰部很冷,我便凑近壁炉烤起脊背来。

至少我希望死在一个舒适的房间里,医生围在床边,桌子上摆满各种药品!

而这两个女人却在这没有炉火的茅屋里孤零零地待了一天一夜!能喝到的只有一点水,躺在草垫子上苟延残喘!……

我突然听到一匹马的小步快跑声和一辆车的车轮滚动

声;女看护人走进来。她一脸平静,面对这凄惨的情景不但不惊讶,甚至还为找到了这份工作而满心欢喜。

我给她留下一些钱,就急忙带着我的狗逃走。我就像干了坏事的歹徒,在雨里奔逃,仿佛还听得见两个喉咙发出的刺耳的喘声。我直奔我的温暖的家,仆人们正在那里准备一顿美味的晚餐,恭候着我呢。

一家人[*]

我去拜访老朋友西蒙·拉德万,我有十五年没见到他了。

想当年,这是我最要好的朋友,志同道合的朋友,我们一起度过一个个安静而又快乐的漫长夜晚,我们在一起能够说知心话,在款款的交谈中能够发现罕有的细腻、精彩、高尚的想法,而这些想法是只有当两个人心灵契合、无拘无束的时候才会产生的。

在相处的那些年里,我们几乎形影不离。我们在一起生活、旅行、思考、幻想,怀着同样的热情喜爱同一些事物,欣赏同一些书,理解同一些作品,为同样的感觉而战栗,经常嘲笑同一些人,只要交换一下目光我们就能彼此会意。

后来他结婚了。他突然娶了一个来巴黎就为了找对象的外省女孩。这个淡黄色头发的女孩,瘦小,笨手笨脚,眼

---

[*] 本篇首次发表于一八八六年八月三日的《吉尔·布拉斯报》;一八八七年收入保尔·奥朗道尔夫出版社出版的莫泊桑小说集《奥尔拉》;一九〇三年收入同一出版社出版的插图版莫泊桑全集《奥尔拉》卷。

睛明亮但显得空虚,嗓音清脆却有些刺耳,跟千万个待嫁的女娃娃并无两样。这样一个小姑娘是怎么拿下这个聪明、机智的小伙子的呢?这些事谁能说得清?他希望的幸福,想必是在一个善良、温柔、忠实的女人怀抱里的悠悠、持久的普通的幸福;而他在这个眼睛清澈、头发淡黄的女孩身上觉察到了这一切。

他没有想到,一个积极、活跃、热情的男人,一旦陷入了愚蠢的现实,会厌倦一切的,除非他已经糊涂到什么都不明白的地步。

我即将再见到的老友,现在会是什么模样了呢?是一如既往的活泼、机智、爱笑、热情?还是已经被外省生活消磨得无精打采了呢?十五年里,一个男人是会变得面目全非的!

列车在一个小小的火车站停下。我刚走下车厢,一个面颊通红、肚子圆鼓鼓的肥胖男人就张开双臂向我冲过来,一边喊着:"乔治!"我和他拥抱,不过我还没有认出他来。接着,我才惊讶地低声说:"好家伙,你不见瘦呀?"他笑着回答:"你叫我怎么办呢?活得好,吃得好,睡得好!好吃好睡,这就是我的生活!"

我打量着他,在这张宽大的脸庞里寻找着我喜爱的线条。只有眼睛一点没变;不过我已经找不到那眼神。我心想:"如果说眼神是思想的反映,这脑袋里的思想,大概已不是我从前那么熟悉的思想了。"

他的眼睛依然明亮,充满愉快和友情,只是不再有那像语言一样,显示出某种精神价值的智慧的闪光了。

忽然,西蒙对我说:

"瞧,这是我的两个大孩子。"

一个几乎像成熟女人般的十四岁的女孩,还有一个穿初中学生装的十三岁的男孩,面带羞涩、动作笨拙地走过来。

我低声问:"是你的?"

他笑着回答:"当然啦。"

"你有几个?"

"五个!还有三个留在家里!"

他回答的时候,带着一副自豪、得意甚至有点炫耀的神态;我呢,却感到一种深深的怜悯,掺杂着微微的轻蔑。因为这个自鸣得意的天真的多产者,夜里,在两次小睡之间,在他的外省家里,就像兔子在笼子里一样,忙着造孩子。

我登上一辆马车,西蒙驾着车,我们开始在小城里穿行。这个城市凄凉、沉闷而又阴郁,除了几条狗和三两个女用人,街上没有任何活动的东西。不时地,一个站在门口的店主脱下帽子向他致意;西蒙呼着对方的名字还礼,大概是想向我证明他不但认识所有的居民,而且叫得出他们每个人的名字。我突然想到他一定在竞选议员,这是所有隐退外省的人的梦想。

马车很快就穿过小城,驶进一个奢望变为公园的花园,然后停在一座有意让人误以为是古堡的带墙角塔的房子前面。

"这就是我的窝。"西蒙说。他显然想得到客人的一句夸赞。

我回答:"很有味道。"

一个妇女出现在门前的台阶上,看来她为这次来访颇做了一番打扮,为这次来访精心梳理了头发,还为这次来访准备了欢迎词。这已经不是十五年前我在教堂的婚礼上见到的那个头发淡黄、普通乏味的女孩,而是一个衣裙下缘镶着荷叶边、前额搭着小发绺的胖女人,一个看不出年龄、没有性格、没有气质、没有情趣、没有任何构成女性特征的妇女。总之,这是一个母亲,一个平庸的胖母亲,一只下蛋的母鸡,一匹种母马,一台灵魂里除了孩子和菜谱别无用心的造人机器。

她表示欢迎我的到来,然后我就进了前厅。三个孩子按个头高矮排成一行站在那里,就像消防队员在接受市长检阅。

我说:

"哈哈!这就是另外几个吧?"

西蒙容光焕发,告诉我每个孩子的名字:"让、索菲和龚特朗。"

客厅的门敞开着。我走进去,看到扶手椅里有个什么东西颤颤巍巍的,原来是一个人,一个瘫痪的老人。

拉德万太太走上前:

"先生,这是祖父。他今年八十七岁。"

说完,她在颤抖的老人的耳边大声说:"爸爸,这是西蒙的朋友。"老人费力地对我说了一声:"您好。"然后就一边挥动着手,一边叫喊:"哇,哇,哇。"我回答:"先生,您太客气了。"说完,我就倒在一把座椅里。

西蒙这时才进来;他乐呵呵的:

"哈哈!你已经认识我的好爸爸了。这老爷子,可是一个无价之宝;他是孩子们的开心果。亲爱的,他非常贪吃,每顿饭都能吃到快撑死。你想想,如果任他吃,他得吃多少。不过你会看到的,你会看到的。他瞅甜食的那个眼神,就像在看大姑娘。这么滑稽的事,你肯定从来也没有看到过。你等会儿就能看到。"

然后,人们就把我领到我的房间,让我盥洗,因为吃晚饭的时间快到了。这时我听到楼梯上一阵惊天动地的脚步声;转身一看,所有的孩子在他们父亲背后排着长队跟在我身后,大概是为了向我表示敬意。

我的房间朝着一望无际的平川,赤裸裸的,一片青草、小麦和燕麦的海洋,没有一簇树,也没有一个高坡,正是这房子里的人的生活的鲜明、凄凉的写照。

铃声响了,宣布要吃晚饭了。我走下楼去。

拉德万太太神态庄重地挽着我的胳膊,走进饭厅。一个仆人推着老人的扶手椅。老人刚坐到盘子前面,贪婪好奇的目光就开始巡视甜食;他艰难地转着身子,晃悠着脑袋,从一盘菜到另一盘菜,看个遍。

这时西蒙搓着手对我说:"你马上就要开心了。"孩子们明白是要让我看看馋嘴祖父的表演,于是不约而同地哄然大笑起来;而他们的母亲只是微笑着耸耸肩。

拉德万用手做成喇叭状,朝老人大喊:

"我们今晚有奶油甜饭。"

老人满是皱纹的脸顿时有了光彩,浑身上下抖得更厉害了,表示他明白了,他很高兴。

大家开始吃晚饭。

"瞧。"西蒙低声说。老祖父不喜欢菜汤,他不肯喝。为了他的健康,人们逼他喝;仆人舀了满满一勺子用力往他嘴里灌;他为了不咽下去,使劲吹气,菜汤像从喷口喷出,溅到桌子上和邻座人的身上。

孩子们笑得直不起腰来;他们的父亲也非常高兴,连声说:"滑稽不滑稽,这老爷子?"

整个吃饭过程中,人们的注意力都集中在老人身上。他眼馋地瞅着摆在桌子上的菜,拼命挥动着手想抓住它们,把它们拉到自己面前。人们把菜都摆到他差一点就够得着的地方,看着他徒劳地挣扎、颤抖着向它们冲击,看着他的目光、他的嘴、他的不断闻着的鼻子、他的整个身体的痛苦呼唤。他发出含混不清的抱怨声;渴求的馋涎流到餐巾上。看着这丑恶和荒唐的酷刑,全家人乐不可支。

接着,人们在老人的盘子里放了一块很小很小的食物。为了能尽快得到别的东西,他狼吞虎咽地吃了。

到吃甜饭的时候了,他几乎像痉挛了一样,渴望地呻吟着。

龚特朗对他喊道:"您吃得太多了,不给您了!"大家都装作一点都不给他了。

他痛哭起来。哭的时候抖得更厉害了。孩子们却开心地大笑。

不过,最后人们还是把他那一份,那很少很少的一份给了他。他吃第一口甜饭时,喉咙里发出滑稽的吞咽声,脖子的动作就像鸭子吞一块过大的食物。

他吃完了,跺着脚,还想再要。

我对这个令人同情而又可笑的坦塔罗斯①顿生怜悯,为他求情:"好了,再给他一点甜饭吧!"

西蒙回答:"啊!不行,亲爱的,如果他吃得太多,在他这个年纪,对他不好。"

我不再说了,这句话让我陷入沉思。道德啊,逻辑啊,智慧啊!在他这个年纪啊!所以,人们以他的健康为名,剥夺了他还能够享受的唯一乐趣!他的健康!这个没有生气、颤颤巍巍的躯体,还要他怎样?人们说这是爱惜他,让他多活些日子。多活些日子!多少日子?十天,二十天,五十天,还是一百天?为什么?为了他?还是为了在这个家里把他不由自主的贪食的丑剧保持得更久些?

他在这个人世间已经再也没有什么可做,再也没有什么了。他只剩下一个愿望,一个乐趣;何不把他最后的乐趣整个儿给他,整个儿给他,直到他死去!

大家又打了很长时间的牌,然后我就上楼回到我的房间。我只感到悲哀!悲哀!悲哀!

---

① 坦塔罗斯:古希腊神话中主神宙斯之子因泄露天机,被罚在食物和水的面前可望而不可即的酷刑。

367

我俯身在窗口。窗外万籁俱寂,只有某处的一棵树上传来微弱、柔和、悦耳的鸟的啁啾。这只鸟儿在夜晚这样低声歌唱,应该是为了抚慰它正在安睡的孵蛋的雌鸟。

我想到我可怜的朋友的五个孩子;我的朋友此刻应该正在丑老婆身旁打鼾。

流 浪 汉*

　　四十天以来,他走呀走,到处找工作。他离开家乡芒什省①的维尔-阿瓦雷村,因为没有活干。他是盖房子的木匠,今年二十七岁,手艺好,也勤劳。他在家吃了两个月的闲饭;他,作为长子,在普遍失业的环境里,竟然只能叉着两只有力的胳膊,一筹莫展。家里的面包越来越紧缺;两个妹妹去外面打短工,但是挣得很少;而他,雅克·朗岱尔,最身强力壮的人,却什么也不做,因为没有什么可做,只能分吃别人挣来的汤。

　　他去村政府打听;秘书回答说,在中部大区找得到活干。

　　于是他带着身份证件和工作证明,兜里揣着七法郎,用一

---

* 本篇首次发表于一八八七年一月一日的《新杂志》第一卷;同年收入保尔·奥朗道尔夫出版社出版的莫泊桑小说集《奥尔拉》;一九〇三年收入同一出版社出版的插图版莫泊桑全集《奥尔拉》卷。

① 芒什省:法国西北部诺曼底大区的一个省。

块蓝手巾包着一双替换鞋、一条短裤和一件衬衫,拴在一根木棍的头儿上往肩上一扛,就出发了。

他在没有尽头的大路上不停地走,不论白天和夜晚,不管日晒和雨淋,但总也走不到那工人们找得到活干的神秘的地方。

他起初固执地认为,既然自己是盖房子的木匠,那就只有盖房子的木工活才能做。可是,无论他到哪个工地荐工,人家都回答说刚刚解雇了一批人,因为没有人订活。他实在走投无路,只好决定在路上遇到什么活儿都干。

所以,他先后做过挖土工、马夫、开石匠;他劈过木头,修过树枝,挖过井,拌过灰浆,捆过柴,在山上放过羊,每回只能挣几个苏;因为他必须把价钱压到低得可怜,才能打动吝啬的老板和乡下人的心,偶尔得到两三天的工作。

而现在,他又有一个星期什么活儿也没有找到;他身无分文,只能吃上几口面包,那还是他沿路挨家串户哀求,主妇们发善心施舍的。

天渐渐黑下来,雅克·朗岱尔精疲力竭,两腿瘫软,肚里空空,灰心丧气,赤着脚在大路边的草地上走着,因为他舍不得穿他的最后一双鞋,而另一双早就报废了。这是个星期六,临近秋末了。风在树丛里呼啸,也推动着天空的灰色浓云迅速翻滚。眼看就要下雨了。在这礼拜日的前夕,白日将近的时刻,乡间空无一人。田野上东一个西一个矗立着的脱过粒的麦秸垛子,就像大得吓人的黄色蘑菇;地里已经播下来年庄稼的种子,看上去光秃秃的。

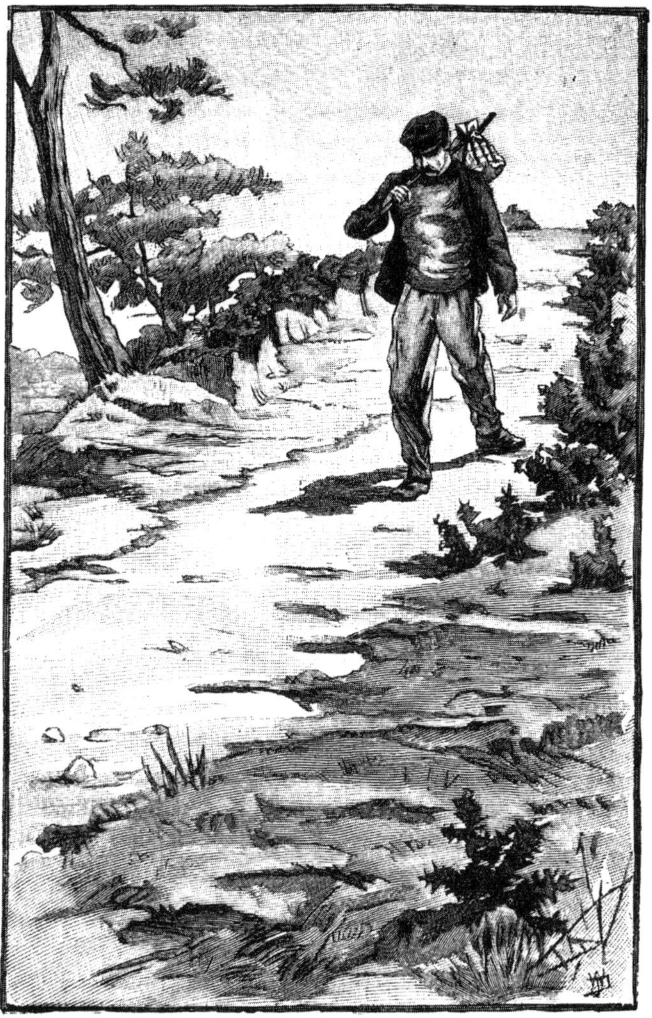

朗岱尔感到饥饿,那是一种野兽般的饥饿,狼吃人就是受这种饥饿的驱使。他累极了,把步子跨得大一些,为的是能够少迈几步。头很沉,太阳穴嗡嗡响,眼通红,口干舌燥。他紧紧握住那根木棍,真想遇到随便哪个回家吃晚饭的过路人,就狠狠抽他一顿。

他不停地向大路两边张望,眼里出现的是翻过的地里还残留着刨出来的土豆的景象。如果真能找到几个土豆,他一定会捡些枯枝,在沟里生一堆小火,把圆圆的土豆烤熟,先在冰冷的手里捧着,因为太烫,然后好好地美餐一顿。

可惜那季节已经过了,他只能像前一天一样,去垄沟里拔一个生甜菜啃。

这两天他想得很多,连迈着大步走路的时候,也会禁不住大声自言自语。在这以前,他把精神和仅有的那点能耐都用在找工作。而现在,疲倦,千方百计找工却每每落空,到处碰壁,频遭辱骂,睡在草地上过夜,经常挨饿,时刻感受到居家常乐的人对流浪汉的轻蔑,天天被人责问:"你为啥有家不待?"总要为力大劲足的勤劳的臂膀找活儿干而发愁,惦记在家里生活困顿的父母,这一切让他的怒气每一天、每小时、每分钟地积聚,终于令他义愤填膺。这义愤又化作简短的咒骂,不由自主地脱口而出。

他光着脚,踩着在他脚下滚动的石头,踉踉跄跄地走,抱怨着:

"不幸啊……不幸啊……这帮猪……竟然让一个人……一个木匠活活饿死……这帮猪……四个苏也没有……四个苏

也没有……瞧,下雨了……这帮猪!……"

他恨命运不公,但却把自然,这既伟大又盲目的母亲的偏心、凶残和诡谲归罪于人,归罪于所有的人。

他看着在这晚饭时分从各家房顶上冒出的缕缕灰色的炊烟,咬牙切齿地连声咒骂:"这帮猪!"他恨不得闯进其中的一家,打死房里的居民,在饭桌上取而代之;却没有想一想,那又将是另一种不公,而且是人为的,叫作施暴和盗窃。

他一遍又一遍地说:"现在,既然他们听凭我饿死也不管,我连活命的权利都没有了……我的要求仅仅是要工作,可即使这样……这帮猪!"四肢的痛苦,肚子里的痛苦,心里的痛苦,像一股可怕的醉意冲上脑袋,他的脑海里生出这样一个简单的想法:"我有权活命,既然我会呼吸,既然空气是大家的。因此,他们没有权利让我连面包也吃不上!"

雨还在下,又细,又密,又凉。他停下来,喃喃地说:"不幸啊,还要走一个月才能到家……"他现在的确是在回家的路上,因为他已经明白,还不如回自己的家乡,那里的人认识自己,不管做点什么,总比在大路上流浪,到处招人怀疑要好。

即使盖房木工的活儿不好找,还可以做小工、灰浆工、挖土工、碎石工。哪怕一天只挣二十苏,总有什么可以糊口了。

他用最后一块已经破烂不堪的手巾围住脖子,免得冰冷的雨水流到前胸后背。但是没多久,他就感觉到雨水已经渗透了他那层单薄的布衣。他向四面张望着,眼里充满了忧郁,因为他是个走投无路的人,不知道何处可以栖身,何处可以安枕,世界虽大却没有他的存身之地。

夜来了,黑暗笼罩着田野。他远远看见一片草地上有一个深色的东西,原来是一头母牛。他迈过路边的沟,朝那头牛走去,其实并不清楚自己要干什么。

他走到牛跟前,牛朝他抬起了大脑袋。他想:"要是有个水罐,我就能喝点奶了。"

他看着牛,牛看着他。后来,他朝它肚子上狠踢了一脚,说了声:"起来。"

那牲口慢吞吞地站起来,沉甸甸的乳房也耷拉下来。他仰面躺在牛的两腿中间,喝起奶来,喝了很久很久,一边喝一边用两只手挤那个胀鼓鼓、热乎乎、带着牛圈气味的乳房,一直喝到这有生命的源泉里滴奶不剩。

这时雨下得更紧了,整个平原赤裸裸的,看不到一处可以躲雨的地方。他很冷,只能远远地望着树丛中一家的窗子里闪亮的灯光。

母牛又吃力地躺下。他在它旁边坐下来,抚摸着它的头,感谢它为自己充了饥。牛鼻孔里出来的气息像两股水蒸气般地喷在夜晚的空气里,掠过这木匠的脸。他心想:"你这里面倒不冷。"

于是,他把两只手伸到牛的腿下面,在它胸脯上来回摩擦,好得到一点儿热乎气。这时他忽然来了一个主意:躺下来,依偎着这个温暖的大肚子过一夜。于是他找了一个位置,舒舒服服地躺下来,正好把前额贴在那个刚才喂他奶的厚实的乳房上。他身心俱疲,立刻就睡着了。

不过,他中间也醒了好几次,不是因为脊背冷,就是因为肚子冷,这要看是身体的哪一面贴着牛的肋部;于是他就翻个身,以便温暖和煨干暴露在夜间寒气里的那个部分;很快又沉沉入睡。

一只公鸡打鸣把他叫了起来。晨曦就要出现;雨已经不下了;天色明净。

那母牛还在休息,嘴伏在地上。他弯下身,两手按着地,吻了一下它那湿润肥厚的大鼻子,说:"再见啦,我的美人儿……下次再见……你是个好心的牲口……再见啦……"

说完,他就穿上鞋,上路了。

他在一条大路上一直往前走,走了两个钟头;后来,他实在太累了,就在一片草地上坐下。

天已经大亮。教堂的钟声响了。身穿蓝色罩衫的男人,头戴白色软帽的女人,或步行,或乘马车,开始在路上来来往往,去邻村和朋友或者家人共度星期日。

一个肥胖的乡下人走过来。他赶着二十来只惊惶咩叫的绵羊,一只敏捷的狗维持着羊群的队形。

朗岱尔站起来,行了个礼:"您没有什么活儿给我这个快要饿死的木匠做吗?"他问。

对方恶狠狠地看了流浪汉一眼:

"我有活儿也不会给路上碰见的人做。"

盖房木匠只得又回到沟边坐下。

他等了很久,注视着从他面前穿梭来往的乡下人,想找一个相貌和善、看上去富有同情心的,再去恳求。

他选中了一个身穿礼服、肚子上挂一条金链子的乡绅。

"我找工作找了两个月,"他说,"什么也没找到;我口袋里一个钱也没有了。"

那位半绅半乡的先生回答:

"你应该读读村口贴的那张告示。——本乡辖区严禁乞讨。——告诉你,我是这里的村长;你要是不赶快滚开,我就叫人把你抓起来。"

朗岱尔实在按捺不住心中的怒火,嘟哝道:"您要是乐意,干脆叫人把我抓起来,我求之不得;至少,我不会饿死了。"

他又回到那沟边坐下。

过了一刻钟,果然,两个宪兵出现在大路上。他们慢慢地走着,肩并肩,大摇大摆;漆皮的帽子、黄色的皮饰件和金属扣子在阳光下熠熠闪耀,仿佛专门在吓唬坏人,好让他们老远就可以望风而逃。

木匠明白他们是冲着他来的,可是他并不着慌,反倒突然产生了一种意愿,要顶撞他们一下,让他们抓去,以后再报仇。他们像是没有看见他,迈着军人的沉重步伐,跟鹅行似的一摇一摆地走过来;等走到他面前,突然装作刚发现他,停住脚步,用威吓和凶狠的眼光打量他。

班长走到跟前,问:

"你在这儿干什么?"

他神色平静地回答:

"我歇一会儿。"

"你从哪儿来?"

"要把我到过的地方都告诉你,怕是一个钟头也打不住。"

"你上哪儿去?"

"维尔-阿瓦雷。"

"这地方在哪儿?"

"在芒什省。"

"那是你的家乡?"

"那是我的家乡。"

"你干吗离开那儿?"

"找工作。"

这千篇一律的搪塞之词终于激怒了班长,他转过脸去朝着随从的宪兵,气愤地说:

"这些家伙都这么说。不过瞒不了我。"

然后他又问:

"你有证件吗?"

"有,我有。"

"拿给我看。"

朗岱尔从衣袋里掏出证件和证明,递给这宪兵;这些纸张已经肮脏和磨损得快要成碎片儿了。

这宪兵磕磕巴巴、费劲地念了一遍,确认它们倒也都正规,就还给了他;不过他却满脸的不高兴,好像感到让一个比自己更鬼的人耍了似的。

他琢磨了一会儿,又问:

"你身上有钱吗?"

"没有。"

"一点也没有?"

"一点也没有。"

"一个苏也没有?"

"一个苏也没有。"

"那么,你靠什么活?"

"靠人家给点儿。"

"这么说,你要饭?"

朗岱尔坚决地回答:

"是的,只要能要到。"

那宪兵于是宣布:"你既无经济来源也无职业,在大路上流浪和乞讨,被我当场抓住;我命令你跟我走。"

木匠站了起来。

"您愿意去哪儿都行。"他说。

他没等再下令,就自动站到两个宪兵之间,还加上一句:

"好呀,把我关起来吧。下雨的时候倒有个遮头。"

他们就向村子走去。透过掉光了叶子的树丛,已经可以望见四分之一法里远的村舍的瓦顶。

他们走进村子的时候,正赶上望弥撒。广场上挤满了人,立刻形成了两道人篱,观看坏人经过,后面还跟着一群兴高采烈的孩子。男男女女的村民,看着这被捕的人夹在两名宪兵中间,眼里都冒出同仇敌忾的火花,恨不得用乱石砸他,用指甲抓他的皮,用脚把他踩成肉泥。人们互相打听着,他是偷了东西还是杀了人。肉铺老板曾在北非殖民地当过骑兵,他断言:"这是个逃兵。"烟草零售商自信认出来:就是这个人当天早上给了他一枚五十生丁的假币。而五金店老板则不容置疑地认定:他就是警察当局找了半年还没有抓到的杀害寡妇玛莱的凶手。

两个宪兵把朗岱尔带进村议会大厅。他在那里又见到村长,端坐在议事桌前,旁边坐着村里的小学教师。

"哈哈!"这位行政官员嚷道,"又见到你啦,兔崽子。我说嘛,我会把你关起来的。喂,班长,是怎么回事?"

班长回答:"一个流浪汉,没着没落的流浪汉,村长先生;据他供认,他既没有经济来源,身上也没有钱;他在乞讨和游荡时被当场抓住。证明和纸张倒是都完备。"

"把他的纸张给我看看。"村长说。

他接过来,看了又看,还给了他,然后下令:"搜他的身。"把朗岱尔搜了一通,什么也没搜出来。

村长似乎有些不知所措。他只得又向木匠发问:

"今天早上,你在大路上干什么?"

"我在找工作。"

"找工作?……在大路上?"

"您倒说说看,要是我躲在树林里,怎么能找到工作?"

他们俩就像属于两个敌对种类的野兽一样,怀着深仇大恨似的对视了好一会儿,那行政官员才又说:"我这就让人把你放了,不过当心别让我再抓到你!"

盖房木匠回答:"您还是把我留下吧,我求之不得。老在大路上东跑西颠,我受够了。"

村长板起脸来说：

"别啰唆。"

然后，他就命令两个宪兵：

"你们把这个人押到村外两百米的地方，让他继续走他的路。"

木匠说："至少，您也要让人给我点儿吃的呀。"

村长火了："还要管你吃！哈，哈，哈！真是天大的笑话！"

可是朗岱尔仍然坚定地说："如果您还让我饿着肚子，那就是逼我去干坏事，你们可别怪我，你们这些阔佬。"

村长已经站了起来，又说了一遍："快把他带走，不然我可真要发火了。"

两个宪兵于是抓住木匠的胳膊，把他拉了出去。他并不抗拒，再次穿过村子，回到大路上。宪兵把他带到离界石二百米远的地方。班长说："到了，滚吧，千万别让我在这一带再看见你；不然，有你好看的。"

朗岱尔什么也没回答，就上路了，也不知道去哪儿。他一直往前走了约莫一刻钟，也许二十分钟；他头昏脑涨，什么也不再想。

可是突然，路过一座小屋的时候，那屋子的窗户半开着，一股炖肉的香味沁入他的胸膛。他干脆停在这个小屋前面，不再往前走。

饥饿，强烈、难忍、令人发狂的饥饿，让他满腔怒火，差点儿激使他像野人一样朝这房屋的墙上撞去。

他愤怒地大喊:"他妈的!这一次,非要他们给我些吃的不可。"说着,他抡起木棍使劲敲起门来。没有人回答;他敲得更用力了,还一边叫喊:"喂!喂!喂!里面的人!喂!开门!"

没有一点动静。于是,他走到窗边,用手推开窗户。关在厨房里的空气,那满含着热浓汤、炖肉和白菜香味的空气,冲到户外的寒冷空气里来。

木匠纵身一跳,就进了屋。桌子上已经摆好两份餐具。房主人大概望弥撒去了,把午饭,特为礼拜日准备的美味炖肉,还有带荤腥的蔬菜浓汤,都放在火上煨着。

壁炉台上,一个新鲜面包,两边各有一个似乎还装得满满的酒瓶,等待着开饭。

朗岱尔首先冲向那个面包,使出能掐死人的狠劲儿把面包掰开,就狼吞虎咽地吃起来。不过炖肉的香味很快就把他吸引到壁炉旁,他打开锅盖,把叉子伸进锅里,叉出一大块细绳捆着的牛肉。他又取了些白菜、胡萝卜、洋葱,直到把盘子装满。他把盘子往桌子上一放,坐在桌前,把牛肉切成四块,就像在自己家里进餐一样。等他把那一大块肉几乎全吞下肚,还吃了许多蔬菜,他又觉得渴得厉害,便走去拿了一瓶放在壁炉台上的酒。

他一看倒进杯里的酒,就认出是烧酒。管他去,烧酒就烧酒,这家伙是热性的,正好可以给他活活血,挨了那么一场冻,这可是好东西。他就喝起来。

他觉得这酒果然好,因为他已经很长时间滴酒未进。他又给自己满上一杯,两口就喝光。他几乎立刻感到精神焕发,因为酒精让他心满意足,就好像一股巨大的幸福感也随之流进了肚子。

他继续吃着,不过没有那么快了,而是慢慢地咀嚼,面包蘸着肉汤吃。他浑身的皮肤都变得发烫;特别是脑门儿,血直往上冲。

不过,突然,远处响起了钟声。弥撒快结束了。如果说是因为害怕,不如说是出于本能,那指导所有面临危难的生灵并让他们变得机敏的本能,木匠站了起来;他把剩下的面包塞进一个衣兜,把那瓶烧酒塞进另一个衣兜,然后蹑手蹑脚地走到窗边,向大路上窥望。

大路上一个人也没有。他于是跳到窗外,又赶起他的路来;不过他没有走大路,而是穿越田野向一片已经在望的小树林逃去。

他此刻觉得自己又机灵又能干,因此很愉快,对自己刚才的表现十分满意。他觉得自己又变得非常灵巧了;田间的藩篱,他并着两脚,一蹦就越了过去。

一走到小树林,他就掏出那瓶酒,一边走一边大口大口地喝起来。他的头脑已经昏了,眼睛也发花了,两条腿像弹簧似的一缩一伸。

他唱起那首古老的民歌:

　　啊!真是好!
　　真是好!
　　采草莓。

他现在走在一片厚厚的青苔上。那青苔湿润而又鲜嫩，踩着就像绵软的地毯。他忽地心血来潮，像个孩子似的想翻跟头。

他一鼓劲儿，翻了一个跟头；爬起来，又翻了一个。每翻一个跟头，他就唱一遍：

啊！真是好！

真是好！

采草莓。

突然，他发现自己来到一条地势低洼的路的边沿，向下一看，只见一个高个儿姑娘，像是一个回村里去的女仆，两手各拎着一桶牛奶；桶上都有个铁箍，免得碰着身子。

他探出身，窥伺着她，眼里冒着火花，就像狗见到鹌鹑。

她发现了他，仰起脸，笑了起来，大声对他说：

"刚才唱歌的是你吗？"

他没有回答，径直跳到洼地里，尽管那个坡面至少有六尺高。

瞧他突然立在自己的面前，那姑娘惊呼一声：

"见鬼，你吓了我一跳！"

可是他已经听不清她在说什么了，他醉了，疯了，一股比饥饿还难压抑的癫狂已经让他忘乎所以，酒精和愤懑已经令他极度亢奋。一个男人两个月以来一无所获，那盛怒是无法克制的，何况他喝醉了酒，而且他又年轻，充满活力，大自然在他男性的强壮肌体里播下的欲望的火种燃烧得正旺。

383

那姑娘被他的脸、他的眼睛、他半张着的嘴和他伸出的两只手吓坏了,直往后退。

他抓住她的肩膀,一句话也不说,把她翻倒在路上。

她一撒手,两个奶桶咣咣当当滚了出去,把奶泼得满地都是。她先是大叫,后来明白在这旷野里叫也没人听得见,而且看出他并不想害她的命,也就顺从了,既不太勉强,也不很生气,因为这小伙子虽强壮,可是说真的并不太粗暴。

等她又站起身来,想到那两桶泼掉的牛奶,立刻火冒三丈。她脱下一只脚上的木鞋,这回可是她扑向那男的了,如果他不赔偿她的牛奶,她就砸碎他的脑壳。

而他呢,没料到会有这次猛烈的攻势,酒也有点儿醒了,不知如何是好,对自己刚才干的事也有些后怕,于是撒开两腿急忙逃跑。她连连用石子砸他,好几次击中他的脊背。

他跑了很久很久,后来累极了;他还从来没有累到过这种程度,两条腿疲软得再也支持不住了,脑子里乱糟糟的,什么都记不得,什么都不再想。

他靠着一棵树干坐下来。

五分钟以后,他就睡着了。

他被人猛地推醒,睁开眼,模模糊糊看见两顶漆皮三角铜帽俯在他身边,早上打过交道的那两个宪兵正抓住他,捆绑他的胳膊。

"我就知道你会再落到我手里!"宪兵班长幸灾乐祸地说。

朗岱尔一言不答,站了起来。那两个人推搡着他,并且随时准备着,只要他稍有一个动作,就狠狠揍他一顿,因为他现在已经是他们的猎物,注定要关进监狱的。这些专门逐猎罪犯的人,既然抓住了他,是再也不会放过他的。

"走!"宪兵班长发令。

他们动身了。夜晚正在来临,把秋天浓重凄凉的暮色布满大地。

半个钟头以后,他们来到村里。

所有的人家都敞开着大门,因为人们都知道出了大事。男女乡民无不义愤填膺,仿佛每个男人都曾被他盗窃,每个女人都曾遭他强奸,他们都想看看这坏蛋被抓回来,好骂他个狗血喷头。

从进村第一家起直到村政府,叫骂声此起彼伏。村长也在村政府门口等着,他也要向这个流浪汉报仇。

一看见流浪汉,他老远就喊道:

"啊!兔崽子!我们又见着啦。"

他搓着手,难得这么开心。

他接着说:"我说过嘛,我说过嘛,在大路上一看见他我就这么说。"

然后,他乐不可支地说:

"啊!无赖,肮脏的无赖,二十年大牢,你是坐定了,兔崽子!"

父　亲[*]

让·德·瓦尔诺瓦是我经常去看望的一个朋友。他住在树林中的一座沿河的小城堡里。他是在巴黎过了十五年疯狂的生活以后退隐到这里来的。他突然厌腻了吃喝玩乐、男欢女爱、纸醉金迷,厌腻了那里的一切,来到他出生的这片领地定居。

我们经常两三人一起到那里,跟他度过两三个星期。我们到的时候,他又见到我们肯定是满心欢喜;我们走的时候,他又能落得一个人清静也十分高兴。

上个星期,我又去他那里。他张开双臂迎接我。我们有时一连几个小时在一起,有时各做各的事。白天,通常是他看书,我工作;晚上,我们一直聊到半夜。

上星期二,挨过了一个闷热的白天以后,晚上九点钟光

---

[*] 本篇首次发表于一八八七年七月二十六日的《吉尔·布拉斯报》;一八八八年收入保尔·奥朗道尔夫出版社出版的增订版莫泊桑小说集《月光》;一九〇三年收入同一出版社出版的插图版莫泊桑全集《月光》卷。

景,我们俩坐在那里,一边看河水在脚边潺潺流淌,一边交换着对沐浴在流水中、仿佛在我们眼前游动的星星的模模糊糊的想法。我们的想法很模糊、很含混、很浮浅,因为我们的智力很有限、很薄弱、很无能。我为正在大熊星座里死亡的太阳伤心。它是那么苍白,只有在晴朗的夜晚才依稀可见;稍有一点雾气,这濒死的天体就消失了。我们设想着在这些星体上居住的生物,它们无法想象的形状、它们难以捉摸的特性、它们还不为人知的器官,设想着连人类的梦想都难以企及的所有那些动物、植物、物种、界别、类型、科目。

忽然,远处传来一个人的喊声:

"先生,先生!"

让回答道:

"我在这儿,巴蒂斯特。"

仆人找到了我们,报告道:

"先生的那个波希米亚女人来了。"

我的朋友笑了起来,他还很少这么疯狂大笑;然后他问道:

"这么说,今天是七月十九日了?"

"是的,先生。"

"好吧。你让她等我一会儿。让她吃夜宵。我过十分钟就回去。"

仆人走了以后,我的朋友挽起我的胳膊,说:

"咱们慢慢走,我跟你说说这个故事。"

387

七年以前,就是我刚来到这里的那一年,一天晚上,我到森林里去散步。天气晴朗,就像今晚这样。我在大树下慢慢地走着,透过树叶仰望着天上的星星,尽情呼吸、开怀畅饮着宁静的夜晚林中的清新空气。

我刚离开巴黎,再也不回去了。我已经倦了,倦了,十五年里目睹和参与的所有那些愚蠢、下流、肮脏的事,已经让我说不出地厌腻。

我在这很深的树林里,沿一条通向十五公里外的克鲁齐尔村的低洼的路走了很远、很远。

突然,我的狗,博克,一条和我总是寸步不离的圣热尔曼①大狗,一下子停住了,而且低声吠叫起来。我以为遇到了狐狸、狼或者野猪;我踮起脚尖慢慢地往前走,免得弄出声响;可是我忽地听见叫喊声,人的哀怨、沉闷而又凄惨的叫喊声。

毫无疑问,有人在一个矮树丛里杀人;我跑起来,右手握着一根重实的橡木手杖,一根不折不扣的大棒。

我越来越接近发出叫喊的地方,现在那声音更清晰,但却变得出奇地低沉。听上去好像是从一座房子里,或者是从一座烧炭人的窝棚里发出来的。博克在我前面三步远,跑几步,停一下,又跑几步,很兴奋,一边不停地咆哮着。突然,又有一条狗,一条目光灼灼的大黑狗,挡住了我们的去路。我可以清楚地看到它满嘴里仿佛在闪光的白牙。

我举起手杖向它冲过去,不过博克已经扑到它身上,两条

---

① 圣热尔曼:一种短毛垂耳的法国猎狗。

狗互相咬着脖子在地上滚作一团。我从它们身旁跑了过去，差点儿撞上一匹躺在路上的马。我大吃一惊，停下来，想看个清楚，却发现前面有一辆车，或者不如说是一座带轮子的房子，一种在我们乡村从一个集市到另一个集市移动的流浪艺人和流动商贩的那种房子。

连续不断的可怕的叫喊声仍在从那里传出。因为门开在另一边，我围着这辆破旧不堪的车兜了过去，猛地跨上三级木踏板，心想一定会当场抓住那个坏蛋。

可是我看到的情景是那么奇特，我起初完全蒙了。一个男人跪着，像是在祈祷；而在车厢里的一张床上，有个难以辨别的东西，一个看不见面孔的半裸的歪歪扭扭的人体，在蠕动，在挣扎，在嚎叫。

原来是一个正在经受分娩之苦的女人。

我一弄明白引起这哀号的是何种意外事故，就向他们说明自己为什么会不约而至。那个男人，一个急得发狂的马赛人，说了无数一定会感恩戴德的言不由衷的话，央求我救救他，救救她。我一边惊愕地看着床上那个大声哭叫的女人，一边老老实实地承认我从来也没有见过分娩，从来也没有在这种情况下援助过一个雌性生命，不管是女人、母狗还是母猫。

不久，我恢复了镇定，便问那个惊慌失措的男人，为什么他不一直走到下一个村子。他说他的马陷进车辙，摔断了一条腿，再也站不起来了。

"那么好吧！我的朋友，"我对他说，"现在，我们是两个人，我们把您的妻子拉到我家去。"

但是两条狗仍在嗥叫,我们不得不走出去用棍子抽打才把它们分开,险些把它们打死。后来我想出了一个主意,把它们跟我们一起系在车上,一个在左边,一个在右边,围着我们的腿,帮我们拉车。十分钟的工夫,一切就绪,车慢吞吞地上路了,在深深的车辙里颠簸,摇晃着腹部像撕裂般疼痛的可怜的女人。

这条路多么艰难啊,我亲爱的朋友!我们气喘吁吁,大汗淋漓,脚底打滑,有时还跌倒;而我们的两条可怜的狗,喘得就像我们腿边有两个风箱。

用了三个小时才到我的宅邸。当我们来到门前的时候,车里的喊叫声已经停止。母亲和婴儿都安好。

把他们安排在一张舒适的床上睡下以后,我就让人套车去找医生,这时那个马赛人的心放下了,精神振作了一些,甚至还有点得意,为了庆祝这次幸运的分娩,吃得狼吞虎咽,喝得烂醉如泥。

生下来的是个女孩。

我留这几个人在我家住了一个星期。女孩的母亲,艾尔米尔太太,是个有天通眼的女巫,她预言我长生不老、幸福无限。

第二年的这一天,一天也不差,天快黑的时候,刚才喊我的那个仆人到我晚饭后的吸烟室来找我,对我说:"去年的那个波希米亚女人来向先生道谢。"

我吩咐让她进来。发现跟她一起来的是个胖胖的、金黄色头发的高大的小伙子,我惊讶了好一会儿。这小伙子是北方人。他向我行了个礼,便俨然以团体领袖的姿态发起言来。他听说我为艾尔米尔太太所做的善举以后,不愿错过这一周年的机会,坚持要来向我表示谢意和感激。

我请他们在厨房里吃了夜宵,并且尽地主之谊留他们过了一夜。他们第二天才走。

从此以后那可怜的女人每年的这一天都来,带着孩子,一个非常可爱的小女孩,以及一个每次都是新的……首领。只有一个,一个对我千恩万谢的奥维涅人,连续出现了两次。小女孩全叫他们爸爸,就像我们这儿说"先生"一样。

我们来到宅邸,远远看见台阶前模模糊糊站着三个人影,等着我们。

最高的那一个向前走了四步,行了个大礼:

"伯爵先生,我们今天来,您知道,是为了向您表达我们的感激之情……"

这是个比利时人!

在他之后,是小女孩说话,就像背诵赞美诗的孩子们一样矫揉造作、装腔作势。

我呢,装出一副天真无知的样子,把艾尔米尔太太拉到一边,先聊了几句,然后问道:

"这一位是您的孩子的父亲吗?"

"嗨!不是,先生。"

"那么她父亲呢,去世了吗?"

"嗨！没有,先生。我们有时还见面呢。他是宪兵。"

"啊！算了！这么说,不是你生孩子那天我第一次看见的那个马赛人啰?"

"嗨！不是,先生。那个家伙是个坏蛋;他把我的积蓄全偷走了。"

"那么那个宪兵,那个真正的父亲,他认他的孩子吗?"

"嗨！认呀,先生;他还挺喜欢她哩;不过他不能照顾她,因为他和自己的妻子另外还有几个孩子。"

港　口[*]

1

三桅横帆船"护风圣母"号于一八八二年五月三日驶离勒阿弗尔,远航中国海疆,历经四年的辗转奔波,终于在一八八六年八月八日返抵马赛港。它先去某个中国港口卸下第一批货,就地接载了一批新货赶往布宜诺斯艾利斯[①],从那里又装了商品转赴巴西。

另外的几段航程,加上海损、大修、动辄数月的无风期和把船刮出航线的大风,总之,种种的事故、遇险和灾难,让这艘诺曼底的三桅帆船长期远离祖国,直到今天才载着满舱的马

---

[*] 本篇首次发表于一八八九年三月十五日的《巴黎回声报》;同年收入保尔·奥朗道尔夫出版社出版的莫泊桑小说集《左手》;一九〇三年收入同一出版社出版的插图版莫泊桑全集《左手》卷。

① 布宜诺斯艾利斯:阿根廷首都,地处拉普拉塔河口,濒临大西洋。

口铁盒的美洲罐头食品回到马赛。

启程时,除了船长和大副,还有十四名水手,八个是诺曼底人,六个是布列塔尼人。回来时,只剩下五个布列塔尼人和四个诺曼底人了;有一个布列塔尼人在航程中死掉,四个诺曼底人在不同情况下失踪;两个美国人、一个黑人和一个挪威人补了他们的缺,这个挪威人是一天晚上在新加坡的一间酒馆里收罗来的。

这条大船收起帆,卷起的帆悬在桅杆上成十字形,由一条呼哧喘息的马赛拖轮拽着;风突然停息,浪逐渐平静,船在余波上滑行。它驶过伊夫岛①,接着又经过一些礁岩,驶向被夕阳蒙上一层金黄色水汽的锚地,进入了老港②。来自世界各地的船只,舷挨着舷,沿码头挤个水泄不通。这些船杂乱无章,有大有小,式样纷呈,装备各异,浸在这过于狭小的港湾里,就像一盆船只的普罗旺斯鱼汤③;船体在满港的臭水里,就像泡在船汤里一样互相摩擦碰撞。

一艘意大利双桅横帆船和一艘英国双桅纵帆船给这位伙伴腾了个空儿,"护风圣母"号才得以靠岸停下。办完海关和入港手续,船长就允许三分之二的船员上岸去消磨一个晚上。

夜晚已经来临。马赛城灯火通明,充满人声、车声、马鞭

---

① 伊夫岛:地中海上的一个小岛,面临马赛城,古代曾为监狱,因大仲马小说《基督山伯爵》对它的描写而著名。
② 老港:马赛港的主要码头,历史悠久,也因大仲马小说《基督山伯爵》对它的描写而著名。
③ 普罗旺斯鱼汤:一种普罗旺斯美食,由各种海鲜加作料烹制而成。

声和南方欢快的气氛,在这炎热的夏日傍晚,厨房的肉香酒香,在这喧闹的城市上空随风飘荡。

一上岸,十个在海上颠簸了好几个月的男子汉就开始慢慢地往前走。他们好像来到一个陌生的国度,迟迟疑疑的,已经不习惯城市的环境;他们两人两人的,就像举行仪式的队列。

他们一摇一晃地走着,摸索着方向,用嗅觉探察着通到港口的那些小街;在海上的最后两个多月里不断增强的性的饥渴,令他们兴奋不已。几个诺曼底人走在前面,带头的是赛勒斯坦·杜克洛,一个强壮、机灵、个头高高的小伙子,每次上岸他就成了其他人的领队。他总能猜得出什么地方好,别出心裁地找乐子,而又很少冒失地卷入港口里经常发生的水手间的斗殴。不过万一卷进去了,他可是什么人也不怕。

一条条昏暗的街道像阴沟一样顺坡而下直到海边,而且涌出浓重的臭味,一种贫民窟的气味。几经犹豫,赛勒斯坦选定了一条像走廊一样曲曲折折的路,每一家的门上都亮着一盏伸出来的灯,灯罩的彩色毛玻璃上标着老大的号码。狭窄的门檐下,都有像女用人似的系着围裙的女子,坐在麦秸垫的椅子上,见他们走过来就连忙站起,三步两步走到街心阳沟边,截住这伙男子汉。这时他们正低声唱着,嬉笑着,慢慢往前走;娼妓们的牢房近在眼前,他们已经心急火燎。

有时候,在门厅尽头,包着褐色皮子的第二道门突然打开,走出一个不穿外衣的胖姑娘,粗壮的大腿和肥肥的腿肚子,透过大网眼白线紧身内衣看得一清二楚。她的裙子短得很,仿佛一条蓬松的腰带;她的胸脯、肩膀、胳膊上软塌塌的肌肉,在那件黑丝绒镶金边的胸衣上露出粉色的斑点,显得很刺眼。她远远地招呼着:"还不快来,帅哥们?"偶尔还会亲自走过来,攀住他们当中的一个,就像一个蜘蛛拖着一个比它还大的虫子,铆足了劲地往她的门里拽。那男人被这种接触撩得兴奋起来,有气无力地推拒着;其余的人停下来看,想立刻进去,又想再延长一会儿这吊胃口的漫步,犹豫不决。后来,那女人死乞白赖终于把那个水手拖到门口,眼看着这帮人全都要跟着他落入陷阱,对窑子的好坏了如指掌的赛勒斯坦·杜克洛突然大叫:"别进去,玛尔尚,这地方不行。"

那个水手听到他的喊声,马上服从,猛地一甩,脱身出来;大伙儿重新整好队形继续往前走,身后还回响着那个气急败坏的姑娘的污秽的谩骂声。而在他们前面的整条小街上,有一些女人听到吵闹,从各自的门里出来,用嘶哑的嗓音招徕他们,保证让他们样样满意。一边是街上坡爱情的守门人,争相宣布的许诺和诱惑,一边是街下坡遭到轻蔑的失望的姑娘,争相发泄的恶毒的诅咒,他们越走越兴奋。他们不时地会遇到另一帮人:佩刀碰在腿上铿锵作响的军人,和他们一样的水手,独来独往的小市民以及店员。走几步就可以看到一条密布着暧昧的标志灯的小街。他们就这样在这低级声色场的迷宫里,在渗着臭水的滑腻的石子路上,在充斥着女人肉体的墙壁中间漫步。

终于,杜克洛作出决定,在一所看上去门面比较好的房子门口停下,叫大伙儿都进去。

2

玩得果然尽兴！四个钟头里，这十个水手饱尝了爱和酒。六个月的工资也挥霍一空。

他们一走进咖啡大厅就受到阔爷般的款待。他们用嘲弄的眼光瞟着被安排在偏僻小桌上的普通的常客，闲着的姑娘虽多，却只有一个姑娘跑来跑去伺候这些人，她穿得像胖娃娃或者说像音乐咖啡馆歌女，服务完了就在他们身边坐下。

新来的这帮人一到，就每人挑选了一个女伴，而且整个晚上都把她留在身边，因为一般百姓是不喜新厌旧的。他们把三张桌子并起来；喝完满满的头杯酒，两人的队列就变成了单人，和水手的数目相等的女人加进来，在楼梯上重新整队。每对儿四只脚踏在木质阶梯上响了好久，直到这支长长的爱情纵队在一间间客房的窄门里消失。

完了事，他们下楼来喝酒，然后又上楼，然后又下楼。

现在，人快醉了，嘴就欢起来！个个都两眼通红，怀里坐着喜爱的女人，有的叫喊，有的唱，用拳头敲着桌子，往嗓子里灌着酒，尽情发泄着人类的粗野本性。赛勒斯坦·杜克洛在伙伴们中间，紧搂着一个骑在他腿上的高个儿、红脸蛋的姑娘，贪婪地瞅着她。他醉得没有其他人那么厉害，倒不是酒喝得少，而是还动着脑筋；他是个很温存的人，想谈谈心。他的头脑已经有点不听使唤，乱一阵，清醒一阵，然后又彻底乱了，连刚才想说的话也想不起来了。

他笑着,啰里啰唆地问:

"这么说,这么说……你在这儿很久啦?"

"六个月啦。"那姑娘回答。

他好像对她感到十分满意,仿佛这是操行优良的一个证明似的;接着又问:

"你喜欢这一行吗?"

她犹豫了一下,无奈地说:

"慢慢就习惯了。也不见得比干别的差。做用人也好,当婊子也好,反正都是肮脏的行当。"

这倒是实在话,他再一次露出赞同的表情。

"你不是本地人吧?"他说。

她没有回答,而是用头做了个"不"的动作。

"从很远的地方来的吧?"

她用同样的方式做了个"是"的表示。

"从哪儿来的?"

她好像在思索,在慢慢回忆,然后才喃喃地回答:

"佩皮尼昂①。"

他再一次显出满意的样子,说:

"啊,原来如此!"

现在,轮到她问了:

"你呢,你是水手?"

"是呀,我的美人儿。"

---

① 佩皮尼昂:法国南部东比利牛斯省的一个城市,靠近地中海。

"你是从很远的地方来吧?"

"是呀!我见过很多国家,很多港口,什么都见过。"

"你已经兜了地球一圈了吧,也许?"

"那还用说,不止一圈,已经有两圈了。"

她又显出犹豫的神情,像是在脑海里寻找一件已经遗忘了的事,然后,用有点不同的严肃些的声调问:

"你一路上遇到过很多船吧?"

"那还用说,我的美人儿。"

"你是不是碰巧遇见过'护风圣母'号?"

他微微一笑:

"那不过是上个星期的事。"

她的脸变得煞白,一点血色也没有了。她问:

"真的,是真的吗?"

"真的,就像我在跟你说话一样。"

"你该不是在撒谎吧?"

他举起手。

"善良的天主作证!"

"那么,你知道赛勒斯坦·杜克洛还在船上吗?"

他大吃一惊,开始不安起来;不过,在回答以前,他想多了解一点情况。

"你认识他?"

现在轮到她多个心眼儿了。

"哦,不是我,有一个女人认识他。"

"是这儿的一个女人?"

"不,是附近的。"

"就在这条街上?"

"不,在另一条街上。"

"什么样的女人?"

"嗨,一个女人呗,一个像我一样的女人。"

"找他干什么,这个女人?"

"我也跟你说不清,同乡吧!"

他们互相注视着,窥探着,已经感到、猜到彼此之间就要出现什么严重的事。

他又问:

"这个女人,我能见见吗?"

"你要对她说什么呢?"

"我要告诉他……我要告诉他……我看见过赛勒斯坦·杜克洛。"

"他至少身体还好吧?"

"不比你我差,小伙子挺结实。"

她又不言语了,像在回忆什么,过了一会儿,才慢吞吞地问:

"那'护风圣母'号,它要往哪儿开?"

"其实,它就在马赛呀。"

她惊讶得不禁跳了起来。

"真的?"

"真的!"

"你认识杜克洛?"

"是呀,我认识。"

她又犹豫了一会儿,然后轻轻地说:

"好。这就好!"

"你找他干什么?"

"听着,你告诉他……不,什么也不要告诉他!"

他看着她,越来越觉得不对劲儿。终于,他决心弄个明白。

"你、你也认识他?"

"不。"她说。

"那么,你找他干什么?"

她突然下定决心,站起身,跑到女掌柜坐镇的柜台前,拿起一个柠檬,切开,把柠檬汁挤到一个玻璃杯里,然后往杯子里倒满水,端回来:

"喝下去!"

"为什么?"

"为了醒醒酒。下面我还有话要对你说。"

他顺从地喝了,用一只手背抹了抹嘴,说:

"好了,你说吧。"

"你要答应我,不告诉他你见过我;也不告诉他,你是从谁那儿知道我要对你说的事。你得发誓。"

他滑头地举起手:

"好,我发誓。"

"向天主保证?"

"向天主保证。"

"好啦,你就告诉他,他的父亲死了,他的母亲死了,他的哥哥也死了,他们得了伤寒,三个人是在一个月内死的,那是一八八三年一月,都三年半了。"

现在轮到他,感到浑身血液沸腾;他万分震惊,好一会儿说不出话来。他不相信这是真的,于是问:

"你敢肯定?"

"我敢肯定。"

"谁告诉你的?"

她双手按着他的肩膀,紧盯着他,说:

"你发誓不跟外人说?"

"我发誓。"

"我是他妹妹。"

他不由自主,蹦出这个名字:

"弗朗索瓦丝?"

她重又仔细端详了他好一会儿;一阵疯狂的恐惧和深深的惶惑让她难以平静,她用很低很低、几乎没出口的声音喃喃地说:

"啊!啊!是你吗,赛勒斯坦?"

他们全都愣住了,你看着我,我看着你。

在他们周围,伙伴们仍然在大喊大叫。碰杯声,敲打声,和着乐曲跺鞋后跟的响声,以及女人们的尖叫声,同喧闹的歌声混成一片。

他感觉得到坐在自己的腿上、紧紧搂着他的这个女孩儿,浑身发热,惊骇不已;她是自己的妹妹哟!他怕让人听见,把

声音压低了,低得几乎连她都听不清:

"糟糕!瞧咱们干的好事!"

她顿时满眼泪水,结结巴巴地说:

"这难道是我的错?"

不过他突然转问:

"这么说,他们都死了?"

"他们都死了。"

"父亲,母亲,和哥哥?"

"我刚说了,三个人是在一个月里死的。只剩下我,除了几件旧衣服,什么也没有;因为三个人看病、吃药、下葬欠人家钱,我把几件家具也抵了债。

"没法儿,我只得去卡舍老板家当用人,你也认识的,就是那个瘸子。我那个时候才十五岁,你走的时候我还不满十四岁呢。我跟他失了身。都怪我年轻,太糊涂。后来我去给一个公证人做女仆,他也跟我乱来,还把我带到勒阿弗尔去开了一个房间。没多久他就一去不回头了;我一连三天没有吃的,又找不到活儿干,就像很多女人一样进了窑子。我呢,我也到过不少地方!唉!可是到处都一样肮脏!鲁昂,埃夫勒①,里尔②,波尔多,佩皮尼昂,尼斯③,还有我眼下待着的马赛!"

---

① 埃夫勒:法国西北部厄尔省的一个城市。
② 里尔:法国北方的重要工业城市,诺尔省省会。
③ 尼斯:法国东南部滨地中海城市,普罗旺斯-阿尔卑斯-蓝色海岸大区阿尔卑斯滨海省省会。

她鼻涕眼泪一起流,弄湿了她的脸,流进了她的嘴。

她又说:

"我以为你也死了,你,我可怜的赛勒斯坦。"

他说:

"我一点儿也没认出你来,你当时是那么小,现在长这么大了!可你,你怎么也没认出我来呢?"

她做了一个非常歉疚的手势。

"我见过的男人太多了,在我的眼里所有的男人都一样了!"

他始终目不转睛地看着她,说不出地难受,真想像挨打的小孩子一样大哭大叫一场。他依然抱着她坐在自己的腿上,两手摊开托着她的后背。他端详了好一会儿,终于认出了她,这就是他的小妹妹,在他远渡重洋的时候,留下她在家乡,眼看着所有的亲人死去。于是,他突然用水手的大巴掌捧住这张终于忆起的脸,亲吻起来,这一次可是手足亲情。接着,一声声像海浪一样悠长的男子汉的呜咽,涌上他的喉咙,仿佛是在打酒嗝。

他结结巴巴地说:

"又看见你啦,又看见你啦,弗朗索瓦丝,我的小弗朗索瓦丝……"

说罢,他猛地站起身,用大得吓人的声音诅咒,同时狠命地捶了一下桌子,把酒杯都震落在地上摔碎了。然后,他迈了两三步,晃了几晃,两手一伸,就脸朝下倒下去。他一边在地上打滚,一边喊叫,拳打脚踢着地板,而且发出临终捯气似的呻吟。

伙伴们见他这个样子,哄然大笑。

"他醉得好厉害。"其中一个人说。

"得送他去睡一会儿,"又有一个人说,"他现在出去,立刻就会被投进大牢。"

他口袋里还有点钱,女掌柜就租给他一张床。几个伙伴,尽管自己也醉了,站不稳当,还是架着他,经过那道窄窄的楼梯,一直把他拖到刚才接待他的那个女人的房间。而那个女人就坐在这张罪恶的床脚的一张椅子上,和他一样不停地哭着,一直守到第二天早晨。

假 面 具[*]

这天晚上蒙马特尔乐园[①]举行化装舞会。正赶上四旬斋中间的狂欢日[②]，人群像河水涌入闸门般涌进通往舞会大厅的灯火辉煌的过道。乐队像在掀起一场音乐的风暴，响声震耳欲聋，墙壁和房顶都被穿透。这响声传遍整个街区，从大街到深宅，唤醒沉睡在人们心底的要蹦跳、要热闹、要玩乐的欲望。

常客们正从巴黎的各个角落到来；各阶层的人都有，他们喜爱喧嚷的、有点放荡、带点淫猥的粗俗娱乐。这些人里有小职员，权杆儿，妓女，从普通棉布到最上等的细麻布、衣着良莠不齐的妓女，浑身珠光宝气的有钱的老妓女，以及渴望找点欢乐、找个男

---

[*] 本篇首次发表于一八八九年五月十日的《巴黎回声报》；一八九〇年收入维克多·阿瓦尔出版社出版的莫泊桑小说集《无用的美貌》；一九〇四年收入保尔·奥朗道尔夫出版社出版的插图版莫泊桑全集《无用的美貌》卷。

① 蒙马特尔乐园：巴黎的一个娱乐场，创立于一八〇二年，位于蒙马特尔街区罗什舒阿尔林荫大道。

② 四旬斋是基督教的封斋期，为时四十六天，第三个星期的星期四为狂欢日。

人、花点钱的贫苦的妙龄妓女。为了寻觅小鲜肉或者花谢了肉还美的果子,穿潇洒黑礼服的男人们在这兴奋的人群中窜来窜去,东找西找,东闻西嗅;与此同时,为了开心取乐,戴假面具的舞者们手舞足蹈,特别地欢实。著名的四人舞蹦蹦跳跳,已经在周围吸引了厚厚一圈观众。波动的人篱,男男女女蠕动的肉团,把四个舞者团团围住,像一条盘起来的蛇,随着艺术家们的分分合合,时而收拢,时而后退。两个女的,大腿就像用橡胶弹簧连在身体上似的,用腿做出种种惊人的动作。她们那么使劲地把腿甩向空中,下肢仿佛要飞向云端;她们接着又把两腿叉开,好像一直劈到下腹,一条腿往前滑,一条腿往后滑,两腿的中心触地,迅速地做一个让人反感而又觉得有趣的大劈叉。

她们的男舞伴则频频地蹦蹦跳跳,快速地舞动着两只脚,摇晃着身体,摆动着微扬的像没有羽毛的翅膀的双臂,不难猜想,他们在假面具下面一定是气喘吁吁。

他们中的一个,在著名的四人舞中临时顶替一个缺席的名演员,一个英俊的有"少女梦中人"之称的名演员;他竭力地跟着那个不知疲倦的"小牛脊骨",做出些古里古怪的男子单舞步,引起观众阵阵欢呼和嘲笑。

他身体很瘦,穿得像个纨绔子弟,脸上戴着一个涂了清漆的漂亮的假面具,面具上画着一副两端卷曲的金黄色小胡子,连着一个鬈发的头套。

他的模样就像格雷万蜡像馆[①]里的一尊蜡像,或者时装

---

① 格雷万蜡像馆:坐落在巴黎第九区蒙马特尔林荫大道的一家著名的陈列馆,由画家阿尔弗莱德·格雷万(1824—1892)于一八八二年创立,专门展览古今世界名人的逼真蜡像。

画册上的标致男青年奇怪而又夸张的漫画像。他跳舞确实很有劲头,不过也很笨拙,情绪激动得可笑。他试图模仿旁边几个人的跳跃动作时显得迟钝:他好像行动困难,沉重得像一条跟猎兔狗游戏的小凶狗。一些爱作弄人的观众还给他加油。他呢,热情得陶醉,手舞足蹈,那么疯狂,忽然一次猛烈的冲动,他的头向人墙撞去,人墙闪开一个缝儿让他穿过,又在他周围合拢,只见这舞者的身体已经没有生气,脸朝下趴在地上,一动不动。

几个人把他扶起来,抬走。有人喊:"哪位是医生?"一位先生站出来,是个青年人,穿一身黑色礼服,舞会衬衫上镶着大粒的珍珠。他语气谦逊地说:"我是医学院的教授。"人们给他让路,他来到一间像代理商的办公室一样堆满纸箱的小房间,见到那个跳舞的人。人们让那人躺在几张椅子上,他依然没有知觉。医生首先想取下他的假面具,发现那面具是以很复杂的方式、用许多细金属丝巧妙地连在假发边缘,把整个脑袋严严实实地封闭在里面,要想打开必须知道其中的窍门。他的脖子也是禁锢在一层假皮肤里,这层假皮肤涂成肉色,从下巴延伸下来,一直到衬衫的领子。

必须用很坚固有力的剪子把这一切剪开;医生在这惊人的组合体上从肩膀到鬓角切开一个大口子,揭开外壳以后,发现里面是一张苍白、瘦削、满是皱纹、历尽沧桑的老人的脸。刚才把这戴着鬈发的年轻假面具的舞者抬进来的几个人是那么惊讶,没有一个人笑,也没有一个人说一句话。

人们看着躺在草垫椅上的这张可怜的脸,闭着眼睛,乱糟糟尽是白毛,长的,从脑门耷拉到脸上,短些的,长在面颊和下巴上;而在这可怜的脸旁边,那小小的、涂了清漆的漂亮的假面具,那精神饱满的假面具,一直在微笑。

这个人昏迷了很久,后来苏醒了,但是看上去还是那么虚弱,那么不舒服,医生生怕会出现什么危险的情况。

"您住在哪儿?"他问。

跳舞的老人仿佛在记忆中寻找,后来想起来了,说出一条谁也没听说过的街名。人们不得不又问了他那个街区的一些细节。他费了很大力气才说出来,说得慢吞吞的,而且犹豫不定,说明他的思想还很乱。

医生又说:

"我送您回家吧。"

他已经产生了强烈的好奇心,想知道这奇特的舞者到底是什么人,看看这蹦蹦跳跳的怪人究竟住在哪儿。

不多时,一辆出租马车就把他们两人一起载到蒙马特尔高地的另一面。

那是一座外表寒酸、楼梯黏糊糊的高楼,那种矗立在两片荒地之间、开着无数窗孔、永远也完不了工的房子,那种住着大群衣衫褴褛、苦难深重的人的肮脏的贫民窟。

医生紧抓着栏杆——粘手的向上盘旋的木头杆子,把老人一直扶上五楼。老人体力恢复了一些,但是神志还不清。

他们敲的那扇门开了,开门的是一个女人,也是老人了,穿得很整洁,戴一顶非常白的便帽,框住她那颧骨突出、轮廓鲜明的脸,那种勤劳忠实的做工妇女的善良、辛苦的大肥脸。

她惊呼：

"天主呀，他这是怎么啦？"

医生简单说明了发生的情况，她不但放心了，而且让医生放心，对他说，这样的事经常发生。

"得让他躺下，先生，别的什么也用不着。他睡一觉，明天就什么事也没有了。"

医生接着说：

"可是他还几乎不能说话呢。"

"啊！没事，喝一点水就好了，不用别的。为了身体灵活他没有吃晚饭，而且又喝了两杯绿酒①，好让自己兴奋一些。您知道，绿酒能给两条腿增加力气，可是也会让人失去思想和说话的能力。在他这个年纪，已经不适合像他这样跳舞了。可是没办法，真的，我是不指望他能明白这个道理了！"

医生很惊讶，追问：

"为什么年纪这么大了，他还要这样跳舞呢？"

她耸了耸肩膀，心里的怨愤渐渐升高，脸都涨红了。

"噢，是呀，为什么！这倒是可以说道说道，就是为了戴着假面具让人以为他还年轻；就是为了让妇女们还把他当一个向女人献殷勤的小白脸，往他的耳朵里说些淫荡的话；就是为了能蹭蹭她们的皮肤，蹭蹭她们每个人洒了香水、抹了香脂香粉……的肮脏的皮肤！啊！真肮脏！您想想，四十年来一

---

① 绿酒：指苦艾酒，一种用苦艾制成的酒，添加淡水饮用，苦涩，性烈，呈绿色，十九世纪末在法国特别盛行。

★ 410

直这样,我呀,先生,我是怎么过的?……不过得先让他躺下,不然他会生病。能麻烦您帮帮我吗?每次他这个样子,我一个人简直对付不了。"

老头儿坐在床边,一脸醉态,长长的白头发垂到脸上。

他的老伴儿用又心疼又怨恨的目光看着他,接着说:

"您看看,就他这把年纪,应该说脸蛋儿还是挺俊的;可他偏要化装成小淘气,让人家以为他年轻。真让人窝心!真的,他模样挺好看,先生!您等等,在他躺下前我让您瞧瞧他的脸。"

她朝一张桌子走去,桌子上放着脸盆、水罐、肥皂、梳子和刷子。她拿起刷子,回到床边,把醉鬼乱糟糟的头发全撩上去,一会儿工夫,就露出一张画家的模特儿般的脸,大卷儿的头发一直垂到脖子上。然后,为了好好地观赏,她便后退几步:

"在他这个年纪,确实挺好看,是吧?"

"是很好看。"医生认同道,他已经开始产生浓厚的兴趣。

她补充说:

"他二十五岁的时候您要是认识他就好了!不过得让他在床上睡下了;不然,他喝的绿酒会在肚子里折腾得他难受。噢,先生,麻烦您把他的袖子拉下来好吗?……高点儿……像这样……好……现在脱他的裤子……您等等,我先把他的鞋脱掉……行了。——现在,您扶他站着,我铺床……行了……咱们让他睡下……您要是以为待会儿他会自动挪一挪,给我腾出个空儿来,那就错了。我随便给自己找个地儿,我呀,我

411

无所谓,哪儿都成。我才不为这个操心。啊!公子哥儿,行啦!"

刚舒坦地躺到被窝里,老爷子就闭上眼,又睁开,又闭上,心满意足的脸上露出要入睡的坚强决心。

医生一边怀着不断增强的兴趣打量着他,一边问:

"这么说,他去化装舞会装年轻人?"

"所有的舞会他都去,先生。他早上回我这儿来的时候,那状态简直让人没法想象。您知道,是怀旧驱使他去那儿、把一个硬纸板做的脸蒙到他的脸上的。是的,他怀念自己往日的样子,惋惜再也得不到女人们的爱慕!"

他现在睡着了,并且开始打鼾。她用心疼的目光看着他,接着说:

"啊!他这个人,没少得到女人的青睐!多得让人难以相信,先生,比上流社会那些俊俏男子都多,比所有的男高音歌唱家、所有的将军都多。"

"真的? 他是干什么的呢?"

"啊!说出来您一定大吃一惊,因为您没有在他最好的时候见过他。我呢,我遇见他也是在一次舞会上,因为他经常去各种舞会。我一看见他就被钩住了,像一条鱼被钓钩牢牢钩住一样。他很可爱,先生,可爱得让人看着流眼泪。他头发黑得像一只乌鸦,还卷卷的,黑色的眼睛大得像两扇窗户。啊!是的,那真是个漂亮小伙子。他当天晚上就把我带走,从那以后我再也没离开过他,一天也没有,不管发生什么事!噢!他让我受过多少折磨!"

医生问：

"你们结婚了吗？"

她率直地回答：

"结了，先生……不然他早把我像甩别的女人那样甩掉了。我做了他的妻子，而且又是用人，什么都是，他要我是什么我就是什么……他让我流了多少泪哟，只是我不让他看见！因为他总向我……向我……向我讲他那些艳遇，也不明白我听到这些多么痛苦……"

"他究竟是从事什么职业的呢？"

"真的，我忘了跟您说，他是马尔泰尔的第一助手，不过像这样的第一助手还从来没有过……一个平均每小时十法郎的艺术家……"

"马尔泰尔？马尔泰尔是什么人？"

"理发师呀，先生，歌剧院鼎鼎大名的理发大师，他的顾客尽是些女演员。是呀，最显赫的女演员，全找昂布鲁瓦兹①做头发，而且给他额外的奖赏，光这些奖赏加起来就是一笔大财。啊！先生，女人都是这样，是的，全一样。喜欢上一个男人，就会委身于他。这种事轻而易举……可是听见这种事可真让人难过。因为他全告诉我……他不能忍住不说……不能，他不能。这些事那么让男人快活，也许说起来比实际干还快活。

"看见他晚上回来，脸色有点苍白，心满意足，眼睛发亮，

---

① 昂布鲁瓦兹：小说男主人公的名字。

我就寻思:'又是一个。我能肯定他又搞上一个。'于是,我一方面想盘问他,心急似火地想盘问他,另一方面又不想知道,如果他开始讲,我就阻止他。我们就这么互相看着。

"我很清楚他心里憋不住,他一定会说起这档子事。从他的神情,他那要让我明白的神情,他笑的神情,我就感觉得出。'我今天搞上一个特好的,玛德莱娜。'我假装不看也不猜;我摆餐具,端上浓汤,然后在他对面坐下。

"可是做这些事的时候,先生,我就感觉好像有人用一块石头把我身体里对他的好感砸个粉碎。这真让人痛苦,真的,太痛苦了。但是他,他还不领会,他就不知道领会;他有向某个人讲出来、自我吹嘘、显示自己被人爱……的需要,而他只有对我可以说……您明白吗……只有我……所以我只得听他说,只当是咽毒药。

"他开始吃浓汤,然后就说:'又是一个,玛德莱娜。'

"而我,就想:'来啦。我的天主,什么人呀!我怎么会偏偏遇上他!'

"于是他开讲了:'又是一个,而且还挺漂亮……'不是滑稽歌舞剧院的小角色,就是综艺剧院①的小角色;另外,还有些大牌的,戏剧界最赫赫有名的女星。他告诉我她们的名字、她们的家具,一切,一切,是的,一切,先生……那些让我心如刀绞的细节。他还不厌其烦,经常把他的故事从头到尾再学

---

① 综艺剧院:巴黎的一家著名剧院,创立于一七九〇年,位于蒙马特尔林荫大道,上演多种类型的节目。

舌一遍,说得那么兴高采烈,我只好强装笑脸。免得他跟我发火。

"他说的这一切也可能都不是真的!他那么喜欢自我夸耀,很可能编造出这样的事来!但这也可能是真的!那些晚上,他假装很疲倦,想吃完晚饭就睡。我们十一点吃晚饭,先生,因为晚上有理发的活儿,他从来没有早回来过。

"他每次说完了他的艳遇,就抽着雪茄在房间里踱来踱去;他留着一撮小胡子,长着一头鬈发,是个那么漂亮的小伙儿,我就想:'他说的,毕竟也可能是真的呢;既然我发疯般地爱他,别的女人怎么就不会对这个男人着迷呢?'啊!当我收拾桌子,而他仍一个劲地抽烟的时候,我真想哭、叫喊、逃跑,从窗户跳下去。他张着大嘴,打着哈欠,显示他多么疲倦,上床以前他还要说两三遍:'我的天主,今天夜里让我好好睡一觉吧!'

"我不怨他,因为他根本不知道他让我多痛苦。是的,他不可能知道!他就像开屏的孔雀,喜欢炫耀自己对女人多么有吸引力,以致真以为所有的女人都在看他,想得到他。

"等他老了,这就困难了。

"啊!先生,我见到他的第一根白头发的时候,我惊讶得几乎喘不过气来;不过随后我就一阵喜悦,那是一种卑劣的喜悦,但它是那么强烈,那么强烈!我对自己说:'终于结束了……终于结束了……'就好像我被救出牢笼了似的。别的女人不再要他,他就是我一个人的了。

"那是一个早上,我们都躺在床上。他还睡得正香,我俯在他身上,正要吻他,把他唤醒,忽然发现在他的鬓角卷曲的头发里有一根像银子一样闪亮的细丝。多么让人惊讶啊!我简直不敢相信会有这样的事!起初我想把它拔掉,不让他看到!可是仔细一看,我在上面又发现了一根。白头发!他有白头发了!我的心怦怦跳,身上冒出汗来;不过,在心底里,我非常高兴!

"这么想很卑劣,不过那天早上我干起家务活来特别高兴,甚至没有弄醒他;等他自己睁开眼,我对他说:

"'你睡着的时候,你知道我发现什么了吗?'

"'不知道。'

"'我发现你有白头发了。'

"他顿时火冒三丈,猛地坐起来,就好像我胳肢了他似的,气势汹汹地说:

"'你瞎说!'

"'真的,在左鬓角。有四根。'

"他跳下床,向镜子跑过去。

"他没有找到。于是我把第一根,最下面的那一根,那根卷曲的短丝,指给他看,对他说:

"'像你这样生活,这不奇怪。你过不了两年就完了。'

"可不!先生,我说的没错,两年以后,简直就认不出他来了。一个男人变得多么快哟!他虽然还算个美男子,但是已经失去了青春的活力,女人们已经不会再追求他。啊!那段时间,我呀,我的日子真难熬:他让我受了很多苦!怎么样都不能让他满意,无论怎么样。他丢下自己的本行去干制帽业,亏了本;后来他又要当演员,也没成功;然后他就开始常去公共舞会。好在他还算聪明,留下一点钱,我们能活命。钱也够花了,虽然并不多!说起来,他有一阵子还几乎发了财呢!

"现在您也看见他干的事了。他就像发了狂。他需要年轻,需要跟散发着香水香脂味的女人跳舞。可怜的老心肝宝贝,行啦!"

她心情激动地看着打着酣的年老的丈夫,眼泪快流出来了。然后,她轻轻地走到他身边,亲吻了一下他的头发。在这对奇怪的夫妻面前,医生找不出什么要说的,已经站起身,准备走了。

他正往外走,她问:

"您能不能留下您的地址;要是他病得厉害,我好去找您。"